受江苏省社会科学基金资助出版

英语世界的《儒林外史》研究

周　静　著

南京大学出版社

图书在版编目(CIP)数据

英语世界的《儒林外史》研究 / 周静著. —— 南京：
南京大学出版社，2022.12
ISBN 978-7-305-26258-6

Ⅰ.①英… Ⅱ.①周… Ⅲ.①《儒林外史》—小说研
究 Ⅳ.①I207.419

中国版本图书馆 CIP 数据核字(2022)第 213389 号

出版发行　南京大学出版社
社　　址　南京市汉口路 22 号　　　邮　　编　210093
出 版 人　金鑫荣

书　　名 **英语世界的《儒林外史》研究**
著　　者　周　静
责任编辑　荣卫红　　　　　　　编辑热线　025-83685720

照　　排　南京开卷文化传媒有限公司
印　　刷　徐州绪权印刷有限公司
开　　本　718 mm×1000 mm　1/16　印张 14.75　字数 249 千
版　　次　2022 年 12 月第 1 版　2022 年 12 月第 1 次印刷
ISBN 978-7-305-26258-6
定　　价　66.00 元

网　　址:http://www.njupco.com
官方微博:http://weibo.com/njupco
官方微信号:njupress
销售咨询热线:(025)83594756

目　　录

第一章 绪 论

第一节 话题缘起

中华文化源远流长,光辉灿烂。中国文学作为其重要组成部分,在诗、词、文、赋、小说等各种文体上成果卓著,充分体现了中华民族上下五千年的伟大智慧。在当今跨文明时代,中外文化交流日益密切,研究中国文学在异域文明的传播、接受与研究情况,探究他国人民如何看待我们的文学典籍,对促进中外交流、传播中华文化、提升中国的文化软实力尤为重要。众所周知,英语是国际第一通用语言和世界上使用最广泛的语言,是进行国际交往的重要工具;同时,以美国为首的英语文化圈在世界文明之林占据着举足轻重的地位。因此,关注并探讨中国文学在英语世界的传播与研究情况,对促进中外文化深入交流有着非常重要的意义。

作为中国文学的重要组成部分,中国小说起源于上古到先秦两汉时期的古代神话寓言故事,魏晋时期志人志怪笔记小说的出现使其初具规模。到唐宋时期,唐传奇、宋话本相继出现,使中国古典小说在结构、情节、人物描写等方面获得了新的发展,从而进入了小说发展的成熟期。到了明清时代,中国古典小说进入繁荣昌盛时期,小说创作达到高峰,先后出现了《三国演义》《水浒传》《西游记》《聊斋志异》《儒林外史》《红楼梦》等一大批不朽之作。在这些经典之作中,《儒林外史》被称作我国古代讽刺文学的典范之作。它的问世,开创了我国长篇讽刺小说创作的先河,标志着中国小说艺术取得了重大发展,在中国文学史上占有重要的地位。鲁迅对其评价甚高,许以"伟大"二字,认为"迨吴敬梓《儒林外史》出,秉持公心,指摘时弊,机锋所向,尤在士林;其文又戚而能谐,婉而多讽:于是说部中乃始有足称讽刺之书"[1]。

---

① 鲁迅:《中国小说史略》,上海:上海古籍出版社,1998 年,第 155 页。

胡适也十分推崇吴敬梓及其所著的《儒林外史》，认为吴敬梓是"安徽第一大文豪"，并在《再寄陈独秀答钱玄同》一文中肯定了《儒林外史》的价值，将其与《水浒传》《西游记》和《红楼梦》一起列为"吾国第一流小说"①。国内学界对《儒林外史》的研究始于 18 世纪成书之后，尽管清代是小说创作的繁荣时期，但这一时期的小说研究因视小说为"小道"的传统文学观念备受冷落，在文学研究中没有出现独立的研究专著。据李汉秋介绍，这一时期《儒林外史》的研究，"不论是评论还是考据，都附在小说中，以序跋题识及评点的方式出现"②。但这种冷遇在 19 世纪末 20 世纪初发生了根本性的改变。出于社会改良的政治需要，梁启超等人发起了"小说界革命"，宣称"小说是文学之最上乘"，认为"今日欲改良群治，必自小说界革命始；欲新民，必自新小说始"③。从此小说的地位得到大幅度提升，小说研究尤其是以《儒林外史》等名著为代表的明清小说研究得到迅速发展，发展到今天已经蔚为大观，成为一门"显学"。

《儒林外史》在这一研究热潮中受到了国内的广泛关注。一方面，学术界给予了高度重视，相关研究成果可谓汗牛充栋。国内学界不仅定期组织召开专题研讨会，而且成立了中国《儒林外史》学会以更好地促进研究工作的开展。另一方面，教育部门、社会群体及普通民众也给予了诸多关注。比如，小说多次入选大中小学教材和教育部"语文课程标准"指定书目。出版社数次重印，并出版插图本、缩编本等版本，满足了不同群体读者的阅读需求。与此同时，《儒林外史》被改编为戏剧、影视，并通过广播、网络等各种媒介走进百姓的日常生活，其价值理念进一步获得了大众认同。此外，该小说还作为一种文化符号促进了国内文化产业的发展。比如，安徽省全椒县为了纪念吴敬梓及《儒林外史》，在建造吴敬梓纪念馆的基础上，充分开发其文化价值，创办了儒林外史国际文化城、儒林外史国际大酒店和儒林外史文化旅游发展有限公司。这种做法不仅对《儒林外史》的传播起到了很好的推动作用，也在一定程度上促进了当地文化产业的发展。

与国内学界对《儒林外史》的广泛关注和深入研究形成对比的是，对英语世界的相关研究知之甚少，且疏于和英语世界《儒林外史》研究人员进行学术

---

① 季羡林主编：《胡适文集》（第 1 卷），合肥：安徽教育出版社，2003 年，第 36—37 页。
② 李汉秋：《〈儒林外史〉研究纵览》，天津：天津教育出版社，1992 年，第 3 页。
③ 洪治纲主编：《梁启超经典文存》，上海：上海大学出版社，2003 年，第 77—81 页。

成果的交流、互动、互补与互进。从国内现有的研究成果来看,涉及英语世界《儒林外史》研究的内容少之又少,且大都止于简单的译介和书目内容介绍,未作深入的研究和探讨。另外,根据笔者目前掌握的资料来看,国内学界迄今为止尚未出现专门研究英语世界《儒林外史》研究成果的学术专著、论文集或博士学位论文。

尽管《儒林外史》在20世纪三四十年代才传至英语世界,但一经传入便受到了英语世界的关注和重视,研究人数逐步增多,研究广度和深度亦不断加大,积累至今,学术成果已相当丰富。由此可见,有关《儒林外史》研究的成果,中西方学术交流还不够深入,英语世界的《儒林外史》研究尚未在国内学界引起重视。这种研究成果与再研究之间的巨大落差,从当代跨文明视域下的中华文化国际传播战略来看,对《儒林外史》的深入传播与研究造成了一定程度的缺憾。而作为中华民族优秀文化的传承者和弘扬者,我们应该对自己的文化有更为全面和清醒的认识,不能故步自封,应该知己知彼,只有通过了解他者、研究他如何接受自我的过程,并在此基础上进行比较和辨析,才能更为全面和清晰地认识、了解自己。所以,以英语世界的《儒林外史》研究为课题,我们可以更好地认识和了解《儒林外史》在英语世界的阐释与接受情况,通过比较取长弃短,在进一步拓展国内《儒林外史》研究国际化视野的同时,亦可为国内学界提供一定的启发和借鉴,为《儒林外史》的海外传播提供更为有效的路径,从而进一步推动中国文学和中华文化的繁荣发展。

本书将以跨文化比较研究为理论基础,对《儒林外史》在英语世界的传播和研究成果进行系统的梳理与分析,归纳总结出英语世界《儒林外史》研究的方法和特点,在汲取英语世界研究之精华对国内研究成果加以补充的同时,挖掘并纠正英语世界研究中的错误解读和研究缺陷以弥补"他者"不足,促进英语世界《儒林外史》研究的良性发展,并由此向世界发出中国的"学术声音"。同时,本书还试图运用曹顺庆先生提出的比较文学变异学理论,挖掘《儒林外史》"旅行"到英语世界国家过程中所发生的变异,探讨异质文明研究的特色,在此基础上重新思考中国文学如何更好地走出国门、真正地走进异质文明。

第二节　本书研究对象与研究现状

一、本书研究对象

在交代本书研究对象之前，先对"英语世界"一词作一个说明。所谓"英语世界"在本书中主要是一个语言范畴而非政治、地域界限的概念，其内涵和外延等同于"英语学术界"。具体来说，"英语世界"指的是用英语对《儒林外史》进行的译介以及用英语来撰写的关于《儒林外史》的研究成果，包括译本、专著、学位论文、期刊论文、书评等学术成果。根据笔者所能收集到的资料，截至目前，使用英语来研究《儒林外史》的海外汉学家主要集中在美国，所以笔者在本书的研究过程中将以美国汉学家的学术成果为主体，以其他国家使用英语来研究《儒林外史》所取得的学术成果为补充，以期使本书的研究更加充分和深入。

对"英语世界"一词作了说明之后，再来交代本书的研究对象。以《英语世界的〈儒林外史〉》为题，决定了本书的主要研究对象为英语世界《儒林外史》的研究成果。本书将对英语世界学者的《儒林外史》研究进行系统的考察、分析和论述，并在跨异质文明的视域下对英语世界《儒林外史》研究的方法、特点加以分析和阐释。

二、本书研究现状

从目前的研究现状来看，《儒林外史》研究不仅在国内已经发展成一门"显学"，在英语世界成果也颇为丰富。然而，国内学界对英语世界的研究相对陌生，相关的论述性著作或文章屈指可数。根据笔者所收集到的资料，国内至今尚未出现对英语世界《儒林外史》的研究成果进行总体梳理和研究的学术专著或博士学位论文。另外，国内学界涉及此课题的成果，截至目前只有 3 部专著、1 部博士学位论文和 7 篇期刊论文。这些为数不多的研究成果都仅仅是对《儒林外史》在英语世界的译介和研究有所涉及，并未作专门而详细的论述，且均停留在介绍层面。

　　1988 年由学林出版社出版、王丽娜先生编著的《中国古典小说戏曲名著在国外》①是国内学界最早研究中国文学作品在海外传播情况的专著。该书在"第一辑·小说部分"专设一节罗列了《儒林外史》的外文论著目录,其中"西文部分"列出了一部分英语世界中的《儒林外史》研究成果。随后,宋柏年先生主编的《中国古典文学在国外》②于 1994 年由北京语言学院出版社出版发行,该书按照我国文学作品形成的时代设计结构内容,在第六编"清代文学在国外"的第二章辟设一节介绍了《儒林外史》在英美的译介和研究简况。黄鸣奋先生经过多年的研究与积累,于 1997 年完成并出版了国内学界首部专门研究英语世界中国古典文学传播的著作《英语世界中国古典文学之传播》③,该著作按照文体分类,在第五章《英语世界中国古典小说之传播》第四节"清代小说之传播"梳理性地概略介绍了《儒林外史》的英语译介情况及英语世界学者对其发表的评论。以上 3 本著作均是从整体上考察中国古典文学域外译介及研究情况的研究论著,其中有关英语世界《儒林外史》译介与研究的介绍寥寥无几。

　　四川大学何敏博士的《英语世界的清代小说研究》④是目前唯一论及英语世界《儒林外史》研究的博士学位论文,该论文以译介研究为主体,对清代小说的译介和研究情况进行了整体性的梳理与分析。但较为遗憾的是,该论文只是在清代小说的整体框架下对英语世界的《儒林外史》译介和研究情况作了简要的梳理,并未展开专门论述,而其中有关《儒林外史》的参考文献资料很不全面,有待进一步挖掘、收集和整理。

　　此外,国内学界的研究成果涉及英语世界《儒林外史》研究的期刊论文有 7 篇。其中最早的一篇是美国华人学者黄卫总(Martin Huang)教授发表于国内期刊《明清小说研究》1995 年第 2 期的《明清小说研究在美国》⑤,该论文介绍了美国学界自 20 世纪 60 年代到 90 年代对明清小说的研究概况,文中提及美国学者罗溥洛(Paul Ropp)、黄宗泰(Timothy Wong)及其本人关于《儒林外史》研究的著作,但这三位美国学者的研究成果并未能在论文中得到进一步的介绍及论

① 王丽娜:《中国古典小说戏曲名著在国外》,上海:学林出版社,1988 年,第 252—269 页。
② 宋柏年:《中国古典文学在国外》,北京:北京语言学院出版社,1994 年,第 517—524 页。
③ 黄鸣奋:《英语世界中国古典文学之传播》,上海:学林出版社,1997 年,第 228—231 页。
④ 何敏:《英语世界的清代小说研究》,四川大学博士学位论文,2010 年。
⑤ [美]黄卫总:《明清小说研究在美国》,《明清小说研究》1995 年第 2 期。

述。除了黄卫总教授以外,还有一位美国华人学者李国庆(Guoqing Li)教授在《明清小说研究》2011 年第 2 期发表了一篇题为《美国明清小说的研究和翻译近况》①的论文。李国庆教授在文中简要介绍了美国近 20 年来在明清小说的翻译及研究方面所取得的英文专著成果。在论及美国对 18 世纪小说《儒林外史》的研究时,该文仅仅罗列出两位学者及其研究专著的名称,分别是美国旧金山大学史蒂文·罗迪(Stephen Roddy)的《中华帝国晚期的文人身份及其在小说中的表现》(*Literati Identity and Its Fictional Representation in Late Imperial China*)和美国哥伦比亚大学商伟(Wei Shang)的《〈儒林外史〉和帝国晚期的文化转型》(*Rulin Waishi and Cultural Transformation in Late Imperial China*),但既没有对所列出的研究成果做出介绍,也没有在文中提及其他美国学者关于《儒林外史》的研究情况。以上是美国华人学者在国内期刊发表的有关美国明清小说研究的论文,对于《儒林外史》研究的介绍,只有简单的、有选择性的列举,并没有进一步介绍和论述,比较粗略。

国内学者也有在研究英语世界中国古典文学研究的期刊论文中涉及对《儒林外史》研究成果的介绍。《广东社会科学》1997 年第 1 期刊载了黄鸣奋教授撰写的《中国清代小说在英语世界之传播》②一文,此文与其专著《英语世界中国古典文学之传播》中的相应内容基本相同,只对《儒林外史》的英语译介及其在英语世界的研究概况进行了粗略介绍。另外,何敏发表了四篇关于英语世界清代小说研究的期刊论文:《西方文论观照下的清小说研究——以美国汉学为中心》③、《古典文学西传研究:英语世界清代小说译介及特点》④、《海外汉学视野中的清小说研究——以英语世界为中心》⑤,及其与蒋柳合作撰写的《论清小说在英语世界的传播及其经典化建构过程》⑥,内容均以其博士学位论文《英语世界的清代小说》为基础,涉及《儒林外史》研究的内容与博士学位论文内容如出一辙,简

---

① [美]李国庆:《美国明清小说的研究和翻译近况》,《明清小说研究》2011 年第 2 期。

② 黄鸣奋:《中国清代小说在英语世界之传播》,《广东社会科学》1997 年第 1 期。

③ 何敏:《西方文论观照下的清小说研究——以美国汉学为中心》,《求索》2011 年第 10 期。

④ 何敏:《古典文学西传研究:英语世界清代小说译介及特点》,《西安外国语大学学报》2011 年第 4 期。

⑤ 何敏:《海外汉学视野中的清小说研究——以英语世界为中心》,《电子科技大学学报》(社科版)2013 年第 6 期。

⑥ 蒋柳、何敏:《论清小说在英语世界的传播及其经典化建构过程》,《广西师范大学学报》(哲学社会科学版)2014 年第 4 期。

单带过,并没有展开进一步的论述。

由此可见,国内学界涉及本书的专著、博士学位论文及期刊论文数目很少,且均以罗列和概要性介绍为主,并未展开深入的研究,对本课题的专门研究更是寥若晨星。据笔者目前所能掌握的资料来看,国内学界迄今为止尚未出现任何一部从整体上对英语世界《儒林外史》的研究进行专门梳理、介绍和讨论的学术专著、论文集或博士学位论文;专门展开研究的成果仅有 4 篇期刊论文、1 篇报纸文章、2 篇书评和 1 部硕士学位论文。

国内最早出现的有关英语世界《儒林外史》研究情况的专门述评,是由美国华人学者、登尼森大学连心达(Xinda Lian)教授撰写的《欧美〈儒林外史〉结构研究评介》①,刊登在《明清小说研究》1997 年第 1 期。连心达教授集中介绍了《儒林外史》结构自 20 世纪 60 年代末开始被欧美关注和逐步重视以来,在西方汉学界所产生的相关研究成果,并对这些研究成果进行了简要评论。连心达教授是将英语世界对《儒林外史》的结构研究成果介绍到国内学术界的第一人,通过他者的视角为国内学界的《儒林外史》研究提供了新的借鉴,开拓了国内研究人员的国际视野,对国内《儒林外史》研究的可持续发展有着重大意义。尽管意义非凡,但可惜的是,连心达教授的这篇论文仅仅局限于探讨欧美学界对《儒林外史》的结构研究,并未能真正引起国内学界的重视。

在这之后,国内针对英语世界对《儒林外史》研究的再研究工作在很长一段时间内一直处于停滞阶段,呈现出无人问津的局面,与国内如火如荼开展的《儒林外史》研究大潮形成了鲜明对比。这种窘况一直持续到 2013 年才开始有所突破。2013 年 7 月 19 日,《中国社会科学报》刊登了一篇由中国人民大学王燕撰写的文章——《〈儒林外史〉何以在英语世界姗姗来迟》②。这篇文章脱离了国内学界研究《儒林外史》的传统思维模式,开始将目光转向英语世界,并与进入英语世界的其他清代小说相比,指出《儒林外史》相较于同时代与其比肩的《红楼梦》《聊斋志异》,未能进入西方传教士视野,其英译和海外传播"最晚出",并对"最晚出"的原因进行了一些思考与分析。

美国华人学者商伟的英文专著 *Rulin Waishi and Cultural Transformation in*

---

① 〔美〕连心达:《欧美〈儒林外史〉结构研究评介》,《明清小说研究》1997 年第 1 期。
② 王燕:《〈儒林外史〉何以在英语世界姗姗来迟》,《中国社会科学报》2013 年 7 月 19 日(第B01 版)。

Late Imperial China(《〈儒林外史〉和中华帝国晚期的文化转型》)①被译成中文,以《礼与十八世纪的文化转折:〈儒林外史〉研究》②为中文版书名,由生活·读书·新知三联书店于 2012 年 9 月在国内正式出版发行,对国内学界关注并研究英语世界《儒林外史》研究成果起到了一定的推动作用。该书成为目前国内学界的主要研究对象,已经陆续出现 2 篇书评和 1 部硕士学位论文。

第一篇书评由香港浸会大学中文系研究助理教授张惠撰写,发表于《人文中国学报》2013 年第 19 期。张惠在文中借李渔提出的"结构第一"命题来评《礼与十八世纪的文化转折:〈儒林外史〉研究》,并在对该书进行介绍和评论的基础上,指出了商伟教授新颖独到的研究特点"中西合璧、亦中亦西",并进一步提出了该书的研究特色:"兼顾三个面,一方面是考据,一方面是文本细读,再一个就是理论性。"③张惠的书评在一定程度上推广了商伟研究专著在国内学界的传播。

随后,北京大学廖可斌教授在 2015 年也发表了一篇关于该书的评论《文本逻辑的阐释力度——读商伟教授新著〈礼与十八世纪的文化转折——《儒林外史》研究〉》,指出该书"侧重于挖掘《儒林外史》的思想内涵及其文化史意义"④,通过运用中西各种文学理论、文献考证、文本解读来研究《儒林外史》,提出"商伟教授令人信服地指出了吴敬梓及《儒林外史》的思想特征及其在 18 世纪上半叶思想文化史上的地位,并揭示了这种思想特征与《儒林外史》独特的结构形式和创造性的叙述方式之间的内在联系"⑤。廖可斌在称赞商伟的真知灼见为《儒林外史》研究做出了积极贡献的同时,指出了该书由于过度关注文本内在逻辑的阐释而造成的一个缺憾,即"过于强调《儒林外史》的否定性逻辑,而相对忽略了吴敬梓在这种否定性过程中可能给予某种程度的肯定的因素,以及作品客观上呈

---

① Wei Shang, *Rulin Waishi and Cultural Transformation in Late Imperial China*. Cambridge, Massachusetts: Harvard University Press,2010.

② [美]商伟:《礼与十八世纪的文化转折——〈儒林外史〉研究》,严蓓雯译,北京:生活·读书·新知三联书店,2012 年。

③ 张惠:《书评——商伟〈礼与十八世纪的文化转折:《儒林外史》研究〉》,《人文中国学报》2013 年第 19 期。

④ 廖可斌:《文本逻辑的阐释力度——读商伟教授新著〈礼与十八世纪的文化转折——《儒林外史》研究〉》,《江淮论坛》2015 年第 1 期。

⑤ 廖可斌:《文本逻辑的阐释力度——读商伟教授新著〈礼与十八世纪的文化转折——《儒林外史》研究〉》,《江淮论坛》2015 年第 1 期。

现的某些具有一定历史意义的因素"①。廖可斌的评论从文本逻辑的阐释力度出发,对商伟教授的著作给予了中肯的评价,进一步提高了商伟著作在国内学界的知名度和受关注度。

在学者前期评论的基础上,华东师范大学袁鸣霞的硕士学位论文以商伟所著的这部《礼与十八世纪的文化转折:〈儒林外史〉研究》为研究对象,以《论美籍华裔学者商伟的〈儒林外史〉研究》为题,对商伟的《儒林外史》研究进行了较为全面的梳理和分析。②然而,袁鸣霞的研究仅仅局限于个案研究,研究深度和广度有待进一步加强,这对于整个英语世界《儒林外史》研究的众多学术成果来说只是触到了冰山一角,并不能呈现英语世界对《儒林外史》研究的整体面貌。

综上所述,虽然国内学界对英语世界《儒林外史》的研究已经有了一定的研究基础,但从整体来看,本课题尚未真正引起国内学界的关注。现有成果的研究广度和深度有待进一步拓展,英语世界《儒林外史》研究的整体风貌还需要进行还原和研究。这些缺憾正是本课题研究的重要方面。笔者希望,在已有研究的基础上,能够对国内关于英语世界《儒林外史》研究的再研究工作进行补充、完善,对《儒林外史》在英语世界传播与研究的整体成果进行还原,并在此基础上加以研究、分析和评论。

第三节　全书概观

本书对英语世界《儒林外史》学术成果的研究包括六个部分。

为了全面了解《儒林外史》在英语世界的传入和研究情况,本书第二章以大量一手英文文献为依据,从实证研究的视角出发,梳理了小说的英译文和英语世界的相关研究成果;并以此为基础,对《儒林外史》在英语世界传播的过程及其所呈现的特点进行探讨与反思。

第三章为英语世界对《儒林外史》作者吴敬梓的研究。本章以夏志清、罗溥

---

①　廖可斌:《文本逻辑的阐释力度——读商伟教授新著〈礼与十八世纪的文化转折——《儒林外史》研究〉》,《江淮论坛》2015 年第 1 期。
②　袁鸣霞:《论美籍华裔学者商伟的〈儒林外史〉研究》,华东师范大学硕士学位论文,2016 年。

洛、黄宗泰等汉学家的研究成果为依据，以实证研究和文学形象学为方法，从作者的性格、理想、思想观念、讽刺作家身份及所处时代背景等方面，对英语世界的吴敬梓研究成果进行了全面的探讨。

第四章为英语世界对《儒林外史》小说要素的研究。本章以形象学为方法，按照《儒林外史》在英语世界传播的历史分期，从人物形象、情节结构和典型环境三个方面考察了小说三要素在英语世界中的研究情况，剖析了英语世界学者眼中的传统文人形象、中国城市形象及传统中国形象。

第五章为英语世界对《儒林外史》文本艺术特色的研究。本章主要考察英语世界对小说艺术特色的研究，探究他者视野中《儒林外史》的整体风貌，包括创作手法、讽刺艺术和抒情境界等问题。在创作手法上，主要从小说语言技巧、小说叙述策略、人物设计策略与刻画技巧等方面进行讨论；在讽刺艺术上，则主要从学理性、意义构建、文学行为等方面进行分析；在抒情境界上，主要基于中国文学的"抒情传统"展开阐释。

第六章为英语世界对《儒林外史》的理论阐释视角研究。本章以西方文学批评方法为基础，从叙述学理论、女性主义、跨文明比较三个理论视角探讨了西方文论视域下的英语世界《儒林外史》研究。在叙述学理论方面，主要讨论了叙述的时间和空间问题；在女性主义文学批评方面，则从女性形象、阴阳两极互补两个方面阐述了吴敬梓的女性主义意识；在跨文明比较方面，则以《儒林外史》和《汤姆·琼斯》为平行研究的材料基础，讨论了跨文明比较在《儒林外史》中的运用。

第七章为对英语世界《儒林外史》研究的审视。本章从文学变异学和形象学视角出发，对英语世界《儒林外史》的研究进行了整体性的观照和审视。首先，从变异学视角探讨了英语世界《儒林外史》研究在流传层面和阐释层面所发生的变异。其次，归纳分析了英语世界《儒林外史》研究的特色及其给予国内学界的启示。最后，从形象学视角出发，对英语世界《儒林外史》的研究进行了反思，指出在肯定其借鉴意义的同时，也要发现并纠正其对作品以及作品所反映的文人形象、城市形象和传统中国形象的误读或过度解读。

第二章 《儒林外史》在英语世界的译介、研究与传播概况

  《儒林外史》作为中国古典讽刺小说的巅峰之作,具有很高的思想价值和艺术成就,对后世文学产生了深远影响,在中国小说史上有着举足轻重的地位。不仅如此,《儒林外史》在海外也受到了广泛关注,先后被翻译成日、英、法、俄、德、西班牙等多种文字在世界范围内流通,不仅影响颇大,而且受到了海外汉学界的盛赞。海外汉学界普遍认为《儒林外史》可与薄伽丘、塞万提斯、巴尔扎克等人的作品相提并论,是一部"世界性的文学名著"。[①]《儒林外史》在海外能受到如此高的评价,除了其本身的文学思想价值外,与译本的成功不无关系。优秀译本的传入可以促进文学作品在海外的传播与研究,事实证明确实如此。《儒林外史》的英文译文自 20 世纪 30 年代末进入英语世界以来,随着英译本的不断更新,受到的关注不断增多,传播的渠道和范围愈来愈广,相关的研究成果也越来越多。

第一节 《儒林外史》的英译概貌

  根据笔者的广泛查阅,目前英语世界对《儒林外史》这部小说题目的翻译主要有两种方法:一种是音译法,主要有 *Ju-lin wai-shih*(韦氏拼音译法,Stephen Roddy、Daniel Bauer 等采用)和 *Rulin waishi*(汉语拼音译法,Marston Anderson、Paul Ropp 等采用)两种翻译形式;另一种是直译法,主要有 *The Scholars*(杨宪益、戴乃迭译)、*The Unofficial History of the Scholars*(商伟等译)两种形式。

  而关于《儒林外史》的英译文,目前笔者所能查阅到的主要有 6 种节译文和

---

① 吴敬梓:《儒林外史》,北京:人民文学出版社,1958 年,前言第 1—5 页。

1 部全译本。在节译文中,最早的节译片段是由葛传规(Hertz Ke)翻译的。1939 年葛传规翻译了《儒林外史》的第一回开篇内容 1300 多字,以《文人的故事》("A Tale of the Literati")为题名,分 5 次先后刊登在由美国芝加哥大学出版社出版的《英文杂志》(*The English Journal*)上。尽管第五刊的末尾注明"未完",但不知何故,《儒林外史》的英译文在这之后再也没有出现在该杂志上。第二位英译《儒林外史》的是徐诚斌(Chen-ping Hsu),他翻译了《儒林外史》第五十五回"添四客述往思来,弹一曲高山流水",以《四位奇士》("Four Eccentrics")为题名,于 1940 年发表在《天下月刊》(*Tien Hsia Monthly*)第 10—11 月刊。1946 年,由美国纽约科沃德—麦卡恩公司出版、高乔治(George Kao,高克毅)主编的《中国智慧与幽默》(*Chinese Wisdom and Humor*)一书中收入《儒林外史》的英译文片段《两学士中举》("Two Scholars Passing the Provincial Examination"),译者是美国哥伦比亚大学华裔教授、中国文学翻译家和研究家王际真(Chi-chen Wang),所译内容是《儒林外史》的第二回和第三回,即周进与范进中举的故事。随后,我国著名学者、翻译家杨宪益先生与其英籍夫人、著名翻译家戴乃迭(Gladys Yang)先生合译了《儒林外史》前七回,题为《吴敬梓——儒林外史》("The Lives of the Scholars"),载于外文出版社出版的英文期刊《中国文学》(*Chinese Literature*)1954 年 4 月号。此外,英籍华裔文学理论研究专家张心沧(Hsin-Chang Chang)选译了《儒林外史》第三十一回和第三十二回,以《慷慨的年轻学士》("Young Master Bountiful")为题名,收入其 1973 年由芝加哥阿尔丁出版公司及爱丁堡大学出版社发行的专著《中国文学:通俗小说与戏剧》(*Chinese Literature: Popular Fiction and Drama*)一书第十一章,所译内容为杜少卿的故事。此外,美国著名学者柯伟妮在 1998 年完成的华盛顿大学博士学位论文中节选了《儒林外史》中的二十回内容进行翻译,并在译文中添加了注释。柯伟妮从英语世界读者的阅读思维和习惯出发进行翻译,更有利于《儒林外史》在英语世界的接受,体现了英语世界学者对中国文化的跨文明异质性诠释。

迄今为止,《儒林外史》唯一的一部英文全译本是由我国著名翻译家杨宪益、戴乃迭两位先生合译的 *The Scholars*(《儒林》),全书共 55 回,由外文出版社于 1957 年出版。此全译本是两位先生在 1954 年发表的前七回译文的基础上完成的,共 721 页。该译本增加了序言、插图和翦伯赞先生所作的《〈儒林外史〉中提到的科举活动和官职名称》。其后,外文出版社在 1963 年和 1973 年重印该译本第二版和第三版时,又将《小说主要人物表》添加其中。1972 年,美国纽约格罗西特与邓拉普公司引进并重印了这个译本,在书前附入了美籍华裔著名学者、中国文学研究家、哥伦比亚大学教授夏志清(Chih-tsing Hsia)博士撰写的《导言》。夏志清的导言对《儒林外史》在英语世界的传播起到了很大的推动作用,促进了此译本在英语世界的广泛流传,获得了很高的认可,目前此译本仍是英语世界广大学者进行《儒林外史》研究的重要资料基础。

随着英译本在英语世界的出版发行,《儒林外史》逐步受到英语世界学者乃至对中国文化感兴趣的读者的关注和重视,很多研究者都将此书作为研究对象,并发表了不少评论,《中国文学史》(*A History of Chinese Literary*, edited by Ming Lai)、《剑桥中国文学史》(*The CamBridge History of Chinese Literature*, edited by Kang-I Sun Chang and Stephen Owen)、《哥伦比亚中国文学史》(*The Columbia History of Chinese Literature*, edited by Victor Mair)等中国文学史专门研究也将《儒林外史》收录其中。此外,美国大百科全书“中国小说的发展”条目中评价“《儒林外史》是由一个个精彩的讽刺故事构成,它对后来的中国讽刺文学产生了极大的影响”;英国大百科全书也在“清朝时期的中国文学”条目中提到《儒林外史》,给出了很高的评价,指出“吴敬梓(1701—1754)创作的《儒林外史》共五十五回,反映了他所处时代的真实生活状况,是一部杰出的讽刺文学作品”,并提出该作品无论是在故事情节还是在人物性格的描写上,“都远远超于前人”。

第二节　英语世界的《儒林外史》研究概况

作为 18 世纪具有里程碑意义的文人小说,《儒林外史》自进入英语世界的研究视野以来,经过半个多世纪的传播,英语世界已经出现了较为丰富的研究成果,研究主要集中在社会背景、作者吴敬梓、叙述结构、讽刺性等艺术特点及社会批判等方面。下面,笔者将依照研究成果的类别对所搜集到的有关《儒林外史》专门研究的学术资料逐个进行介绍。从笔者利用国内外图书馆资源广为搜索而掌握的资料来看,迄今为止英语世界已正式出版的以《儒林外史》为研究对象的学术专著有 7 部,另还有 11 部博士学位论文、2 部硕士学位论文、30 篇期刊论文、1 篇会议论文及 22 篇书评。

一、研究专著

截至目前,英语世界已经正式出版的《儒林外史》研究专著共有 7 部,其中 3 部是对《儒林外史》展开的专门研究,另外 4 部是将其视为研究对象之一而展开的专章研究。这 7 部著作分别是:美国哥伦比亚大学著名华裔汉学家夏志清教授在 1968 年出版的《中国古典小说史论》(*The Classic Chinese Novel: A Critical Introduction*),美国亚利桑那州立大学教授黄宗泰在 1978 年出版的《吴敬梓》(*Wu Ching-tzu*),美国克拉克大学教授罗溥洛于 1981 年由密歇根大学出版社发行的著作《早期现代中国的异议分子——〈儒林外史〉与清代社会批评》(*Dissent in Early Modern China: Ju-lin wai-shih and Ch'ing Social Criticism*),美国加州大学尔湾校区教授黄卫总的《文人与自我的再呈现:十八世纪中国小说的自传倾向》(*Literati and Self-Re/Presentation: Autobiographical Sensibility in the Eighteenth Century Chinese Novel*),1998 年斯坦福大学出版社发行的美国汉学家史蒂文·罗迪教授撰写的《中华帝国晚期的文人身份及其在小说中的表现》(*Literati Identity and Its Fictional Representations in Late Imperial China*),哈佛大学出版社 2003 年出版的哥伦比亚大学商伟教授的专著《〈儒林外史〉和中华帝国晚期的文化转型》(*Rulin Waishi and Cultural Transformation in Late Imperial China*)及华盛顿大学出版社 2015 年出版的美国圣母大学葛良彦(Liangyan Ge)的专著《士人与国家:中华帝国晚期作为政治话语的小说》(*The Scholar and the State: Fiction as Political Discourse in Late Imperial China*)。

夏志清先生的《中国古典小说史论》①是英语世界第一部分析《儒林外史》小说文本的学术著作,是东方研究会发起编辑的"亚洲研究指南系列丛书"之一,由美国哥伦比亚大学出版社在 1968 年出版。夏志清选择了《三国演义》《水浒传》《西游记》《金瓶梅》《儒林外史》和《红楼梦》6 部古典小说作为本书的主要研究对

---

① Chih-tsing Hsia, *The Classic Chinese Novel: A Critical Introduction*. New York: Columbia University Press, 1968.

象进行探讨、阐释。夏志清认为虽然这几部作品未必是中国小说中最出色的,但确实是中国小说发展历史上的重要里程碑,每部作品在各自的时代开拓了新的境界,为中国小说扩展了新的重要领域,并深深地影响了后来中国小说的发展路径。

夏志清的这本专著共有八章内容,第一章是本书的导论部分,对本书的研究进行了总体的概述。第二章至第七章是对上述六部古典小说的研究,每个研究各占一章。最后一章是对中国古典短篇小说中的社会与个人的研究。夏志清对《儒林外史》的研究主要集中在第六章,分为五个部分进行阐述。第一部分主要讨论了《儒林外史》的艺术价值,挖掘出了《儒林外史》纯粹的白话语言风格及讽刺现实主义艺术特色,指出《儒林外史》在艺术风格和技巧的革新方面具有重大的历史意义,对中国小说的发展产生了巨大的影响。第二部分是关于《儒林外史》讽刺艺术手法的研究。夏志清指出《儒林外史》是第一部有意识地从儒家思想观点出发而创作的讽刺小说,并以王冕、危素、夏总甲、周进、严致和与范进等人物形象的分析对小说的讽刺手法进行了讨论,指出了小说在运用讽刺手法的同时也体现了戏剧性的表现手法。第三和第四部分主要讨论了《儒林外史》的结构,认为《儒林外史》的故事彼此之间的联系尽管十分脆弱,但是去除首尾两回后就可以发现清晰可辨的结构。夏志清将小说第二回到第五十四回的故事内容视为一个整体,将其分为三个部分进行分析。第五部分是夏志清对作者吴敬梓的研究。夏志清在文中称赞吴敬梓是中国第一个展示内省性格的小说家,指出吴敬梓对《儒林外史》的创作不仅是一部反映文人学士的小说,更像是一部风俗喜剧,展现了 18 世纪的中国社会风俗。

黄宗泰教授的《吴敬梓》①是英语世界第一部专门深入研究中国清代作家吴敬梓及其所作白话章回小说《儒林外史》的学术专著,1978 年由 Twayne publishers 出版,底本为著者的博士论文《中国小说批评的讽刺和论证:〈儒林外史〉研究》②(美国斯坦福大学,1975 年)。黄宗泰在序言中首先指出近年来学界在研究中国传统小说方面,总是自以为是地将现代西方批评理论视为全球性的理论标准来进行研究。在这种西方批评理论的强攻下,中国传统小说中属《儒林

---

① Timothy Wong, *Wu Ching-tzu*. Boston: Twayne Publishers, 1978.

② Timothy Wong, *Satire and Polemics of the Criticism of Chinese Fiction: A Study of the Ju-Lin wai-shih*. Ph. D. dissertation, Stanford University, 1975.

外史》受到的误解和错误阐释最多,以至于大多数研究者忽略了《儒林外史》本身与众不同的特性,忽略了小说艺术评价中的讽刺特性,所以才会出现有关《儒林外史》难以理解和不好传播的错误评论。有鉴于此,黄宗泰在该书中试图将《儒林外史》回归到中国传统的视野中,对其讽刺艺术体现出的修辞和说教的本性进行充分讨论。

该专著正文部分分为六章,第一章"讽刺作家的进化论"(The Evolution of a Satirist)在研究吴敬梓生平的基础上探讨了他作为一名讽刺作家,是如何被赋予中国文学史上的崇高地位的;同时通过吴敬梓的性格、背景和当时的文化观念来分析他的讽刺作品。

第二章"讽刺和风刺"(Satire and Feng-tz'u)是第三章"道德:《儒林外史》中的隐士理想"展开讨论的基础,所以讽刺艺术是第二章的重点研究内容。黄宗泰首先梳理了文学批评中讽刺的定义和历史,从西方和中国评论家的不同角度介绍了讽刺的定义,在肯定鲁迅关于《儒林外史》讽刺艺术的评论基础上,进一步分析了《儒林外史》的讽刺特点。

在第三章"道德:《儒林外史》中的隐士理想"(Morality:The Eremitic Ideal in the Ju-lin wai-shih)中,黄宗泰探讨了作者吴敬梓如何通过《儒林外史》来表达自己的个人理想。在本章中,黄教授通过对"马克思主义解释"和"虚无主义解释"的比较得出吴敬梓所持的是传统中国的儒家理念;认为这种儒家理念可以进行多方面的解读,并通过小说里的人物如王冕、四大奇人、匡超人等对他的隐士理想进行了分析。

第四章"智慧:《儒林外史》中的情节和技巧"(Wit:Plot and Technique in The Ju-lin wai-shih)从情节、技巧和叙述者重要性的角度对吴敬梓为了实现理想的讽刺效果而采取的艺术手法进行了讨论,并由此得出了吴敬梓讽刺手法的作用。主要体现在:(1)客观性的出现,增加了小说的可信度;(2)这种技巧没有机械武断地为读者提供固定的评价标准,留给了他们思考的空间;(3)能够使读者在阅读过程中自然而然地接受作者的道德判断标准,也可能会以此来进行自我反省。

第五章"现实主义和修辞学"(Realism and Rhetoric)通过说教关注(Didactic Concerns)、心理世界(Psychological Worlds)、修辞的现实主义(Rhetorical Realism),以聘娘的梦想为例讨论了《儒林外史》的现实主义因素。

第六章"吴敬梓和中国小说"(Wu Ching-tzu and Chinese Fiction)讨论了《儒林外史》在中国小说范式演变过程中的意义。根据笔者搜集到的资料,围绕此书发表的书评有 2 篇,评论者分别是:米乐山(Lucin Miller),发表于《亚洲研究学刊》(*The Journal of Asian Studies*,1979 年 11 月刊);黄金铭(Kam-ming Wong),发表于《中国文学:论文、文章、评论》(*CLEAR*,1982 年 1 月刊)。

1981 年,美国汉学家罗溥洛的专著《早期现代中国的异议分子——〈儒林外史〉与清代社会批评》以其博士学位论文《清代早期社会及其批判者:吴敬梓的生平与时代(1701—1754)》[*Early Ch'ing Society and its Critics: The Life and Time of Wu Ching-tzu(1701 - 1754)*,密歇根大学安娜堡分校,1974 年]为底本,由密歇根大学出版社出版。本部专著以社会历史学的视角研究吴敬梓的生活及《儒林外史》所体现的思想。罗溥洛指出其对《儒林外史》的研究基于三个研究基础:1. 对明清历史和社会的一般历史认知;2. 对小说文本进行常识性理解的阅读,理清文中的每一点;3. 运用英、中、日三种语言文字资料,通过比较来研究《儒林外史》中吴敬梓的讽刺手法及其所体现的明清社会批判。本书分为四部分,前两部分讲述了西方历史学家视角下的近代中国的社会、文化及吴敬梓的生活,后两部分探讨了《儒林外史》在中国社会和知识分子历史中的意义。①

现有的资料中,对本书展开评论的书评有 6 篇,研究者分别是劳伦斯·施耐德(Laurence Schneider,发表于《美国史学评论》1982 年 2 月刊)、安德鲁·罗(Andrew Lo,发表于《伦敦大学亚非学院集刊》第 45 卷第 2 期)、程亦凡(Ch'eng I-Fan,发表于《亚洲研究学刊》1983 年 5 月刊)、汤姆·费舍尔(Tom Fisher,发表于《太平洋事务》第 55 卷第 4 期)、盖博坚(Kent Guy,发表于《哈佛亚洲研究学刊》1983 年 6 月刊)、罗溥洛(发表于《亚洲研究学刊》1984 年 5 月刊)。

英语世界出现的第四部以《儒林外史》为研究对象的著作是由美国加州大学尔湾校区黄卫总撰写的《文人与自我的再呈现:十八世纪中国小说的自传倾向》。该书是黄卫总在其博士学位论文《中国抒情主义的困境和清代文人小说》(*The Dilemma of Chinese Lyricism and the Qing Literati Novel*,华盛顿大学,1991 年)的基础上修改补充完成,并由斯坦福大学出版社于 1995 年出版发行。黄卫

① Paul Ropp, *Dissent in Early Modern China: Ju-lin wai-shih and Ch'ing Social Criticism*, Ann Arbor: University of Michigan Press,1981.

总通过社会学、心理学的视角,以文本细读的方式分别讨论了《儒林外史》《红楼梦》和《野叟曝言》三部作品的自传性特点。该书的重点在于探讨文人作家如何通过小说叙述的各种策略来重建或彻底改造"自我"的,以与他们作为文人与日俱增的问题中的自我认同达成一致。黄卫总在书的最后指出了"面具"(Mask)对于特定语境下自传倾向小说的重要性。

该书正文部分共四章,第一章是"问题中的文人自我和小说中的自传倾向"(The Problematic Literati Self and Autobiographical Sensibility in the Novel),以传统小说发展史的视角讨论了自传倾向在 18 世纪小说中崛起的原因和它与当时文人作者自身面临的自我意识危机之间的紧密关联。第二章"戴面具的自我:《儒林外史》中的自传性策略"(The Self Masqueraded:Auto/biographical Strategies in *The Scholars*)通过文本细读的方式阐述了吴敬梓的自传性写作是如何在《儒林外史》中自我体现出来的。第三章"自我位移:《红楼梦》中的女性与成长"(The Self Displaced:Women and Growing up in *The Dream of the Red Chamber*)和第四章"自我的彻底改造:《野叟曝言》中的记忆和遗忘"(The Self Reinvented:Memory and Forgetfulness in *The Humble Words of an Old Rustic*)是对 18 世纪另外两部小说《红楼梦》和《野叟曝言》自传倾向特点的讨论和阐述。①

围绕本书的书评共计 3 篇,研究者分别是柯丽德(Katherine Carlitz,发表于《中国文学:论文、文章及书评》1996 年 12 月刊)、谢康伦(Conrad Schirokauer,发表于《中国文学:论文、文章、书评》1996 年 12 月刊)和冯客(Frank Dikötter,发表于《伦敦大学亚非学院集刊》1996 年第 3 期)。

美国汉学家史蒂文•罗迪教授的《中华帝国晚期的文人身份及其在小说中的表现》以其博士学位论文《〈儒林外史〉及其在清小说中的文人表现》(*Rulin Waishi and the Representation of Literati in Qing Fiction*,斯坦福大学,1990 年)为蓝本撰写完成,1998 年交由斯坦福大学出版社出版。罗迪在本书中主要探讨了《儒林外史》中所描绘出的清代文人的社会地位以及知识的影响力。本书分为三个部分:第一部分"清朝话语下的文人形象"(The Image of the Literati in

---

① Martin Huang, *Literati and Self-Re/Presentation: Autobiographical Sensibility in the Eighteenth Century Chinese Novel*. Stanford: Stanford University Press, 1995.

Qing Discourse)试图通过小说所反映出的儒家观念、文人行为标准以及两者之间的关联程度来阐明清代中期文人的思想状态。这一部分是后两部分"《儒林外史》中文人身份的解构"（The Deconstruction of Literati Discourse in Rulin waishi）和"文人身份在小说中的重建"（Fictional Reconstructions of Literati Identity）主要内容的铺垫。第二部分"《儒林外史》中文人身份的解构"一方面阐述了《儒林外史》中不论作为个人还是整个阶层的文人的失败，另一方面讨论了如何通过文学或学术领域中的礼或其他仪礼使文人公共生活的理想复活再生。第三部分则是以《野叟曝言》和《镜花缘》为研究对象论述了文人身份在小说中的重构。①

根据笔者的搜集，关于本书的书评有 5 篇，研究者依次是：伊维德（Wilt Idema，载于《美国东方社会学刊》1999 年 4—6 月刊）、魏爱莲（Ellen Widmer，载于《哈佛亚洲研究学刊》1999 年 6 月刊）、丹尼斯·吉姆佩尔（Denise Gimpel，载于《英国 & 爱尔兰皇家亚洲学会杂志》1999 年 7 月刊）、艾梅兰（Maram Epstein，载于《亚洲研究学刊》1999 年 8 月刊）和商伟（载于《中国文学：论文、文章及书评》1999 年 12 月刊）。

哥伦比亚大学商伟教授的《〈儒林外史〉和中华帝国晚期的文化转型》由哈佛大学出版社出版于 2003 年，一出版便被英语学界评价为吴敬梓小说研究新趋势的高潮。商伟在本书中揭示了《儒林外史》是晚期中华帝国儒家思想文化转型的产物和有力回应，本书着眼于"礼"，以"二元礼"（Dualistic Ritual）和"苦行礼"（Ascetic Ritual）两个概念形成总体框架，研究重点不是吴敬梓的社会批评，而是吴敬梓在思考儒家主题时所运用的修辞和叙述学技巧。

商伟将该书分为五部分进行研究：第一部分"礼和儒家世界的危机"（Ritual and the Crisis of the Confucian World）首先指出吴敬梓的思想受颜元和李塨思想的影响，然后借颜元关于礼的二分法概念分析了《儒林外史》中的二元礼和苦行礼，指出《儒林外史》借对二元礼的否定来揭露苦行礼的弊病，进而对苦行礼进行反省与重构。

第二部分"正史之外"（Beyond Official History）开始将研究转向历史，探讨

---

① Stephen Roddy, *Literati Identity and Its Fictional Representations in Late Imperial China*. Stanford, California: Stanford University Press, 1998.

了小说和历史叙述的关系,指出历史性叙述对于阐释具体形态和范例的儒家规范及其过去的价值起到了非常重要的作用。

第三部分"叙述和文化转型"(Narrative and Cultural Transformation)将《儒林外史》放置在中国传统白话小说的语境下考察它如何运用叙述学。本部分考察了作为叙述者的 18 世纪文人小说作者,运用章回小说的形式,一方面来实现自我表达的方法与技巧,另一方面用来及时适应和调整章回小说的叙述传统,指出了吴敬梓在叙述模式上的创新。

第四部分"泰伯神话及其困境:重新定义文人小说"(The Taibo Myth and Its Dilemma:Redefining the Literati Novel)通过对小说叙述、修辞、道德想象及自我反思等问题的关注与讨论,表达出《儒林外史》在小说叙述方面的创新性成就。商伟在这一部分重点探讨了吴敬梓对《儒林外史》的创作与其选择的小说叙述方法及材料的反思之间的紧密关联性,并指出了吴敬梓在《儒林外史》创作上的重要特色:《儒林外史》的叙述中带有强烈的自我反省意识。

第五部分"《儒林外史》和诗人对抒情世界的怀念"(*Rulin Waishi* and Literati Nostalgia for the Lyrical World)重新将问题回到《儒林外史》的抒情性上,指出在苦行礼失败以后,吴敬梓开始反省并将关注点转向文人的抒情理想和体验,试图通过诗中对生命抒情世界追求的体验途径,来解决"礼"的实践没能解决的问题,以协调文人与外部社会环境之间的关系,为文人在这个变动不安的社会转型时代找回已经丢失的精神家园。在本书中,商伟还附上了有关《儒林外史》的作者和版本问题的争议,并提出个人的见解,认为这些争论的重点其实不是基于对版本的质疑,而是在于对小说主题和叙述的不同理解。①

目前查到的资料中,围绕本书展开的书评有 4 篇,分别由黄宗泰(载于《美国东方社会学刊》2004 年 1—3 月刊)、劳悦强(Yuet-keung Lo,载于《中国评论》2004 年春季刊)、艾伦(Allan Barr,载于《哈佛亚洲研究学刊》2004 年 6 月刊)和艾梅兰(载于《亚洲研究学刊》2005 年 2 月刊)评论。

2015 年,英语世界出现了一本最新的涉及《儒林外史》的研究著作——《士

---

① Wei Shang, *Rulin Waishi and Cultural Transformation in Late Imperial China*. Cambridge,Massachusetts:Harvard University Press,2003.

人与国家:中华帝国晚期作为政治话语的小说》①,由美国华裔汉学家、圣母大学东亚语言文化系教授葛良彦所创作,美国华盛顿大学出版社出版发行。该著作以跨学科、跨文化的创新研究方法对包括《儒林外史》在内的明清白话小说进行了考察和研究,扩充了《儒林外史》等传统白话文学作品的学术研究视角,对中国传统文学的传播有一定的创新和积极的意义。从该书的副标题不难看出,全书讨论的主旨是明清白话小说所体现的文人与国家政治之间的关系。

该书有两章内容与《儒林外史》有关:首先是第一章"不稳固的关系:知识分子精英和帝国政权"(A Rugged Partnership:The Intellectual Elite and the Imperial State)。该章对中国历史上知识分子和帝国政权之间的关系进行了梳理和探讨,指出知识分子对自身理想的追求具体在现实中体现为自身"道统"与帝国政权"正统"之间的结合。作者在文中论述了中华帝国晚期的知识分子对国家权力所产生的强烈的幻灭感,指出这种幻灭感促使他们陷入思考,试图寻找解决危机的办法,白话小说于是在这种情况下应运而生。

其次是第四章"《儒林外史》:走出文本的沼泽"(*The Scholars*: Trudging Out of a Textual Swamp)。本章从"文人与雍正统治"(The Literati and the Yongzheng Reign)、"王冕故事的意义"(The Significance of the Wang Mian Story)、"功名的道德流失"(The Moral Erosion of Gongming)、"马纯上:帝国权力的道德支持"(Ma Chunshang:Moral Sustenance from the Imperial Power)、"效力于天子还是服务天下?"(Serving Tianzi or Serving Tianxia?)、"北京和南京:两个城市的故事"(Beijing and Nanjing:A Tale of Two Cities)、"文本文化的陷阱:对八卦范文的迷恋"(Snared in a Textual Culture:The Obsession with Sample Examination Essays)、"新儒学的文本危机"(The Textual Crisis of Neo-Confucianism)、"诗歌文本与文字狱"(Poetic Texts and the Literary Inquisition)、"打破文本文化的努力"(The Endeavors to Break out of the Textual Culture)、"文本文化是难以逾越的牢房吗?"(Is Textual Culture an Impenetrable Prison House?)和"新一代的学人"(A New Generation of Educated Men)12 个部分进行了阐述。

---

① Liangyan Ge,*The Scholar and the State:Fiction as Political Discourse in Late Imperial China*. Seattle:University of Washington Press,2015.

　　葛良彦认为,吴敬梓将小说中出现的科举考试和诗歌写作放在一起考察,通过众多的人物形象分析,逐渐表达出文人对摆脱文本文化的束缚、独立于皇权之外的渴望,并试图唤醒新一代重振儒家礼仪、挽救帝国危机的知识分子。因本书成书时间较近,且笔者能够利用的资源相对有限,目前能查到的相关书评仅有 1 篇,为史国兴(Curtis Smith,2015 年 7 月载于《精选:学术图书馆当前评论》52 卷第 11 期)所作评论。

　　这七部专门或专章研究《儒林外史》的著作,除了夏志清先生的《中国古典小说史论》和葛良彦教授的《士人与国家:中华帝国晚期作为政治话语的小说》,其他五部研究专著均以其作者的博士学位论文为底本,经过修改和补充后出版发行。因此,下面介绍博士学位论文的研究综述部分,笔者将对以上五位作者的博士学位论文简要带过,不再做详细介绍。

二、学位论文

(一) 博士学位论文

　　据笔者所搜集到的资料显示,目前涉及研究《儒林外史》的博士学位论文有 11 部,分别是:罗溥洛的《清代早期社会及其批判者:吴敬梓的生平与时代(1701—1754)》[*Early Ch'ing Society and its Critics：The Life and Time of Wu Ching-tzu*(*1701 - 1754*),密歇根大学安娜堡分校,1974 年]、黄宗泰的《中国小说批评的讽刺和论证:〈儒林外史〉研究》(*Satire and Polemics of the Criticism of Chinese Fiction: A Study of the "Ju-Lin wai-shih"*,美国斯坦福大学,1975 年)、丹尼尔·鲍尔(Daniel Bauer)的《创造性模糊:〈儒林外史〉与〈汤姆·琼斯〉中的讽刺描写》(*Creative Ambiguity: Satirical Portraiture in the "Ju-lin wai-shih" and "Tom Jones"*,威斯康星大学麦迪逊分校,1988 年)、陆大伟(David Rolston)的《理论与实践:小说、小说批评和〈儒林外史〉的写作》(*Theory and Practice: Fiction，Fiction Criticism，and the Writing of the "Ju-lin wai-shi"*,芝加哥大学,1988 年)、史蒂文·罗迪的《〈儒林外史〉及其在清小说中的文人表现》(*Rulin Waishi and the Representation of Literati in Qing Fiction*,斯坦福大学,1990 年)、吴德安(Swihart Wu)的《中国小说形式的演变》(*The Evolution of Chinese Novel Form*,普林斯顿大学,1990 年)、吴晓洲

(Xiaozhou Wu)的《西方和中国文学类型的理论和批评:一个比较研究》
(*Western and Chinese Literary Genre Theory and Criticism: A Comparative Study*,埃默里大学,1990 年)、黄卫总的《中国抒情主义的困境和清代文人小说》
(*The dilemma of Chinese lyricism and the Qing literati Novel*,华盛顿大学,
1991 年)、商伟的《泰伯祠的倒塌:〈儒林外史〉研究》(*The Collapse of the Tai-bo Temple: A Study of "The Official History of the Scholars"*,哈佛大学,1995
年)、柯伟妮(Whitney Dilley)的《〈儒林外史〉:中国小说中的流浪汉研究》(*"The Ju-lin wai-shih": An Inquiry into the Picaresque in Chinese Fiction*,华盛顿大学,1998 年)和史耀华(Yaohua Shi)的《开场语:中国白话小说的叙述介绍》
(*Openning Words: Narrative Introductions in Chinese Vernacular Fiction*,印第安纳大学,1998 年)。下面将以时间为顺序对其简要介绍。

　　美国学者罗溥洛的博士学位论文《清代早期社会及其批判者:吴敬梓的生平与时代(1701—1754)》是英语世界首部专门研究《儒林外史》的学位论文成果。该论文从社会历史学的角度,首先介绍了清代早期社会和文化的变化以及吴敬梓的生平和作品,指出了吴敬梓已经感受到时代的变化,并将他的担忧及改造社会的儒家社会理想通过《儒林外史》表达出来。罗溥洛认为吴敬梓是一个有很强社会责任感的儒家人物,但他改造社会的儒家政治理想在时代浪潮的巨变下是无能为力的。本论文重点研究了吴敬梓对清初社会和科举考试的批判、对女性的关注与同情以及对由于超自然力滥用而造成的大众迷信的抨击。本部论文后由罗溥洛更名为《早期现代中国的异议分子——〈儒林外史〉与清代社会批评》,
在 1981 年由密歇根大学出版社出版,成为英语世界通过文学作品进行历史研究的力作,受到了学界很多的关注。[①]

　　美国华裔学者黄宗泰的《中国小说批评的讽刺和论证:〈儒林外史〉研究》是美国斯坦福大学的博士学位论文,完成于 1975 年,该论文在三年后以《吴敬梓》为书名由美国波士顿 Twayne Publishers 出版。在本论文中,黄宗泰试图将《儒林外史》回归到中国传统的视野中,通过研究吴敬梓作为讽刺作家的演进,《儒林外史》中的讽刺艺术、情节与结构、现实主义与修辞以及小说中所体现的隐士理

[①]　Paul Ropp, *Early Ch'ing Society and its Critics: the Life and Time of Wu Ching-tzu* (*1701 - 1754*). Ph. D. dissertation, The University of Michigan in Ann Arbor, 1974.

想,对小说讽刺艺术体现出的修辞和说教的本性进行充分讨论,并对小说的各种观点进行了综合评论。①

丹尼尔·鲍尔的《创造性模糊:〈儒林外史〉与〈汤姆·琼斯〉中的讽刺描写》是其 1988 年申请威斯康星大学麦迪逊分校博士学位的毕业论文。本论文对《儒林外史》和《汤姆·琼斯》两部著名的东西方讽刺文学作品中所体现的讽刺形象进行了探讨、比较,指出这两部文学巨著可以通过其共同的讽刺性来衔接各自所描述的世界,并使之进行对话与沟通。"讽刺形象"是本论文的研究主题,而"比较"则是本论文的本质所在。鲍尔指出无论是《汤姆·琼斯》还是《儒林外史》,两者都致力于探求把单个的人物形象置于其所处社会制度产物的创造性冲突环境下的作用和意义。

本论文共分为四章内容:第一章"王冕、匡超人和杜少卿——相反的人物形象"(Wang, K'uang, and Tu—Contrary Portraits)着眼于对《儒林外史》小说中的三个具体的人物形象的分析,指出杜少卿和匡超人与王冕的严肃、纯净形成了鲜明对比,并通过此对比发现了小说中的美德模范——虞博士。

在第二章"虞博士、王冕、四大奇人——多重模糊性"(Yü, Wang, The Eccentrics—Ambiguities Multiply)中,鲍尔首先通过比较的方法来审视王冕和虞博士在道德观上的不同之处;其次,鲍尔通过观察《儒林外史》第五十五回中的四大奇人,来探讨他们如何关注和践行德行问题。鲍尔认为,吴敬梓之所以将四大奇人安排在王冕和虞博士两位人物形象之后出现是为了回顾且有助于帮助读者理解整部《儒林外史》中所体现的美德。

第三章"《汤姆·琼斯》中的对比形象"(Comparative Portraits in *Tom Jones*)继续使用比较的方法,来集中讨论《汤姆·琼斯》中的美德问题。在本论文最后一部分"讽刺理论和创造性模糊"(Satirical Theory and Creative Ambituity)中,鲍尔交代了在对《儒林外史》和《汤姆·琼斯》进行研究时所用的研究方法和理论。②

《理论与实践:小说、小说批评和〈儒林外史〉的写作》是美国汉学家陆大伟就

---

① Timothy Wong, *Satire and Polemics of the Criticism of Chinese Fiction: A Study of the "Ju-Lin wai-shih"*. Ph. D. dissertation, Stanford University, 1975.

② Daniel Bauer, *Creative Ambiguity: Satirical Portraiture in the "Ju-lin wai-shih" and "Tom Jones"*. Ph. D. dissertation, The University of Wisconsin-Madison, 1988.

读芝加哥大学时的博士学位论文。该部论文以《儒林外史》为研究对象，来阐明
《儒林外史》作为 18 世纪的一部中国小说是如何与中国传统小说的美学联系起
来的。陆大伟的这部博士学位论文是在追述中国前期传统小说评论家的背景拓
展下对《儒林外史》开展的研究。陆大伟指出小说隐含的作者对传统中国读者的
重要性及历史长篇小说评论家是本论文进行研究的主旋律。同时，他还指出本
论文的研究目的有两个：一是关于实用性的目的，通过《儒林外史》相关的写作叙
述传统来阐述其某些显著的、与众不同的特征；二是了解传统小说实践与批评的
发展轮廓及说明 16 世纪早期小说和 18 世纪传统小说成熟期之间所产生的距
离，这一目的也是本文的主要目的。

　　本篇论文共有十章：第一章"初始材料"（Preliminary Material）对研究对象
《儒林外史》进行了总体介绍，包括闲斋老人作的《序》、作者吴敬梓、小说文本和
对其的现代诠释。第二章"金圣叹和水浒传"（Chin Sheng-t`an and The "Shui-
hu Chuan"）以 16 世纪著名批评家金圣叹及其评点的《水浒传》为研究对象，以期
能够从中找出其与《儒林外史》作者吴敬梓之间的联系。第三章"毛宗岗与后来
的发展"（Mao Tsung-kang and Later Developments）通过介绍毛宗岗及其之后
的一些评点家对金圣叹评点习惯的继承和发展，追述了中国传统小说评点的发
展，为后面对《儒林外史》评点的探讨埋下了伏笔。第四章"中国长篇小说的互文
性"（Intertextuality in Chinese Full-length Fiction）通过探讨《水浒传》与《金瓶
梅》《儒林外史》等作品、《金瓶梅》和后世小说等不同时代作品之间的关联阐述了
不同时期作品之间的互文性。

　　第五章"历史和小说"（History and Fiction）以《史记》为例，探讨了其与《水
浒传》《儒林外史》等作品之间的关联，提出《儒林外史》中的政治合法性是历史和
小说互相影响、互相作用的结果。第六章"小说和现实"（Fiction and Reality）以
《儒林外史》中的王冕为例，阐述了现实和小说之间的关联形式、小说的虚构性、
现实主义文学等内容。第七章"人物的塑造"（Aspects of Characterization）指出
吴敬梓偏爱庞大的人物形象阵容，并对主角人物、人物刻画的相关面、小说中的
正面人物及其标准、角色评价的重要性及对伪善奸诈形象感兴趣等进行了讨论，
认为中国传统小说的礼仪习惯在于对人物角色进行道德评判。

　　第八章"小说模式的演进和小说批评"（The Evolution of the Modes and
Fiction Criticism）讨论了中国小说从早期小说到《儒林外史》的演进过程，从虚

拟环境下的说故事者、评论和描写模式中诗歌及骈文的引用、新的描写方式、占统治地位的小说呈现模式等方面进行阐述。第九章"结构和统一性"(Structure and Unity)从小说的开端、微观结构、宏观结构、高潮与结束、统一性成果等方面进行讨论,阐明了在不运用任何主要人物形象和主导整个小说的事件的情况下,《儒林外史》如何体现在结构上的统一性。第十章为结语部分,讨论了"文本中的作者"(The Author in the Text),集中阐述了《儒林外史》如何在读者和作者之间实现对话。①

史蒂文·罗迪的博士学位论文《〈儒林外史〉及其在清小说中的文人表现》于1990 年在斯坦福大学完成,后在 1998 年更名为《中华帝国晚期的文人身份及其在小说中的表现》交由斯坦福大学出版社出版。本博士论文主要阐述了以《儒林外史》为代表的清代文人小说,在作品中所刻画出的清代文人在社会中的地位及其相应的社会表现;同时也探讨了知识在清代社会中的影响力。全文主要分为三部分,第一部分论述了清朝话语下的文人形象,第二部分以《儒林外史》为例阐述了学者、诗人、画师、八股作家等各种文人身份的解构,第三部分则是以《野叟曝言》和《镜花缘》为研究对象论述了文人身份在小说中的重构。②

《中国小说形式的演变》是吴德安在 1990 年完成的博士学位论文,主要是考察和研究中国小说从 16 世纪到现代近 400 年的时间跨度下的演进过程。吴德安认为中国小说的演进与发展是相互影响的过程,指出某种类型的小说必定可以在以前的小说类型中找出其原型,这也是本论文论述的主题。

本论文共分为五章,第一章"中国小说形式的起源"(The Origins of Chinese Novel Form)首先回顾了章回小说的"插曲式结构"(Episodic Structure),指出章回小说的来源形成了其自身的结构,并对早期章回小说的结构起源进行了重新考虑。第二章到第五章是本论文的主要内容,通过对《史记》《水浒传》《儒林外史》等文学作品的研究来考察和阐明中国小说的演进过程,其中第三章"《儒林外史》的内在和外在形式"(The Inner and Outward Form of *Rulin Waishi*)和第四章"章回小说在世纪之交的变化"(Changes in the Zhanghui Novel Form around

① David Rolston, *Theory and Practice: Fiction, Fiction Criticism, and the Writing of the Ju-lin wai-shi*. Ph. D. dissertation, The University of Chicago, 1988.

② Stephen Roddy, *Rulin Waishi and the Representation of Literati in Qing Fiction*. Ph. D. dissertation, Princeton University, 1990.

the Turn of the Century)是探讨《儒林外史》及与其相关性的研究。

吴德安在第三章集中阐述了对《儒林外史》结构的研究。吴德安在该章首先对已有的关于《儒林外史》结构的评论观点进行了介绍,其次将《史记》《水浒传》两部作品作为范本阐明了《儒林外史》的结构模式,并在此基础上进一步讨论了其内在和外在的形式,指出了《儒林外史》在文本结构上的设计重在"置换和折射"(Alternation and Refraction),最后研究探讨了空间和时间模式对于《儒林外史》结构上的组织及其所体现的和谐性有着重要的作用。第四章将晚清小说与《儒林外史》在结构上进行了比较,具体在开场与结尾的形式、多重角色和多种事件的形式与集体传记之间的关系以及自传体元素运用的差异上展开对比阐述,指出晚清小说是受《儒林外史》结构的影响,是对《儒林外史》结构手法的一种继承,称赞《儒林外史》是中国小说演进过程中承上启下的一部典范之作。①

吴晓洲的博士学位论文《西方和中国文学类型的理论和批评:一个比较研究》完成于1990年,是从东西方文学关系的角度对社会风俗小说进行的具体研究,以试图弥补当时学界对中西方小说体裁理论与批评比较研究的不足。本论文共分为两个部分:第一部分包含前两章内容,主要研究对中西方体裁理论和批评的历史考察以及基于比较文学视角的批评。第一章集中于讨论个别体裁理论以及体裁的整体观念,指出本论文将透过历史的考察找出东西方的不同之处,发现学界经常忽视的主要相似之处。而第二章主要是探讨文学整体的宽泛分类,分别指出西方在文学上的三大分类方法以及与其相比较的中国从古典时期至今的分类方式。

论文的第二部分介绍了两个社会风俗小说对比研究的案例。第一个对比研究构成了本论文的第三章内容,是对比两大社会风俗小说亨利·菲尔丁的《汤姆·琼斯》和吴敬梓的《儒林外史》的"平行研究"(Parallel Study)。第二个研究则体现在第四章,主要阐述的是"影响研究"(Influence Study),将一些具有代表性的西方社会风俗小说如《汤姆·琼斯》《一把尘土》《追忆似水年华》与钱钟书的《围城》进行比较。其中,第三章研究的焦点是《儒林外史》和《汤姆·琼斯》这两部异质文明环境下的小说在没有任何直接或间接的体裁影响下,如何能在各自

---

① Swihart Wu, *The Evolution of Chinese Novel Form*. Ph. D. dissertation, Princeton University, 1990.

继承的不同文学传统中拥有相似的体裁特征。通过平行研究，吴晓洲阐述了《儒林外史》和《汤姆·琼斯》的相似之处主要体现在礼俗的主体性、插曲式的内容安排与设计、史学资料的运用、讽刺手法的使用、真实生活场景的体现等。同时，论文还指出两部小说之间的不同之处在于《儒林外史》缺少了西方风俗小说常常出现的浪漫爱情主题元素。①

《中国抒情的困境和清代文人小说》是黄卫总的博士学位论文。虽然黄卫总后来以此论文为底本出版了研究专著《文人与自我的再呈现：十八世纪中国小说的自传倾向》，但是专著对博士论文的内容进行了大量的调整与补充，其博士论文是仅通过《红楼梦》和《儒林外史》两部文学作品对中国抒情性所出现的困境进行深入的探索与综合性研究。黄卫总指出本博士论文的研究目的除了对中国抒情主义出现的困境进行探索和研究以外，还致力于区别这两部小说中已经出现的加强传统小说文学性的新特性。

本论文分为六章进行研究：第一章"和谐与消失：中国抒情的困境和清代文人小说的抒情化"（Harmony and Its Disappearance：The Dilemma of Chinese Lyricism and the Lyricization of the Qing Literati Novel）是对作为文人意识形态的中国抒情体和其内在困境的历史性的解释。第二章"包含与满足：园林与《红楼梦》和《儒林外史》的修辞策略"（Containment and Contentment：Garden and Lyrical Strategies in Dream and Scholars）通过两部小说中的园林形象和象征探讨了两部小说在创作小说时使用的修辞策略如开场、相似、园林的诞生等，进而阐明了抒情在两部小说中如何包含人性存在的意义。与前两章不同，第三章"自我表达与抒情传统的负担"（Self-expression and the Burden of the Lyrical Tradition）转而讨论自我及自我表达的问题。在中国的抒情传统中，自我表达虽然常以自我超越的形式来表示，但却始终是关注的中心。本章主要讨论抒情传统的负担如何影响人们的自我表达，从对于怪癖的狂热、自我创造的伪装、自我表达对抗文本习惯以及小说中抒情诗的作用四个方面进行了阐述。第四章"中国抒情主义的产生：文人的不安与《红楼梦》中性别问题"（Engendering Chinese Lyricism：Literati Anxiety and the Gender Problem in Dream）主要探讨了《红

---

① Xiaozhou Wu, *Western and Chinese Literary Genre Theory and Criticism: A Comparative Study*. Ph. D. dissertation，Emory University，1990.

楼梦》中的性别问题。在第五章"自我的再呈现:《红楼梦》与《儒林外史》中的自传规则"(Self-Re/Presentation:The Autobiographical Imperatives in *Dream and Scholars*)提出了这两部 18 世纪小说中的自传倾向问题,并指出这个自传倾向是 18 世纪小说作品中出现的新特点。第六章是本论文的结语部分,对两部小说进行了简要的比较,并阐明其在西方称为"抒情小说"(The Lyrical Novel)的原因。同时,黄卫总还对明清两代的中国和 18、19 世纪的欧洲各自知识背景及其之间可能出现的关联性进行了探讨。①

商伟博士学位论文《泰伯祠的倒塌:〈儒林外史〉研究》从"礼"的角度出发来研究《儒林外史》。商伟指出《儒林外史》第三十七回的泰伯祠祭祀被安排在整部小说三分之二的位置上,这个设计与其在结构上的范本《水浒传》第七十一回的忠义堂盟誓一样,构成了整部小说的中心场景,具有重要的象征意义,即作者通过详细介绍以仪注文本为依据的仪式搬演过程召唤出其理想的儒家礼仪秩序。另外,商伟研究和分析了《儒林外史》小说内部的复杂性,以便更好地理解 18 世纪中国的思想学术史。本论文以"二元礼"和"苦行礼"两个概念为总体框架,重点考察和研究了吴敬梓在思考儒家主题时所运用的修辞和叙述学技巧。该博士学位论文后由哈佛大学出版社在 2003 年出版。②

柯伟妮的博士学位论文《〈儒林外史〉:中国小说中的流浪汉研究》运用比较研究方法,选取 18 世纪英国文学大家亨利·菲尔丁、托比亚斯·斯摩莱特的作品与《儒林外史》进行比较,审查《儒林外史》的文学技巧和结构。本部博士论文首先描述了菲尔丁和斯摩莱特的流浪汉写作模式,指出菲尔丁的《约瑟夫·安德鲁斯》《汤姆·琼斯》及斯摩莱特的《蓝登传》里的流浪汉元素,在《儒林外史》中同样得到了充分体现,具体表现在匡超人、范进和周进身上,并在此基础上提出《儒林外史》属于流浪汉小说。

本论文正文共分为七章:在第一章"作者"(Author)部分,柯伟妮首先回顾了中国历史上多次对《儒林外史》作者是吴敬梓的考证,然后又通过英语世界学者黄宗泰对吴敬梓一生的研究证明吴敬梓是一位真正的儒者,最后柯伟妮对吴

① Martin Huang, *The Dilemma of Chinese Lyricism and the Qing Literati Novel*. Ph. D. dissertation, Washington University, 1991.

② Wei Shang, *The Collapse of the Tai-bo Temple: A Study of "The Official History of the Scholars"*. Unpublished Ph. D. dissertation, Harvard University, 1995.

敬梓的生平做了简要介绍。第二章"有关《儒林外史》的书目资料"(Bibliographical Sources on the *Ju-lin wai-shih*)探讨了 20 世纪中国国内学界和英语学术界对《儒林外史》的研究专著、论文集、论文、英语译介等学术成果。第三章"《儒林外史》的文本版本"(Textual Versions in the *Ju-lin wai-shih*)回顾了《儒林外史》的版本争议问题,指出关于小说的篇幅之争现在仍是中国文学史界争论的事项,因为不管是五十五回、五十六回或是六十回,都将直接影响学界对吴敬梓艺术的评价。第四章"《儒林外史》中的异常结构"(Structural Anomalies in *Ju-lin wai-shih*)指出《儒林外史》最突出的特征是其独特的叙述节奏和结构,指出这种独特的结构包括对作为插曲式情节的结构元素的解释、节奏、结构与格式的设计、叙述的内部不稳定性,并伴有好运和偶发时间造成的循环。第五章"流浪汉小说"(the Picaresque Novel)在对流浪汉小说进行介绍的基础上,指出菲尔丁与吴敬梓作为同时代的作家,有着共同的强烈的正义感,二人的小说中均充满了流浪汉小说元素。基于此基础,柯伟妮选取二人小说中相似的流浪汉形象进行了比较研究,借助菲尔丁的作品更加突出了《儒林外史》作为流浪汉小说的艺术特色。在第六章"《儒林外史》的特色"(Some Characteristics of the *Ju-lin wai-shih*)中,柯伟妮从具体的文化细节、科举考试制度、作为文学隐喻的飨宴三个方面分析并阐述了《儒林外史》的艺术特色。在论文最后一章"结构是表达作者想法的关键"(Structure as a Key to the Author's Meaning),柯伟妮总结了吴敬梓的意图,并指出这种意图通过小说的结构表达出来。[1]

史耀华的博士学位论文《开场语:中国白话小说的叙述导言》指出小说中普遍存在的开场白设计往往被早期的汉学家认为是口语传统遗留下来的表达问题而为其所摒弃,或者是在说教的过程中不予考虑,而事实上它却是前现代中国白话小说的一个重要特征。所以,史耀华以小说中的开场白为研究对象,试图填补其研究空白,唤起学界对中国白话小说叙述导言的关注与探讨。

全文共分为六章,其中集中探讨《儒林外史》的部分是第五章"重新开始:《儒林外史》的重复和陈词滥调"(Beginning Anew: Repetition and Cliché in *Rulin Waishi*)。第一章"开始与结束:中国白话小说中的叙述空间碎片化"从文学复杂

---

① Whitney Dilley, The "*Ju-lin wai-shih*": An Inquiry into the Picaresque in Chinese Fiction. Ph. D. dissertation, University of Washington, 1998.

体与口头表达之间的密切关系着手,列举了各种叙述导言的类型,考察了文学现象的起源和文学秩序的演进,指出需要唤起对叙述空间碎片化的注意。第二章"白话小说的和白话小说中的开始"(Beginning in and of Vernacular Fiction)探讨了开篇中口头表达的退化,论证了口头表达和书面表达流动的概念。第三章"从口头到读写:冯梦龙和凌濛初"(From Orality to Literacy:Feng Menglong and Ling Mengchu)以冯梦龙和凌濛初的短篇故事为研究对象,研究探讨了其作为过渡文本从口头表达向书面表达过渡的情况。第四章"职业作家的开始:李渔的叙述导言"(Beginnings as a Professional Writer:Narrative Introductions in Li Yu)和第五章"重新开始:《儒林外史》的重复和陈词滥调"(Beginning Anew:Repetition and Cliché in *Rulin Waishi*)主要阐述了李渔作品和《儒林外史》碎片化的叙述结构。第六章"开始与离开:以《红楼梦》为例"(Beginnings and Departures:The Case of the *Dream of the Red Chamber*)以《红楼梦》为例,指出随着出版业的扩大,随之发展的印刷文化开始使叙述者不再适应于传统,叙述导言开始衰落,取而代之的是一种新生的记录。其中,在第五章研究《儒林外史》的部分,史耀华首先简要介绍了吴敬梓的生平和其在中国国内的文学地位,评论了中国马克思主义学者和国外学者对《儒林外史》的研究,并对其叙述者和碎片化的叙述结构展开了阐述。①

(二) 硕士学位论文

据笔者所查,目前英语世界关于《儒林外史》研究的硕士学位论文有 2 部,分别是:1987 年加拿大麦吉尔大学冯丽萍(Liping Feng)的《关于吴敬梓〈儒林外史〉中国批评的批判性考察》[*A Critical Survey of the Chinese Criticism of Wu Jingzi's "The Scholars" (Rulin Waishi)*]和 1976 年香港大学邓庆超(Hing-chiu Tang)的《西方批评观念下的〈儒林外史〉评价》(*An Evaluation of "Ju-lin wai-shih" in the Light of Some Western Critical Concepts*)。

冯丽萍的《关于吴敬梓〈儒林外史〉中国批评的批判性考察》是一篇向西方介绍中国小说批评发展历程的论文,对西方学者了解中国学者的《儒林外史》研究

---

① Yaohua Shi, *Opening Words: Narrative Introductions in Chinese Vernacular Fiction*. Ph. D. dissertation,Indiana University,1998.

有着一定的积极意义。该小说以清代传统评点、民国时期文学评论、新中国文学批评和港台文学批评四个部分,集中考察了 18 世纪末至 20 世纪上半叶中国对《儒林外史》批注、评论的演进过程,在此基础上,将文学批评作为特定话语,讨论了它在不同社会中的角色和功用。

邓庆超的《西方批评观念下的〈儒林外史〉评价》则是从西方文学批评的视角对《儒林外史》进行了考察。该论文分为五个部分展开论述:第一部分从历史或虚构、小说原型和史学类型三个方面讨论了作为历史小说的《儒林外史》,第二部分从情节、人物塑造技巧、心理现实主义等方面对小说中的人物形象进行了分析,第三部分主要探讨了小说的叙述技巧与语言风格,第四部分从形式和主题两个方面考察了《儒林外史》的结构,第五部分讨论了《儒林外史》的讽刺艺术及所呈现的意识形态。

三、论文集论文、期刊论文及其他

根据目前所搜集到的资料,目前英语世界已经刊登的有关《儒林外史》的论文集论文和期刊论文有 30 篇,另还有 1 篇会议论文,共计 31 篇论文。其中,1976 年,《早期现代中国的异议分子——〈儒林外史〉与清代社会批评》的作者罗溥洛在《符号》(*Signs*)2 卷第 1 期,发表了《改变的种子:对清代初期和中期女性状况的反思》("The Seeds of Change: Reflection on the Condition of Women in Early and Mid Ch'ing")一文。《中华帝国晚期的文人身份及其在小说中的表现》的作者史蒂文·罗迪撰写了《志向草丛、庭院欲望:〈儒林外史〉和九青小像的命运》("Groves of Ambition, Gardens of Desire: *Rulin waishi* and the Fate of The Portrait of Jiuqing"),在 2014 年发表于《男女:中国的男人、女人和性别》16 卷第 2 期,通过吴敬梓堂兄吴檠收藏陈鹄所作演员徐紫云肖像画一事之典故,探讨了吴敬梓的小说《儒林外史》中职业进取心和同性恋欲望的融合。论文论证了吴檠在画像上的题词巧妙地反映出吴敬梓在《儒林外史》中所体现的男性同性恋是对文人追求科举而带来的社会流动的一种补充的观点。

博士学位论文《理论与实践:小说、小说批评和〈儒林外史〉的写作》的作者陆大伟撰写了 3 篇论文,第一篇是《〈儒林外史〉的卧闲草堂评本》["The Wo-hsien Ts'ao-t'ang Commentary on the *Ju-lin wai-shih*(*The Scholars*)"],收录在由陆大伟本人主编、美国普林斯顿大学出版社 1990 年出版的《如何阅读中国小说》

(*How to Reading Chinese Novel*)一书中；第二篇论文《中国传统小说评论写作
中的观点》("'Point of View' in the Writings of Traditional Chinese Fiction
Critics")发表在《中国文学》[*Chinese Literature: Essays, Articles, Reviews
(CLEAR)*]1993 年 12 月刊；第三篇《潜在的批评：〈儒林外史〉》("Latent
Commentary：*The Rulin Waishi*")收录在由其本人主编、斯坦福大学出版社
1997 年发行的论文集《中国传统小说和小说评点：阅读和写作的言外之意》
(*Traditional Chinese Fiction and Fiction Commentary: Reading and Writing
between the Lines*)。

　　《〈儒林外史〉和中华帝国晚期的文化转型》的作者商伟发表了两篇有关《儒
林外史》研究的论文，一篇刊登在《哈佛亚洲研究学刊》(*Harvard Journal of
Asiatic Studies*)第 58 卷第 2 期的《礼仪、礼仪指南和儒家世界的危机：对〈儒林
外史〉的解读》("Ritual，Ritual Manuals，and the Crisis of the Confucian
World：An Interpretation of *Rulin Waishi*")；另外一篇《文人时代及其终结
(1723—1840)》["The Literati Era and Its Demise(1723 - 1840)"]，收录在由美
国汉学家孙康宜(Kang-i Sun Chang)和宇文所安(Stephen Owen)主编、剑桥大
学出版社出版的《剑桥中国文学史》(*The Cambridge History of Chinese
Literature*)下卷中。

　　另外一位研究《儒林外史》成果颇丰的学者是捷克汉学家史罗甫(Zbigniew
Slupski)，其博士毕业论文研究的正是《儒林外史》，但因不是用英语写作，所以
不在本书的研究范围之内。据所查资料显示，史罗甫用英文先后发表了 3 篇期
刊论文，第一篇是《〈儒林外史〉和现代中国小说的连接点》("Some Points of
Contact between *Rulin waishi* and Modern Chinese Fiction")，被马悦然(Goran
Malmqvist)主编的《中国现代文学及其社会环境》(*Modern Chinese Literature
and Its Social Context*)收录其中；第二篇《〈儒林外史〉组成上的三个层次》
("Three Levels of Composition of the *Rulin Waishi*")，发表于《哈佛亚洲研究
学刊》(*Harvard Journal of Asiatic Studies*)1989 年 6 月刊；第三篇《关于〈儒林
外史〉某些片段的真实性》("On the Authenticity of Some Fragments of the
Rulin Waishi")，于 1991 年刊登在《东方学文献》(*Archiv Orientalni:
Quarterly Journal of African，Asian，and Latin-American Studies*)第 59 卷
第 2 期。

美国圣母大学华裔学者、东亚语言文化系主任葛良彦教授对《儒林外史》也有一定的研究,除了研究专著《士人与国家:中华帝国晚期作为政治话语的小说》外,还撰写了论文《〈儒林外史〉:从开始到结束》("Rulin Waishi: From the Beginning to the End"),发表在 2010 年俄亥俄州立大学举办的"中西部亚洲研究学术研讨会"上。以上介绍皆以《儒林外史》为研究对象,出版过相关专著或是做过相关博士学位论文研究的汉学家的期刊论文。

此外,英语世界还有其他一些学者研究《儒林外史》并发表了期刊论文等学术成果。20 世纪 60 年代至 80 年代发表的期刊论文主要有:1964 年,克拉尔(Oldrich Kral)在《东方学文献》(*Archiv Orientalni: Quarterly Journal of African, Asian, and Latin-American Studies*)发表了《中国古典小说〈儒林外史〉中的一些艺术手法》("Several Artistic Methods in the Classic Chinese Novel *Ju-lin wai-shih*")一文。1966 年,赖明(Ming Lai)的《社会讽刺小说:〈儒林外史〉》("The Novel of Social Satire: *The Scholars*")收录在其本人主编的《中国文学史》(*A History of Chinese Literature*)。柳存仁(Tsun-yan Liu)的《〈儒林外史〉的原始版本只有五十回吗?》("Did *The Scholars* Originally Consist of Fifty Chapters Only?"),被香港龙门书店 1967 年出版的、由其本人主编的《伦敦所见中国小说书录》(*Chinese Fiction in Two London Libraries*)收录其中。

卫鲁斯(Henry Wells)于 1971 年在《淡江评论》(*Tamkang Review*)第 2 卷第 1 期发表了《论〈儒林外史〉》("An Essay on the *Ju-lin wai-shih*")一文。科尔曼(John Coleman)撰写的《方向盘的有无:〈儒林外史〉〈老残游记〉和清代儒家传统的衰落》("With and Without a Compass: *The Scholars*, *The Travels of Lao Ts'an* and the Waning of Confucian Tradition During the Ch'ing Dynasty"),于 1976 年刊登在《淡江评论》(*Tamkang Review*)第 7 卷第 2 期。1977 年林顺夫(Shuen-fu Lin)的《〈儒林外史〉中的礼与叙述结构》("Ritual and Narrative Structure in *Ju-lin wai-shih*")和高友工(Yu-kung Kao)的《中国叙述传统的抒情视角:〈红楼梦〉和〈儒林外史〉的解读》("Lyric Vision in Chinese Narrative Tradition: A Reading of *Hung-lou meng* and *Ju-lin wai-shih*")两篇论文,均被收入浦安迪(Andrew Plaks)主编的《中国叙述文:批评与理论文汇》(*Chinese Narrative: Critical and Theoretical Essays*),于 1977 年由普林斯顿大学出版

社出版。程亦凡的《对罗溥洛的回应》("A Response to Paul Ropp")发表在《亚洲研究学刊》(*The Journal of Asian Studies*)1984 年 5 月刊。金日参(Ik-Sam Kim)的《关于吴敬梓〈儒林外史〉的社会分析》["A Social Analysis of *The Scholars*(*Ju-lin wai-shih*) by Wu Ching-tzu"],于 1988 年刊登在《中国学研究》(*Chinese Studies*)第 6 卷。白保罗(Frederick Brandauer)的《现实主义、讽刺和〈儒林外史〉》("Realism, Satire, and the *Ju-lin wai-shih*")于 1989 年刊登在《淡江评论》(*Tamkang Review*)第 20 卷第 1 期。

自 20 世纪 90 年代以来学界发表的有关《儒林外史》研究的学术论文主要有:周祖炎(Zuyan Zhou)撰写的《阴阳两极互补:〈儒林外史〉中吴敬梓性别观念的关键》("Yin-Yang Bipolar Complementary: A Key to Wu Jingzi's Gender Conception in *the Scholars*"),发表在美国《中文教师学会学报》(*Journal of the Chinese Language Teachers Association*)第 29 卷第 1 期。林培瑞(Perry Link)撰写的《中国的核心问题》("China's 'core' problem")于 1993 年发表于 *Daedalus* 学刊第 122 卷第 2 期。1994 年,何谷理(Robert Hegel)在《亚洲研究学刊》(*The Journal of Asian Studies*)第 53 卷第 2 期发表了《传统中国小说的当前领域状况》("Traditional Chinese Fiction-The State of the Field")。遇笑容(Hsiao-jung Yu)的《〈儒林外史〉中疑问句语法结构不规则的规则分布情况》("Consistent Inconsistencies among the Interrogatives in *Rulin Waishi*"),在 1996 年发表于《中国语言学报》(*Journal of Chinese Linguistics*)第 24 卷第 2 期。安敏成(Marston Anderson)撰写的《学者帽子里的蝎子:〈儒林外史〉中的礼仪、记忆与欲望》("The Scorpion in the Scholar's Cap: Ritual, Memory, and Desire in *Rulin Waishi*"),被由胡志德(Theodore Huters)、王国斌(Bin Wong)、余宝琳(Pauline Yu)主编,斯坦福大学出版社 1997 年出版的《中国历史上的文化与社会》(*Culture and State in Chinese History: Conventions, Accommodations, and Critiques*)收录其中。1999 年,吴燕娜(Yenna Wu)在《淡江评论》(*Tamkang Review*)发表了《中国明清讽刺小说体裁的再审查》("Re-examining the Genre of the Satiric Novel in Ming-Qing China")一文。霍洛克(Donald Holoch)撰写的《忧郁的凤凰:从历史尘埃中得到的自我提升(从〈史记〉到〈儒林外史〉)》["Melancholy Phoenix: Self Ascending from the Ashes of History (From *Shiji* to *Rulin Waishi*)"],收录在 2001 年发行的由顾彬

(Wolfgang Kubin)主编的《苦闷的象征：寻找中国的忧郁》(*Symbols of Anguish: In Search of Melancholy in China*)论文集。同时在 2001 年发表的还有李惠仪(Wai-yee Li)撰写的《中国长篇白话小说》("Full-length Vernacular Fiction")，被收录在梅维恒(Victor Mair)主编的《哥伦比亚中国文学史》(*The Columbia History of Chinese Literature*)。除此之外，笔者还搜集到了方燮(Fang Xie)在 2012 年亚洲文化研究会议上发表的一篇论文《吴敬梓〈儒林外史〉中的城市空间概念化》("Conceptualization of Urban Space in Wu Jingzi's *The Scholars*")。

第三节 《儒林外史》在英语世界的传播概述

随着经济全球化的飞速发展，社会已经进入了多元文化时代，多种文化在这一时代交汇碰撞，也可以说，我们正处于一个文化传播的时代。著名传播学大师威尔伯·施拉姆(Wilbur Schramm)认为"所谓传播，即是指人与人、人与社会通过共享符号而建立关系的行为"[①]，共享符号是传播的内容，包含各种信息，如语音、文字、印刷、文章、文化、电子讯息等等。文化传播作为其中的一种重要内容形式，同人类朝夕相伴，无处不在、无时不有，是当代人类的主要生存方式和生存空间，促进了世界多元文化的生成与发展。而文学作为文化的主要载体，是人类重要的交往手段，它的传播促进了异质文化之间的交流与沟通。中国文学和文化源远流长，自产生之日起就伴随着传播的出现。在历史的进程中，中国文学的传播不仅仅局限于国内，很早就传播至日本、韩国等亚洲邻国，又在 16 世纪伴随着中外文化交流的发展流传于欧美等国，同世界各国文学相互交流、碰撞与汇合；并互为发展，在丰富本土民族的文学、增进世界对中国了解的同时，也对人类社会的进步及人类文明的发展作出了重要贡献。根据美国学者拉斯韦尔的"5W

---

① Wilber Schramm, *The Process and Effects of Mass Communication*. Urbana：University of Illiois Press，1971，p.10.

传播模式"①,《儒林外史》在英语世界的传播过程具有五个基本要素,其中传播的客体——小说文本及其所附含的文化和"受传者"——英语世界的读者,通过本课题名称就可以一目了然,所以在此无须探讨。本章将整合《儒林外史》在英语世界传播的整体情况,并在此基础上,着重考察这一传播过程的主体、渠道和效果,并对传播特点和效果进行总结、反思,以期能为以《儒林外史》为代表的中国文学在海外的传播献计献策,提供一些有建设性的意见。

一、《儒林外史》在英语世界的传播过程

随着《儒林外史》海外传播的进程,这部18世纪的中国古典白话小说已经跻身世界文学名著的行列,"与意大利的薄伽丘、西班牙的塞万提斯、法国巴尔扎克或英国狄更斯等人的优秀作品可以相提并论"②。经过长达半个多世纪的文本旅行,《儒林外史》在英语世界已经获得了较为广泛的传播,取得了较好的传播效果,而这一切成绩无不与传播主体及其所开展的传播渠道有着极为密切的关系,由此可见传播主体是整个《儒林外史》传播过程中的主导要素,在对传播渠道和效果的控制中发挥着主动作用。《儒林外史》在英语世界的传播主体主要由个人层面的传播者和媒介组织构成。这里所讲的个人层面的传播者主要是指具有职业角色的传播者③,比如翻译家、编辑、教师、学者和研究人员等;媒介组织主要是指杂志社、出版社和学术机构等。在传播过程中,个人层面的传播者负责对各种信息进行搜集、过滤、制作和传播;而媒介组织则担负着"守门人"④的作用,即在大众传媒中可以决定什么性质的信息可被传播、传播多少以及怎么样传播。二者在传播过程中相辅相成,共同承担着传播的责任与义务。默顿指出,一个人可以同时具有两种传播者角色⑤,致力于英语世界《儒林外史》传播的个人传播

---

① 美国学者哈罗德·拉斯韦尔(Harold Lasswell,1902—1977)在1948年发表的《传播在社会中的结构与功能》("The Structure and Function of Communication")一文中,首次提出了构成传播过程的五个基本要素,因在英语中构成五个要素的疑问代词的首字母均是W,所以被后人称为"5W传播模式"。5W分别代表的是Who(谁)、Says What(说了什么)、In Which Channel(通过何种渠道)、To Whom(向谁说)、With What Effect(取得了什么效果)。

② Henry Wells, "An Essay on the Ju-lin wai-shih". *Tamkang Review*, 2.1 (1971).

③ Robert Merton, *Social Theory and Social Structure*. New York: The Free Press, 1957, p.105.

④ "守门人"(gatekeeping)是传播学的一个重要概念,最早由美国心理学家Kurt Lewin提出,是指群体传播过程中负责筛选符合群体规范或把关人价值标准的传播内容的组织或个人。

⑤ Robert Merton, *Social Theory and Social Structure*. New York: The Free Press, 1957, p.105.

者正是这种情况,他们大多身兼两种职业角色,比如葛传规既是译者也是编辑,罗溥洛既是教师又是学者。鉴于这种情况,为了避免论述中的重复,笔者在下文中将按照传播成果将其分为两类职业角色——译者和学者来进行讨论。

在传播的整个过程中,如果说译者及其翻译行为是《儒林外史》在英语世界传播的基础力量,那么学者及其研究、教学成果则是《儒林外史》传播的主要推动力。两大传播主体互为补充,在英语世界的《儒林外史》传播过程中起到了很大的主导作用。鉴于此,下面笔者将根据两大传播主体的行为执行情况及其所取得的传播效果,将《儒林外史》在英语世界的传播过程分为肇始期(20 世纪 30 年代末至 60 年代)、发展期(20 世纪七八十年代)和深入期(20 世纪 90 年代至今)三个阶段进行论述。

(一)《儒林外史》在英语世界传播的肇始期

20 世纪 30 年代末至 60 年代是《儒林外史》在英语世界传播的起步阶段。这一时期《儒林外史》刚刚进入英语世界,处于被介绍、被推广的初步时期,传播行为刚刚展开,传播媒介和传播范围还有待开发。尽管肇始期的传播基础差、传播人员少、推行困难大,但《儒林外史》在这一阶段的传播效果并不可小觑,取得了不错的成绩,成功克服了传播初期遇到的困难,为接下来的传播过程扫清了障碍、打下了坚实的基础。

1. 译者的传播

任何一部文学作品的海外传播都离不开译者的努力,作为把文学作品带入目的语国家的信息发送者,译者的主体性行为直接关系到一部文学作品是否可以在目的语国家顺利着陆并在异质文明的土壤中生根发芽,是文学作品在海外进行传播的至关重要的一步。同其他文学作品一样,《儒林外史》最初是以译本为媒介打开了英语世界的大门,迈出了在英语世界传播的坚实的第一步,为以后传播的发展打下了坚实的基础。如果说《儒林外史》在英语世界的传播取得了良好效果的话,那么英文译本及译者的功劳应该是首当其冲,绝对功不可没。

葛传规是最早将《儒林外史》翻译成英文并将《儒林外史》故事介绍到英语世界的人。葛传规先生 1906 年生于上海,一生没有读过大学,也基本没有受过正规教育,却靠着惊人的毅力与刻苦的学习精神利用在商务印书馆工作的机会自学成才,直至后来成长为中国英语学界的泰斗式人物,与杨岂深、徐燕谋两位教授一起被誉为"20世纪50年代复旦大学英语语言文学系三巨头"。1939年,时任商务印书馆英文编辑的他翻译了《儒林外史》第一回开篇内容1300多字,以《文人的故事》("A Tale of the Literati")为题名刊登在美国芝加哥大学出版社发行的《英文杂志》。这是《儒林外史》第一次以故事刊载的形式登上英语世界的舞台,开始为英语世界的读者所认识。后来,此译文又被潘正英主编的《中国十大名著选译》(*Selective Translation of Ten China's Famous Works*)一书收录其中。葛传规的翻译是《儒林外史》进入英语世界的首次尝试,比较可惜的是,因为各种原因他没有继续翻译下去,只有这一回的节译故事问世。尽管如此,葛传规的翻译行为仍然有着重要的价值和意义,为《儒林外史》在不久的将来全面打开英语世界的大门打下了坚实的基础。

紧随葛传规之后翻译《儒林外史》的是徐诚斌。徐诚斌1920年生于上海,1940年毕业于上海圣约翰大学新闻系,1945年获得英国政府奖学金赴牛津大学攻读英美文学,并于1948年获得文学硕士学位。徐诚斌曾先后在复旦大学外文系、《西洋文学》、南京中央大学等处任职,1950年前往香港生活、工作,后发展成为香港教区第一位华人主教。《儒林外史》是徐诚斌在复旦大学外文系任教时翻译的。与葛传规一样,徐诚斌也只翻译了一回内容,他选译的是《儒林外史》第五十五回"添四客述往思来,弹一曲高山流水",并以《四位奇士》("Four Eccentrics")为题名于1940年发表在《天下月刊》第10—11月刊。《天下月刊》由吴经熊、温源宁、林语堂等担任编辑委员会委员,在上海和南京出版,虽是国内刊物,但此刊还同时向美国、英国等国发行,在20世纪三四十年代的东西方学术界有一定的影响,为《儒林外史》的文人故事进入英语世界传播提供了平台与路径。

另外还有一位节译《儒林外史》故事内容的翻译家是著名美国华裔教授王际真先生。王际真先生,字稚臣,出生于1899年,早年毕业于留美预备学堂(清华大学前身),1922年赴美留学,先后在威斯康星大学和哥伦比亚大学学习。王际真在毕业后留美工作,曾任纽约艺术博物馆东方部职员和哥伦比亚大学汉文教员,是美国哥伦比亚大学最早的华人教授。王际真先生一生翻译了大量的中国古典文学作品和鲁迅的短篇小说,对中国文学在英语世界的传播做出了很大的努力,其中《儒林外史》的选译就是其主要贡献之一。王际真先生选择《儒林外史》的第二回和第三回进行翻译,将周进和范进中举的故事更名为《两学士中举》,被高乔治收入其主编的《中国智慧与幽默》一书,并于 1946 年由美国纽约科沃德—麦卡恩公司出版。由于拥有长期在美国学习、工作、生活的经历,所以王际真的译文更贴近英语世界的读者,呈现出自然、流畅的特点,形象地向读者展示了清朝儒士们在科举制度的控制下酸腐的生活状况。相比较于其他译文片段,王际真的翻译更受英语世界的欢迎,获得了很多好评,较为成功地将《儒林外史》的故事情节介绍到英语世界,并在英语世界产生了一定的影响。

1957 年,我国著名翻译家杨宪益及其英国籍夫人戴乃迭两位先生通力合作,翻译了整部《儒林外史》,将英文版本命名为《儒林》(The Scholars),由外文出版社出版,全书共 55 回,721 页。这是迄今为止《儒林外史》唯一的一部英文全译本,其中前七回是两位先生 1954 年 4 月发表在英文刊物《中国文学》上的内容,题为《吴敬梓——儒林外史》。

杨宪益于 1915 年出生在天津,1934 年去英国牛津大学莫顿学院学习,在学习期间与英国籍妻子戴乃迭相识相恋,于 1940 年携夫人一起回国工作,曾先后在重庆大学、贵阳师范学院、光华大学、重庆和南京的编译馆任职,1953 年调至外文出版社工作,直至退休,是我国著名的翻译专家和外国文学研究专家。杨宪益的夫人戴乃迭,原名 Gladys B. Tayler,1919 年出生在北京,父母为英国传教士。戴乃迭是牛津大学首位中文学士,于 1940 年嫁给杨宪益,后随夫一直在中国生活,作为英籍翻译专家,先后在北京外文出版社、《中国文学》编辑部等单位工作。

杨宪益和夫人戴乃迭是中国文坛的翻译大家,是最早把中国古典文学名著译成英文的主要翻译家,两人一起合作翻译了众多中国文学作品,作品从先秦散文、诗经楚辞到《水浒》《儒林外史》《红楼梦》等古代文学作品,再到《鲁迅全集》和现当代文学作品百余种,译本在国外颇获好评,并有着广泛影响。两位先生是在国际上享有崇高声誉的翻译家,为中国翻译事业的发展以及中国文学在英语世界的传播作出了重要贡献。

为了方便读者理解译文内容、提高读者兴趣,同时也为了有利于该译本在英语世界的传播和推广,外文出版社邀请我国 20 世纪著名作家吴组缃先生为该译本撰写了序言,并邀请著名画家程十发先生配合小说故事情节作了多幅故事插图,还将译者翻译的翦伯赞先生所作的《〈儒林外史〉中提到的科举活动和官职名称》附在译本最后。此外,在 1963 年和 1973 年重印该译本第二版和第三版时,外文出版社又将《小说主要人物表》添加其中。该译本一经问世,便引起了英语世界的注意,直接推进了《儒林外史》在英语世界的知名度以及学界研究热潮的到来。

　　尽管这一时期的译者,在杨宪益和戴乃迭两位先生之前,全都是选择性地翻译了《儒林外史》的故事,但这种选择性的翻译行为也恰恰体现出了译者对异质文明下的受众群体的观察和思考。他们有选择性地向英语世界介绍一些符合当地读者阅读兴趣的文人故事,体现了传播主体的主动性,符合文学作品的传播规律,为杨、戴全译本的出现和传播打下了基础,有利于《儒林外史》在英语世界展开有效的传播。

　　2. 学者的传播

　　在译者奋力敲开英语世界大门传播《儒林外史》的同时,学者在这一时期的传播过程中也起到了非常重要的作用。这一时期的学者以华人为主,且大都在英语世界国家的高校教授中文,具备传播中国文学作品的条件与能力。他们的研究与教学互为补充,将《儒林外史》带入英语世界大众的视线之中,在自己做研究的同时,注重培养学生对《儒林外史》等中国文学作品的阅读兴趣,并鼓励他们在校期间尝试相关研究。作为另一主要的传播主体,学者们对《儒林外史》的教学与研究体现了传播的主动性,为《儒林外史》在英语世界初期阶段的传播作出了突出贡献,为下一阶段发展期的快速传播起到了绝对性的助推作用。

　　张仲礼(Chung-li Chang)是首位将《儒林外史》的成书背景资料介绍给英语世界的学者,奠定了《儒林外史》在英语世界进行传播的基础。1955 年,时任美国华盛顿大学教授的张仲礼先生出版了《中国绅士:关于其在 19 世纪中国社会中作用的研究》(*The Chinese Gentry: Studies on Their Role in Nineteenth-Century Chinese Society*)一书[①],他在书中对《儒林外史》成书时期的社会背景和文人绅士进行了研究,为英语世界读者提供了大量有关该小说的背景资料。张仲礼先生出生于 1920 年,在国内获得上海圣约翰大学经济学士学位以后,1947 年前往美国进行硕士和博士学位课程学习,并于 1953 年从美国华盛顿大学毕业

---

　　① Chung-li Chang, *The Chinese Gentry: Studies on Their Role in Nineteenth-Century Chinese Society*. Seattle: University of Washington Press, 1974.

获得经济学博士学位。张仲礼先生是美国华盛顿大学经济学系"二战"后培养的首位博士，因其出众的科研能力获得毕业留校任教的机会，并很快获得该校终身教授职位。但为了支持祖国建设，张仲礼放弃了美国终身教职及优越的生活环境，于1958年回到国内，在上海社会科学院工作，直至退休。张仲礼在美国华盛顿大学学习、工作的短短十年间，取得了卓越的科研成果，促进了英语世界对中国文化的了解，至今在英语世界中国学研究领域仍有重要的影响。张仲礼专著《中国绅士：关于其在19世纪中国社会中作用的研究》对中国19世纪中国绅士的构成、特征及科举生涯进行了全面而充分的描述、考察和研究，对《儒林外史》的创作时代背景和思想内容进行了深入研究。这本专著为以后读者和学者更好地理解、研究《儒林外史》，促进其在英语世界的传播和研究打下了坚实的基础。

另一位华人学者赖明对《儒林外史》的关注与研究也促进了该小说在英语世界的早期传播。1966年，美国纽约开普利康出版公司出版了由赖明主编的《中国文学史》一书，其中包含了赖明本人所写的《社会讽刺小说：〈儒林外史〉》一文①，这是英语世界有关中国文学史研究专著中首次收录《儒林外史》的研究，同时也是华人学者首次在英语世界发表的有关《儒林外史》的评论研究。赖明在文中指出《儒林外史》严格来讲不能算是真正的小说，而是联系松散的短篇故事集，它受到大众欢迎的原因有二：一是因为作者温暖和幽默的风格，二是因为它嘲弄取笑了长期控制社会的特权阶层中的儒士们。这一成果逐渐被一些英语世界高校的中国文学课堂纳为参考书目，并随之在对中国文学感兴趣的学者和学生中传播，增加了他们对《儒林外史》的了解。

1967年，伦敦大学博士、时任澳大利亚国立大学中文系教授的柳存仁在课堂上讲授中国古典文学的同时，根据自己对中国古典小说在英国流通情况的考察，撰写了《伦敦所见中国小说书录》一书，并交由香港龙门书店出版。柳存仁教授是英语世界中国文学研究的翘楚，曾任澳大利亚国立大学中文系主任、亚洲研究学院院长，是澳大利亚人文科学园首届院士、英国及北爱尔兰皇家亚洲学院会员，著有《中国文学史》《道教史探源》等作品，对中国文学在英语世界的传播、推广与研究起到了很大的推动作用。《伦敦所见中国小说书录》是柳教授本人在教

---

① Ming Lai，"The Novel of Social Satire：*The Scholars*"，in *A History of Chinese Literature*，New York：Capricon Books，1966，pp.327–332.

学中使用的教材,同时也在汉学界得到了较好的推广。该书收录了他撰写的《〈儒林外史〉的原始版本只有五十回吗?》一文①。柳存仁教授在这篇文章中首次提出《儒林外史》的原版回数问题,并认可了胡适关于《儒林外史》原版只有55回的观点,指出第一回到最后的第五十五回,每个故事间都由详尽的情节紧密连接,是密不可分的整体。此外,柳存仁还指出了胡适在《儒林外史》研究过程中的一些错误理解,以及自己对版本之说感到困惑的地方。

　　这一时期,另一位对《儒林外史》在英语世界的传播有着突出贡献的是著名的美籍华裔汉学家夏志清教授。夏志清教授是柳存仁教授多年的好友,1921年生于上海,在上海沪江大学英文系毕业后不久便赴美留学,于1952年获得美国耶鲁大学博士学位,1962年起在哥伦比亚大学东亚语言文学系任教,1991年荣休为该校中国文学名誉教授。夏志清教授在哥伦比亚大学工作期间,产生了大量有关中国文学作品的研究成果,并在英语世界开创了中国现代文学研究领域,推动了哥伦比亚大学成为英语世界里中国文学研究的主要学术机构。除了对现代中国文学的研究有着卓越贡献,夏志清对中国古典文学的研究和传播也颇有建树,尤其在《儒林外史》的传播方面,他更是不遗余力,是《儒林外史》在英语世界早期传播的主舵手,增进了英语世界对该小说的了解和研究兴趣。1968年,夏志清的专著《中国古典小说史论》(*The Classic Chinese Novel*)由哥伦比亚大学出版社出版,书中对《三国演义》《水浒传》《西游记》《金瓶梅》《儒林外史》《红楼梦》及中国古代短篇小说进行了探讨②。该书是向英语世界介绍中国古典文学作品的力作,对于包括《儒林外史》在内的中国古典小说在英语世界的传播有着非常积极的影响,不仅在学界及学校得到了很好的传播,在大众读者间也有着一定的知名度。

　　虽然这一阶段《儒林外史》的传播以华人学者的研究和教学传播为主,但是依然有欧美学者注意到了《儒林外史》,并通过研究促进了它的传播。1964年,时任布拉格查理大学亚非系教师的克拉尔在《东方学文献》发表了英文论文《中国古典小说〈儒林外史〉中的一些艺术手法》③,主要探讨了吴敬梓撰写《儒林外

① Tsun-yan Liu, "Did The Scholars Originally Consist of Fifty Chapters Only". In *Chinese Popular Fiction in Two London Libraries*. Hong Kong: Lung Men Bookstore, 1967, pp.150-153.

② Chih-tsing Hsia, *The Classic Chinese Novel*. New York: Columbia University Press, 1968, pp.224-225.

③ Oldrich Kral, "Several Artistic Methods in the Classic Chinese Novel *Ju-lin wai-shih*". *Archiv Orientalni: Quarterly Journal of African, Asian, and Latin-American Studies*, 32 (1964).

史》所使用的人物描写手法及其主要特色。克拉尔是捷克著名的汉学家,1957年毕业于捷克斯洛伐克科学院东方研究所,师从捷克汉学的奠基者、著名汉学大师普实克(Jaroslav Prusek),1958 年起在布拉格查理大学亚非系任教,自 1989年起担任系主任一职。克拉尔一直致力于中国古典文学的传播和研究工作,翻译了大量的中国古典文学作品,对《儒林外史》进入英语世界并为英语世界的读者所接受做出了大量的工作。与华裔学者的研究不同,克拉尔本身作为一名西方本土学者,在对中国古典文学作品的研究方面,对如何能够更有效地在英语世界传播与推广更有切身体会。所以克拉尔在研究《儒林外史》这部作品时,是从西方人的阅读习惯和研究视角出发,对小说中的具体人物形象进行描写与分析,从而提高了英语世界读者对这部作品的阅读和研究兴趣,对《儒林外史》在英语世界的初期传播起到了重要作用。

从以上介绍可以看出,《儒林外史》在英语世界早期传播的主要力量是华裔学者,这些华裔学者大都是在中国大陆或港台地区受过良好的高等教育,后去欧美继续深造,并在博士学习结束后留在欧美高校长期从事中国文学教学工作,对英语世界的读者群众比较了解。这一批学者既具有深厚的汉学功底,同时又精通西方文学研究的理论和方法,可谓学贯中西、博古通今。因此,在研究和传播《儒林外史》这部中国 18 世纪古典名著时,他们能够兼顾中西文化差异,在立足中国文学传统的基础上,通过西方读者能够接受的方式、方法进行研究和传播。这一时期的华裔学者在致力于《儒林外史》研究与传播的同时,还在教学过程中培养了一大批具有中国文学研究潜力的人才,为下一阶段《儒林外史》在英语世界的进一步传播储备了研究力量。同时,尽管《儒林外史》在传入英语世界之初很少受到西方本土学者的关注,但克拉尔教授的关注与研究打破了英语世界无人问津的窘境,开始逐渐为英语世界的读者所关注与讨论,为受众在下一阶段转为传播主体打下了扎实的基础。与华人学者相比,克拉尔的西方本土学者身份本身就是一个传播辐射点,他的研究与传播更易于引起英语世界读者的兴趣和共鸣,有利于推动《儒林外史》在英语世界的传播和接受进程。

(二)《儒林外史》在英语世界传播的发展期

经过传播主体在肇始期的努力,英语世界的《儒林外史》传播在 20 世纪七八十年代进入了快速发展时期。尤其是 1972 年《儒林外史》英文全译本在美国重印出版之后,英语世界掀起了一股研究《儒林外史》的热潮,使得《儒林外史》在这一时期迅速传播开来,传播主体和传播范围不断扩大,传播效果也更为明显。

1. 译者的传播

继在肇始期顺利敲开英语世界传播的大门之后,译者尤其是杨宪益和戴乃迭两位先生在这一时期仍然发挥着重要作用,促进了英语世界《儒林外史》传播范围和受众群体的扩大。随着传播的不断推进,杨宪益和戴乃迭两位先生翻译的英文全译本不仅引起了越来越多英语世界学者们的研究兴趣,还受到了英语世界出版公司的关注。1972年,美国纽约格罗西特与邓拉普公司从中国引进了该译本的出版权,在美国重印并出版。美国重印本的"序言"部分是出版公司邀请美籍华裔著名学者、中国文学研究家、哥伦比亚大学教授夏志清先生所撰写的。在序言中,夏志清给予了《儒林外史》极高的肯定和评价,将其列为最伟大的中国传统小说之一,与明代的四大奇书《三国演义》《水浒传》《西游记》《金瓶梅》和清代的《红楼梦》齐名,是中国传统小说发展史上的"六大名著";认为它是中国历史上第一部彻底从大众宗教信仰中分离出来的讽刺现实主义作品。同时,夏志清也对该译本评价极高,他认为杨、戴两位先生翻译的《儒林外史》译本文笔流畅、表达精准,不仅充分体现了小说的讽刺现实主义,而且符合原文的白话风格,是六大名著译文中最好的译本。夏志清的序言对《儒林外史》在英语世界的进一步推广和传播起到了很大的促进作用,推动了此译本在英语世界的广泛流传。由于杨宪益、戴乃迭两位先生的译本坚持以汉民族文化背景为依据,且对原文内容和表达意义把握准确,同时又顾及不同语言间、异质文明间的文化差异,不仅保留了原文的生动形象,而且有利于英语世界读者理解与接受,所以获得了很高的认可,从出版到现在一直是英语世界广大学者进行《儒林外史》研究的重要资料基础,也为广大对中国文学感兴趣的英语世界读者所喜爱。

在杨宪益、戴乃迭两位先生的译著《儒林》在英语世界出版发行之后,还有部分研究者根据需要对《儒林外史》进行了片段式翻译,其中最有名的当数英籍华裔汉学家、剑桥大学东方学院汉文系教授张心沧。张心沧先生生于1923年,于20世纪40年代末从香港赴英国留学,获得文学博士学位后一直在剑桥大学担任汉文系教员。张心沧先生在剑桥工作期间将包括《儒林外史》《聊斋志异》等在内的中国古典文学作品介绍到英语世界,为中国文学在海外的传播和影响起到很大的助推作用,并凭此成就在 1975 年获得了享有汉学界诺贝尔奖之称的"儒莲奖"。其中,对于《儒林外史》的翻译,张心沧选择了第三十一回和第三十二回,并将所译内容重新命名为《慷慨的年轻学士》("Young Master Bountiful"),收入专著《中国文学:通俗小说与戏剧》(*Chinese Literature: Popular Fiction and Drama*)一书第十一章,于 1973 年由芝加哥阿尔丁出版公司及爱丁堡大学出版社发行。张心沧翻译的内容是关于作者吴敬梓在文中的化身——杜少卿的故事,为了易于英语世界读者理解和接受,张心沧教授除了在专著中收录译文,还对《儒林外史》创作的时代背景、讽刺技巧、现实意义以及作者吴敬梓的生平事迹等做了详细介绍和评论,并在译文后面添加了注释,在英语世界得到了很高的评价,同时也很受读者的欢迎,推进了英语世界读者对《儒林外史》的阅读和研究兴趣。

尽管《儒林外史》进入英语世界的时间较晚,但是随着英文全译本和节译本的出现,尤其是这一时期英译本在英语世界的出版发行,这部中国文学作品逐渐受到越来越多的英语世界学者乃至对中国文化感兴趣的读者的关注与重视,很多研究者都将此书纳为研究对象,并发表了不少评论,赖明的《中国文学史》、孙康宜和宇文所安主编的《剑桥中国文学史》、梅维恒主编的《哥伦比亚中国文学史》、骆玉明主编的《中国文学简史》等中国文学史专门研究也将《儒林外史》收录其中。此外,美国大百科全书"中国小说的发展"条目中评价《儒林外史》是由一个个精彩的讽刺故事构成,它对后来的中国讽刺文学产生了极大的影响";英国大百科全书也在"清朝时期的中国文学"条目中提到《儒林外史》并给出了很高的评价,认为该作品无论是在故事情节还是在人物性格的描写上都较前人有很大的创新性,指出"吴敬梓(1701—1754)创作的《儒林外史》共五十五回,反映了他所处时代的真实生活状况,是一部杰出的讽刺文学作品"。由此可见,翻译家及其翻译成果,随着传播的推进不仅成功将《儒林外史》介绍给英语世界,而且促进了传播,并在英语世界产生了一些影响,为本阶段进一步拓展《儒林外史》传播的范围和深度打下了坚实的基础。

2. 学者的传播

随着美国新汉学研究的高涨,这一时期《儒林外史》的传播地点仍以美国为主。由于以华人教授为主的学者在肇始期为《儒林外史》打下了坚实的传播基础,这一阶段随着全译本的进一步发行推广,有越来越多的西方学者开始投身于

《儒林外史》的研究与传播，呈现出西方本土学者和华人学者相互学习、互放光彩的传播态势，产生了一大批《儒林外史》研究专家及其日益丰硕的研究成果。

（1）英语世界西方本土学者对《儒林外史》的传播

根据笔者收集到的资料，这一时期，首位对《儒林外史》产生关注的西方本土学者是美国哥伦比亚大学卫鲁斯教授。卫鲁斯教授一直从事中国古典文学的研究与教学工作，对《西厢记》《儒林外史》等古典文学作品颇有研究，对中国古典文学作品在英语世界的传播和接受做出了很多努力。1971 年，他在《淡江评论》2卷第 1 期发表了《论〈儒林外史〉》一文①，指出吴敬梓的这部小说是一部极其优秀的著作，足以跻身于世界文学杰作之林，可以与意大利的薄伽丘、西班牙的塞万提斯、法国的巴尔扎克或英国的狄更斯等人的作品相抗衡。卫鲁斯的评论一经发表，便引起了英语世界更多研究人员和教学群体的兴趣，开始转而关注《儒林外史》，将其作为研究对象或者教学对象，确立了《儒林外史》在世界文学之林的地位，在提升了作品知名度的同时，也促进了该部小说在英语世界的研究热度和接受进度。

在卫鲁斯教授之后，英语世界本土学者中出现了一位《儒林外史》研究的集大成者——美国著名汉学家、克拉克大学教授罗溥洛。罗溥洛是《儒林外史》在这一时期得以快速传播的主推手，他在密歇根大学安娜堡分校学习期间，在导师张春树教授的建议和指导下，开始研究《儒林外史》，并于 1974 年完成博士论文《清代早期社会及其批判者：吴敬梓的生平与时代（1701—1754）》的撰写②。该博士论文是英语世界第一部研究《儒林外史》的学位论文成果，也是第一部从社会历史学角度研究《儒林外史》的成果，一经完成，便受到了很多学者、教授的肯定。罗溥洛获得博士学位后，曾先后在美国阿肯色州立学院（现更名为"阿肯色中央大学"）、加拿大麦吉尔大学、美国的孟菲斯州立大学、密歇根大学、克拉克大学从事科研和教学工作，2011 年在克拉克大学退休。1981 年，罗溥洛在孟菲斯州立大学担任教职期间，将博士学位论文润色修改，更名为《早期现代中国的异

---

① 　Henry Wells，"An Essay on the *Ju-lin wai-shih*". *Tamkang Review*，2.1 (1971).

② 　Paul Ropp，*Early Ch'ing Society and its Critics: The Life and Time of Wu Ching-tzu*［*1701 - 1754*］. Ph. D. dissertation，The University of Michigan in Ann Arbor，1974.

议分子——〈儒林外史〉与清代社会批评》交由密歇根大学出版社出版①。此外，1976 年，罗溥洛还在《符号》2 卷第 1 期发表了《改变的种子：对清代初期和中期女性状况的反思》②，探讨分析了《儒林外史》体现出的女性思想。罗溥洛的学位论文、研究专著等成果，从西方学者的研究视角出发，更能为英语世界所接受，对《儒林外史》的传播有着积极的促进作用，在英语世界影响很大，直至今天仍是英语世界追捧的《儒林外史》研究的主要学术成果。

与此同时，美国还有一位本土学者白保罗在 20 世纪 70 年代致力于《儒林外史》的传播与研究工作。白保罗教授，1933 年出生，是西雅图华盛顿大学的荣休教授，曾任该校亚洲语言文学系中文系主任一职。白保罗一直致力于中国传统文化和中国古典文学作品的传播与研究，以《西游补》的研究而闻名于英语世界。在关注《西游补》的同时，白教授对《儒林外史》也颇感兴趣，并对其进行了深入细致的研究。1989 年，白教授在《淡江评论》20 卷第 1 期发表了《现实主义、讽刺和〈儒林外史〉》③一文，该文从西方文学理论的研究视角来讨论《儒林外史》的现实主义和讽刺艺术特色，有助于英语世界读者的理解和接受。

此外，20 世纪 80 年代起开始研究《儒林外史》的美国本土学者有丹尼尔·鲍尔和陆大伟两位教授。鲍尔和陆大伟两人在当时都还是学生，同时凭借对这部中国古典小说的研究成果于 1988 年获得博士学位。美国威斯康星大学麦迪逊分校的丹尼尔·鲍尔在导师亚瑟·孔斯特（Arthur Kunst）的指导下完成博士学位论文《创造性模糊：〈儒林外史〉与〈汤姆·琼斯〉中的讽刺描写》④。鲍尔的这篇博士学位论文是首次通过西方名著《汤姆·琼斯》来向英语世界介绍、推广与其同时期出现的中国古典名著《儒林外史》。本论文通过对比，挖掘出两部作品相似的讽刺特征和流浪汉形象，并进行探讨和分析，不仅有利于更多的英语世界读者对《儒林外史》产生阅读和研究兴趣，而且有助于英语世界读者更好地理

---

① Paul Ropp, *Dissent in Early Modern China: "Ju-lin wai-shih" and Ch'ing Social Criticism*. Ann Arbor: University of Michigan Press, 1981.

② Paul Ropp, "The Seeds of Change: Reflections on the Condition of Women in the Early and Mid Ch'ing". *Signs*, 2.1 (1976).

③ Frederick Brandauer, "Realism, Satire, and the Ju-lin wai-shih". *Tamkang Review*, 20.1 (1989).

④ Daniel Bauer, *Creative Ambiguity: Satirical Portraiture in the "Ju-lin wai-shih" and "Tom Jones"*. Ph. D. dissertation, The University of Wisconsin-Madison, 1988.

解中国具有流浪汉特征的讽刺小说。这部论文从西方本土学者的角度出发,通过中西文学作品之间的对话与沟通,很好地向英语世界读者介绍和推荐了《儒林外史》,促进了英语世界对《儒林外史》的研究与接受。

现任美国密歇根大学亚细亚语言与文化系教授的陆大伟博士是当前英语世界研究中国古典文学的知名学者,长期从事中国传统戏曲、小说研究,在中国古典小说批评、京剧文化史研究等方面颇有建树,编有《如何阅读中国小说》(*How to Read Chinese Fiction*,普林斯顿大学出版社,1990年),并著有《中国传统小说和小说评点:阅读和写作的言外之意》(*Traditional Chinese Fiction and Fiction Commentary: Reading and Writing between the Lines*,斯坦福大学出版社,1997年)等作品,对中国文学及中国文化在英语世界的传播做出了很多卓著的成绩。陆大伟教授在芝加哥大学攻读博士学位期间师从著名华裔学者李欧梵(Leo Lee)教授,在李教授的推荐下开始阅读《儒林外史》,并将此部小说作为博士学位论文的研究课题,于1988年凭借《理论与实践:小说、小说批评和〈儒林外史〉的写作》①获得了芝加哥大学的哲学博士学位。该部论文从文学理论的角度来阐释《儒林外史》,通过梳理中国传统小说实践与评点的发展轮廓来论述吴敬梓的创作所取得的创新和突破。陆大伟的这篇学位论文由于自身的理论性特点,在英语世界的学术界产生了一定的影响,提高了学者们对《儒林外史》的研究兴趣。

虽然《儒林外史》在这一时期的传播以美国为主,但在欧洲英语学术界也取得了一些研究成果。1976年,英国汉学家约翰·科尔曼从清代文化的兴衰入手,在《淡江评论》7卷第2期发表了《方向盘的有无:〈儒林外史〉〈老残游记〉和清代儒家传统的衰落》②。科尔曼通过对《儒林外史》和《老残游记》的比较,指出两部作品虽然在内容和类型上有相似之处,且《儒林外史》常被认作《老残游记》的原型,但与《老残游记》不同的是,吴敬梓创作的《儒林外史》体现了和谐统一的风格和价值观,与作者所处时代相关,整部小说具有连贯性和统一性,因此《儒林外史》是一部更加出色的作品。科尔曼对《儒林外史》的称赞,推动了英语世界尤其是英国的许多中国文学爱好者开始关注和传阅《儒林外史》。除了科尔曼以

① David Rolston, *Theory and Practice: Fiction, Fiction Criticism, and the Writing of the "Ju-lin wai-shi"*. Ph. D. dissertation, The University of Chicago, 1988.

② John Coleman, "With and Without a Compass: *The Scholars, The Travels of Lao Ts'an* and the Waning of Confucian Tradition During the Ch'ing Dynasty". *Tamkang Review*, 7.2 (1976).

外,在欧洲还有一位波兰华沙大学的汉学家史罗甫教授用英语论文创作推动了《儒林外史》的传播。史罗甫教授师从捷克汉学的奠基者、中国文学研究大家普实克教授,是普实克教授的得意门生,在中国文学研究,尤其是在《儒林外史》和现代文学领域,有着很高的知名度。早在博士学习期间,史罗甫在普实克教授的引导和指导下就开始研究《儒林外史》,并将其作为自己的博士学位论文研究课题。史罗甫教授在华沙大学工作后继续从事中国文学的研究和传播,陆续用英文发表了3篇《儒林外史》研究的学术论文,其中有两篇都是在这一时期发表的,分别是1977年发表的《〈儒林外史〉和现代中国小说的连接点》[1]和1989年刊载的《〈儒林外史〉组成上的三个层次》[2],两篇论文分别从《儒林外史》的内部结构及其与现代小说的关联展开研究,阐述了《儒林外史》在叙述层次和内部结构上的创新,及对后世作品创作的积极影响,观点独到新颖,在英语学界具有一定的代表性。

（2）英语世界华裔学者对《儒林外史》的传播

与华裔学者孤身研究、传播《儒林外史》的肇始期不同,这一时期的华裔学者与西方学者的研究珠联璧合,百花齐放,相得益彰;在促进了《儒林外史》和谐传播的同时,也提高了英语世界《儒林外史》研究的深度与广度。早在肇始期就展开研究的华裔教授如夏志清等,在这一时期仍然继续致力于《儒林外史》的传播和推广;除此之外,这一时期还有新的华裔学者陆续加入《儒林外史》的传播与研究队伍,主要有黄宗泰、林顺夫、高友工等。

1972年,美国哥伦比亚大学的夏志清教授在这一时期继续致力于《儒林外史》在英语世界的传播。为了推进《儒林外史》在英语世界的传播与接受,夏志清接受美国纽约格罗西特与邓拉普出版公司的邀请,为即将在美国重印发行的《儒林外史》英译本作《序言》[3],向英语世界读者推荐介绍《儒林外史》的同时,给予了该部小说极高的评价,并对杨宪益、戴乃迭两位先生的译本进行了充分的肯

① Zbigniew Slupski, "Some Points of Contact between *Rulin Waishi* and Modern Chinese Fiction". In Goran Malmqvist ed. *Modern Chinese Literature and Its Social Context*. Stockholm: Editor, 1977, pp.123–139.

② Zbigniew Slupski, "Three Levels of Composition of the *Rulin Waishi*". *Harvard Journal of Asiatic Studies* 49.1 (1989).

③ Chih-tsing Hsia, Foreword to *The Scholars*. Trans. Yang Hsien-yi and Gladys Yang. New York: Grosset and Dunlap, 1972.

定,利用自己的学术影响力提高了该部小说在英语世界的知名度,是《儒林外史》在英语世界得以迅速传播的主推手。

这一时期对《儒林外史》在英语世界的快速传播有着重要贡献的是美国华裔汉学家、文学理论家黄宗泰教授。黄宗泰祖籍广东,1941 年出生于香港,在夏威夷长大,一直致力于《儒林外史》等中国古典小说的教学与研究工作,其研究成果在英语世界汉学界有一定的影响。由于从小在英语环境中成长,黄宗泰先生并非一开始就擅长汉语,他开始系统学习汉语始于硕士学习时期。当时,黄宗泰在夏威夷大学亚洲研究专业学习,期间曾赴中国台北进修一年多,使得中文水平得到极大提高。黄宗泰在 1967 年底获得硕士学位后,1968 年便申请进入斯坦福大学攻读博士学位。黄宗泰在博士攻读期间开始关注中国古典小说,将《儒林外史》作为研究课题,于 1975 年完成学位论文《中国小说批评的讽刺和论证:〈儒林外史〉研究》①并顺利通过答辩,获得博士学位。1978 年,黄宗泰在亚利桑那州立大学工作期间出版专著《吴敬梓》②。黄宗泰的《吴敬梓》是英语世界出版发行的第一部《儒林外史》研究专著,一经出版便迅速引起了学界的注意,大力推动了《儒林外史》的传播和研究工作。此外,黄宗泰在俄亥俄州立大学、亚利桑那州立大学两所大学交替教学期间,一直坚持不懈地致力于《儒林外史》等中国文学作品的研究与传播,取得了很大成绩。

此外,美国密歇根大学亚洲语言与文化系林顺夫教授出生于 1943 年,1965 年从中国台湾东海大学本科毕业后赴美继续深造,1972 年获得美国普林斯顿大学哲学博士学位,是美国著名的华裔学者。林顺夫博士毕业后一直留美任教,先后在华盛顿大学和密歇根州立大学担任教职,研究兴趣主要包括唐诗宋词和明清白话小说,他的研究与教学促进了中国文学在英语世界的传播和接受。林顺夫教授对《儒林外史》颇有研究兴趣,十分关注它的叙述结构。20 世纪 70 年代,林顺夫针对其他学者有关《儒林外史》结构松散、无统一结构的观点,在《〈儒林外史〉中的礼与叙述结构》③一文中另辟捷径,提出了全新的见解,批评学界不应该

---

① Timothy Wong, *Satire and Polemics of the Criticism of Chinese Fiction: A Study of the "Ju-Lin wai-shih"*. Ph. D. dissertation, Stanford University, 1975.

② Timothy Wong, *Wu Ching-tzu*. Boston: Twayne Publishers, 1978.

③ Shuen-fu Lin, "Ritual and Narrative Structure in *Ju-lin wai-shih*". In Andrew Plaks ed. *Chinese Narrative: Critical and Theoretical Essays*. Princeton: Princeton University Press, 1977, pp.244 –265.

用西方的文学理论观点来研究中国古典小说,指出吴敬梓的这部作品在内容和
形式上有着紧密的联系,小说内在统一性的凝聚点是"礼"。林顺夫的这篇论文
在 1977 年被收录在美国著名汉学家浦安迪主编的《中国叙述文:批评与理论文
汇》①一书中,为英语世界《儒林外史》的研究开拓了更为广阔的天地,通过中国
传统儒家"礼法"的角度重新看待《儒林外史》,不仅有利于英语世界读者对《儒林
外史》等中国小说更为正确和全面的理解,而且有助于英语世界读者了解中国传
统的儒家礼文化,从而进一步促进中西文化的和谐、友好交流。

　　浦安迪现任以色列希伯来大学东亚研究系教授,曾于 1973 年至 2007 年在
美国普林斯顿大学担任东亚系和比较文学系教职工作,是英语世界中国明清小
说研究的大家,曾被钱钟书先生称作同代人中公认的最为优秀的汉学家。浦安
迪教授生于 1945 年,1973 年毕业于普林斯顿大学,师从著名华裔教授牟复礼和
高友工,主要研究领域为中西比较文学、中国古典小说、叙述学和中国传统思想
文化,对中国文学尤其是中国古典名著《红楼梦》造诣颇深,对中国文学在英语世
界的接受作出了很大贡献。其中,他主编的这部《中国叙述文:批评与理论文汇》
在学界传播很广、影响很大,对《儒林外史》的传播也起到了一定的推动作用。

　　在浦安迪教授主编的这部论文集里,关于《儒林外史》研究的论文共有两篇,
除了林顺夫教授的论文以外,还有一篇是浦安迪在普林斯顿大学的老师、美国著
名华裔汉学家高友工先生所作的《中国叙述传统的抒情视角:〈红楼梦〉和〈儒林
外史〉的解读》②。高友工教授生于 1929 年,毕业于中国台湾大学中文系,后赴
美深造获得哈佛大学博士学位,在普林斯顿大学执教之前曾在斯坦福大学任教,
是目前美国汉学界最具影响的汉学家之一,主要研究成果集中在中国文学的抒
情传统,以西方解构主义的方法论建构起中国抒情美学的宏大体系,增添了中国
文学的抒情传统在英语世界的魅力,为中国文学在英语世界的传播和研究提供
了新的角度与路径。高教授这篇对《儒林外史》和《红楼梦》的研究也是基于中国
抒情传统的视角,着重研究了中国诗歌传统中抒情手段对中国古典小说的影响,

---

　　① 　Andrew Plaks, (ed.) *Chinese Narrative: Critical and Theoretical Essays*. Princeton: Princeton University Press, 1977.

　　② 　Yu-kung Kao, "Lyric Vision in Chinese Narrative Tradition: A Reading of *Hung-lou meng* and *Ju-lin wai-shih*". In Andrew Plaks ed. *Chinese Narrative: Critical and Theoretical Essays*, Princeton: Princeton University Press, 1978, pp.227 – 243.

探讨了在不同问题中抒情手段与想象力之间的交流。高友工教授通过对《儒林外史》中抒情美学的探讨与分析,为英语世界《儒林外史》的研究增添了新的研究视角,拓展了《儒林外史》的研究广度与深度,使《儒林外史》在英语世界更具研究魅力。

综上,英语世界《儒林外史》的传播在 20 世纪七八十年代取得了丰硕的成绩。经过《儒林外史》在传播初期阶段的研究、教学积累,研究人员已经由以华裔学者为主的研究群体扩大为西方本土学者与华裔学者和谐共进、互放光彩的中西合作模式的研究团体。在研究内容和视角上,这一时期也已经摆脱小说文本介绍及对小说版本、结构和艺术手法的评论,开始尝试以社会历史学、文化学、西方文学理论、中国传统抒情和比较文学的平行研究等视角和研究方法来研究《儒林外史》,以期能找出在英语世界有效传播《儒林外史》的新路径和新方法。

(三)《儒林外史》在英语世界传播的深入期

自 20 世纪 90 年代以来,随着经济全球化的飞速发展,当今世界逐步进入多元文化时代,各国文化与文学之间的交流得到进一步巩固与加强,中国古典小说在英语世界的传播随之迎来了新的发展,《儒林外史》也因此达到深入传播阶段。随着传播的不断深入,这一时期译者及其英译本仍然在一定程度上发挥主体作用,但是传播主体明显更倾向于以学者为主。进入传播的深入期以后,致力于《儒林外史》传播和研究的学者越来越多,研究深度和广度得到进一步拓展,传播视角和方法进一步开拓,研究成果和传播效果日益呈现出百花齐放的局面。

美国本土汉学家、旧金山大学现代与古典语言系教授史蒂文·罗迪是这一时期成长起来的《儒林外史》研究专家,对《儒林外史》在英语世界的深入传播做了很多努力。史蒂文·罗迪师从著名汉学家、普林斯顿大学东亚系和比较文学系教授浦安迪,在 20 世纪 80 年代末 90 年代初博士学习期间,就已经开始关注并研究《儒林外史》,于 1990 年凭借《〈儒林外史〉及其在清小说中的文人表现》[①]获得普林斯顿大学博士学位。这篇博士学位论文是通过研究《儒林外史》中的文

---

① Stephen Roddy, *"Rulin Waishi" and the Representation of Literati in Qing Fiction*. Ph. D. dissertation, Princeton University, 1990.

人表现，探查作者吴敬梓生活时代社会下的儒家观念和文人行为标准的关联程度，力图阐明清代中期文人的思想状态，是第一部从思想史的角度阐释《儒林外史》的学位论文。

后来，史蒂文·罗迪在内华达大学拉斯维加斯校区工作期间，对毕业论文进行了加工修改，在 1998 年更名为《中华帝国晚期的文人身份及其在小说中的表现》①由斯坦福大学出版社出版。该书为《儒林外史》的研究与传播增加了一个新的视角，一出版便得到英语世界很多学者的关注，认为书中所描述的科举人物形象及其所反映的清代中期的科举社会，对英语世界更有吸引力，能够引起大众对《儒林外史》的阅读和研究兴趣，从而促进《儒林外史》在英语世界的传播。史蒂文·罗迪在转入旧金山大学工作以后，依然没有放弃对《儒林外史》的研究，于 2014 年在《男女：中国的男人、女人和性别》16 卷第 2 期发表了《志向草丛、庭院欲望：〈儒林外史〉和九青小像的命运》②一文，这篇论文以作者吴敬梓堂兄吴檠"收藏九青小象"一事为典故，探讨了《儒林外史》中文人的职业进取心与同性恋欲望的融合，指出吴檠在画像上的题词巧妙地证明了吴敬梓认为男性同性恋是对文人追求科举而带来的社会流动的一种补充的观点。这一学术成果从社会伦理观念的视角解读《儒林外史》，是学界最新的学术成果。

1990 年，除了史蒂文·罗迪以外，还有两位华裔学者凭借《儒林外史》的研究获得了博士学位。一位是华裔学者吴德安，凭借《中国小说形式的演变》③获得普林斯顿大学文学博士学位。吴德安毕业于北京大学中文系，后赴美国深造获得硕士和博士学位，曾在美国和加拿大多所大学教授汉语，现任教于美国孟菲斯大学，致力于汉语与中国文化的传播和推广。吴德安的这篇博士学位论文主要是研究和探讨了自 16 世纪到现代中国小说在形式上的演进，并对《儒林外史》在小说演变进程中所担当的重要角色进行了分析与阐述，通过对《儒林外史》内在和外在形式的探讨，指出吴敬梓的这部作品是中国小说研究过程中承上启下的一部典范之作。

① Stephen Roddy, *Literati Identity and Its Fictional Representations in Late Imperial China*. Stanford, California: Stanford University Press, 1998.

② Stephen Roddy, "Groves of Ambition, Gardens of Desire: *Rulin waishi* and the Fate of The Portrait of Jiuqing". *Nan Nü: Men, Women, and Gender in China* 16.2 (2014).

③ Swihart Wu, *The Evolution of Chinese Novel Form*. Ph. D. dissertation, Princeton University, 1990.

　　另外一位是在美国从事汉语教学的吴晓洲博士。吴晓洲从中西文学作品比较入手，以《西方和中国文学类型的理论和批评：一个比较研究》[①]为题获得美国埃默里大学的博士学位。吴晓洲在论文中将英国文学大家亨利·菲尔丁的《汤姆·琼斯》和吴敬梓的《儒林外史》作了平行研究，他首先提出相同的创作时代和礼俗小说的体裁共性是两者比较的基础，指出了两者在礼俗主体性、插曲式内容、真实生活场景体现、史学资料和讽刺手法运用等方面的相似之处，也指出《儒林外史》缺少了西方风俗小说中常出现的浪漫爱情主题。通过阐述与西方文学作品《汤姆·琼斯》的相似性来研究《儒林外史》，更能引起英语世界对《儒林外史》的兴趣与重视，促进它在英语世界的广泛传播。

　　美国著名汉学家、密歇根大学教授陆大伟博士在这一时期仍然致力于《儒林外史》的研究。1990 年，陆大伟将自己撰写的《〈儒林外史〉的卧闲草堂评本》[②]收录进自己主编的文集《如何阅读中国小说》，由普林斯顿大学出版社出版。该文集专门介绍中国传统小说的理论和批注艺术，认为中国传统文学的"评点之学"，是古代名为"传""注""解""疏"的学术研究方法运用于小说阅读的结果，进一步促进了英语世界对中国小说的理解和接受。所以陆大伟收录进来的这篇研究《儒林外史》的论文也是从批注角度进行的考察与阐释，该文介绍并分析了《儒林外史》的卧闲草堂评本，并在此基础上对《儒林外史》的版本问题进行了探讨，推进了英语世界读者对《儒林外史》的理解和接受。1993 年 12 月，陆大伟在《中国文学》发表了《中国传统小说评点写作中的"观点"》[③]一文，该文将《儒林外史》放入整个中国传统小说评点的大背景中，对中国传统小说评点写作所体现出的与西方小说不同的观点进行了阐述，指出了中国传统小说与西方小说不同的发展路径在于中国大多数的传统小说评点将其视为小说技巧指南。这种解读有利于英语世界对《儒林外史》等中国传统小说的理解。之后，陆大伟继续进行有关《儒林外史》传统评点的研究，在 1997 年出版的《中国传统小说和小说评点：阅读和

---

　　① Xiaozhou Wu, *Western and Chinese Literary Genre Theory and Criticism: A Comparative Study*. Ph. D. dissertation，Emory University，1990.

　　② David Rolston，"The Wo-hsien Ts'ao-t'ang Commentary on the *Ju-lin wai-shih*（The Scholars）". in *How to Read Chinese Novel*. Princeton：Princeton University Press，1990，pp.244 - 294.

　　③ David Rolston，"'Point of View' in the Writings of Traditional Chinese Fiction Critics". *Chinese Literature: Essays，Articles，Reviews*（CLEAR），vol. 15（1993）.

写作的言外之意》文集中收录了自己撰写的论文《潜在的批评：〈儒林外史〉》[1]，
进一步推进了对《儒林外史》在英语世界的传播及研究深度。

在这一发展时期仍然坚持《儒林外史》研究的学者还有欧洲著名汉学家、波
兰华沙大学的史罗甫教授。1991年，他在《东方学文献》59卷第2期发表了英文
论文《关于〈儒林外史〉某些片段的真实性》[2]，该篇论文在之前研究《儒林外史》
内部结构的基础上，提出了对小说中部分情节片段真实性的质疑，并从语言、文
学技巧、主题的偏离、时间的不符等方面进行了分析与论证，推断出《儒林外史》
原版只有50回，另外5回是由缺乏真实性的情节片段构成，并非原版内容。史
罗甫教授通过对情节片段的质疑探讨了《儒林外史》的版本问题，激发了英语世
界读者对《儒林外史》阅读和版本研究的兴趣。

美国华裔汉学家黄卫总教授生于1960年，在1991年凭借对《红楼梦》《儒林
外史》两部清代文人小说与中国抒情主义的研究获得华盛顿大学哲学博士学位，
是这一时期培养起来的中国古典文学研究专家，为中国文学在英语世界的传播
做出了很多努力。黄卫总在华盛顿大学毕业以后获得留美工作的机会，一直在
美国加州大学尔湾校区教授中国文学，并担任东亚语言文学系主任。黄卫总一
直致力于中国传统文化和中国古典小说的研究与教学工作，主要研究方向有中
国传统小说、明清文人文化和明清性别文化，在中国传统小说方面主要集中于对
明清小说的研究，如《红楼梦》《儒林外史》《野叟曝言》《金瓶梅》等文学作品的研
究，学术成果颇丰。黄卫总先生著有《文人与自我的再呈现：18世纪中国小说的
自传倾向》(斯坦福大学出版社，1995年)、《中华帝国晚期的欲望与小说叙述》
(*Desire and Fictional Narrative in Late Imperial China*，哈佛大学亚洲中心出
版，2001年)、《中华帝国晚期的男性建构》(*Negotiating Masculinities in Late
Imperial China*，夏威夷大学出版社，2006年)；并编有《蛇足：中国小说传统中
的续书和改编》(*Snake's Legs: Sequels, Continuations, Rewrtings and Chinese
Fiction*，夏威夷大学出版社，2004年)等文集。其中斯坦福大学出版社1995年

① David Rolston, "Latent Commentary: The *Rulin Waishi*". In David Rolston ed. *Traditional Chinese Fiction and Fiction Commentary: Reading and Writing between the Lines*. California: Standford University Press, 1997, pp.312 - 328.

② Zbigniew Slupski, "On the Authenticity of Some Fragments of The *Rulin Waishi*". *Archiv Orientalni: Quarterly Journal of African, Asian, and Latin-American Studies*, 59.2 (1991).

出版的《文人与自我的再呈现：18世纪中国小说的自传倾向》①是他对《儒林外史》研究的主要成果。

该著作从社会学、心理学的视角，以文本细读的方式通过阐述《儒林外史》《红楼梦》和《野叟曝言》三部作品的自传性特点，探讨了清代文人作家如何通过小说叙述的策略来重建或彻底改造"自我"。黄卫总的这部专著是以其1991年完成的博士学位论文《中国抒情主义的困境和清代文人小说》②为底本，并在结构和内容上进行了大量的调整、补充。黄卫总的博士学位论文的研究对象只有《红楼梦》和《儒林外史》两部文学作品，相较于专著关注小说体现出的自传性倾向新特性而言，该博士论文更注重对中国抒情性所出现的困境进行探索和综合性研究。从博士学位论文的完成，到专著的成形出版，黄卫总通过思考研究，越来越关注于《儒林外史》等文学作品本身，更有助于英语世界学者和广大读者理解《儒林外史》等中国古典小说，有利于《儒林外史》等文学作品在英语世界的传播。

美国本土汉学家何谷理的研究也促进了《儒林外史》在英语世界的传播。何谷理1943年出生于美国密歇根州，自本科阶段开始以中文为专业学习汉语与中国文学，直至1973年博士毕业。何谷理对中国古典文学有着浓厚的兴趣，在哥伦比亚大学博士学习阶段，师从著名华裔汉学家夏志清教授认真钻研中国古典文学，并在毕业后任教于圣路易斯华盛顿大学，一直从事中国文学尤其是中国古典文学的教学与研究工作，曾任美国华盛顿大学东亚语言文学系主任，现为迪克曼比较文学讲座教授和中国文学教授。何谷理教授研究兴趣广泛，主要包括中华帝国晚期（1500—1900年）的叙述形式与约定、阅读与写作实践、图书文化、文学与伦理、翻译研究等，著有《17世纪的中国小说》（*The Novel in Seventeenth Century China*，哥伦比亚大学出版社，1981年）、《中华帝国晚期插图本小说阅读》（*Reading Illustrated Fiction in Late Imperial China*，斯坦福大学出版社，1998年）等专著，并与其他学者合编了《中国文学中的自我表述》（*Expression of Self in Chinese Literature*，哥伦比亚大学出版社，1985年）、《中华帝国晚期的写

① Martin Huang, *Literati and Self-Re/Presentation: Autobiographical Sensibility in the Eighteenth Century Chinese Novel*. Stanford: Stanford University Press, 1995.

② Martin Huang, *The Dilemma of Chinese Lyricism and the Qing Literati Novel*. Ph. D. dissertation, Washington University, 1991.

作与法律：犯罪、冲突和审判》(*Writing and Law in Late Imperial China：Crime，Conflict and Judgment*，华盛顿大学出版社，2007 年)等文集。何谷理教授对明清小说的教学与研究成绩在一定程度上推进了英语世界对《儒林外史》的进一步关注。

美国霍夫斯特拉大学比较文学和语言系华裔汉学家周祖炎教授也十分关注《儒林外史》，为《儒林外史》在英语世界的传播做出了一定程度上的努力。周祖炎教授 1984 年获得复旦大学硕士学位后在上海交通大学任教，1989 年离职赴美攻读博士学位。他在 1996 年获得圣路易斯华盛顿大学中国文学与比较文学博士学位后获得留美任教的机会，一直至今。周祖炎的研究兴趣包括帝国时代晚期的中国文学、道教哲学、性别研究和当代中国电影，其中关于帝国时代晚期的中国文学研究成果主要集中在《西游记》《儒林外史》和《红楼梦》等明清小说。他对《儒林外史》的研究主要集中在性别研究，他于 1994 年 2 月在美国《中文教师学会学报》29 卷第 1 期发表了《阴阳两极互补：〈儒林外史〉中吴敬梓性别观念的关键》[1]一文，挖掘了英语世界《儒林外史》研究的新视角，引起了许多读者的关注，促进了《儒林外史》在这一时期的传播。

美国哥伦比亚大学华裔汉学家商伟是《儒林外史》传播深入期的代表性人物，他的研究成果在学界引起了广泛关注，是这一时期《儒林外史》研究的重要力作，促成了《儒林外史》传播和研究的高峰。商伟教授出生于 1962 年，在北京大学中文系师从袁行霈先生完成本科、硕士学业后留校任教，后于 1988 年赴美国深造，1995 年凭借对《儒林外史》的出色研究获得哈佛大学东亚语言文化系博士学位。商伟在哈佛大学师从著名汉学家韩南(Patrick Hanan)教授。作为海外汉学界古典小说和明清文学研究的奠基人，韩南教授提供了很多学术训练和指导，对商伟后来的研究方向影响很大。在韩南教授的指引下，商伟在博士学习期间开始由古典诗歌转向明清小说，注意力也随之转移到《儒林外史》，开始对《儒林外史》的研究，在 1995 年完成博士学位论文《泰伯祠的倒塌：〈儒林外史〉研究》[2]。商伟正是凭借这份博士期间出色的研究成果，获得世界知名学府美国哥

---

① Zuyan Zhou，"Yin-Yang Bipolar Complementary：A Key to Wu Jingzi's Gender Conception in *the Scholars*"，*Journal of the Chinese Language Teachers Association*，29.1 (1994).

② Wei Shang，*The Collapse of the Tai-bo Temple：A Study of "The Official History of the Scholars"*，Ph. D. dissertation，Harvard University，1995.

伦比亚大学东亚语言文化系终身教职,现在该系任杜氏中国文化讲座教授,并担任研究生部主任。

　　商伟教授后来对该博士论文进行了加工、润色,以《〈儒林外史〉和中华帝国晚期的文化转型》[①]为题名,在 2003 年交由哈佛大学出版社出版。这部专著一经问世,便在英语世界引起了较大反响,很多学者发表书评予以称赞,认为其达到近些年英语世界对吴敬梓小说研究新趋势的顶点,奠定了商伟在英语世界《儒林外史》研究的地位。此外,商伟教授对《儒林外史》的研究还有两篇论文,其中一篇是《礼仪、礼仪指南和儒家世界的危机:对〈儒林外史〉的解读》[②],1998 年刊登在《哈佛亚洲研究学刊》第 58 卷第 2 期;另一篇《文人时代及其终结(1723—1840)》[③],2010 年收录在由孙康宜和宇文所安主编的《剑桥中国文学史》下卷中。商伟对《儒林外史》的研究另辟蹊径,从文化思想史出发,通过文本细读的方式,阐述了儒家礼仪主义和小说在塑造 18 世纪文人及文化巨变中的作用,为《儒林外史》的研究提供了新的视角,大大推动了《儒林外史》在英语世界的受关注度,促进了《儒林外史》传播与研究高潮的到来。

　　《儒林外史》的传播在深入期百花齐放,除了从文学理论、社会历史学、思想史的角度进行研究和传播,这一时期英语世界还有一位华裔学者——遇笑容,从语言学的视角对其进行考察,从汉语言的角度展开传播。遇笑容是加州大学圣塔芭芭拉校区东亚语言文化系教授,主要研究领域为汉语史、语言教学论、语言接触和第二语言习得。关于《儒林外史》的研究,遇笑容教授在 1996 年撰写了一篇通过小说疑问句语法结构的不规则的规则分布来探讨《儒林外史》作者身份的论文,以《〈儒林外史〉中疑问句语法结构不规则的规则分布情况》为题名发表在英文期刊《中国语言学报》第 24 卷第 2 期。遇笑容教授在论文中指出虽然《儒林外史》是中国传统文学中极少在学者和评论家中产生争论的小说,但是通过对小说中疑问句语法结构的仔细考察则会暴露一个重要的问题:小说前 32 回的语言

　　① Wei Shang, *Rulin Waishi and Cultural Transformation in Late Imperial China*. Cambridge, Massachuttes: Harvard University Press, 2003.

　　② Wei Shang, "Ritual, Ritual Manuals, and the Crisis of the Confucian World: An Interpretation of *Rulin Waishi*". *Harvard Journal of Asiatic Studies* 58.2 (1998).

　　③ Wei Shang, "The Literati Era and Its Demise (1723 - 1840)". In Kang-i Sun Chang & Stephen Owen ed. *The Cambridge History of Chinese Literature*. Cambridge: Cambridge University Press, 2010, pp.245 - 342.

文字表达拥有共同的语法特征,与剩余 23 回内容共有的语法特征不一致。遇笑容进一步通过这种语法规则的不一致将《儒林外史》分为两个部分考察,进一步指出,前一部分内容体现的语言特征是古官话和吴敬梓的家乡语言——全椒方言,而后一部分体现的是与全椒方言完全不同的语言特征。遇笑容认为这种"不规则的规则分布",尤其是疑问句式 VP—不—VP 和可—VP 的分布规律,能够强有力地证明《儒林外史》的作者不是吴敬梓一人,而是两个或者更多的作者。遇笑容教授对《儒林外史》的作者身份研究提出了新的研究视角,推动了英语世界对《儒林外史》作者身份研究上的进一步思考,使《儒林外史》在英语世界的文学领域传播之外,延伸到了英语世界的语言学界,扩大了《儒林外史》的传播范围。

美国汉学家安敏成博士,毕业于加州大学伯克利分校中国文学专业,1986年起任教于美国耶鲁大学东亚系,直到 1992 年不幸病逝。安敏成曾被视为对中国研究最具前途和潜力的美国青年学者之一,主要研究方向是中国现代文学,著有《现实主义的限制:革命时代的中国小说》(*The Limits of Realism: Chinese Fiction in the Evolutionary Period*,加利福尼亚大学出版社,1990 年)等作品。虽然中国现代文学是主要研究方向,但安敏成却多次表示出对《儒林外史》的喜爱,经常在教学研讨中将其作为案例讨论。此外,安敏成还撰写了有关《儒林外史》研究的论文——《学者帽子里的蝎子:〈儒林外史〉中的礼仪、记忆与欲望》,这篇论文是 1988 年安敏成教授在哥伦比亚大学参加"传统中国研讨会"时发表的会议论文,该文从儒家仪式出发,指出《儒林外史》强化了人们对以前儒家礼仪的欲望,制造令人向往的故事情节,并重新将中国传统文化的理想境界以一种全新的道德诉求呈现出来,由此认为吴敬梓写作《儒林外史》的最重要目的,不是为世人提供道德训诫,而是利用讽刺手法,提醒、揭露道德意义与理想实践之间的鸿沟。该论文自 1988 年在会上发表以来,通过会议复印资料的传播受到了学界的好评,被认为开启了《儒林外史》新的研究层面。1997 年,该论文在安敏成教授去世五年后,收录在胡志德、王国斌、余宝琳主编的《中国历史上的文化与社会》一书中,由斯坦福大学出版社出版。该论文的正式出版,使其得以在英语世界广泛流传,引起了更多学者和读者对该小说的关注,促进了《儒林外史》在这一阶段的传播。

美国学者柯伟妮出生在纽约,现为中国台湾世新大学比较文学和电影研究教授,主要研究兴趣为中国电影和中国文学中的女权主义。柯伟妮凭借中国文学女权主义研究,被多次列入《世界名人录》(Who's Who in the World)、《美国女性名人录》(Who's Who of American Women)。除此之外,柯伟妮对《儒林外史》也有着浓厚的研究兴趣。20 世纪 90 年代,柯伟妮凭借出色的《儒林外史》研究获得了华盛顿大学比较文学博士学位。柯伟妮博士期间的研究成果为《〈儒林外史〉:中国小说中的流浪汉研究》[①],该成果利用比较文学的平行研究方法,通过与《儒林外史》同时期的英语世界优秀作品《约瑟夫·安德鲁斯》《汤姆·琼斯》和《蓝登传》,来考察和探讨《儒林外史》的文学技巧与结构。柯伟妮采用的平行研究方法,有助于英语世界读者从熟悉的优秀英语文学名著中找到《儒林外史》的魅力,有利于对《儒林外史》的接受和解读。同时,柯伟妮还在博士论文中翻译了小说的前 20 回内容,并对译文作了注释。作为一位英语世界本土的读者与研究者,柯伟妮的译文符合英语世界读者的阅读思维和习惯,充分地体现了英语世界读者对中国文学的跨文化异质性诠释,更有利于英语世界读者理解和接受《儒林外史》。

　　除了柯伟妮以外,这一时期凭借《儒林外史》研究获得博士学位的还有美国维克森林大学东亚语言文学系华裔教授史耀华。史耀华在 20 世纪 80 年代大学毕业后开始到美国继续深造,先后在克拉克大学、印第安纳大学攻读硕士和博士学位。1998 年,史耀华在其博士生导师、著名华裔学者欧阳祯教授的指导下,完成博士学位课题《开场语:中国白话小说的叙述介绍》[②],获得美国印第安纳大学比较文学博士学位。该博士论文对包括《儒林外史》在内的白话小说的叙述导言部分进行了考察与探讨,并在论文第五章着重阐述探讨《儒林外史》的叙述者和碎片化叙述结构,填补了英语世界对白话小说开场白的研究空白,促进了英语世界对《儒林外史》的理解。

　　英语世界著名的华裔女学者吴燕娜对《儒林外史》的传播与研究也起了一定的推动作用。吴燕娜 1986 年获得哈佛大学东亚语言与文明专业博士学位,主要研究领域为中国的文学、文化与语言,涉及主题学、叙述学、性别研究、人权研究、

---

①　Whitney Dilley, The "Ju-lin wai-shih": An Inquiry into the Picaresque in Chinese Fiction. Ph. D. dissertation, University of Washington, 1998.

②　Yaohua Shi, Opening Words: Narrative Introductions in Chinese Vernacular Fiction. Ph. D. dissertation, Indiana University, 1998.

监狱研究及汉语教学法。作为美国加州大学河滨分校比较文学与外国语言系杰出教学教授,吴燕娜在教学和研究中促进了中国文学与语言的传播。她对《儒林外史》也有一定的研究,1999 年,吴燕娜在《淡江评论》30 卷第 1 期发表了《中国明清讽刺小说体裁的再审查》①一文,是对鲁迅有关《儒林外史》是最早和唯一一部中国讽刺小说观点的重新审思。吴燕娜认为鲁迅对讽刺小说的定义过于严格,应该重新考虑讽刺小说类型中的相关参数因子,并放宽类型要求,来拓展讽刺小说的定义,将许多"劝诫小说"、一些被归为其他类型的和一些文言书写的小说归纳进来。根据吴燕娜的观点,《儒林外史》只是众多讽刺小说的其中一部,且不是最早的讽刺小说。吴燕娜虽然否定了鲁迅的观点,但是也对《儒林外史》进行了称赞,认为作者吴敬梓将社会实情融入小说,令人赞赏。吴燕娜的全新观点刷新了学界有关《儒林外史》类型的传统观点,引起了学界的注意,促进了《儒林外史》的研究与传播。

进入 21 世纪,《儒林外史》在传播的深入期迎来了新的研究局面。这一时期除了史蒂文·罗迪和商伟的全新研究角度以外,还有一些学者陆续发表了新的研究成果。首先,加拿大约克大学文学艺术系霍洛克教授除了专注于《官场现形记》《老残游记》等中国晚清谴责小说研究之外,对《儒林外史》也十分关注。2001年,霍洛克教授撰写的一篇《儒林外史》研究论文——《忧郁的凤凰:从历史尘埃中得到的自我提升(从〈史记〉到〈儒林外史〉)》②,被著名汉学家顾彬收录在自己主编的论文集《苦闷的象征:寻找中国的忧郁》。霍洛克在文中探讨了《儒林外史》如何摆脱《史记》开启的传统历史文学的束缚,放弃威严的朝代历史,而转向对官方叙述的挑战来启动人类体验的小说。霍洛克指出吴敬梓在创作《儒林外史》时放弃了历史传记的创作标准,开启了历史的悲观视角,创立了以王冕为理想代表的个人独立的寓言小说,创造了一个"自我"的全新概念。霍洛克的研究指出了《儒林外史》在小说发展过程中的重要历史地位,推动了英语世界《儒林外史》的关注和研究。

---

① Yenna Wu, "Re-examing the Genre of the Satiric Novel in Ming-Qing China". *Tamkang Review*, 30.1(1999).

② Donald Holoch, "Melancholy Phoenix: Self Ascending from the Ashes of History (From *Shiji* to *Rulin Waishi*)". In Wolfgang Kubin ed. *Symbols of Anguish: In Search of Melancholy in China*. Switzerland: Peter Lang, 2001, pp.169 – 212.

同时在 2001 年问世的《儒林外史》研究成果还有美国著名华裔学者李惠仪教授撰写的《中国长篇白话小说》[①]。李惠仪在中国香港大学获得文学学士后赴美深造，于 1987 年获得普林斯顿大学博士学位。李惠仪教曾先后在宾夕法尼亚大学、伊利诺伊大学香槟分校和普林斯顿大学任教，目前是哈佛大学中国文学教授，担任东亚语言文明系研究生部主任。李惠仪的研究主题涵盖了早期中国思想和叙述及晚期中华帝国文学和文化，著有多部学术专著和论文，学术成果丰富，为中国文化在英语世界的传播和被接受做出了很多努力。其中，李惠仪教授在《中国长篇白话小说》中提出，吴敬梓创作的《儒林外史》是中国最具讽刺意识的小说，并将其与形成讽刺意识基础的《金瓶梅》进行对比。李惠仪认为，《金瓶梅》关注欲望与性，而《儒林外史》则关注文人和士大夫的想法；在风格上，《金瓶梅》富于方言表达，而《儒林外史》的语言则是纯粹的白话。李惠仪指出尽管两部小说关注不同的社会体验，但两者之间的联系却因共同对社会关系持续的审查和批判更为紧密。李惠仪在论文中对《儒林外史》的作者和内容进行了整体介绍，指出从说书修辞的大幅度减少、说教意义、插图材料、深刻批判精神的灌输、统一白话的运用等方面来看，《儒林外史》是中国传统小说中对现代小说产生影响最大的文学作品。李惠仪的这篇论文被收录在梅维恒主编的《哥伦比亚中国文学史》，由哥伦比亚大学出版社 2001 年出版。该部中国文学史是英语世界具有代表性的中国文学史之一，流传范围很广，对《儒林外史》在内的中国文学作品的传播产生了很大的推动力。

美国圣母大学的华裔汉学家葛良彦教授在这一时期对《儒林外史》的传播也做出了很多努力，对《儒林外史》进行了颇为深入的研究。葛良彦教授在南京大学完成硕士学位后留校任教至 1987 年，后赴美国印第安纳大学攻读比较文学博士学位，师从著名华裔学者、曾任美国比较文学学会会长的欧阳桢教授。葛良彦以优异的《水浒传》研究成果在博士毕业后获得留美任教的机会，先后在印第安纳大学、圣母大学从事中国语言文学教学工作，主要研究方向为中国近代文化和小说文学，致力于透过《水浒传》《红楼梦》和《儒林外史》等明清白话小说研究来考察中国传统文化，对《儒林外史》及中国文化在英语世界的传播作出了一定贡

---

① Wai-yee Li, "Full-length Vernacular Fiction". In Victor Mair ed. *The Columbia History of Chinese Literature*. New York: Columbia University Press, 2001, pp.620 - 658.

献。葛良彦对《儒林外史》的研究主要集中在这一时期:2010 年 10 月在俄亥俄州立大学举行的"美国中西部亚洲研究研讨会"(Midwest Conference on Asian Affairs)上,葛良彦发表了会议论文《〈儒林外史〉:从开始到结束》①("Rulin Waishi: From the Beginning to the End");2015 年,葛教授的专著《士人与国家:中华帝国晚期作为政治话语的小说》②由华盛顿大学出版社出版,对《儒林外史》带来了新的跨学科研究视角,从政治学的角度来解读《儒林外史》等白话小说中所体现的士人与政治的关系。葛良彦教授的研究是英语世界在这一时期最新的学术成果和传播成果,拓展了英语世界对《儒林外史》的研究视角,进一步推动了它在英语世界的传播。

《儒林外史》的传播不仅集中在专著、书评和期刊论文上,还有部分学者在国际会议上发表了研究《儒林外史》的会议论文,如史蒂文·罗迪、安敏成、霍洛克等学者,他们的会议论文因发表较早,所以都已经被收录在相关的中国文学论文集中。此外,还有一些《儒林外史》研究的会议论文,因在 21 世纪以后举办的会议上发表,时间较短,尚未收录在已经出版的论文集中,只是以复印版本或扫描版本的形式在流传,传播范围相对较小。根据笔者搜集到的资料,在 2012 年举办的亚洲文化研究会议上,学者方燮提交了一篇研究《儒林外史》空间概念的论文,题为《吴敬梓〈儒林外史〉中的城市空间概念化》③。方燮在文中称赞《儒林外史》不仅为读者呈现了中国传统社会民间文人的生活面貌全景,而且向读者展示了对城市以及城市与小说未展现的乡村之间关系的认知。方燮通过城市作为文学团体形成的地点、城市作为异质空间、乡愁怀旧中的城市空间等方面对《儒林外史》进行阐释,向读者提供了新的解读角度,不仅有利于小说的传播,而且有助于中国城市形象魅力在英语世界的推广与提升。由此可见,《儒林外史》自 20 世纪 30 年代末传入英语世界以来,在英语世界学者不断的努力和坚持下,经过肇始期、快速发展期两个阶段的发展,在作为深入期的现阶段,教授、学者为主的研究团队已经较为壮大,取得了相当丰富的教学与研究成果。与此同时,《儒林外

---

① Liangyan Ge, "*Rulin Waishi*: From the Beginning to the End". Midwest Conference on Asian Affairs (Ohio State University), October, 2010. Unpublished paper.

② Liangyan Ge, *The Scholar and the State: Fiction as Political Discourse in Late Imperial China*. Seattle: University of Washington Press, 2015.

③ Xie Fang, "Conceptualization of Urban Space in Wu Jingzi's *The Scholars*". The Asian Conference on Culture Studies 2012, Osaka, Japan.

史》在这一阶段,研究与传播视角不断创新,研究深度和广度也获得进一步拓展,获得了英语世界对这部中国古典名著越来越多的理解和接受。

通过《儒林外史》的英文译文、英语世界的大百科全书和中国文学史的介绍,我们不仅能够把握《儒林外史》在英语世界传播的范围和兴趣点,而且能够了解到英语世界对这部文学作品内容和形式的定位。通过英语世界《儒林外史》的传播主体和各种研究传播成果,我们可以了解到《儒林外史》在英语世界的传播广度和深度,及时掌握传播的效果。经过几十年在英语世界的传播,从总体来看,虽然《儒林外史》由于其特殊的小说类型进入英语世界的时间相对较晚,受关注度不如同时期的《红楼梦》《聊斋志异》等古典文学作品;但是在中西文化交流及移民浪潮的全球化大背景下,在以翻译家和学者为主的个人层面传播者及以杂志社、出版公司、学术机构为主的媒介组织的整体推动下,《儒林外史》经过不断的传播与研究积累,目前在英语世界已经得到了较为密切的关注,其独特的艺术特色和文学价值也获得了英语世界越来越多的肯定,研究与传播队伍人数不断增加,产生了日益丰富的研究成果。《儒林外史》自进入英语世界以来,经过肇始期、发展期和深入期三个传播阶段,不仅成功跻身世界文学名著的行列,而且获得了广泛的传播和长足的发展,英文译本多次再版重印,研究深度不断拓展,传播范围日益扩大,获得了越来越多英语世界读者的喜爱与认可。

二、《儒林外史》在英语世界传播的特点

《儒林外史》这部中国著名的 18 世纪长篇文人白话小说自从 20 世纪 30 年代末进入英语世界以来,经过长达半个多世纪的"文本旅行",截至目前,该小说已经在英语世界引起了众多的关注和研究,获得了良好的传播效果,产生了一定的影响,进一步促进了英语世界对《儒林外史》在内的中国文学作品及其代表的中国优秀文化的深入了解和接受。从传播的主体、渠道及效果来看,《儒林外史》在英语世界的传播过程主要体现出以下特点:

其一,《儒林外史》在英语世界的传播尤其是早期的传播体现了传播的主动性特点。这一传播特点主要体现在译者、英语世界的华裔学者、本土学者等个人层面传播者和媒介组织等传播主体上。一方面从译者来看,据笔者可查,从事过《儒林外史》译文翻译的译者一共有七位,以中国本土翻译家或英语世界的华裔学者为主,仅有的两位英语世界本土译者戴乃迭和柯伟妮都分别有长期生活在

大陆和台湾地区的经历,可以称得上是中国文学和中国文化的拥护者。这七位翻译家大都只是翻译了《儒林外史》的片段,只有杨宪益和他的英籍夫人戴乃迭不仅将《儒林外史》的部分情节翻译成了英文,而且还合作将整部小说翻译成迄今为止唯一的英译本。

然而不论翻译家们翻译的是整部小说还是部分情节内容,整体上来说,他们都是出于对《儒林外史》的兴趣和喜爱主动翻译的。虽然《儒林外史》的全译本是由外文出版社组织出版发行,但是据杨宪益先生撰写的英文回忆录自传《漏船载酒忆当年》中记载,《儒林外史》是他在进入外文出版社工作之前主动翻译的。杨先生在文中如此描述:"我们对在外文出版社的新工作很满意。我以前翻译的许多中国文学作品都出版了,其中包括……我还翻译了清代古典小说《儒林外史》和现代著名学者兼诗人郭沫若写的历史剧《屈原》以及其他现代文学作品。"[①]可见,杨宪益先生和夫人戴乃迭先生,同其他《儒林外史》的翻译者一样,也是出于兴趣和喜爱而进行主动翻译的。

另一方面,从媒介组织来看,中国与英语世界的期刊和出版社等媒介组织在推动《儒林外史》传播方面也体现出了主动性。首先在中国国内,早期的英文杂志《天下月刊》和新中国创办的《中国文学》对《儒林外史》等中国文学作品发挥了极其重要的作用。虽然两份英文期刊均在中国国内出版,但是编辑委员会成员都是学贯中西的知名海归学者,收录的《儒林外史》译文也都为知名译者所作,有一定的权威性。此外在刊物发行方面,两份英文杂志不仅仅面向国内,而且面向英、美等英语世界同步发行销售,是我国主动向英语世界介绍《儒林外史》故事情节的英文期刊,为《儒林外史》进入英语世界奠定了良好的基础。除了期刊以外,中国的外文出版社作为专门宣传、编译并出版外文版图书的官方出版机构,是中华人民共和国成立初期向世界主动传播中国文学和中国文化的主要窗口,为《儒林外史》在 20 世纪 50 年代出版并发行销售到英语世界起了决定性的推动作用。正是由于外文出版社的主动传播,才为《儒林外史》搭建了成功走向英语世界的桥梁,为后来在英语世界的研究与传播热潮打下了极其重要的基础。

其次在英语世界国家,期刊在《儒林外史》的传播方面也体现了一定的主动

---

① 杨宪益:《漏船载酒忆当年》,薛鸿时译,北京:北京十月文艺出版社,2001 年,第 178 页。

性。这种主动性最早体现在美国芝加哥大学出版社发行的《英文杂志》。1939年,该杂志刊载了《儒林外史》的首个英文译文片段——《文人的故事》,将《儒林外史》的故事情节首次介绍给英语世界,为后来整部文学作品在英语世界的传播打下了基础。另外,英语世界《中国学研究》《哈佛亚洲研究学刊》《亚洲研究学刊》《淡江评论》《东方学文献》和《伦敦大学亚非学院集刊》等学术期刊的发行与流通,为《儒林外史》的研究成果提供了展示和推广的平台,在助推《儒林外史》的传播方面也体现出了一定的主动性。虽然这些刊物除了《中国学研究》之外,都不是专门研究中国学的学术刊物,但是中国学研究一直是各刊物的重要组成部分。而中国文学作为中国学研究的主要构成内容,自然也占据了这些刊物的很多版面,根据笔者的不完全统计,仅《亚洲研究学刊》一份刊物就曾刊载过 9 篇《儒林外史》研究的书评或论文。由此可见,《儒林外史》通过这些刊物主动为中国文学研究提供的平台,已经在英语世界获得了较为有效的传播。

英语世界的出版机构在对包括《儒林外史》在内的中国文学作品及其研究成果进行编辑出版的过程中,也体现出了一定程度上的主动性。美国纽约的科沃德—麦卡恩公司在 1946 年出版的《中国智慧与幽默》就率先助推了《儒林外史》进入英语世界的步伐。科沃德—麦卡恩公司选择出版的这本书在当时影响较大,其中的《两学士中举》为著名翻译家王际真先生翻译的《儒林外史》第二回、第三回的情节内容,受到了英语世界读者的好评。科沃德—麦卡恩公司发行的《中国智慧与幽默》的成功为《儒林外史》全译本进入英语世界做了良好而充分的准备。如果说科沃德—麦卡恩公司为《儒林外史》的传播做了充分的准备,那么美国纽约格罗西特与邓拉普公司在 1972 年对《儒林外史》英文全译本版权的引进和重印出版,则直接开启并推动了《儒林外史》在英语世界的广泛传播。

除了两家发行《儒林外史》译文作品的出版机构外,英语世界还有很多学术出版机构在发行《儒林外史》研究成果的基础上,提升了《儒林外史》这部文学作品的知名度和受欢迎度。主动发行、推广《儒林外史》研究专著的出版机构主要有:哈佛大学出版社、哥伦比亚大学出版社、斯坦福大学出版社、普林斯顿大学出版社、密歇根大学出版社、剑桥大学出版社、华盛顿大学出版社、爱丁堡大学出版社等。对《儒林外史》研究成果的出版、发行从作品推广的角度体现了它们的主动性。

其二,《儒林外史》在英语世界的传播以学者、教授等研究者为主,在研究的过程中体现了传播的自觉性和权威性。作为传播者,研究者能够更加理性、深入地认识和理解这部中国 18 世纪的古典文学作品,自觉地挖掘出《儒林外史》本身的社会、艺术等价值,并透过这些价值来推动《儒林外史》在英语世界的传播;与此同时,作为专业的学者、教授,研究者们不仅能够理性、深入地从事研究工作,而且能够长期在这一领域深耕细作,对接受者来说,他们的研究和传播有着很高的信任度,对《儒林外史》的传播有着一定的权威导向作用。

比如,华裔学者夏志清是英语世界较早挖掘《儒林外史》的艺术价值来促进其传播的学者。通过深入的研究,夏志清给予了《儒林外史》高度评价,将其列入中国传统小说发展史上的"六大名著"①之列,并挖掘出它"纯净、富有表现力的白话语言风格"及"讽刺现实主义"艺术特色②。夏志清认为"它在艺术风格和艺术技巧的革新方面具有重大的革命性意义,对中国小说的发展产生了巨大的影响"③。夏志清教授是英语世界权威的中国文学研究专家,在英语世界汉学界有着很高的知名度和权威性,因此他对《儒林外史》带有自觉性的深入考察和研究发现,引起了英语世界的诸多关注和研究兴趣,促进了《儒林外史》的传播。

再如,著名汉学家卫鲁斯提出吴敬梓创作的《儒林外史》是一部非常优秀的著作,可以跻身世界文学名著之列,与薄伽丘、塞万提斯、巴尔扎克和狄更斯等西方伟大作家的作品相媲美。卫鲁斯的这一评价在英语世界产生了很强的导向作用,直接提高了《儒林外史》在世界文学上的地位,助其一跃成为世界文学名著,提高了其在英语世界的知名度,加强、促进了英语世界对它的关注、研究和传播。由此可见,研究者在研究过程中体现的自觉性和权威性是《儒林外史》在英语世界传播的强效推动力。

其三,《儒林外史》在英语世界的传播又一特点体现在:作品的英译文本利用名家序言、插画和说明附录等形式的"附件"内容来展开传播,体现了传播的信息夹带特点。信息夹带有助于《儒林外史》在英语世界传播的过程中吸引读者的阅读和研究兴趣,有利于读者更为容易地理解小说内容,增加读者阅读的趣味性和

---

① 详见 Chih-tsing Hsia, Foreword to *The Scholars*. Trans. Yang Hsien-yi and Gladys Yang. New York: Grosset and Dunlap, 1972.
② [美]夏志清:《中国古典小说史论》,胡益民、石晓林、单坤琴译,南昌:江西人民出版社,2001 年,第 212 页。
③ [美]夏志清:《中国古典小说史论》,胡益民、石晓林、单坤琴译,南昌:江西人民出版社,2001 年,第 212 页。

直观性,促进广泛而有效的传播。

首先,从英文版《儒林外史》的序言来看,虽然《儒林外史》的英文译本是唯一的,但根据序言的不同却有两个版本。英文版《儒林外史》由于版权拥有国的不同,附带的序言也不相同,目前有两种序言版本。在中国外文出版社组织发行的英译本采用的序言是由我国著名作家、古典文学研究专家吴组缃先生所作。另外一种序言的版本则是美国在 1972 年引进《儒林外史》英译本版权后,为了引起读者的关注和阅读兴趣,促进《儒林外史》英译本的发售和传播,纽约格罗西特与邓拉普公司邀请了著名华裔汉学家、中国文学评论家夏志清教授为此书作序。从两种附有不同序言的作品译本在英语世界的流通来看,显然是夏志清先生所作序言的英译本在英语世界更受欢迎,流通也更为广泛。因为与吴组缃先生相比,夏志清教授在英语世界有着更高的知名度和权威性,英语世界读者更为信任和推崇夏先生所作序言的作品。正是由于夏志清教授在序言中给予了《儒林外史》及其英译本极高的评价,才使《儒林外史》在英语世界的传播获得了飞跃式的发展。

其次,英文版《儒林外史》中的插图为我国著名国画大师程十发先生配合故事情节所作,共有 12 幅,分别置于第一回、第三回、第五回、第六回、第十一回、第十二回、第二十六回、第三十三回、第四十回、第四十七回、第四十八回和第五十五回之前。程十发先生在海内外有着很高的知名度,他创作的英语版《儒林外史》插图在 1959 年获得了莱比锡国际书籍装帧展览的银质奖,为《儒林外史》的传播吸引了许多英语世界读者的目光。程十发先生为《儒林外史》配的插图注重形象的写实性、准确性和情趣表现的巧妙,与故事情节的吻合度极高,逼真地传达出小说的讽刺精神;同时,他创作的英文版《儒林外史》插图还吸取了明清木版插图简练、富于诗意的长处,粗细相间,具有鲜明的民族特色。所以,在《儒林外史》进入英语世界以后,其中的插画为小说吸引了不少读者,在增加了读者阅读的趣味性和直观性的同时,有利于读者更容易地理解小说故事情节,更易于为读者所接受,插图特点的运用促进了英语世界读者对《儒林外史》的接受。

再次,英文版《儒林外史》将《〈儒林外史〉中提到的科举活动和官职名称》和《小说主要人物表》附在作品最后,有利于英语世界读者更好地理解小说故事情节,同时还能帮助读者了解《儒林外史》作品所反映出的社会背景和中国传统文化。可见,夹带信息作为英文版《儒林外史》的其中一个重要特点,不仅增加了小说的趣味性,减轻了英语世界读者阅读和理解中国古典白话小说的难度,而且更易于读者理解小说内容及其反映出的社会背景和中国传统文化,促进了英语世界对《儒林外史》的研究、传播和接受。

三、对英语世界《儒林外史》传播的反思

尽管在传播者的不懈坚持和努力下,《儒林外史》在英语世界的传播已经取得了不俗的成绩,产生了一大批学术研究成果,获得了良好的传播效果。但从目前《儒林外史》在英语世界的传播状况、传播特点和传播效果来看,在传播的过程中还存在一些局限性,如何能够突破这些传播瓶颈,获得《儒林外史》在英语世界更深入、广泛的传播,值得我们深思。

首先,《儒林外史》在英语世界的传播空间有待进一步扩大。尽管《儒林外史》在英语世界已经收获了很多传播成果,但这些传播成果除了少数的译文以外,基本上都是研究专著、书评、论文等学术成果,而传播者也以学者、教授、翻译家为主。从传播者和传播成果我们可以看出,迄今为止《儒林外史》的传播范围和传播效果主要集中在汉学界,并未而在社会普通大众群体中产生太多影响。而作为《儒林外史》的传播来讲,学术界的关注与研究固然十分重要,但汉学界只是英语世界很小的一块领域,更广大的传播空间则处在普通大众群体之中,亟待我们进一步去开发、挖掘。因为普通大众读者的广泛传播和普遍接受才能使《儒林外史》完全融入英语世界,有机会打破英语世界西方文学一方独大的局面,提升其所代表的中国文学和中华文化在国际社会上的话语权、影响力,促使中国文学能够与西方文学平等交流和对话。如何将《儒林外史》在英语世界的传播从汉学界的研究延展到普通大众的广泛阅读,是值得我们思考和努力解决的问题。

其次,《儒林外史》的英译工作有待进一步挖掘、开展。译本对《儒林外史》在英语世界的传播与普及有着举足轻重的作用,而截至目前《儒林外史》的英文全译本只有一部,且翻译年代相对比较久远。在当今的跨文明多元文化背景下,唯一的全译本显得有点单一、单薄,不利于完整展现《儒林外史》的全景视图和社会艺术价值,一定程度上限制了《儒林外史》的传播范围,阻碍了小说在英语世界进行全面深入而广泛的传播。现在英语世界流通的《儒林外史》唯一的全译本的翻译者是我国知名的权威翻译专家杨宪益和戴乃迭,两位先生在国际上也有着很高的知名度,该译本在英语世界也有着很高的评价,是英语世界从事研究和阅读

的重要基础材料。尽管该译本在英语世界获得了很多好评,但该译本自1957年问世以来在内容上没有任何更新和变化;而事实上,时代并不是一成不变的,语言是随之发展的,读者的阅读习惯和接受力也会跟着做出不同的改变。在这种情况下,一成不变的诞生于20世纪50年代的单一译本必定会随着时代的变化和发展,逐渐偏离读者阅读习惯和接受力的改进轨道,渐渐为英语世界的读者所遗忘,最终会阻碍甚至有可能中断《儒林外史》在英语世界的传播。面对这种情况,我们不能为曾经获得盛赞的译本沾沾自喜,而应该考虑如何及时改进和更新《儒林外史》的译本,以适应当代英语世界读者的阅读习惯和接受力。与此同时,我们还要反思为何《儒林外史》未能像《红楼梦》等中国古典文学名著一样,引起英语世界的本土汉学家和翻译家广泛翻译的兴趣,除了杨宪益、戴乃迭两位先生的译本优秀以外,是否还有其他的原因? 查明原因后,如何有效调动英语世界本土汉学家对《儒林外史》进行重新翻译的积极性,也是我们需要思考的问题。

再次,英语世界中作为主要传播主体的研究人员,对《儒林外史》的解读仍然存在一定的困难或者错误阐释,而这些困难或者错误阐释往往会因为研究者的权威性,一定程度上对《儒林外史》的普通大众读者造成错误的导向,降低大众读者对《儒林外史》的阅读兴趣,进而会在一定程度上阻碍《儒林外史》在英语世界的传播和被接受进程。比如,英语世界著名汉学家卫鲁斯教授在对《儒林外史》赞誉有加的同时,却指出《儒林外史》晦涩难懂,认为作者吴敬梓的文辞表面上看明白易解,而在哲学层次上则不是如此,并进一步提出《儒林外史》是中国文学在诠释上具有问题最多的作品。卫鲁斯这一关于《儒林外史》晦涩难懂的评价,让很多感兴趣的读者望而却步,很大程度上减缓了《儒林外史》在英语世界传播的步伐。

除此之外,另一位在英语世界中国文学研究方面有着很高知名度和权威性的华裔学者夏志清教授对《儒林外史》的研究也存在某些误解。如,夏志清在《中国古典小说史论》中指出吴敬梓在《儒林外史》的创作中体现了其"邦有道则仕,邦无道则隐"的儒家思想观点。夏志清从吴敬梓的这一观点认定他是万事求全的人,并指出"对万事求全的人来说,却也没有哪个世道是尽善尽美的"[①]。夏志

---

① [美]夏志清:《中国古典小说史论》,胡益民、石晓林、单坤琴译,南昌:江西人民出版社,2001年,第217页。

清直接把社会的"无道"的原因归于个人的万事求全，矛头直指个人而非社会，这显然与吴敬梓创作的本意不符。这种研究者专业性的错误解读容易因大众读者对学术的信任而跟着对作品产生错误的认识，从而阻碍《儒林外史》在英语世界的传播。面临这种传播的困境，如何在中国与英语世界学者间建立更好的交流、互动与合作机制，帮助英语世界研究者对《儒林外史》产生深入的理解和正确的认识，也是我们需要思考的又一问题。

由此可见，虽然英语世界的传播者已经做出了许多不懈的努力，创造了较为丰富的传播成果，推动了《儒林外史》在英语世界的传播步伐，但是通过对这些传播成果及其特点的总结、梳理和讨论，我们仍可以发现一些在传播过程中不尽如人意的地方。如何有效地解决、清除传播过程中遇到的难题和障碍，需要我们在反思的同时，发挥主观能动性，不仅从国家的层面，更应该从学术团体、出版机构、文化组织甚至读者协会等民间组织的层面，与英语世界《儒林外史》的传播团体加强交流、沟通与互动，增进了解与研讨，在英语世界多举办《儒林外史》研讨会的同时，多开发一些与《儒林外史》相关的创意文化产业，提高读者对《儒林外史》的兴趣，促进《儒林外史》在英语世界的有效传播。

第三章　英语世界对《儒林外史》作者吴敬梓的研究

　　作者是文学艺术的生产者和创造者,要想充分理解和研究一部文学作品,了解作者及其生活背景是十分必要的。我国古代伟大的思想家和教育家孟子就曾说过:"颂其诗,读其书,不知其人可乎? 是以论其世也。"①意思就是说,要深刻地理解一部作品,就必须了解作者的为人;而要了解作者的为人,就必须研究他所处的时代。因此,对作者及其时代背景的考证与研究对鉴赏与分析一部文学作品至关重要。自然,《儒林外史》作者及其时代背景也成为学者们始终关注的重要问题。

　　与其他许多明清小说存在的著作权危机不同,国内学界对《儒林外史》的著作权归属一直都比较明确,没有任何争议。在著作权明确的前提下,国内学界已经出版了许多关于作者吴敬梓及其生活背景的研究文章与著作,主要有胡适的《吴敬梓传》(1920)和《吴敬梓年谱》(1930)、王俊年的《吴敬梓和儒林外史》(1980)、陈汝衡的《吴敬梓传》(1981)、孟醒仁的《吴敬梓年谱》(1981)、陈云发的《〈儒林外史〉作者对我说——穿越时空的对话》(2003)、冯保善的《话说吴敬梓》(2012)以及当代吴敬梓研究的集大成者——陈美林所撰写的《吴敬梓研究》(1984)、《吴敬梓评传》(1990)、《吴敬梓与儒林外史》(2000)、《吴敬梓研究》三卷本(2006)和《独断与考索:〈儒林外史〉研究》(2013)等诸多论文与著作,为学界客观、公正地剖析《儒林外史》的思想内容和社会意义提供了大量翔实的背景材料,促进了《儒林外史》研究的可持续发展。

　　与国内学界一样,英语世界的学者也将作者及其科举社会背景视为《儒林外史》研究的基本问题进行探讨,绝大多数学者都认同《儒林外史》的著作权属于吴敬梓,但是仍有极少数学者如美国加州大学芭芭拉分校华人学者遇笑容提出一

---

① 《孟子》,万丽华、蓝旭译注,北京:中华书局,2006 年版,第 236 页。

些异议。她通过对小说中疑问句语法结构进行的归纳与比较,认为《儒林外史》部分内容呈现出的方言特征与吴敬梓的语言背景并不完全一致,从而提出《儒林外史》并非吴敬梓一人的作品。[①] 尽管遇笑容提出了不同意见,但是也肯定了属于吴敬梓的部分著作权。从整体上来看,英语世界对吴敬梓及其生活背景的研究重点不在于生平资料和信息的考据,而是着重于通过社会历史学和新批评等西方理论研究方法来剖析吴敬梓及其所生活的时代。在英语世界的诸多研究中,以著名汉学家黄宗泰教授所作的《吴敬梓》最为著名,在学界有着广泛的影响。黄宗泰认同前人学者尤其是夏志清的观点,认为吴敬梓创作的《儒林外史》与《三国演义》《水浒传》《西游记》等五部小说是中国最伟大的六大古典小说,肯定了吴敬梓作为小说家的重要价值。但是,他并不认同西方评论家用"一刀切"的做法来研究中国古典文学作品,认为西方评论家们总是从他们的研究视角出发,将西方的文学评论原则和方法普遍适用于所有文学作品,因而导致异质文化背景下的中国传统文学作品因不符合西方的传统而没有得到他们的重视。在他看来,"《儒林外史》可能是最受误解的重要中国小说"[②]。吴敬梓的这部伟大小说有着不同的文学特性倾向,西方评论家在评价其艺术价值时很大程度上忽略了它的讽刺性。鉴于此,黄宗泰潜心研究数年完成本书,试图将《儒林外史》回归到中国传统的视野中,旨在致力于探讨《儒林外史》的文学成就,着重探讨吴敬梓的讽刺艺术,从而为以《儒林外史》为代表的中国传统小说在英语世界正名。

第一节　英语世界对吴敬梓的性格、理想和思想观念的研究

一、关于吴敬梓内省性格的研究

美国著名华人汉学家夏志清先生在《中国古典小说史论》一书中对吴敬梓创

---

① Hsiao-jung Yu, "Consistent Inconsistencies among the Interrogatives in *Rulin Waishi*". *Journal of Chinese Linguistics*,24.2(1996).

② Timothy Wong, *Wu Ching-tzu*. Boston:Twayne Publishers,1978,Preface.

作的《儒林外史》评价颇高,将其列入"中国六大名著"①,并专章对它进行了介绍与研究。夏志清在研究中发现了吴敬梓在小说中所体现出的内省性格,并对此进行了讨论与分析,指出吴敬梓应该可以称得上是中国历史上第一位在小说中展示自己内省性格的小说家。夏志清之所以持有这种观点,是因为他认为吴敬梓在《儒林外史》中所塑造的那些骄傲的隐士文人形象与现代心理小说所刻画的与世不合的英雄形象是一致的,都是一些疏离社会的艺术家。敢为人先的创新性尝试往往会有自身的一些局限性,存在需要进一步深化、完善的空间。

　　吴敬梓对自己内省性格的展示也是如此,尽管他对中国小说艺术的发展作出了杰出的贡献,但由于受限于当时的社会历史环境等因素,他在小说创作过程中仅仅止步于对人物呈现的外部可见世界,未能意识到对小说人物形象的内心意识世界进行开拓和挖掘。正因为这种具有创新性却又带有局限性的内省性格的投入,小说中出现的敏感隐士形象的内心世界没有得到全面而深入的刻画,从而造成了吴敬梓在《儒林外史》的创作中只是有声有色地描绘了他所处时代的大千世界。从这个意义层面来说,尽管《儒林外史》称得上是一部文人小说,但是夏志清更倾向于将它看作一部风俗喜剧。夏志清提出,在吴敬梓描绘的《儒林外史》所展现的世界中,不仅可以看到文人和假文人,还可以遇到盐商巨富、戏子、高级妓女、骗子等各色各样的人物。吴敬梓对前一种人物是建立在道德问题的基础上进行公式化模式的描写,所以可以预见到他们的性格发展状况;而吴敬梓在描绘后一类人物时则很少考虑道德问题,所以对其市井形象的多样性刻画更多地体现出了喜剧化的效果。②吴敬梓对周围社会生活的喜剧场面描写增添了《儒林外史》对文人和官场生活的讽刺,从而体现了吴敬梓的内省性格。

　　据夏志清观察,《儒林外史》中最能体现吴敬梓内省性格的是由女性形象所构成的生活喜剧场面。虽然《儒林外史》中出现的女性屈指可数,但吴敬梓精心设计的女性形象如母亲、妻妾、妓女和"才女"等组成了一个多姿多彩的中国女性艺术长廊,表明了作者吴敬梓对社会现实和人物心理的把握。在为数不多的女

---

　　①　夏志清先生先后在美国发行的英文版《儒林外史》(The Scholars)导言部分和《中国古典小说史论》一书中提出此看法。根据他的观点,中国六大名著分别是《三国演义》《水浒传》《西游记》《金瓶梅》《儒林外史》和《红楼梦》。

　　②　Chih-tsing Hsia, The Classic Chinese Novel: A Critical Introduction. New York: Columbia University Press,1968,pp.241-242.

性形象中,夏志清以《儒林外史》第二十六回至第二十七回中出现的"胡七喇子"王太太为例对《儒林外史》的喜剧场面进行了阐述。夏志清指出,在吴敬梓的笔下,尽管王太太是一个名声不太好的女人,终日里娇生惯养,但是对个人的幸福却有着极为严肃的追求。[①]王太太在嫁给穷戏子鲍廷玺之前经历过两次婚姻,第一次是嫁入来家做妾,但后被人抛弃;第二次是嫁与王三胖,在王三胖去世后成为一个有些独立生活来源的寡妇;而第三次与鲍廷玺的婚姻是经媒婆介绍,她嫁过去时对鲍廷玺贫穷戏子的真实身份都不知道。所以在结婚当天,一见到新家简朴的环境,王太太对婚姻所有的幻想都随之破灭了。但王太太在婚后第三天仍然按照当地的风俗下厨烧菜,做了一条鱼来表示吉利:

> 太太忍气吞声,脱了锦缎衣服,系上围裙,走到厨下,把鱼接在手内,拿刀刮了三四刮,拎着尾巴,望滚汤锅里一掼。钱麻子老婆正站在锅台傍边看他收拾鱼,被他这一掼,便溅了一脸的热水,连一件二色金的缎衫子都弄湿了,吓了一跳,走过来道:"这是怎说!"忙取出一个汗巾子来揩脸。王太太丢了刀,骨都着嘴,往房里去了。当晚堂客上席,他也不曾出来坐。[②]

夏志清通过上文中王太太烧鱼的戏剧化情节描述,认为吴敬梓在呈现家庭生活场景的同时,道出了王太太与鲍廷玺的不对称。夏志清介绍说吴敬梓对王太太的喜剧情节设计并不止于此,因为此时的王太太还被媒婆蒙在鼓里,尚不知晓丈夫的职业。夏志清进一步介绍吴敬梓安排的王太太在两夜之后得知丈夫是穷戏子以后的表现场景:

> 鲍廷玺道:"甚么字号店?我是戏班子里管班的,领着戏子去做夜戏才回来。"太太不听见这一句话罢了;听了这一句话,怒气攻心,大叫一声,望后便倒,牙关咬紧,不省人事。鲍廷玺慌了,忙叫两个丫头拿姜汤灌了半日。灌醒过来,大哭大喊,满地乱滚,滚散头发;一会又要扒到床顶上去,大声哭着,唱起曲子来。——原来气成了一个失心疯。吓的鲍老太同大姑娘都跑

① Chih-tsing Hsia, *The Classic Chinese Novel: A Critical Introduction*. New York: Columbia University Press, 1968, pp.242-243.
② [清]吴敬梓:《儒林外史》,陈美林批评校注,北京:商务印书馆,2014年,第336—337页。

进来看；看了这般模样，又好恼，又好笑。正闹着，沈大脚手里拿着两包点心，走到房里来贺喜。才走进房，太太一眼看见，上前就一把揪住，把他揪到马子跟前，揭开马子，抓了一把尿屎，抹他一脸一嘴，沈大脚满鼻子都塞满了臭气。①

夏志清认为，从上文故事情节所表现出的活力来看，读者一定会觉得作者将会进一步描写更多的家庭日常生活情节，而事实上，吴敬梓的注意力并未在社会日常方面做过多停留，所以并没有如读者所期待的那般继续让这场戏剧化情节继续发展。夏志清觉得这对读者来说多少是一种缺憾，因为吴敬梓上文所描写的真实感因没有进一步地深入日常生活而难以让读者感同身受。在夏志清看来，吴敬梓对文人的讽刺也是毫无新意，甚至可以理解为吴敬梓之所以选择这一主题是为了自己限制自己，但结果却未如此，而是使自己失去了充分展现传统中国的社会面貌全景，尤其是社会中下阶级生活场景的机会。②

由此可见，夏志清在称赞《儒林外史》作者吴敬梓是一个具有自省性格的伟大小说家的同时，也对其没有进一步挖掘到小说人物的内心意识世界而感到遗憾。夏志清认为，正是因为吴敬梓没有触及人物形象的内心意识，所以他在描写小说人物情节时的张力不够，一方面导致了对文人的讽刺力度不足、缺乏新奇，另一方面对中下层社会人物的描写则有些脱离讽刺主调的轨道，而更多地成为一部风俗喜剧。在点出这一点不足的同时，夏志清也承认，世上没有哪个作家可以完全做到拥有充分的自知之明，正是由于吴敬梓的这种对贪官污吏和伪文人的强烈排斥与批评以及努力证明自己是真正的儒者和隐士的强烈愿望，才可能让他有足够的动力成为一位小说的创作者；而相应的，只有吴敬梓成为一位小说家，读者才可以看到他所呈现的周围社会栩栩如生的生活场景。③从总体上讲，夏志清对吴敬梓内省性格的考察和分析较为深入，使吴敬梓的内省性格在喜剧场面的描绘中得到了较好的体现，同时也对其没能关注到内心意识世界这一缺

① ［清］吴敬梓：《儒林外史》，陈美林批评校注，北京：商务印书馆，2014 年，第 337 页。

② Chih-tsing Hsia, *The Classic Chinese Novel: A Critical Introduction*. New York：Columbia University Press，1968，p.244.

③ Chih-tsing Hsia, *The Classic Chinese Novel: A Critical Introduction*. New York：Columbia University Press，1968，p.244.

憾给予了合理的解释,肯定了吴敬梓对中国小说发展的重要贡献。

二、关于吴敬梓儒家隐士理想的研究

除了对吴敬梓讽刺作家身份及其在中国小说范式演变中的意义进行研究以外,黄宗泰在《吴敬梓》一书中还以《儒林外史》为材料基础,对吴敬梓的理想进行了考察与剖析。黄宗泰认为,吴敬梓通过《儒林外史》的创作体现了自己对文人社会的道德关怀,表达了自己的个人理想。在对吴敬梓的个人理想展开讨论之前,他首先提出吴敬梓对文人社会的道德关怀的衡量标准存在很大的争论,尚未得出一个明确的结论,从而导致学界对创作艺术理解和评价陷入混乱状态。综其原因,共有三点:一是由于作者吴敬梓对《儒林外史》中的讽刺某些偶然的失控,造成了作品内容上的不均衡。二是吴敬梓修改了传统的评论模式,在《儒林外史》的每一回都是通过客观的陈述来呈现,让读者自己得出结论;而当代读者由于不熟悉吴敬梓当时的讽刺环境,所以得出的结论不明显,甚至会不可避免地出现与之冲突的判断。三是评论家们对《儒林外史》有众多的误解,这也是造成混乱状态的重要原因,第一点和第二点是对第三点原因的部分解释。自 20 世纪20 年代初以来,评论者们渴望利用此作品来进一步探究他们自己的社会原因。这种态度毋庸置疑地引导他们在解读该作品文本时不仅带有自身的需求和想法,而且将其置于与作品创作环境完全不同的他们自己的环境中。在各种政治需求的强压下,《儒林外史》开始被认为是民族主义的,或民主的,或是女权主义的,而作品的必要的保守主义也被完全地回避或忽略;甚至在当代,很少有评论家能够回到小说写作的文化历史环境中来挖出原本的道德意义。①

在众多对《儒林外史》道德意义的解读中,黄宗泰选取中国学者的"马克思主义解读"(the Marxist Interpretation)和西方学者的"虚无主义解读"(the Nihilist Interpretation)进行了介绍和比较,指出实际上吴敬梓所持有的依然是传统中国的儒家理想。吴敬梓的传统中国儒家理想可以从《儒林外史》中展现小说积极道德意义的典范——楔子中的隐士艺术家王冕和第五十五回的"四位奇士"身上体现出来。尽管他们没有彰显出儒家通俗理解意义上的道德和哲理,但和他们的创造者吴敬梓一样,他们选择了从自己的世界中隐退,而不是拿起刻板的儒家禁

---

① Timothy Wong, *Wu Ching-tzu*. Boston: Twayne Publishers,1978,pp.60 - 62.

令以积极地为社会服务。① 然而，吴敬梓笔下的他们与道家放弃所有的世俗价值不同，他们的隐退展现了儒者的决心和对待生活的温和态度及方法，体现了吴敬梓的儒家隐士理想。为了充分说明吴敬梓的这一理想，黄宗泰分别从王冕、四大奇人以及与之相对立的"堕落英雄"②匡超人三个方面进行了阐述。

首先，作为隐括全文的小说核心人物，王冕是最先也是最能体现吴敬梓儒家隐士理想的人物形象。黄宗泰认为王冕代表了吴敬梓的儒家理想状态，并指出吴敬梓在《儒林外史》楔子中通过故事情节的自然发展逐步展示出王冕的隐士形象及其所蕴含的道德价值观念。在小说中，吴敬梓巧妙地让放水牛的王冕在欣赏雨后湖中美景的同时，无意中遇到了三位陌生"文人"来湖边野餐，但他们与一般野餐的人不同，明显不是为湖边的自然美景而来，因为他们一直在围绕当地最有名望的社会名流危素老先生展开讨论：

> 那胖子开口道："危老先生回来了。新买了住宅，比京里钟楼街的房子还大些，值得二千两银子。因老先生要买，房主人让了几十两银卖了，图个名望体面。前月初十搬家，太尊、县父母都亲自到门来贺，留着吃酒到二三更天。街上的人，那一个不敬。"那瘦子道："县尊是壬午举人，乃危老先生门生，这是该来贺的。"那胖子道："敝亲家也是危老先生门生，而今在河南做知县。前日小婿来家，带二斤干鹿肉来见惠，这一盘就是了。这一回小婿再去，托敝亲家写一封字来，去晋谒晋谒危老先生；他若肯下乡回拜，也免得这些乡户人家，放了驴和猪在你我田里吃粮食。"那瘦子道："危老先生要算一个学者了。"那胡子说道："听见前日出京时，皇上亲自送出城外；携着手走了十几步，危老先生再三打躬辞了，方才上轿回去。看这光景，莫不是就要做官？"③

黄宗泰认为，上述对话从表面上看，在一定程度上促使王冕坚定培养自己绘画艺术才能的决心，而实际上则暗示了官场生活的方方面面，点出了危素的功名

---

① Timothy Wong, *Wu Ching-tzu*. Boston：Twayne Publishers，1978，p.69.
② Timothy Wong, *Wu Ching-tzu*. Boston：Twayne Publishers，1978，p.79.
③ ［清］吴敬梓：《儒林外史》，陈美林批评校注，北京：商务印书馆，2014 年，第 3 页。

富贵是由"官"而来,透露出三位陌生"文人"所代表的普通人对功名富贵之人士的羡慕、奉承和谄媚,同时也暴露了他们的攀比和虚荣心理。而当一般人都急于巴结、奉承的危素主动要与王冕结交、见面时,王冕并没有像普通人那样感到欣喜、荣耀,而是采取了避而不见的隐士态度和行为:

> 秦老劝道:"王相公,也罢;老爷拿帖子请你,自然是好意,你同亲家去走一回罢。自古道:'灭门的知县',你和他拗些甚么?"王冕道:"秦老爹!头翁不知,你是听见我说过的。不见那段干木、泄柳的故事么?我是不愿去的。"①

上文中王冕对于秦老爹的相劝没有动心,反而借用"段干木、泄柳"的故事表达了自己的儒家隐士生活的理想。

黄宗泰提出,在王冕人物形象的创造者吴敬梓看来,王冕不是一个普通人物,"既不求官爵,又不交纳朋友,终日闭户读书"②,甚至在他晚年时期,"隐居在会稽山中,并不自言姓名;后来得病去世,山邻敛些钱财,葬于会稽山下"。"可笑近来文人学士,说着王冕,都称他做王参军,究竟王冕何曾做过一日官?所以表白一番。"③由上可见,吴敬梓通过王冕来表达了他自己的儒家隐士思想中所蕴含的价值观念,并就一般文人对王冕做官的传言进行了嘲讽,批评这些愚蠢的凡夫俗子只能通过虚造官职来表达对王冕的尊重,而没想到这种虚造正在毁掉王冕的伟大。④ 对此,黄宗泰总结为王冕是吴敬梓的儒家理想典范,拥有一般人所达不到也理解不了的隐士精神境界;透过王冕,吴敬梓在文中首度表达出了自己的儒家隐士理想。

其次,吴敬梓对第五十五回四大奇人的描述,相较于王冕虽然不多,但也清晰地体现了吴敬梓寄托在王冕身上的儒家隐士理想。黄宗泰指出,这四位丰富的人物形象在吴敬梓的眼中是"贤人君子"⑤、真正的儒家隐士,不像道家隐士那

---

① 〔清〕吴敬梓:《儒林外史》,陈美林批评校注,北京:商务印书馆,2014 年,第 6 页。
② 〔清〕吴敬梓:《儒林外史》,陈美林批评校注,北京:商务印书馆,2014 年,第 4 页。
③ 〔清〕吴敬梓:《儒林外史》,陈美林批评校注,北京:商务印书馆,2014 年,第 11—12 页。
④ Timothy Wong, *Wu Ching-tzu*. Boston: Twayne Publishers, 1978, pp.73-74.
⑤ 〔清〕吴敬梓:《儒林外史》,陈美林批评校注,北京:商务印书馆,2014 年,第 648 页。

样完全脱离于社会，也没有陷入漫无目的的自我放纵。这些儒家隐士在某些方面确实显得有些怪异，但他们有闲情逸致，能够优雅地生活，他们有可能是谦逊的学者，在自己的土地上从事教书或其他职业，悠然自得；也有可能是生活在贫困之中的学者，但是无论怎样，社会上所谓的正经事业都与他们无关。对此，黄宗泰总结为：知足常乐能够使儒家隐士免于世俗的烦恼与忧患。只有能够做到知足常乐，满足于简单的生活，他们才能够拥有更高的追求，在培养人格尊严和真正美德的同时，获得个人天赋的全面发展。

在吴敬梓的笔下，同王冕卖画为生一样，季遐年、王太、盖宽和荆元这四位奇人不会因为现实的原因而对自我完善的理想做出妥协，在追求自己清闲自在的"活神仙"[①]生活的同时，都执着于自己的爱好并将之磨炼至最高的艺术境界，如季遐年的书法、王太的围棋、盖宽的绘画和荆元的琴艺都达到炉火纯青的境界。对儒家学派而言，自然能力的发展只对那些拥有无私美德的人奏效，因为他们能够拒绝功利的诱惑，坚定地追求完美。黄宗泰认为自我完善的实现是道德价值的符号；而作为实现自我完善的人，王冕和四位奇人比起他们可能服侍的统治者，是真正崇高的人物。[②] 由此可见，在吴敬梓的笔下，四大奇人也是王冕式的典范人物，透过对他们的刻画和分析，吴敬梓进一步表达了自己的儒家隐士理想。

最后，为了彻底完整地了解吴敬梓的儒家隐士理想，黄宗泰在对王冕和四大奇人进行了深入剖析之后，对与他们相对的人物形象——匡超人进行了探讨，并在此基础上进行了比较与分析。黄宗泰将匡超人比作"堕落的英雄"[③]，之所以如此称呼，是因为匡超人在人生之初原本是一个简单纯朴的孝顺书生，但后来却由于深陷功名富贵之中不能自拔，最终失去了自我。黄宗泰指出，在吴敬梓的笔下，匡超人最初以一个遵守孝道、富有责任感的勤劳书生的形象出现，能够每天"早半日做生意，夜晚伴父亲，念文章"[④]；而且聪明善社交，能够巧妙地对付想侵占他们房屋的三房阿叔，也能够与邻居和睦相处。如果匡超人能够一直以这样的态度生活下去，他也能够像王冕一样，成为大家钦佩的模范。然而，在他遇到潘老爹和李知县对他的赏识与帮助以后，开始走上了与王冕完全不同的道路，没

---

① ［清］吴敬梓：《儒林外史》，陈美林批评校注，北京：商务印书馆，2014 年，第 648 页。
② Timothy Wong, *Wu Ching-tzu*. Boston：Twayne Publishers, 1978, pp.74 – 75.
③ Timothy Wong, *Wu Ching-tzu*. Boston：Twayne Publishers, 1978, p.79.
④ ［清］吴敬梓：《儒林外史》，陈美林批评校注，北京：商务印书馆，2014 年，第 210 页。

有抑制住功利主义的诱惑,不仅接受了李知县的帮助,而且开始沉迷于对功名富贵的无限欲望之中,混迹于假文人之间、伪造官府文件、代人参加科举、隐瞒入赘事实而重婚、为了功名前途拒见恩人等等,让他迅速地堕落至道德的谷底,失去了善良和正义感,沦为道德卑劣的社会形象。在黄宗泰看来,道德的堕落伴随着的愚蠢的出现、野心的剧毒能够让一个有前途的文人迅速遭遇惨烈的毁灭,匡超人就是这样一个典型的例子,深陷功名欲望的他即便在飞黄腾达后也依旧未能满足,向他人吹嘘自己的八股选文才能和名气:

> 我的文名也够了。……弟选的文章,每一回出,书店定要卖掉一万部,山东、山西、河南、陕西、北直的客人,都争着买,只愁买不到手。还有个拙稿,是前年刻的,而今已经翻刻过三副板。不瞒二位先生说,此五省读书的人,家家隆重的是小弟,都在书案上,香火蜡烛供着"先儒匡子之神位"。①

黄宗泰通过上文指出,匡超人为了声名的无底线的吹嘘最终暴露了他的愚蠢,当同行之人指出他对"先儒匡子之神位"的用词不当时,他红着脸依然强词夺理为自己辩解,更加显示出了他的无知、荒唐与可笑。

黄宗泰认为,《儒林外史》中对匡超人故事的完整叙述是通过运用类似于当代自然主义技巧的科学实验的方式来呈现的。作者首先呈现给读者一个有着纯朴美德的年轻人形象,然后将功名富贵的欲望注入他的内心,在不带有任何个人色彩的评论之下,就让读者直接目睹了他的快速堕落。在黄宗泰看来,吴敬梓对匡超人故事的创作具有很重要的一点:匡超人并不是生来就该斥责的,因为他有着善良的初心;当然,他也不是讽刺家要责难的最终对象。因为,匡超人唯一真正的错误,也是他与王冕之间唯一的区别,在于他缺乏道德及理智意识来抵制功名富贵的诱惑。②这一致命的错误使他走向了与王冕截然不同的道德堕落之路,没有机会真正在本质上明白知足常乐的道理,来保护道德与智慧的完整性。

总而言之,王冕作为吴敬梓笔下的道德模范的代表人物,毫无疑问寄托了吴敬梓心中的理想人格典范,是一个超乎完美的人物形象,体现了吴敬梓的儒家隐

---

① [清]吴敬梓:《儒林外史》,陈美林批评校注,北京:商务印书馆,2014 年,第 259 页。
② Timothy Wong, *Wu Ching-tzu*. Boston:Twayne Publishers, 1978, p.85.

士理想。吴敬梓将他作为一个理想人物放在整部小说的楔子之中是有着特殊意义的,这个重大意义吴敬梓在小说第一回后半部分标题中已经说明,即为"借名流隐括全文"。在黄宗泰看来,吴敬梓正是借用这一完美形象,与小说中那些追名逐利、不讲道德理智的假道学、腐儒、假名士等人物形象形成了鲜明对比,并通过塑造市井之间的"四大奇人"形象在小说尾部与之呼应,充分而完美地呈现出了他的儒家隐士理想。

三、关于吴敬梓所持社会批判观念的研究

文学作品是读者通向作者心灵的窗口,通过阅读和理解一部文学作品,读者能够及时地了解作者本人在创作时期的一些思想观念。《儒林外史》作为一部经久不衰的经典名著,蕴含了作者吴敬梓大量的社会观念。美国汉学家罗溥洛就在《儒林外史》研究的工作过程中注意到了这一点,并从科举考试、女性地位、迷信三个角度对吴敬梓本人的社会观念进行考察和分析,指出吴敬梓具有先进的社会批判观念。

(一) 对科举制度的批判

对中国古代的知识分子来说,科举制度是他们生活中最重要的制度,是他们获取功名富贵的唯一途径,科举的成败决定了他们的生命品格。中国文人自五六岁开始就接受与科举内容相关的教育,即使科举失败后穷困潦倒,依然会执着于准备下一场考试,因为对于他们来说,只要获得了生员或者生员以上的功名,他们就确保了自己的精英地位。晚明科举制度开始形式化,严格限定考试内容,而清朝更是延续了这一趋势,并进一步向严格化发展。比如,如果考生不小心在卷面上留下了很小的墨印,或是在某行写错了字数,那么他的考卷会被自动认定为不合格。这一时期的科举制度,考试内容取自四书五经,以程朱理学的新儒学阐释为标准,严格要求使用八股文写作。罗溥洛认为,如此严格的制度及其在文人生活中的重要性,导致很多考生对有着悠久历史的科举制度产生了抱怨和批判。

19 世纪晚期以前,对科举制度的攻击最为强烈的当属清代初期。清代初期对科举制度的抨击主要分为两类:一是科举制度的僵化使考题脱离实际,完全围绕程朱理学的正统思想,被视为导致文人标准降低的主要原因;二是国家招揽人

才完全依赖于科举制度,科举的成功可以带来极其可观的回报,造成了科举考试的激烈竞争,这种竞争破坏了考生在孝顺、诚信、谦逊和无私等方面的美德,不利于文人的道德观。①而在这一时期众多的科举批判文学中,吴敬梓的《儒林外史》一直被视为批判科举制度的力作。

在国内外学界,尽管很多历史学者认为吴敬梓的科举批判观念与17世纪的科举批判尤其是黄宗羲和顾炎武的观点相似,但是黄宗泰并不同意这种观点。原因在于:吴敬梓现存的作品找不到任何有关17世纪科举批判的观点或内容,也许吴敬梓熟知黄、顾二人的作品,进而加强了对科举制度缺点的感知度,但是我们无法找到黄、顾二人对他产生影响的直接证据。在黄宗泰看来,吴敬梓对科举制度的批判方法是建立在讽刺基础上的现实主义书写。《儒林外史》最初的创作灵感一方面来源于吴敬梓自己同科举制度所产生的交集与关联,另一方面来源于他对清代科举制度之于社会、政治和知识世界影响的观察。②

罗溥洛认为,吴敬梓对科举取士制度的批判观点在《儒林外史》第一回中就得到了简明直接的体现:当楔子里的英雄典范人物王冕听说明代开国皇帝建立了以四书五经为考试主题、用八股文来取士的科举考试制度时,他的反应很沮丧:"这个法却定的不好!将来读书人既有此一条荣身之路,把那文行出处都看得轻了。"③吴敬梓一针见血,利用王冕的英雄人物形象直接明了地表达了对科举制度的不满和批判。接下来,吴敬梓在小说中又进一步阐明了科举制度下的学术和道德遭遇。如果说吴敬梓是通过王冕这一人物形象表达了自己的论点,那么小说中所呈现的诸多庸才文人形象则构成了这一论点的充分论据。吴敬梓通过《儒林外史》中所呈现出的科举是对无能之人的赏赐的主要特征,进一步对科举制度展开讽刺和批判,表达了自己对科举考试持有批判的社会观念。比如,吴敬梓在《儒林外史》第二回至第四回中设计的周进和范进两个老文人形象对科举制度的这一特征进行了有力的嘲讽,批评周进和范进二人耗尽自己的一生去掌握一种无用的写作格式,却忽略了真正学术和好政府的意义。

---

① Paul Ropp, *Dissent in Early Modern China: "Ju-lin wai-shih" and Ch'ing Social Criticism*. Ann Arbor: University of Michigan Press, 1981, pp.91 – 93.

② Paul Ropp, *Dissent in Early Modern China: "Ju-lin wai-shih" and Ch'ing Social Criticism*. Ann Arbor: University of Michigan Press, 1981, pp.100 – 101.

③ [清]吴敬梓:《儒林外史》,陈美林批评校注,北京:商务印书馆,2014 年,第 11 页。

　　罗溥洛提出，吴敬梓科举批判观念的表达，是通过他的讽刺技巧和人物描写手法来实现的。一方面，讽刺方法可以被视为吴敬梓对科举考试批判文学最独特的贡献，通过用文中愚蠢人物对科举制度的维护来体现其对科举制度的抨击。另一方面，人物描写也可以称得上是吴敬梓对科举批判的另一贡献。吴敬梓通过幽默和栩栩如生的人物形象描写对前人的科举评论进行了变革性的发展，使原本干瘪的评论变得有血有肉、鲜活丰满。在罗溥洛看来，吴敬梓是第一位针对科举制度及其产物文人精英创造了持续讽刺的作家。虽然吴敬梓的叙述有时会透着幽默，甚至偶尔伴随着轻浮，但他却总能紧紧地围绕社会和文人现实使小说内容在更具人性化的同时也提高了可信度。他的这种叙述技巧将科举考试评论提升到新的教育效能上。吴敬梓的艺术对之后评论家意识的提升有着显著的效力作用，这个影响效果在 19 世纪末 20 世纪初讽刺小说作家的创作上可以得到很好的印证。①

　　此外，罗溥洛在研究中还发现，吴敬梓在《儒林外史》中表达自己对科举考试批判观点的同时，还带有一些消极的悲观主义人生观。据罗溥洛观察，吴敬梓在《儒林外史》中偶尔表现出的轻浮举动，实际上是由他过度消极的人生态度导致的。中国 18 世纪的社会政治现实使吴敬梓认为所有的革新方式都是徒劳，只能谩骂嘲讽，因此他创造的小说人物，都只是针对个人的回应，而拒绝与社会问题产生任何牵连。在清朝统治者的眼中，延续国家命运、稳定社会和控制文人意识形态才是最重要的，而科举制度只是实现帝王统治目的的途径。因此，在 18 世纪以前，任何有可能导致社会发生巨变的有力建议都会被视为对清朝统治的攻击，建言者将会被流放、监禁，甚至被处死刑。因此，吴敬梓及其同辈和先辈的评论者们对科举的评论观点仅仅以个人的角度体现在个人作品中。到了 19 世纪末期，17、18 世纪的新观念即使已经被接受，但其带来的改变也很难在社会上存活。由此可见，吴敬梓对社会改革持有的悲观信念及预言，对后来社会产生的影响远超他的想象。②

---

　　① 　Paul Ropp，*Dissent in Early Modern China："Ju-lin wai-shih" and Ch'ing Social Criticism*. Ann Arbor：University of Michigan Press，1981，pp.117-118.

　　② 　Paul Ropp，*Dissent in Early Modern China："Ju-lin wai-shih" and Ch'ing Social Criticism*. Ann Arbor：University of Michigan Press，1981，pp.118-119.

(二) 对女性从属地位的同情与不满

在探讨吴敬梓的女性主义意识以前,罗溥洛首先回顾了女性在中国封建社会的从属地位,提出自宋代起,程朱理学成为正统,在女性问题上主张贞烈,贞洁观念开始变得十分狭隘,女子既受封建礼教束缚,又被剥夺了受教育的权利。到了吴敬梓所生活的清代,程朱理学占据思想统治地位,男尊女卑的思想进一步得到强化,女性从属于男人的现象比任何朝代都要严重。这一时期对女性从属地位的价值观念和制度包括对寡妇殉夫的广泛鼓励、纳妾与缠足的实践、隐于闺阁和料理家务的义务,其中缠足被视为女性从属地位的最明显的身体特征。中国女性的劣势地位在清代早期极其牢固、紧密地融入社会分层结构,在这一时期等级森严的社会阶级秩序中,他们不再被视为邪恶的化身,而被看作社会的从属群体;在经常被认为是男性的奴隶的同时,还被视作玩物和生育工具。因此,这一时期的社会认为,女性的存在意义源自男性,所以失去老公的寡妇需要坚守贞洁,甚至应该殉身陪葬;同时作为男性的玩具和家庭的生育工具,女性不仅需要承受缠足带来的疼痛,还需要为了男性的快乐和家族香火的延续,忍受或接受妾的名分。基于这种女性从属地位的严酷现实,清代早中期社会出现了很多反对的声音和评论,其中吴敬梓通过创作《儒林外史》也表达了自己对男尊女卑社会现象批判的观点,呈现出女性主义思潮的趋势。[1]

罗溥洛认为,吴敬梓对清朝女性地位的观点是积极正面的,对她们的境遇持有同情的态度。[2] 在《儒林外史》中,吴敬梓创造了一些既不顺从也不比男人差的女英雄形象,同时描绘了夫唱妇随、相敬相爱的理想婚姻,表达对普遍存在的纳妾陋俗的谴责,并从人性的角度对寡妇殉夫的现象进行了猛烈抨击。在吴敬梓创造的女性形象中,王冕的母亲是他塑造的第一个女性形象。吴敬梓将她安排在楔子中,通过与儿子王冕之间的对话及对儿子的成功培养体现出她是一位具有远见和才干的女性。而《儒林外史》第四十回的沈琼枝则是吴敬梓塑造的一个既有个性、胆识又有思想、文化和才干的英雄女子。在她的探婚、逃婚、南京以

---

① Paul Ropp, *Dissent in Early Modern China: "Ju-lin wai-shih" and Ch'ing Social Criticism*. Ann Arbor: University of Michigan Press, 1981, pp.120 – 121.

② Paul Ropp, *Dissent in Early Modern China: "Ju-lin wai-shih" and Ch'ing Social Criticism*. Ann Arbor: University of Michigan Press, 1981, p.120.

艺谋生、被衙门逮捕和释放等一系列事件中，她善于观察、做事果断，有过人的胆识，不仅能够勇于冲破封建纳妾陋习的牢笼，而且能独立生活并有能力赡养自己。吴敬梓通过沈琼枝这一勇于反抗世俗陋习的英雄女子抨击了清代社会普遍存在的纳妾现象，体现了他的女性主义思想。此外，吴敬梓还通过杜少卿和其夫人夫唱妇随、相敬如宾、平等和谐的夫妻关系表达了男女平等的思想；并通过杜少卿携夫人游览清凉山公园等公共场合所迎来的世俗的诧异对清代社会中主张女性隐于闺阁的制度进行了批判。最后，《儒林外史》第四十八回中，借王玉辉执意让女儿王三姑娘为其死去的丈夫殉节，并为此举感到高兴自豪一事，讽刺和抨击了清代社会风行的寡妇殉夫陋俗，体现了吴敬梓对清代男尊女卑思想的反思和批判。

在罗溥洛看来，吴敬梓在中国社会女性主义批评发展的过程中起到了先锋作用。在对女性的高压环境下，清代社会产生了一批质疑女性从属地位的人，他们人数较少，却在一直增长。罗溥洛认为吴敬梓无疑站在了这支为数不多的评论队伍的最前列，是第一位批评寡妇殉夫和男性纳妾陋习的最坚定的评论家。吴敬梓对女性正面形象的评论对前人的女性观点进行了革新性的发展，在他所处的时代，只有袁枚能够与其相比被称为女性主义者。然而袁枚只是支持女性读书识字，他的理想女性也仅仅限于一个美丽的女诗人，无法达到吴敬梓的思想深度，因为在吴敬梓的眼中，他的理想女性应该是受过教育、独立自主，有着男人般的勇气、智慧和坚毅的性格。在17世纪至19世纪早期的女性问题写作中，只有蒲松龄、俞正燮和李汝珍三位与吴敬梓的写作一样细腻，其中李汝珍可能是最有效的女性主义作家，但是他在提倡性别平等方面却远远比不过吴敬梓。相比李汝珍的《镜花缘》体现出来的虚幻世界，吴敬梓在《儒林外史》中创造了符合日常生活的、更为逼真现实的女性新形象。①

由上可见，虽然《儒林外史》中的女性不是小说的主要角色，作者着墨较少，但是罗溥洛却认为这种少而精的人物安排体现了吴敬梓的创作目的，通过对她们人物形象的讨论和剖析，发现了吴敬梓对男尊女卑社会状态的不满与批判，体现了吴敬梓的女性主义意识，并对此给予了高度评价，认为他是中国历史上女性主义批判的领军人物。

---

① Paul Ropp, *Dissent in Early Modern China:"Ju-lin wai-shih" and Ch'ing Social Criticism*, Ann Arbor：University of Michigan Press，1981，p.151.

(三) 对民间信仰的质疑

吴敬梓创作的《儒林外史》能够与早期中国小说区分开来的其中一个重要特征,就是他对包括占星、算命、风水和鬼神信仰等在内的民间宗教信仰持有明显的怀疑态度。虽然儒家知识分子与未受过教育的平民相比,相对会对这种超自然的信仰持有一定的怀疑,但却没有哪位能够像吴敬梓一样,同时将多种民间信仰集中在一部作品中进行猛烈抨击。在展开研究吴敬梓对民间信仰的观点之前,罗溥洛对民间宗教信仰作了界定,提出这里的民间宗教信仰是一个广泛的概念,包括普通大众和文人精英的信仰与实践。在此基础上,罗溥洛进一步指出,在针对这些民间信仰与实践的现实主义讽刺写作中,吴敬梓不仅表达了他对民间信仰作用的质疑,而且阐明了民间信仰在文人精英中的盛行以及信仰和实践在整个社会中的相辅相成。[①]

为了更好地探讨和理解吴敬梓对民间信仰的观点,罗溥洛借用著名华裔汉学家杨庆堃(C. K. Yang)在专著《中国社会中的宗教》(*Religion in Chinese Society*)中提出的观点,对中国民间信仰的特点和作用进行了回顾与总结:提出超自然的宗教信仰在传统中国社会中的重要性,认为超自然信仰存在一定的合理性,可以用来解释自然现象的吉凶,整合人类生活中的重要事件并对其意义进行说明和阐释,为人类提供灾难防御和带来希望。在精英和大众的宗教信仰与实践的大一统中,仍然存在很多特定信仰和复杂性方面的区别,体现出了民间信仰最基本也最难理解的特征——统一性和多样性的结合。此外,儒家思想并不排斥对超自然现象的信仰,而且经常利用这些信仰来强化儒家社会规范。事实上,大多数的儒家学者与平民大众在风水、信命、算命和道德报应方面有着共同的民间宗教信仰。[②]他们之间共同的民间信仰思想主要有阴阳五行、天道、敬畏祖先的灵魂信仰和"一元论"的宇宙观;精英和大众宗教信仰之间也会因为社会阶级的差距拥有不同的信仰和实践,拥有相对较高等级的人就会将比他们低级

---

① Paul Ropp, *Dissent in Early Modern China: "Ju-lin wai-shih" and Ch'ing Social Criticism.* Ann Arbor: University of Michigan Press, 1981, pp.152 – 153.

② C. K. Yang, *Religion in Chinese Society: A Study of Contemporary Social Functions of Religion and Some of Their Historical Factors.* Berkeley: University of California Press, 1961, pp.244 – 277.

的信仰看作迷信。而在诸多对迷信的抨击者中,吴敬梓无疑是首位对迷信思想猛烈抨击的作家。①

在观察吴敬梓对民间信仰的态度时,罗溥洛指出,吴敬梓通过将戏剧化、讽刺的艺术手法与偶尔严肃评论小说正面人物相结合的手段,进一步发展前人的评论,加强了对民间宗教的批判。罗溥洛的这一观点在小说中得到了很好的印证。我们透过小说中一系列的人物形象可以看出吴敬梓对民间信仰实践盛行的谴责。为了达到这一目的,吴敬梓不仅设计了像胡屠户这样未受过教育的平民,而且塑造了一大批受过科举教育的知识分子群体,比如王冕、杜少卿、虞育德以及余有达、余有重两兄弟等文人形象。比如,吴敬梓通过《儒林外史》楔子中的完美典范王冕确认了民间信仰实践的盛行,指出王冕具有预知未来的特殊能力,可以准确预测到朝代的更替,还可以根据星象移动预兆天灾。②又如,吴敬梓在《儒林外史》第三回通过胡屠夫对女婿范进中举前后的态度,进一步指出了清代的流行迷信对科举功名声望的支撑作用。胡屠户在范进中举前,对他肆意谩骂如家常便饭;而在范进中举后,众人希望他能够通过打嘴巴的方式救治喜极而疯的范进,帮助他恢复正常,胡屠夫却一改往常跋扈态度,不敢再冒犯范进:

> 虽然是我女婿,如今却做了老爷,就是天上的星宿。天上的星宿是打不得的!我听得斋公们说:打了天上的星宿,阎王就要拿去打一百铁棍,发在十八层地狱,永不得翻身。我却是不敢做这样的事!③

从上文胡屠夫的言语中可以看出,他不敢冒犯的原因是出自对上天神灵和道德报应的敬畏,因为他认为取得功名的科举之士都是天上星宿的化身,如果冒犯会有因果报应。④罗溥洛认为,吴敬梓在小说中对胡屠夫前后行为反差的设计,不仅指出了民间信仰在清代的盛行,而且对这种民间信仰的风靡进行了反讽

---

① Paul Ropp, Dissent in Early Modern China: "Ju-lin wai-shih" and Ch'ing Social Criticism. Ann Arbor: University of Michigan Press, 1981, pp.154 - 156.

② Paul Ropp, Dissent in Early Modern China: "Ju-lin wai-shih" and Ch'ing Social Criticism. Ann Arbor: University of Michigan Press, 1981, pp.165 - 166.

③ [清]吴敬梓:《儒林外史》,陈美林批评校注,北京:商务印书馆,2014 年,第 42 页。

④ Paul Ropp, Dissent in Early Modern China: "Ju-lin wai-shih" and Ch'ing Social Criticism. Ann Arbor: University of Michigan Press, 1981, pp.166 - 167.

和批判。

罗溥洛通过对《儒林外史》的人物形象分析,讨论了吴敬梓对占星、算命、神灵、天道的质疑和谴责,指出吴敬梓认为民间宗教思想如佛教、道教其实就是一场有关信心游戏的骗局。此外,罗溥洛还就吴敬梓对风水的观点进行了探讨,指出风水对于清代社会的文人家庭及其举业紧密相连,吴敬梓和他的家族也曾经深信风水理论,但与其他人所持的希望和愉悦相比,吴敬梓通过自己多次的科举失败经历对风水理论是不抱希望的,甚至产生了厌恶和仇视。吴敬梓通过《儒林外史》第四十四回和第四十五回中余氏两兄弟的行为首次对风水进行了反驳,并对风水实践进行了讽刺。余有达、余有重两兄弟是风水理论的坚定的笃信者和践行者,两人因为没有足够的财力为亡亲选择风水好的墓地,将亡亲灵柩放在家里十几年都未安葬。①《儒林外史》第四十四回中,当余有达在杜少卿为其准备的接风宴上谈到寻墓地葬父母的话题时:

> 迟衡山道:"先生,只要地下干暖,无风无蚁,得安先人,足矣;那些发富发贵的话,都听不得。"余大先生道:"正是。敝邑最重这一件事。人家因寻地艰难,每每担误着先人不能就葬。小弟却不曾究心于此道,请问二位先生:这郭璞之说,是怎么个源流?"迟衡山叹道:"自家人墓地之官不设,族葬之法不行,士君子惑于龙穴、沙水之说,自心里要想发达,不知已堕于大逆不道。"余大先生惊道:"怎生便是大逆不道?"迟衡山道:"有一首诗,念与先生听:'气散风冲那可居,先生埋骨理何如?日中尚未逃兵解,世上人犹信《葬书》!'这是前人吊郭公墓的诗。小弟最恨而今术士托于郭璞之说,动辄便说:这地可发鼎甲,可出状元!请教先生:状元官号,始于唐朝,郭璞晋人,何得知唐有此等官号,就先立一法,说是个甚么样的地就出这一件东西?这可笑的紧!"②

从上文可以看出,吴敬梓通过迟衡山对余有达的建议对风水之说提出了质疑,接着又用韩信择良墓"不免三族之诛"的遭遇对风水理论进行了讽刺和批评。

---

① Paul Ropp, *Dissent in Early Modern China: "Ju-lin wai-shih" and Ch'ing Social Criticism*. Ann Arbor: University of Michigan Press, 1981, pp.172 – 175.

② [清]吴敬梓:《儒林外史》,陈美林批评校注,北京:商务印书馆,2014 年,第 533 页。

吴敬梓并没有就此停止对风水理论的讽刺,接下来又借武正字之口讲述了施御史家迷信风水选择迁墓的可笑之事,揭露了风水先生的虚假面目。对此余有达依然不为所动,转而询问杜少卿意见,杜少卿不仅反对,而且对风水理论进行了强烈谴责,要求惩处虚伪、虚假的风水先生。罗溥洛指出,吴敬梓在小说第四十四回通过迟衡山、武正字、杜少卿三位人物形象对余氏兄弟迷信风水的行为进行了严肃的讨论和批评,并在第四十五回的情节中进一步对余氏兄弟二人的风水实践进行了有力的讽刺。至此,吴敬梓对这种滥用超自然的风水理论的强烈反对与谴责表露无遗。

罗溥洛认为,吴敬梓以自己独有的方式从质疑民间信仰的评论界一跃而出,他通过在《儒林外史》中描绘算命先生、神仙、风水师和怕鬼的考生等讽刺形象,对民间信仰进行了强有力的讽刺和抨击,带动了当时的社会风气,取得了极为显著的效果,连当时鼎鼎有名的袁枚都无法与他相比。吴敬梓打破了陈确和程廷祚的善恶有报的道德信条;而袁枚始终对道德报应的问题含糊其词,没有明确的态度。在他看来,吴敬梓对怀疑论传统最为独特的贡献在于他的讽刺、白话散文空前地摆脱了早期中国小说超自然现象和道德报应的主题。无论从小说形式上还是在内容上,吴敬梓既打破了社会上普遍接受的知识分子的怀疑论,同时又击碎了大众的普遍信仰。与其他评论家主要质疑平民的宗教信仰相比,吴敬梓则更多地质疑批判了知识分子的宗教信仰,嘲弄了他们对科举考试、风水、道德报应等信仰的态度,谴责他们玷污了自己所接受的经典教育,因为这种信仰实践根本不需要文化知识的熏陶。[①]

罗溥洛对吴敬梓的批判观念评价很高。他指出,清代的文人群体规模本身就很小,当时能够对宗教信仰和实践持有质疑精神的文人更是少之又少,他们通过作品证实了宗教信仰和实践对整个清代社会的重要性,并对其进行了直言不讳的抨击。尽管在清代以前也有批判民间宗教的怀疑论者,但是很少有人能够做到像吴敬梓那样彻底地谴责。吴敬梓对道德报应的否定不仅标志着通俗小说的世俗化向前迈出了戏剧性的一步,而且撼动了儒学国家和世界观的基石。在某种意义上来说,吴敬梓所代表的清代怀疑论者是有着预知能力的少数人,他们

---

① Paul Ropp, *Dissent in Early Modern China: "Ju-lin wai-shih" and Ch'ing Social Criticism*, Ann Arbor: University of Michigan Press, 1981, p.190.

理性主义的怀疑精神是现代批判的序曲,他们的作品也随之成为现代中国的知识分子批判传统中国宗教信仰和实践的有力武器。① 由此可见,罗溥洛通过对《儒林外史》文本的分析,探讨和总结了吴敬梓对清代盛行的风水、占星、算命、神灵、天道等民间信仰的态度,赞扬了吴敬梓对民间信仰的质疑和批判,指出了吴敬梓是批判民间信仰和实践的领军人物。

四、关于吴敬梓的思想、阅历与小说情节之间关系的研究

在《中国古典小说史论》中,夏志清指出吴敬梓是具有高尚气魄和胆识的艺术家,认为他能够勇于摆脱当时社会盛行的宗教道德观念来进行《儒林外史》的创作,并通过吴敬梓在艺术风格和技巧方面的革新来探讨他的个人阅历、思想观念与小说情节之间的关联。在夏志清看来,吴敬梓在创作《儒林外史》的过程中,将自己的个人阅历以及本人的朋友或者一些当时知名的历史人物作为原型安排到小说情节之中。但夏志清认为吴敬梓对这种人物形象的安排绝对不是简单的复制,而是在将现实存在人物的相貌特征、性格爱好和个人际遇等移植到小说具体人物形象的基础上,赋予其艺术的真实,并使用虚构的手法,使之符合小说讽刺的主调。

首先,吴敬梓将《儒林外史》假托在明代的历史背景下而不是他自己所处的乾隆盛世时期,与许多中国学者认为是吴敬梓通过小说来间接表达对清朝统治的不满和批评的观点截然不同,夏志清认为这种假托不仅是出于便利,更是出于作者吴敬梓个人对明代历史的兴趣,对明代历史严肃地表明自己的看法。夏志清在文中对此观点进行了进一步阐述:首先,夏志清指出,虽然吴敬梓在小说中表现出对明朝建立者的赞许,但也在小说中间接表达了对明太祖残忍迫害诗人高启的批评,透露出吴敬梓对诗人高启的推崇。② 这一观点可以通过小说第八回中蘧太守与蘧公孙的对话以及蘧公孙的少年成名得到验证:

蘧太守道:"(《高青邱集诗话》)这本书多年藏之大内,数十年来,多少才

① Paul Ropp, *Dissent in Early Modern China: "Ju-lin wai-shih" and Ch'ing Social Criticism*, Ann Arbor: University of Michigan Press, 1981, p.190.
② Chih-tsing Hsia, *The Classic Chinese Novel: A Critical Introduction*, New York: Columbia University Press, 1968, p.210.

人求见一面不能，天下并没有第二本。你今无心得了此书，真乃天幸！须是收藏好了，不可轻易被人看见。"蘧公孙听了，心里想道："此书既是天下没有第二本，何不竟将他缮写成帙，添了我的名字，刊刻起来，做这一番大名？"主意已定，竟去刻了起来，把高季迪名字写在上面，下面写"嘉兴蘧来旬駪夫氏补辑"。刻毕，刷印了几百部，遍送亲戚朋友；人人见了，赏玩不忍释手。自此，浙西各郡都仰慕蘧太守公孙是个少年名士。①

夏志清指出，上文中蘧太守对《高青邱集诗话》的高度评价以及其孙蘧公孙因刻印高青邱的诗话手稿而出名一事，体现了吴敬梓对高启（号青丘，故文中高青邱为元末明初著名诗人高启）的赞赏与钦佩。此外，在蘧太守向蘧公孙介绍完《高青邱集诗话》的可贵价值之后，他又对蘧公孙说了一句"须是收藏好了，不可轻易被人看见"，夏志清认为这句话是吴敬梓的巧妙设计，目的在于为下文第三十五回中卢信侯因收集此书而被捕的情节埋下伏笔，同时也暗示了高启因诗作被明太祖残忍迫害的历史事实及吴敬梓对这一迫害事件的批评。随后，夏志清进一步提交了吴敬梓批评明太祖残忍迫害高启这一事件的证据。夏志清指出，吴敬梓在《儒林外史》第三十五回"圣天子求贤问道，庄征君辞爵还家"的开始部分，就利用卢信侯的一句"高青邱是被祸了的"以及庄征君对卢信侯的回应"青邱文字，虽其中并无毁谤朝廷的言语，既然太祖恶其为人，且现在又是禁书，先生就不看他的著作也罢"②，点出了吴敬梓对高启被迫害这一历史事件的痛惜，证明了他对明太祖这一做法的不满。

不仅如此，夏志清提出，吴敬梓更是用卢信侯"因家藏《高青邱集诗话》，此乃禁书，被人告发"③而被捉拿入监一事进一步突出了这一历史事件的不公，并在文中设计庄征君帮助卢信侯获释的情节表达了他对这一历史事件的看法，在批评了明太祖的残忍迫害的同时，表达了对高启的推许。国内学界对上述故事情节的普遍看法是认为文中出现的卢信侯和庄绍光两位小说人物的原型均为吴敬梓的朋友，而高青邱的原型则为康熙时代文字狱的牺牲品戴名世，作者吴敬梓假借明代之史事来暗抒对康乾时事之不满，通过小说具有原型的人物形象的设计

①　[清]吴敬梓：《儒林外史》，陈美林批评校注，北京：商务印书馆，2014年，第112—113页。
②　[清]吴敬梓：《儒林外史》，陈美林批评校注，北京：商务印书馆，2014年，第428—429页。
③　[清]吴敬梓：《儒林外史》，陈美林批评校注，北京：商务印书馆，2014年，第434页。

表达了对康乾时代文字狱的讽刺和批评。而夏志清的看法与国内学界普遍认识截然不同，认为从吴敬梓的生活阅历和个人爱好，可以推断出《儒林外史》的上述情节仅仅是反映了吴敬梓在严肃地表明自己对明代历史的看法，而不是对他所处时代的隐晦含蓄的批评。① 夏志清的观点从吴敬梓的兴趣爱好出发给人耳目一新的感觉，但从整部小说的主体格调来观察，我们就会发现夏志清的这一观点貌似与小说的讽刺主调不符，所以夏志清的解读虽有新意，但很明显他是受到了西方个人主义的影响，在考察分析文本时只从吴敬梓个人的角度出发，而没有站在更为宏观的社会背景下来考虑其创作目的。

其次，夏志清认为，《儒林外史》楔子中王冕故事情节的设计，与吴敬梓因本人的多次科举考试失败经历而产生对世俗和官场生活排斥的想法有一定的关联，认为小说中的王冕形象是作者为自己设计的理想化了的自画像。夏志清提出，在《儒林外史》的楔子中，吴敬梓将王冕设计为一个以孝悌和艺术才华而闻名于世的隐士形象，不为功名所动，不仅谢绝了时知县及其恩师危素的邀请，而且婉拒了明太祖出仕朝廷的征聘。但让夏志清感到奇特的是为何吴敬梓将王冕设计为孝子却又让他终身不娶（在中国传统的"孝"观念中，娶而有后为大孝），对此，夏志清理解为吴敬梓将一个无法靠近的超凡脱俗的隐士形象作为自己的理想人物暴露了他墨守成规和拘谨的道德观念。另外，夏志清指出，吴敬梓对世俗和官场生活的排斥，也有可能是出于一种取之不得故而鄙视的自慰心理，这种聊以自慰恰好暗示出了他因科举考试的失意而无法驱散的苦闷，于是吴敬梓对王冕的形象设计也可以理解为一个以否定的方式来求取声名的人。② 此外，夏志清认为，王冕是吴敬梓讽刺和批评明清简化科举制度的代言人。因为，在吴敬梓的安排下，王冕在听说新朝廷颁布的取士之法之后，直接向旁人表达了自己对这项制度的不满：

> 不数年间，吴王削平祸乱，定鼎应天，天下一统，建国号大明，年号洪武。乡村人各各安居乐业。到了洪武四年，秦老又进城里，回来向王冕道："……

---

① Chih-tsing Hsia, *The Classic Chinese Novel: A Critical Introduction*. New York：Columbia University Press，1968，p.210.

② Chih-tsing Hsia, *The Classic Chinese Novel: A Critical Introduction*. New York：Columbia University Press，1968，p.214.

我带了一本邸抄来与你看。"王冕接过来看，……此一条之后，便是礼部议定取士之法，三年一科，用五经、四书，八股文。王冕指与秦老看，道："这个法却定的不好！将来读书人既有此一条荣身之路，把那文行出处都看得轻了。"①

夏志清指出，由上文可以看出，王冕的一句"这个法却定的不好"替吴敬梓道出了对明初制定的一直延续至清末的简化了的科举制度的不满与批评。吴敬梓不仅通过王冕表达了对科举制度的批评态度，而且还在后面的章节中延续这一主题，继续对科举制度进行了讽刺和抨击，透露出对科举考试制度及其牺牲品的惋惜和忧伤。但同时，夏志清也表达了他的担忧，担心吴敬梓对科举制度及其牺牲品的讽刺如同他对完美隐士的盛赞一般，也许只是为了表现出自传的色彩。②

由此可见，夏志清在考察、分析《儒林外史》的小说情节与吴敬梓的个人阅历、思想观念之间的关联时，更倾向于认为吴敬梓的创作仅仅是从自我意识出发，认为小说体现了自传的特色，而并非站在更高的社会角度来展开对清朝统治的不满与批评。夏志清的这一看法，体现了 18 世纪的知识分子自我意识的觉醒。

第二节　英语世界对吴敬梓讽刺作家身份的研究

吴敬梓是我国小说史上最伟大的小说家之一，他创作的《儒林外史》是我国文学史上最早的一部长篇讽刺小说，不仅具有划时代的意义，而且时至今日仍有着巨大的现实意义。胡适对他评价很高，认为他是"安徽第一个大文豪"，提出"《儒林外史》这部书所以能不朽，全在他的见识高超，技术高明"③。吴敬梓不仅在小说创作方面成就斐然，而且在史学和经学研究方面造诣精深，他一生创作了大量的诗歌、散文和史学研究著作。南京师范大学陈美林教授是吴敬梓和《儒林

---

① ［清］吴敬梓：《儒林外史》，陈美林批评校注，北京：商务印书馆，2014 年，第 10—11 页。

② Chih-tsing Hsia, *The Classic Chinese Novel: A Critical Introduction*. New York: Columbia University Press, 1968, p.214.

③ 季羡林主编：《胡适文集》（第 1 卷），合肥：安徽教育出版社，2003 年，第 743 页。

外史》研究的专家,他在前人和同行的基础上对吴敬梓的家世、生平、思想与创作等方面进行了全面而系统的梳理、考证与研究,形成了一系列研究成果,被海内外学术界一致认为是吴敬梓与《儒林外史》研究的领军人物,代表了20世纪70年代以来中国该研究领域的最高水平。与中国学界相比,英语世界也对吴敬梓本人及其生活背景进行了较为细致的研究,尤其是美籍华人黄宗泰先生突破了以往的研究方法,从讽刺作家身份的形成这一全新视角对吴敬梓本人作了专门而深入的研究,成为英语世界吴敬梓研究的代表性人物。

一、关于家族背景与吴敬梓成长过程的研究

吴敬梓的一生经历了清朝康熙、雍正和乾隆三代,生活在清朝历史上最好的盛世中的他随着时间的推移在生活和思想上发生了极大的变化。美国汉学家罗溥洛从社会历史学的角度对吴敬梓的家族背景和成长经历进行了介绍与分析,指出了解家族背景、成长经历对其本人思想行为的影响能够让读者更真切地感受到其讽刺创作风格形成的原因。

第一,吴敬梓的科举家族背景及其影响。罗溥洛认为显赫的家族背景对青年时代的吴敬梓产生了极为深刻的影响。安徽全椒的吴氏家族最初凭借农业起家,后转行行医,家业逐渐兴旺,最后通过科举考试的成功实现了家族的全面繁荣。吴敬梓的高祖父吴沛是一位"廪生",尽管社会地位不高,但却是一位德高望重的新儒学学者,在当时的中国东南地区很有名气。然而,他最大的成就并不在此,而是培养出了五个杰出的儿子,其中四位均是进士,这其中就有吴敬梓的亲曾祖父——在兄弟间取得最高功名的吴国对。吴国对1654年参加殿试并高中探花,被授予翰林编修,与当时朝廷最高层官员的往来亲密无间,给家族带来了至高荣耀。吴氏家族的地位至此发生了根本性的转变,一跃成为当地的名门望族。

在罗溥洛看来,曾祖父的巨大成功及其给家族带来的荣耀与地位对青年时代的吴敬梓产生了深刻的影响,这一点从他刻画的小说自传英雄——杜少卿身上就可以清晰地看出来,因为在《儒林外史》中,曾祖父的成就总是伴随着杜少

卿,成为这一人物形象的标签。① 17 世纪后半叶可谓是吴氏家族的顶峰时期,可惜的是吴敬梓这一支在曾祖父吴国对达到巅峰之后,没能获得更好的发展,到了吴敬梓的祖辈、父辈时,功名成就相对较小,尤其是父亲吴霖起官职微小,薪资稀少,没有权力,更没有晋升的空间,逐渐透露出对官场的失望。罗溥洛指出,吴敬梓父亲对官场所展现出的失望情绪透过《儒林外史》中六合现任翰林院侍读高老先生的话语就可以得到验证:

> (少卿父亲)做官的时候,全不晓得敬重上司,只是一味希图着百姓说好;又逐日讲那些"敦孝弟,劝农桑"的呆话。这些话是教养题目文章里的词藻,他竟拿着当了真,惹的上司不喜欢,把个官弄掉了。②

上文是高老先生对自传人物杜少卿的父亲为官表现的一些回忆,尽管带有一定的理想化描述,但是从中可以看出他的父亲蔑视有关"富贵"的势利交谈,拒绝做作的称呼。吴敬梓这一巧妙的设计委婉道出了吴敬梓父亲对官场的失望,表达出他本人对父亲为官之道的看法。并由此可以看出,吴敬梓将父亲吴霖起视作道德榜样,他后来的人生行为和社会观点受父亲的影响很大。

第二,吴敬梓的成长经历及其思想轨迹。据罗溥洛考察,在关于吴敬梓成长经历的记录材料中,只有很少一部分介绍的是吴敬梓的童年生活经历。吴敬梓的童年相对孤苦、缺乏温暖。他在 12 岁时失去母亲,身边没有兄弟,只有一个过继来的姐姐相伴。童年的吴敬梓十分聪慧,可以过目不忘,他的父亲吴霖起意识到了他的过人才能,并为他提供了优越的受教育机会。所以,到了青年时期,吴敬梓的学识已经十分渊博,能够一目千字,其素养已经远远高出当时社会的平均智慧和敏感性水平。罗溥洛提出这一点不需要其他史实材料来支撑,他后期创作的小说——《儒林外史》就是最好的证明。

从他的成长环境和父亲的性格来看,吴敬梓继承了两点对自身社会观和所处社会位置具有终生影响的重要信念:一是牢记经典于心,相信儒家的"忠孝仁义"美德,倾向于孟子提出的乐观的儒家理想主义;另一点是自己家族拥有的显

---

① Paul Ropp, *Dissent in Early Modern China: "Ju-lin wai-shih" and Ch'ing Social Criticism*. Ann Arbor: University of Michigan Press, 1981, p.31.
② ［清］吴敬梓:《儒林外史》,陈美林批评校注,北京:商务印书馆,2014 年,第 418 页。

赫社会地位对他造成了深刻的影响,让他有着强烈的家族优越感。理想主义和家族优越感这两点信念似乎为青年时期的吴敬梓在相当长的一段时间内勾勒出未来官场生涯的美好轮廓:吴敬梓在年仅 22 岁的年纪就获得生员资格,顺利爬上了成功的第一个阶梯。之后的数十年,吴敬梓一直参加岁试和科试,并且都成功通过,使他能够有资格参加十分重要的乡试从而获得举业,进而有机会走上官场之路。原本这是一个前途光明的开端,只是青年时期的吴敬梓是一位急躁、贪于玩乐的年轻人,不愿意为了折磨人的科举考试,将所有的青春都耗费在经典背诵和八股写作练习上。

罗溥洛认为,性格急躁、贪玩是很多年轻人都存在的问题,但这并不足以让吴敬梓彻底放弃科举、完全沉溺于享乐。真正的原因是:他父亲吴霖起去世以后,他相继遭受了失去双亲的悲痛、族人的欺辱、继承权的被侵夺以及妻子的离世,这些悲剧加重了他的痛苦。正是为了逃避这份伤痛和家族赋予他的作为长房长孙的责任,他抛弃了传统礼仪,开始毫无节制地沉溺于自我的享乐。①

在罗溥洛看来,青年时期的吴敬梓并非麻木不仁,他强烈感受到了享乐生活与他的理想主义观念、家庭责任感之间的巨大冲突,这种冲突感悟带来的挣扎与纠结导致他在一段时间内非常自卑。好在吴敬梓并没有一直沉溺于享乐,他后来对年轻时的放纵感到了后悔,并通过文字表达出来。罗溥洛以吴敬梓的作品为据对此进行了论证。他指出,吴敬梓的自传文学作品《移家赋》不仅记录了在南京娱乐场所的所见所闻及自己的享乐,同时也通过"布衣韦带,虚此盛齿,寄恨无穷,端忧讵止"②道出了对自己挥霍青春的悔恨。此外,吴敬梓在《买陂塘》和《除夕乳燕飞》等诗作中也同样表达了他对虚度青春的愧疚。但是,在罗溥洛看来,吴敬梓在南京娱乐场所的放纵并不是一无是处,这段时期使他深刻了解了通俗戏曲,并且他在抒情诗方面的才华也在这一时期获得认可,为他赢得了名声。同时,吴敬梓还在这一时期结识了许多有真才实学的演员、乐师和妓女,他与这些人的交往增加了自己对通俗文学形式的接触和了解,对他后来选择用白话语言创作《儒林外史》有着积极的促进作用。除此之外,罗溥洛还指出,与诸多的沮丧和内疚相比,吴敬梓在南京的生活应当是更加惬意的,因为在这里他至少有一

---

① Paul Ropp, *Dissent in Early Modern China: "Ju-lin wai-shih" and Ch'ing Social Criticism.* Ann Arbor: University of Michigan Press, 1981, pp.59 - 63.

② 吴敬梓:《移家赋》,陶家康注释,《滁州师专学报》2000 年第 2 期。

群好朋友,能够分享他的价值观,并且赏识他的才华。另外,南京的国际化都市氛围及其带来的文化刺激也为吴敬梓提供了重新开始的机会。①

罗溥洛提出,目前学界对吴敬梓在 1728 年至 1736 年这一期间参加科举考试的经历知之甚少。他认为从吴敬梓的表兄金榘和金两铭所作的有关吴敬梓的诗作中,可以看出吴敬梓从 1729 年开始就对科举主考官充满了抱怨。尽管如此,吴敬梓依然没有完全放弃对官场的渴求,这可以不仅体现在 1733 年他所作的《移家赋》中,更体现在他在 1736 年被荐举参加"博学鸿词科试"。他参加了地方级的考试,但因患疾最终未去京师参加廷试。与中国学者普遍认为以患疾为借口、体现了吴敬梓从功名富贵中挣脱出来的观点不同,罗溥洛认为这一时期的吴敬梓仍然对科举和官场抱有希望,因为吴敬梓在 1736 年底所作的诗作《丙辰除夕述怀》中表达了他想做司马相如和董仲舒那样的士大夫的伟志,惋惜和遗憾因生病而错过的最终机会。在罗溥洛看来,真正让吴敬梓发现科举制度的荒谬并对其展开讽刺的是他周围从事举业仕途朋友的失败以及从京归乡的傲慢与托词。吴敬梓在 1737 年至 1740 年创作的《送别曹明湖》《生日内家娇》《哭舅氏》等诗歌充满了悲伤的基调。此外,吴敬梓还在这一时期和朋友一起倡导修复泰伯祠,泰伯祠对吴敬梓来说有着特别重要的意义,因为泰伯的做法与他父亲的愿望一致;对吴敬梓来说,泰伯祠象征着宁愿放弃功名富贵而选择贫困隐退生活的隐士美德。罗溥洛认为,这些都体现了吴敬梓对自己的未来有了越来越明确的认识。②

吴敬梓在 1740 年左右出版了《文木山房集》,随后便投入到小说《儒林外史》的创作之中。罗溥洛认为这些创作活动反映了吴敬梓新的人生目标的确立。吴敬梓在经历了享乐和内疚的成长阶段之后,终于在人生的后期幡然醒悟重整旗鼓,以实际行动发扬家族的优良传统,实践他早期所奉行的理想主义。在对他所处时代休闲阶层的社会和知识界进行讽刺的过程中,吴敬梓一方面将自己儿时的理想与实际生活中的背离进行比较,另一方面为自己优良的家族血统树立了

---

① Paul Ropp, *Dissent in Early Modern China: "Ju-lin wai-shih" and Ch'ing Social Criticism*. Ann Arbor: University of Michigan Press,1981,pp.64 - 67.

② Paul Ropp, *Dissent in Early Modern China: "Ju-lin wai-shih" and Ch'ing Social Criticism*. Ann Arbor: University of Michigan Press,1981,pp.67 - 71.

一块永恒的纪念碑。^①在罗溥洛看来,晚年的吴敬梓并没有因周围朋友沉浸于科举而动摇,依然坚持对科举制度的质疑;同时,他在朋友的影响下开始对儒家经典越来越感兴趣。比如,吴敬梓爱好文学,对《文选》《诗经》都表示出浓厚的兴趣,并著有一部对《诗经》的七卷本评点之作——《诗说》,但该书早已失传。罗溥洛指出,吴敬梓小说中有些情节中涉及对《诗经》的简要评点,从中可以看出他的评论观点参照了许多其他的相关评论,并非原创。除了文学以外,吴敬梓对历史学领域也很感兴趣,曾经著有《史汉纪疑》,但未能成书,该书也已经失帙。晚年的吴敬梓还曾为朋友江昱的著作《尚书私学》写过一段序言。作为仅存的一篇历史学作品,文中体现了吴敬梓对经典学习的观点以及他与清朝时期思想发展趋势的关系。^②

从罗溥洛的研究可以看出,吴敬梓在成长的道路上一波三折,他的理想主义、优渥的家族背景所赋予的责任感与现实社会发生了太多的冲突,他在这种理想、责任与现实的冲撞中思想上发生了极大的变化,逐渐认清自己,并在人生的后期冲破现实社会的束缚,投入他早期所崇尚的理想主义生活和发扬家族优良传统的实践之中。

二、关于吴敬梓讽刺作家身份形成过程的研究

美国华裔汉学家黄宗泰提出,生活在 18 世纪、有着良好家庭背景及各种休闲追求的吴敬梓,在他平凡的一生中,是一位诗人、古典学者、书法家、历史学家、散文家,按照他自己的说法,还是一位活跃在戏剧作家间的作曲家;后半生才开始使用白话文创作《儒林外史》,从而促使他蜕变成为一名伟大的讽刺小说家。在黄宗泰看来,讽刺作家之间拥有共同的生活模式或特性,这种共性能够使其凝聚成"讽刺作家群体",从讽刺作家身份的形成来研究吴敬梓本人非常有趣,能在吴敬梓和其他西方读者所熟悉的讽刺作家之间找到毋庸置疑的相同点,这种方式要比通过臆想的方式来实现对他的终极理解重要得多。^③黄宗泰认为吴敬梓

---

① Paul Ropp, *Dissent in Early Modern China:"Ju-lin wai-shih"and Ch'ing Social Criticism*. Ann Arbor:University of Michigan Press,1981,p.72.

② Paul Ropp, *Dissent in Early Modern China:"Ju-lin wai-shih"and Ch'ing Social Criticism*. Ann Arbor:University of Michigan Press,1981,pp.80 - 81.

③ Timothy Wong, *Wu Ching-tzu*. Boston:Twayne Publishers,1978,p.16.

讽刺作家身份的形成得益于以下几个方面：

首先，落魄的生活给出身望族的吴敬梓所带来的思想负担。在吴敬梓的一生中，先辈们所获得的显赫成就与名望一直是他引以为傲的重要事情。然而，正是这一令人自豪的事实与其失败而落魄的生活形成了鲜明对比，对吴敬梓造成了极为沉重的精神负担。所以，我们可以不失合理地理解为：吴敬梓所书写的讽刺是他为自己不能达到对家族至少四辈以上先祖来说很平常的成功而表达的一份歉意。那么，吴敬梓家族的先辈们所认为的很平常的成功是指什么？很明显答案是科举功名。因为科举考试是当时平民百姓得以跻身上层社会的唯一机会。吴敬梓的家族也不例外，他的先祖们在迁居安徽全椒之后，虽经历了以农业、医术为生的阶段，但是之后顺利通过科举考试进入官场，爬上了成功的阶梯。首先通过科举考试进入官场的是吴敬梓的高祖父吴沛，他在明朝晚期考取廪生。尽管他获取的地位并不算高，但是他的儿子们却成就非凡，五子之中有四位都考取了进士，这一功名对当时社会来说差不多算是最高的学位。而这其中就有吴敬梓的亲曾祖父——吴国对，而且吴国对还是最为优秀的一位，不仅在清朝刚执行的科举制度中获得资格参加殿试，更在 1685 年考取了殿试一甲第三名，随后被授予清朝最高的文学机构翰林院编修，后又晋升为侍读，给曾经务农从医的吴氏家族带来了根本性的改变，吴家从此成为全椒一个赫赫有名的望族。尽管吴敬梓的祖父吴旦和父亲吴霖起，即吴国对的后代在科举上的成就较小，但他的叔祖父及其后代在科举上成绩显赫，维持了吴氏家族的声誉和地位。① 由此可见，吴敬梓之所以会在《儒林外史》的创作中首先关注追求科举声名的文人们并对其展开讽刺，其根本原因就在于：他出生在一个具有深厚科举渊源和显赫社会地位的望族之中，就已经注定了他与科举功名有着千丝万缕、无法隔绝的联系；而在这种无法割舍的联系当中，他在一次次的亲身体验中不断碰壁，甚至一度为此而意志消沉，过着失败、潦倒的生活。然而，受家族先辈们的影响，他又是一个有着道德操守的人，在贫穷、失败的生活中逐渐成长为一个成熟的社会批判者。

其次，多次失败的科举考试经历对吴敬梓的人生观和世界观所产生的影响。有关吴敬梓生活经历的许多材料，黄宗泰承认，英语世界所掌握大都得益于胡适本人的研究及中国在 1954 年举办纪念吴敬梓逝世二百周年大会的努力及成

---

① Timothy Wong, *Wu Ching-tzu*. Boston: Twayne Publishers, 1978, pp.16-17.

果——《〈儒林外史〉资料汇编——纪念吴敬梓逝世二百周年》①。但在他看来比较可惜的是,吴敬梓资料的挖掘工作在之后的半个多世纪里停滞不前,没有任何新的进展。即使在当代,绝大多数的传记作家也都倾向于利用吴敬梓的小说内容来补充其传记资料,黄宗泰认为这种做法完全没有必要,因为现存的吴敬梓本人创作的诗歌、他的亲友所作的序言及文章已经提供了充足且真实的资料来源,足以构建起吴敬梓完整的人生框架。黄宗泰提出,吴敬梓生活的 1701 年至 1754 年这段时间,恰好是英国文学历史上的讽刺文学时期,但是两者形成的社会背景却全然不同,英国的讽刺文学是在骑士派与清教徒之间混乱的政治斗争的背景下形成的,而吴敬梓讽刺艺术的形成则是处于清朝统一、稳固的康乾盛世。从吴敬梓讽刺艺术形成的这一盛世背景来看,学界有人用马克思主义文学批评理论将吴敬梓的讽刺理解为他对封建社会罪恶的揭露显然是具有一定合理性的。然而,在黄宗泰看来用吴敬梓的个人性格及自身生活背景去探讨他的创作动机更具有启发性。②因此,黄宗泰从吴敬梓的性格和生活经历入手,总结性地介绍了他的早期生活、忧患的青年时代、迁徙南京、放弃 1736 年"博学鸿词科试"的荐举、宗庙祭礼、《儒林外史》的创作、晚年生活、最后的岁月、直系亲属和现存及失轶的作品,分析了多次失败的科考经历对其性格、人生观和世界观的影响。生活上,吴敬梓由出生时的富贵沦为后来的穷困潦倒;思想上,坎坷的生活经历赋予了他对科举制度及其带来的功名富贵标新立异的"另类"视角。吴敬梓出身于当地有名望的科甲门第,一生中有多半的时间生活在南京、扬州两地,见惯了八旗子弟、官僚乡绅、举业中人、名士、清客等各种各样的人物,体验了社会人间百态,这一切的观察都引致他在《儒林外史》的创作中,使用讽刺的艺术手法来描述身边追逐名利的人群。

再次,新文化运动对白话文的大力提倡。在新文化运动运动以前,吴敬梓一直被遗落在历史的角落,很少为人所注意。自新文化运动开始倡导白话文,尤其是在胡适等学者的呼吁推动下,中国优秀的传统白话文学作为激励青年学者的指导文本,开始在中国文学史上获得了令人尊敬的地位;而作为传统白话文学经典的《儒林外史》,其作者吴敬梓也从此声名大噪,拥有了很高的知名度和文学地

---

① 华东作家协会资料室编:《〈儒林外史〉资料汇编——纪念吴敬梓逝世二百周年》,1954 年。

② Timothy Wong, *Wu Ching-tzu*. Boston: Twayne Publishers,1978,pp.18-19.

位。吴敬梓现存的著作中除了讽刺小说以外，还有 4 卷《文木山房诗文集》、23
首赞美南京景色的诗歌、2 篇为朋友文章作序的散文和近些年发现的 4 首其他
诗歌，另外还有很难符合现代读者审美兴趣的书法帖和印章印痕等作品，它们的
存在价值仅仅在于丰富了吴敬梓的一些个人信息资料，从而能够帮助解释吴敬
梓的讽刺艺术的意义。① 由此可推，吴敬梓的文学天赋并不体现在他的古典诗歌
和散文上，而是更多地体现在他得以被大家记住的白话小说上。黄宗泰承认，他
对吴敬梓一生总结的构架绝没有结束或完成，吴敬梓遗失的著作很可能会进一
步填充或者甚至可能颠覆既有的结论。在遗失的著作中，最重要的当属《文木山
房诗文集》的后半部分，现存的只有前 4 卷，而事实上该部诗文集共有 12 卷，其
中包括 7 卷诗和 5 卷散文。遗失的后 8 卷内容包含的主要是吴敬梓在 1740 年
以后的创作，这对我们了解他晚年的思想和文化成就来说应当是十分珍贵、无价
的，但比较可惜的是，这些内容据说在太平天国运动期间遗失，至今还未发现。
除了诗歌、散文和小说，吴敬梓还致力于中国经典研究，他创作了《诗说》，是一部
对《诗经》的七卷本评点之作，但也同样在太平天国运动期间失传。黄宗泰指出，
许多学者都认同《儒林外史》第三十四回和第四十九回中对《诗经》的简要点评是
基于《诗说》中的内容，由此可以得出吴敬梓的观点具有自己的原创性，没有脱离
正统的儒家主义。除此之外，吴敬梓还涉猎儒家学者长期关注的史学领域，著有
《史汉纪疑》，但没有成书。事实上，在《儒林外史》中也可以发现吴敬梓对历史事
实的解释，但由于《史汉纪疑》已经失帙，没有办法推测吴敬梓对历史本身的
看法。②

　　时间是检验文学作品最好的试金石。黄宗泰指出这一点在吴敬梓身上得到
了很好的印证。吴敬梓的大部分诗歌、文学批评和几乎所有的古典作品都已经
消逝，唯一存留下来的只有《儒林外史》这一部讽刺文学作品。《儒林外史》虽然
在传统看来可能位居其他作品之后，但是最终一跃成为中国文学史上具有举足
轻重地位的文学作品。这一点恐怕连吴敬梓本人都难以想到。现在大家对吴敬
梓的认识不是诗人或古典学者，而是有着非凡能力的讽刺大师。③ 黄宗泰对吴敬
梓成长、生活与创作经历的回顾和总结只为了说明一点：吴敬梓的讽刺天赋的完

---

① Timothy Wong, *Wu Ching-tzu*. Boston：Twayne Publishers，1978，p.37.
② Timothy Wong, *Wu Ching-tzu*. Boston：Twayne Publishers，1978，pp.37 - 38.
③ Timothy Wong, *Wu Ching-tzu*. Boston：Twayne Publishers，1978，p.38.

美呈现脱离不了其独特的生活环境,比如缺乏世俗成功的父亲、自身的颓废与贫困等。这种生活环境与其道德品性相结合,使吴敬梓从一个颓废青年成长为一名成熟的社会批判者。在黄宗泰看来,吴敬梓卓越的批判能力得益于其沉稳、巧妙的智慧。然而,现在的评论家由于不熟悉吴敬梓批判创造力的来源,所以很少有人能够深入理解和精准阐释他的讽刺艺术。实际上,如果细加分析,我们可以发现吴敬梓的许多观点都是矛盾的,但他的矛盾又都集中在儒家主义的范围之内。我们如果理解了这一点,就能够逐渐领会这部令人困惑的小说的道德意义,并在此基础上理解吴敬梓机智的迂回技巧及其讽刺艺术的全部。黄宗泰提出,中国人在进行艺术创造时,习惯给天然的角色设定一定的道德观;而西方评论者习于将艺术作品视为独一无二的探索,主张关注展现艺术探索的手段和技巧,而不是角色被赋予的道德观。由于中西方思维习惯的不同,用西方评论者的方法来分析吴敬梓的讽刺艺术显然是行不通的。因为对于吴敬梓来说,讽刺更多的是说服而非探索;是靠意志来传递想法而非陈述事实。[①] 有鉴于此,黄宗泰认为,吴敬梓在小说中设置的讽刺环境,如作者传记中的某些事实等,对《儒林外史》艺术价值的判断来讲,有着更为直接和有效的联系。

三、关于吴敬梓对中国小说范式演变意义的研究

作为讽刺文学大师,吴敬梓创作的《儒林外史》被视为中国古代讽刺文学的典范之作,在中国小说发展史上有着特别重大的开创意义,对后世的文学作品,尤其是晚清谴责小说和鲁迅、钱钟书等现代文学大师的创作影响巨大。中国学界对此给予了很多的关注与讨论,并挖掘出了《儒林外史》的划时代意义。无独有偶,英语世界的一些学者在关注吴敬梓及其小说本身的同时,也将其放入中国小说发展过程的大背景之中进行观察,并对其所产生的意义进行了探讨。

美国华裔学者黄宗泰创作的《吴敬梓》一书以其博士学位论文《中国小说批评的讽刺和论证:〈儒林外史〉研究》为底本,不仅论述了吴敬梓的生平与作品,讨论了讽刺作家身份的形成,还探究了吴敬梓在中国小说范式演变中的两个意义。吴敬梓体现出的第一个意义在于:他创作的《儒林外史》改变了白话小说长期以来注重伦理说教的特征。黄宗泰提出,在 18 世纪的中国,也就是吴敬梓创作《儒

---

① Timothy Wong, *Wu Ching-tzu*. Boston: Twayne Publishers, 1978, pp.38 – 39.

林外史》的那个时代，尽管白话小说的文学地位仍然很低，但在很大程度上已经为当时的文人读者所接受。在儒家观点的主导下，文学在那个时代成为一项严肃并且几乎神圣的事业，承担着改良社会的责任。即使当时白话小说的情节有时会与叙述者的道德声明相矛盾，但也不能被认为是非道德的。直到《儒林外史》的出现，白话小说的基本特征开始转向不注重说教。它不给读者任何的道德压力，以直接、不谙世故、详尽的形式和感人、浪漫、幽默的内容来引起读者的兴趣。连严肃的文人有时也会沉迷其中、爱不释手，改变了他们的阅读方式，开始变得放松，而阅读的理由也不只是为了启发，而是为了乐趣。即使在比吴敬梓时代早两个世纪的 16 世纪，已经有吴承恩、冯梦龙这种受过高等教育的文人将他们的文学天赋用于编辑、整理和创作通俗小说。这种文学类型似乎天生就是用来娱乐的，它们的创作者在创作过程中特意融合他们的创作艺术以达到娱乐的效果。黄宗泰承认，在早期的某些作品中，轻浮的内心可以与严肃的主题融合，比如冯梦龙作品集中的道德典范故事和明代小说《金瓶梅》就属于这一类型；与之相比，吴敬梓所呈现的故事意义更为深远，其作品标志着传统方向的基本发展。①

吴敬梓在中国小说范式演变中的另一个意义是：他在采用和遵循通俗小说传统的基础上对自身创作做出了尝试性的创新与突破，对后世文学作品产生了巨大影响。黄宗泰指出，尽管吴敬梓采用和遵循了通俗小说的传统，保留了许多公式化的特性，甚至模仿了其中的情节，叙述也带有明确的娱乐性，但是他创作的《儒林外史》却是第一部表明了基本而深刻的启蒙主义的小说，它不仅以持续的方式推进了理想主义的儒家学说，而且运用了微妙而深奥的智慧来警醒和熏陶世人。吴敬梓使中国小说从民间闲聊转变为精妙而严肃的艺术，在本质上同寓教于乐的艺术相同。由于历史的后见之明，我们能够看到，即使中国曾经只信奉儒家思想而缺乏宏观的思维，但是由于吴敬梓的创新，原本只是拿来娱乐的小说成为受人尊重的文学作品。

黄宗泰认为吴敬梓的《儒林外史》和同时期的《红楼梦》一起标志着中国小说开始走向真正的精练和自我意识的发展时期；这一时期民间艺术类型已经为贵族阶层所吸纳，吴敬梓的《儒林外史》承担着古典文学作品相对有限的说教责任；

---

① Timothy Wong, *Wu Ching-tzu*. Boston：Twayne Publishers，1978，pp.119 – 120.

而《红楼梦》则体现了更广泛的中国文学和哲学文化的多方面融合。黄宗泰指出,《红楼梦》虽然能够激起无限的想象,拥有很多的效仿和续集作品,但是都没有达到作品本身所设的高标准,说教传统也没有得到发展。而《儒林外史》启动的说教传统,首先由19世纪的晚清小说承继,具有鲜明的教会功能,实现了晚清讽刺小说的繁荣局面;随后,说教传统得到进一步发展,在20世纪二三十年代产生了具有强烈社会意识的"现代"小说;而后,这种说教传统体现在马克思主义上,使得传统社会原本完整的说教和道德体系的根基开始动摇,将批评的矛头指向帝国主义、剥削阶级以及先辈所尊崇的儒家思想。①

在黄宗泰看来,《儒林外史》之所以能够对后世作品产生很大影响主要是由于历史的因素。中国自1840年鸦片战争爆发以来,大规模的外国军队多次入侵,中华民族频繁蒙羞和失败,国内局势混乱动荡。近代的作者缺乏吴敬梓和曹雪芹在创作中所体现出的文化自信与民族安全感。由于先天的资质和后天的培养,吴敬梓创作出了充满教诲的小说,体现了其传统保守的价值观;而近代的作家也倾向于说教的目的是因为时代的压力让他们拿起笔杆作为武器来批判社会和政治弊端,体现了革命性的价值观。吴敬梓和近代作家创作的小说,不管有无强烈的说教渴望,问题都依然存在,他们作品中直白的说教设计对真正艺术的形成构成了障碍。尽管因为说教,吴敬梓的艺术视角与曹雪芹相比有一定的局限性,但是从讽刺艺术的角度来讲,《儒林外史》的说教意义彰显、强化了作品的艺术性。我们可以通过许多追随吴敬梓的小说家来理解他的讽刺艺术,并在此基础上提升我们对人类艺术创造潜力的认知。②

在笔者看来,黄宗泰对这一问题的研究结果很有意思,他提出的两个意义都是在考察与总结吴敬梓对中国小说发展所作出的贡献。透过黄宗泰的分析可以看出,尽管吴敬梓对中国小说发展的全部贡献均来源于小说中相对有限的说教,但即使是相同的说教内容也会在中国小说发展的不同历史时期呈现出不同的意义。不管是哪种意义,都标明了吴敬梓早在清朝中期那个遥远的时代就已经具备了强烈的现代性意识。

---

① Timothy Wong, *Wu Ching-tzu*. Boston: Twayne Publishers, 1978, p.121.
② Timothy Wong, *Wu Ching-tzu*. Boston: Twayne Publishers, 1978, pp.120 - 121.

第三节 英语世界对吴敬梓所处时代社会背景的研究

罗溥洛指出,要想通盘考察、彻底理解《儒林外史》作者吴敬梓的生活和社会批评,首先应当回到吴敬梓所生活的中国 18 世纪,通过社会场景的还原来体验那个时代中国社会和文化的基本特征。因为所有的人类思想都是根植于特定的社会和文人时代的,我们对清代社会批判的环境了解得越多,我们越能很好地理解他的批评以及在中国历史中的意义。此外,罗溥洛认为,虽然 1644 年满族成功入主中原取代明朝建立了一个全新的政权,但是 17 和 18 世纪无论从中国的经济、社会还是从知识分子历史等多个方面来讲都是一个连续的整体。因此在考察吴敬梓的生活时代时,罗溥洛将晚明和清初作为一个整体的时期来进行研究。罗溥洛否定了许多历史学家认为 19 世纪以前中国没有社会变化的观点。他指出虽然 18 世纪的中国处于康乾盛世,这一时期中央集权得到加强,幅员辽阔、政治稳定、社会和谐繁荣,在当时甚至被认为是自尧舜时期以来中国最伟大的时代;但是这只是从正史的表面来看,而实际上,除了上述的政治政权稳固以外,清朝初期的经济、社会和知识界都发生了显著的变化。[①]

在经济上,罗溥洛首先提出,18 世纪的中国清朝初期呈现出经济快速增长、农业多样化发展、区间贸易和工艺品生产的迅速扩大以及一定程度上的城市化发展等经济特征,其中这一时期经济变化最鲜明的特征和证据是人口急剧增长,比欧洲的现代人口增长时期提前了近一个世纪。罗溥洛借用著名历史学家麦克尼尔(William McNeill)的观点指出中国人口过早增长的原因主要体现在以下几个方面:人口基数大、鼓励生育的儒家家庭伦理观念、中央集权统治的长期经验、政治和经济的稳定、稳定的税收和租金率、提高了食品供应量的早稻的出现以及高水平的区间贸易。罗溥洛认为,在当时绝大多数文人眼中,至少是在精英阶层看来,18 世纪被视为中国历史上最繁荣的经济时代,人口增长则被看作时代荣

---

① Paul Ropp, *Dissent in Early Modern China:"Ju-lin wai-shih" and Ch'ing Social Criticism*. Ann Arbor: University of Michigan Press,1981,pp.11 – 12.

耀和清朝统治者仁政的充分体现。①

其次,罗溥洛提出,清朝时期中国最富饶的地方是在江南,位于中国南方长江中下游地区,拥有充足的降雨量和许多的长江小支流,便利而又便宜的水上运输促进了这一地区贸易和商业上的繁荣,同时也促使江南成为中国最城市化的地区,拥有杭州、苏州、扬州和南京这样的大都市。这一地区的农业比中国其他地方更为多样化和商业化,包括棉、丝绸和瓷器在内的手工业也在这一时期获得了最高水平的发展。再次,罗溥洛指出,在 18 世纪的中国,国家控制了瓷器、盐、铁和铜的垄断,每一个垄断行业只特许少数的个人生产商和营销商参与,因为这些垄断行业都是大规模生产,同时需要大量的资本投入,所以少数的商业家族开始控制这些产业,并成为当时最富有的群体,可以雇用成百上千的工人。这些富商巨贾的出现对清朝初期的社会和文化产生了重要的影响。②

罗溥洛认为,清朝初期的商业和贸易的繁荣与清政府的政策有关,这一时期,清政府与中国以往的朝代对商业的厌恶和抵制不同,虽没有积极促进,但也没有压抑抵制它的发展,这一时期的商人已经被视为社会必需的群体组成部分,他们在商业上的进取心不但没有任何体制上的障碍,其中一部分商人还因为参与清政府的垄断行业而获得巨大的经济利益。此外,清政府在这一时期对商业贸易征收的税收很低,也很少抑制茶叶、谷物、糖、棉、丝绸、烟、酒、药品和水果等快速增长的贸易行业。随着贸易的不断扩大,信贷机构也随之获得了很大的发展,跨越市场和城市,为商业贸易提供了便利的资金转账业务,减少了商人因携带巨额资金而带来的风险与不便。

同时,在 18 世纪,随着贸易商业的扩张和通货膨胀的出现,很多巨贾开始减少对土地的投资,转而投资商业和借贷行业,为其带来了更多的快速利益回报。另外,许多盐商开始转入典当行业,当铺在这一时期如雨后春笋般涌现,成倍增长。在这种商业繁荣、经济快速增长的大背景下,由商人组成的商会开始涌现,这些商会在接受政府控制和管理的同时,也为整个商业贸易服务,管理和调节商

---

① Paul Ropp, *Dissent in Early Modern China: "Ju-lin wai-shih" and Ch'ing Social Criticism*. Ann Arbor: University of Michigan Press,1981, pp.12 – 13.

② Paul Ropp, *Dissent in Early Modern China: "Ju-lin wai-shih" and Ch'ing Social Criticism*. Ann Arbor: University of Michigan Press,1981, p.14.

品的质量、价格,在一定程度上有效控制商业规模,照顾特殊商业群体的利益。①
罗溥洛借用美国学者葛平德(Peter Golas)的观点,提出"清朝初期是中国现代商人
和手工业行会形成的时期,而商会活动的高涨是明清经济繁荣的直接结果"②。

罗溥洛指出,被中国历史学家称为"资本主义萌芽"(Incipient Capitalism)的
快速增长和变化的明末清初经济,在后来进一步的发展中彻底失败。中国历史
学家将挫败的原因归结为清朝统治者的专制和西方帝国主义的打击,西方历史
和经济学家则强调是因为中国经济进一步发展的内在障碍——"高度均衡陷阱"
(High Level Equilibrium Trap)③,而罗溥洛则认为虽然中西方观点各有一定道
理,但双方都陷入了同一个危险之中,即二者均以西欧和美国设置的标准来衡量
中国经济。他进一步提出,即使没有西方和清朝皇族,也不管经济能否发展,18
世纪确实已经发生重大的经济变革,而其中一些变革在中国是空前的、史无前例
的,人口激增就是这一时期变革最显著的证明。④

在社会方面,罗溥洛认为清初社会与其他时期一样有着明显的等级制度,不
仅体现在家庭内部,而且延伸扩展至社会层面,由地位、权利和财富来划分出不
同的社会阶层。他提出,中国传统有着浓厚的家本位思想。个人生活的很多方
面都以家庭为中心,在社会上的财富、地位、社交生活和所受教育都依赖于家庭;
相应地,个人也要听从家庭的命令,职业、配偶、居住地等几乎所有的人生决定都
要听由家庭安排。同时,中国的理想家庭组成是数代同堂,但出于经济原因的考
虑,这一时期的核心家庭多以五至六人的小家庭为主。在这种情况下,作为联络
小家庭的大型宗族组织就较为常见,所有的小家庭一起共同支持宗族学校、祠
堂,也有可能一起共同享有土地,这些大的宗族组织一般都较为富有,主要集中
在中国南方和部分中部地区。⑤

---

① Paul Ropp, *Dissent in Early Modern China: "Ju-lin wai-shih" and Ch'ing Social Criticism*.
Ann Arbor: University of Michigan Press,1981, p.15.

② Peter Golas, "Early Ch'ing Guilds". In William Skinner ed. *The City in Late Imperial China*.
Stanford: Stanford University Press, 1977, pp.555 – 580.

③ Mark Elvin, *The Pattern of the Chinese Past: A Social and Economic Interpretation*. Stanford:
Stanford University Press, 1973, p.313.

④ Paul Ropp, *Dissent in Early Modern China: "Ju-lin wai-shih" and Ch'ing Social Criticism*.
Ann Arbor: University of Michigan Press,1981, p.16.

⑤ Paul Ropp, *Dissent in Early Modern China: "Ju-lin wai-shih" and Ch'ing Social Criticism*.
Ann Arbor: University of Michigan Press,1981, pp.16 – 17.

罗溥洛将中国家庭生活的等级安排视为整个社会的缩影,个人在这个缩影中学会各得其所及效忠服从的美德。他提出,同家庭的地位等级由性别、长幼差别区分相似,社会等级主要依据官员与非官员、科举的成功与失败、贫与富之间的差距进行划分。虽然中国精英群体中有很多人不供职于政府部门,但他们不是拥有科举功名,就是拥有足够的财力来形成一定的社交关系,为自己带来能够与官场相媲美的地位和影响力,确保自己的地位远远高于广大平民群体。在罗溥洛看来,清政府统治的成功在很大程度上得益于这群社会精英群体的积极支持与合作。因为社会精英虽然人数较少,但却控制着中国社会的各个层面,有着极大的影响力。这一时期,中国精英和清朝统治者之间有着许多共同的既得利益,能够克服彼此之间的冲突,清朝统治者需要汉族精英的合作与支持,而精英则需要依靠政府合法地获取相应的地位、财富和权力。可以说,中国政府长期控制了社会上所有的功名富贵,而能够控制的关键则在于科举考试制度,因为它决定了中国精英群体的成员构成及其内部的等级。①

罗溥洛进一步提出,科举制度始于唐代,是用来选拔官员的考试制度,但在明代之前,一直掺杂着世袭、荐举和一些特定才能的专业考试。随着明代帝国权力的加强和世袭制的衰微,科举制度开始采用笔试方式,逐渐在选拔上做到客观公正。到了清朝,清朝统治者延续了明代的考试制度,主要依靠它来选拔汉人官员。由于社会繁荣、人口增长、印刷技术的进步及文化修养的提高,明清时期的科举考试竞争非常激烈,为了保证考试的公正性,同时为了加强统治,明清统治者在仔细制定了更为详尽的评卷客观标准的同时,还谨慎规定了考试内容和"八股文"的写作形式。罗溥洛认为,科举制度是明清时期中国社会重要的整合力量,它促使了中国的精英分子内心自我意识的觉醒,让其察觉到自身对中国社会的使命感以及对清朝君主的忠诚度。这项制度以各种途径通过非正式关系来联合中国的精英群体,促使政府部门能够顺利地展开运作,维系政府与科举功名持有者或者地方上的富贾之间的紧密联系。通过科举考试的考生将与监考的考官之间自动组成长久的师生关系,这种个人关系通过各种方式促使政府运行更顺畅,使得每一位成功的考生都沉浸在个人与政府官员及全国精英之间的复杂的、

① Paul Ropp, *Dissent in Early Modern China: "Ju-lin wai-shih" and Ch'ing Social Criticism*. Ann Arbor: University of Michigan Press,1981,pp.17 - 18.

相互交织的社交网络。①

　　罗溥洛认为从理论上来讲，精英地位的实现有赖于科举考试的成功，而科举考试的资格除了从事妓院管理和剃头匠这种不光彩的职业以外，其他社会各阶层都可以参加。当然，这种观点也深为中国精英群体所接受和推广，因为能够证明他们是凭借德才兼备而获得的精英地位。而在实际上，在明清时期，科举考试虽然依然是人们用以保护和维持家族精英地位的最高追求的手段，但是由于社会的繁荣、印刷和文化的传播及人口的激增，科举考试竞争愈发激烈；同时帝国权力与世袭贵族势力之间又有着千丝万缕的联系，导致财富开始逐渐成为决定精英地位的重要因素。在罗溥洛眼中，财富对于精英地位日益攀升的重要性，可以通过社会主要阶级群体在儒家理论和明清实际中的地位对比体现出来。在儒家传统理论中，社会阶层最高的是士，其次依次是农、工和商，而在明清时期，这一传统序列由于社会的繁荣、经济的发展发生了很大变化，农民在这一时期沦落到最底层的位置，手工业者由于这一阶段手工业的发达位于农民之前，而商人变化最大，由儒家理论中的最底层一跃位于前列，甚至在有些时候能够同时兼有士的身份。明清商人地位的提升反映了财富越来越重要的社会地位，这种趋势不断发展，到 19 世纪中期，买卖科举功名的现象已经十分严重，财富取代学术成功成为获取社会地位的决定性因素。

　　在此基础上，罗溥洛进一步提出明清商人地位的提升也许曾经在一定程度上出现了资本主义的萌芽，但仅仅体现在中国精英文化层面，并没有上升至社会性的资产阶级革命。究其原因，主要是：对明清商人来说，政治权利并不是必需，通过积累财富跻身缙绅精英阶层才是更为迫切的追求。由此可见，明清社会流动性增加的结果体现为：精英群体不再仅仅属于地主——学者——官员阶层，而是呈现为多层面的。他们通常能在自身财富与对朝廷官僚体制和儒家思想的支持方面保持统一的同时，体现出渐增的多样性的重要意义②。在罗溥洛看来，明清社会流动性的增加与其阶级界限的模糊性没有太多的必然联系，把注意力集中于科举考试很容易夸大流动率。而事实上，虽然科举制度确实为社会底层的

---

　　①　Paul Ropp, *Dissent in Early Modern China："Ju-lin wai-shih" and Ch'ing Social Criticism*. Ann Arbor：University of Michigan Press，1981，pp.18 - 21.

　　②　Paul Ropp, *Dissent in Early Modern China："Ju-lin wai-shih" and Ch'ing Social Criticism*. Ann Arbor：University of Michigan Press，1981，pp.23 - 29.

普通百姓进入一个更高的社会阶层提供了许多机会与可能,但是科举制度制造的精英在整个主流精英群体中只占据了极少一部分。因为这一时期的主流精英群体大都以拥有财富、悠闲、地方影响力及参加精英文化的人为主,科举考试的幸运儿也大都出自经济条件较好的家庭,贫困之人通过科举获得社会地位的少之又少,在这一时期不具有任何代表性。①

此外,明清的社会阶层直接通过清朝早期文化反映出来,社会精英和非精英的分工通过复杂的、相对同质的精英儒家文化和相对简单但更加多样性的大众文化的文化鸿沟中体现出来。18世纪,在精英文化和大众文化之间还存在一个矛盾的交界文化地带,这种特色的交界文化主要体现在城市的娱乐中心,为地位相对较低的精英、拥有一定财力的非精英商人和手工业者所拥有。②罗溥洛借用美国著名明清历史研究专家罗友枝(Evelyn Rawski)在《清代中国的教育和大众文学》(Education and Popular Literary in Ch'ing China)一书中的观点,认为可以将清代中国受教育民众分为三类:第一类是受过高等教育的精英,这类人一般专注于古典传统,拥有官职或者至少拥有科举功名;第二类是非精英群体,他们往往读书很多年,掌握了阅读和写作,能够经常分享许多精英群体的观念和价值,时刻准备参加科举考试;第三类只是短暂地上过学,认识几百个字,但能够记账,掌握阅读租赁协议、销售通知等生计所需的书面能力。③罗溥洛认为罗友枝提出的这三类人分别对应了精英文化、交界文化和大众文化。对于《儒林外史》的作者吴敬梓而言,他既不属于精英文化圈,也不属于大众文化界,而是处于介于两者之间的交界文化地带。在这一社会夹层中,吴敬梓能够更为真切、深入地体验到巨大的心理和文化压力,感受到交界文化模糊不清的状态导致了明清之际文化创造力的巨大发展。

---

① Paul Ropp, *Dissent in Early Modern China: "Ju-lin wai-shih" and Ch'ing Social Criticism*. Ann Arbor: University of Michigan Press, 1981, p.30.

② Paul Ropp, *Dissent in Early Modern China: "Ju-lin wai-shih" and Ch'ing Social Criticism*. Ann Arbor: University of Michigan Press, 1981, p.31.

③ Evelyn Rawski, *Education and Popular Literary in Ch'ing China*. Ann Arbor: University of Michigan Press, 1979, p.23.

第四章 英语世界对《儒林外史》小说要素的研究

　　在小说的诸多构成要素中，人物、情节、环境最能体现小说的独特性，通常被称为"小说三要素"。作为一部文人小说，《儒林外史》不仅塑造了一大批栩栩如生的人物形象，构建了许多精彩生动的故事情节，而且展现了清代中叶中国社会的各个方面，为读者勾勒了一幅中国18世纪的全景风俗画。这些最能体现《儒林外史》文学价值的小说要素，不仅受到了国内学者普遍关注，也成为英语世界学者研究的重点。虽然同为关注热点，但英语世界呈现出了不同的研究特点。首先在人物形象上，英语世界学者习于用西方的思维方式将小说人物置于世界文学的整体环境中来考察，赋予小说人物骑士与流浪儿等西方元素。其次在故事情节上，英语世界的学者惯于采用文学理论，从叙述学、女性主义等理论角度来拆解小说结构、解读故事情节。最后在环境上，英语世界的学者长于采用跨学科的研究方法，对空间环境进行历史学、社会学及政治学等学科的阐释。鉴于英语世界学者对《儒林外史》中的人物与情节关注较多、环境关注较少，所以本章对前二者的讨论将以《儒林外史》在英语世界的传播阶段为线索加以梳理、分析，对后者的研究状况将从整体上进行探讨。

第一节 英语世界对《儒林外史》人物形象的研究

　　人物形象是小说的要素之一，是准确解读作品的关键，所以自然也是学者普遍关注的热点问题。《儒林外史》作为18世纪著名的文人小说，围绕"儒林"展开，不仅塑造了丰富的科举文人形象，比如翰林、进士、举人、贡生、秀才等，而且描写了科举文化影响下的芸芸众生，比如江湖名士、乡绅恶霸、帮闲无赖、手工业者、农民、妓女等。作者吴敬梓通过对这些人物所言所行的描写，完整地体现了小说的主要思想内容。作为理解《儒林外史》思想内容的关键,英语世界的学者同中国学界一样,对《儒林外史》的人物形象给予了较为广泛的关注,产生了丰富的研究成果。

一、肇始期的人物形象研究

作为《儒林外史》传播的肇始期,20 世纪 50 年代至 60 年代是《儒林外史》刚刚为英语世界所认识并逐渐得到推广的一个阶段。这一时期的研究成果虽然不多,但是对后来《儒林外史》在英语世界的进一步传播和深入研究有着极其重要的作用。在为数不多的学术成果中,对《儒林外史》科举人物形象的分析与研究却占了半壁江山,在很大程度上帮助读者正确理解了这部 18 世纪的中国古典名著,提高了读者阅读和研究的兴趣。

英语世界首先对《儒林外史》的科举人物形象进行研究的是著名汉学家赖明。赖明在向英语世界介绍《儒林外史》时指出,作为一部社会讽刺小说,《儒林外史》以作者吴敬梓所认识的人为基础来刻画小说中的人物,用以嘲讽他所处时代社会上那些有权有势并受人尊重的儒家学者。同时,赖明认为吴敬梓塑造的小说人物生动形象,充满了幽默风趣,不会让读者感到痛苦和暴力。赖明重点讨论了小说中的杜少卿、荆元、范进和王玉辉四位文人形象。其中,杜少卿这一人物形象被吴敬梓刻画成一个不求钱财、助人为乐的富有魅力的明智文人。赖明认为这一人物形象与吴敬梓自身的生活经历极为相似,可以将其理解为作者在小说中所投射的自我倒影。同时,赖明指出吴敬梓塑造荆元这一人物形象是为了表达自己对功名富贵的观点,并通过刻画范进和王玉辉等文人形象对伪善学者及封建吃人礼教进行批判。[①]

这一时期,与赖明几乎同时致力于《儒林外史》人物形象研究的还有华裔学者柳无忌。在柳无忌看来,吴敬梓创作《儒林外史》的主要目的是为了揭开伪善者的丑陋面目和人性弱点,而小说中最能体现这一丑陋形象的人物是小说第二回中的严致和。严致和在吴敬梓的笔下是一位生活富裕却极其吝啬的读书人,他在将要寿终正寝时都吝啬至极的表现与他为了获得"监生"资格却不惜向朝廷

---

① Ming Lai, "The Novel of Social Satire: *The Scholars*", in *A History of Chinese Literature*. New York: Capricon Books, 1966, pp.327 - 332.

捐献大量金钱的丑陋行为形成了鲜明的对比，这一人物形象的刻画深刻揭露了伪善者愚笨迂腐的人性弱点。①

克拉尔是这一时期唯一一位研究《儒林外史》人物形象的西方学者。克拉尔认为吴敬梓创作的《儒林外史》旨在通过若干清晰、鲜明、生动的人物形象来展现整个社会阶层的宏大画面。他对吴敬梓笔下的严贡生人物形象的呈现过程进行了分析，指出了吴敬梓刻画人物的方法在于描述和叙述的结合。在人物形象刻画的整体过程中，描述是开始部分的重点，随着人物的不断呈现，对动作的叙述则逐渐取代描述，成为人物形象刻画的唯一方式。

克拉尔通过对范进、夏总甲等人物形象的分析，将吴敬梓的人物形象描写分为两种外貌特征的描写。第一种是永久或相对永久的特征，主要包括身高、身材、眼睛、肤色以及他的着装、鞋子、走姿、谈吐等。第二种是变化的瞬时特征，主要包括取决于心情、环境的行为、打扮等。克拉尔认为永久的特征是吴敬梓进行人物形象刻画的基础，而瞬时特征对吴敬梓展示文学形象的心理特征更具有重大意义。克拉尔认为《儒林外史》中的人物形象是吴敬梓努力创作的全部，小说中其他的所有要素都从属于人物形象，并受小说人物的统一支配。综上，克拉尔对吴敬梓的人物形象刻画艺术给予了高度评价，认为吴敬梓在最大程度上挖掘了他所处时代的文学技术手段，并对它们调整、发展和展开新的功能性的应用。在他看来，吴敬梓运用了所有的艺术形式元素和艺术手段来服务于小说人物形象真实完整的呈现，从这一方面来说，其在艺术上的成功已经远远超过小说内容的和谐统一。②

此外，这一时期对《儒林外史》人物形象展开全面研究的是夏志清，为读者理解小说内容和主题思想提供了大量的参考及帮助。夏志清认为吴敬梓在《儒林外史》的创作过程中，能够坚持自己的观点，凭借自己对社会各个阶层的广泛接触和认识，用敏锐的目光和机智的现实讽刺手法来刻画人物形象，为自己在生活上的失败进行辩护，同时也透过作品明确表达了自己对周围社会的印象和感受。正是由于吴敬梓对周围社会的锐利观察及广泛接触，《儒林外史》中的很多人物

---

① Wu-chi Liu, *An Introduction to Chinese Literature*. Bloomington: Indiana University Press, 1967, pp.228-246.

② Oldrich Kral, "Several Artistic Methods in the Classic Chinese Novel *Ju-lin wai-shih*". *Archiv Orientalni: Quarterly Journal of African, Asian, and Latin-American Studies*, 32 (1964).

形象都是以他的朋友以及一些当时著名的历史人物为原型的,比如杜少卿就是他的自画像。

在夏志清看来,吴敬梓不是简单地复制有关原型人物的传记,而是将某一位朋友或历史人物的相貌特征、性格癖好及个人境遇移植给小说中的人物,这一点与胡适、何泽翰等学者的观点相一致。①夏志清同时提出,尽管吴敬梓塑造了许多令人难忘的人物形象,但是仍然能够在小说,尤其是后半部分中发现他对早期文学作品中的趣闻轶事及笑话等材料的借鉴,为了服务于小说人物性格,以补充他对小说人物形象的戏剧性认识。但夏志清认为吴敬梓的这种借用和改造偶尔也会有失误,选用的喜剧材料与故事正文缺少必要的联系,一定程度上妨害了小说的讽刺价值。尽管存在偶尔的失误,但这并不妨碍吴敬梓对小说人物形象塑造的贡献。在对这些人物的刻画上,夏志清认为吴敬梓突破了早期中国小说木偶剧式的生硬的人物描写方式,在创作上更为生动自然,能够将人物形象巧妙地安排进戏剧性的情景之中,并通过设计、安排其在戏剧性场面中的言语、活动及行为,渐渐地呈现出人物形象的面目。吴敬梓的这种人物性格描写对于当时的时代来说具有革新性的意义。②

夏志清进一步分析指出,尽管《儒林外史》是一部反映文人学士的小说,但是作者吴敬梓并没有将注意力仅仅停留在文人群体,还将目光投向自己所在时代的其他社会阶层的人物,读者在吴敬梓所勾勒的熙熙攘攘的世界里,不仅可以遇到文人和假文人,还可以碰到盐商富贾、手工业者、衙役、管家、戏子、妓女、骗子、媒婆等各色人物。

在对《儒林外史》具体的人物形象研究中,夏志清首先重点分析了身处"儒林"中的文人百态。夏志清将吴敬梓笔下的文人分为真文人和伪文人,认为吴敬梓塑造的真文人形象主要有王冕、杜少卿、庄绍光等人;而伪文人则由周进、范进、马纯上、严致和、匡超人、牛浦郎等人构成。在夏志清看来,作为真文人的王冕和杜少卿均是作者吴敬梓本人在文中的折射,其中王冕是作者理想化了的自画像,而杜少卿则是现实版的自画像。对于假文人形象,夏志清着重剖析了匡超

---

① Chih-tsing Hsia, *The Classic Chinese Novel: A Critical Introduction*. New York: Columbia University Press, 1968, pp.206-207.

② Chih-tsing Hsia, *The Classic Chinese Novel: A Critical Introduction*. New York: Columbia University Press, 1968, pp.207-215.

人和牛浦郎两位对尘世功名有着强烈欲望的年轻人。夏志清认为匡超人和牛浦郎两位与小说的道德典范王冕形成了强烈对比,王冕的隐士精神映衬了两位年轻文人的道德堕落。①

除了文人群体以外,夏志清还关注到了其他社会阶层群体,如戏子、手工业者和女性等人物。比如,夏志清认为,《儒林外史》塑造的戏子鲍文卿这一诚实善良且有至高理想的底层社会人物形象,展示了作者吴敬梓对下层人民的同情,但他对鲍文卿的敬重实际上却暗示了对剥削阶级奴隶道德的认可,体现了他认知上的局限性。② 其次,夏志清指出,小说第五十五回中的四大奇人皆以王冕为典范,将琴棋书画等文人高雅的消遣视为一种自我表现的形式,表现了丰富的人性尊严,是真正的艺术家,被看作道德纯洁的象征。夏志清认为,四大奇人包含了作者吴敬梓顽强的希望,即不管文人阶级变得如何衰落,生活在底层社会中的庶民百姓仍将会推进和发扬文化和道德的事业。③

最后,夏志清将目光转移到了吴敬梓笔下的女性形象。夏志清提出,尽管吴敬梓塑造的女性形象人数极少,但在《儒林外史》这部社会喜剧中,女性却是非常重要的人物形象。吴敬梓精挑细选的妇女形象每一位都代表了一种独特的女性类别,不管是自杀殉夫的王三姑娘,还是敢于与封建世俗抗争的才女沈琼枝,抑或是各式各样活泼的妓女,都被刻画得栩栩如生,组成了一个变化多姿的女性画廊,充分表明了作者吴敬梓对社会现实和心理现实的把握。④

从以上夏志清对《儒林外史》中的人物形象研究可以看出,他肯定了吴敬梓的人物性格描写手法,称赞了这种性格描写对于体现小说主题思想的积极作用以及在中国传统小说发展史上所具有的革新意义。同时,夏志清也通过人物形象的分析点出了吴敬梓在塑造人物形象上的局限,指出吴敬梓在创作人物形象时,由于偶尔过度强调戏剧性使人物形象的安排脱离了讽刺的主题,使小说情节

---

① Chih-tsing Hsia, *The Classic Chinese Novel: A Critical Introduction*. New York: Columbia University Press, 1968, pp.230-232.

② Chih-tsing Hsia, *The Classic Chinese Novel: A Critical Introduction*. New York: Columbia University Press, 1968, p.231.

③ Chih-tsing Hsia, *The Classic Chinese Novel: A Critical Introduction*. New York: Columbia University Press, 1968, pp.240-241.

④ Chih-tsing Hsia, *The Classic Chinese Novel: A Critical Introduction*. New York: Columbia University Press, 1968, p.242.

在某些时候成为一场社会喜剧或闹剧。总之,在夏志清看来,《儒林外史》的人物形象描写无论是呈现出优点还是缺点,都对读者正确理解《儒林外史》的内容及其思想主题有着正面的积极作用。

由上可见,虽然这一时期英语世界对《儒林外史》科举人物形象研究的人数屈指可数,但是研究的成果不可小觑。赖明和柳无忌的研究旨在向英语世界介绍《儒林外史》这部中国古典名著,虽然他们的研究只限于对小说典型人物形象的分析,但为读者理解小说内容、提高阅读兴趣奠定了重要基础。相较于以上两位,克拉尔和夏志清的研究要深入得多,克拉尔主要集中于研究吴敬梓的人物形象创作技巧;而夏志清不仅仅对吴敬梓的人物形象刻画技巧进行了剖析,也对小说中的主要人物形象及其所代表的社会阶层和人物形象所体现的作者的观点态度进行了探讨,是这一时期对小说人物形象分析的集大成者。

二、发展期的人物形象研究

20世纪七八十年代是《儒林外史》在英语世界传播的发展期,这一时期随着《儒林外史》英译本在美国的重印再版,迎来了《儒林外史》研究的蓬勃发展。这一时期对《儒林外史》人物形象展开研究的学者主要有罗溥洛、黄宗泰、陆大伟和丹尼尔·鲍尔。

罗溥洛指出,作者吴敬梓透过《儒林外史》中的人物形象表达了自己的社会责任感及其改造社会的理想。罗溥洛首先指出,吴敬梓透过杜少卿这一形象表达了对当时社会的观点,杜少卿是他在文中的缩影。[1] 其次,罗溥洛通过对不同人物形象的分析分别阐释了作者吴敬梓对科举制度、女性社会地位及民间宗教信仰的社会批判观点。在批判科举制度方面,在罗溥洛看来,吴敬梓首先透过在文中刻画的道德典范王冕这一人物形象直接指出了科举制度的不好。为了进一步阐明吴敬梓对科举制度的谴责,罗溥洛不仅深入分析了周进、范进等耗尽一生追求科举功名的老文人形象,而且进一步剖析了匡超人、牛浦郎等因沉迷功名而道德堕落的年轻文人形象。[2] 在女性地位方面,罗溥洛提出,吴敬梓在小说中刻

①   Paul Ropp, *Dissent in Early Modern China: "Ju-lin wai-shih" and Ch'ing Social Criticism*. Ann Arbor: University of Michigan Press, 1981, p.31.

②   Paul Ropp, *Dissent in Early Modern China: "Ju-lin wai-shih" and Ch'ing Social Criticism*. Ann Arbor: University of Michigan Press, 1981, pp.101 – 105.

画了鲁小姐、沈琼枝等受过教育的知识女性形象,表现了他的性别平等意识。在罗溥洛眼中,吴敬梓刻画的女性形象多是积极正面的,虽然这些女性形象在小说中数目极少,且出场时间非常有限,但是吴敬梓还是给予了她们与男性平等的地位,增加了她们的尊严,其中着墨最多的就是沈琼枝这一勇于反抗世俗陋习的女英雄形象。同时,杜少卿和夫人之间相敬如宾的平等夫妻关系也进一步说明了吴敬梓的女性主义思想。此外,罗溥洛还分析了王玉辉的女儿王三姑娘这一人物形象,指出吴敬梓通过她为夫殉节一事,不仅表达了对女性地位的同情,同时也批判了清代社会的陋习,表达了他对男尊女卑思想的反对和谴责。① 最后,罗溥洛以王冕、胡屠夫、余氏兄弟等人物形象为研究对象,通过对王冕的预言能力、胡屠夫对范进中举前后的反差、余氏兄弟迷信墓地风水的探讨与分析,指出了吴敬梓对民间宗教信仰的反对态度。由上可见,罗溥洛对《儒林外史》人物形象的研究不是根据社会阶层来研究,而是基于社会功能的有选择性、针对性的分析,都是为了剖析和阐释吴敬梓社会观点而服务,相较于其他学者的研究,有一定的创新意义。

黄宗泰对《儒林外史》人物形象的研究主要是为了体现和说明吴敬梓的隐士理想与创作技巧。首先,黄宗泰提出,王冕和四位奇人的"隐士"人物形象塑造充分展现了吴敬梓的儒家式的隐士理想。王冕代表了吴敬梓的儒家理想状态,对四大奇人的描述是为了揭开王冕隐士行为背后的意义,凸显吴敬梓寄托在王冕身上的儒家隐士理想。此外,黄宗泰还分析了匡超人这一人物形象,指出匡超人对世俗功名的迷恋直接导致了道德上的堕落,与王冕和四大奇人形成鲜明对比,由此印证王冕和四大奇人是真正崇高、令人敬佩的人物。② 其次,黄宗泰分析了周进、梅玖、范进、胡屠夫等人物形象。黄宗泰从人物的出场时间、衣着、谈吐等方面对周进和梅玖两位人物形象进行了讨论,指出吴敬梓对两人形象的刻画以及彼此之间的形象交集与对比体现了吴敬梓的"史笔"技巧。同时,黄宗泰认为小说对范进和胡屠夫两位人物形象的塑造呈现了吴敬梓的"说书人技巧"。③ 黄宗泰进一步分析指出,吴敬梓对小说人物形象的刻画真实地反映了 18 世纪的中

---

① Paul Ropp, *Dissent in Early Modern China: "Ju-lin wai-shih" and Ch'ing Social Criticism*. Ann Arbor: University of Michigan Press, 1981, pp.132 - 137.

② Timothy Wong, *Wu Ching-tzu*. Boston: Twayne Publishers, 1978, pp.72 - 85.

③ Timothy Wong, *Wu Ching-tzu*. Boston: Twayne Publishers, 1978, pp.97 - 100.

国社会,增加了小说的可信性。《儒林外史》中的所有人物过着 18 世纪中国人的日常生活,他们没有任何出奇之处,与真实社会的人物完全吻合,真实地展现了作者所生活的时代。[①] 由此可见,黄宗泰认为《儒林外史》中的人物形象紧贴社会现实,极具真实性,增添了小说的可信度;同时他对小说人物形象的研究总是以小组的方式呈现,而不是对每个人物形象作单独的讨论,通过人物形象之间的对比来展示作者吴敬梓的儒家隐士理想以及创作技巧。

陆大伟在博士学位论文中专门对《儒林外史》的人物形象进行了分析,指出吴敬梓在小说人物形象安排上具有以下特征:(1) 大规模的人物形象。陆大伟认为《儒林外史》体现了作者吴敬梓对大规模人物形象设计的偏爱;并提出吴敬梓的这部小说是第一部将小说重心从情节转移到角色上的中国传统小说,开创了小说创作的新局面。(2) 比较的人物设计技巧。陆大伟提出,吴敬梓在人物的塑造上运用了比较的设计策略,将小说中的人物形象分为正面人物和伪善角色两类,通过两类角色相对立的行为表现来构建整部小说。整部小说体现了吴敬梓对刻画伪善角色的浓厚兴趣。(3) 道德评价的介入。小说对人物形象的道德判断通常是中国传统风俗小说的核心,作者吴敬梓就在《儒林外史》的人物形象上注入了道德评价,并且这种评价在小说中占有重要的地位,陆大伟结合具体的人物形象对吴敬梓的这一技巧进行了归纳和剖析。经过他的观察,小说中的所有人物形象都有着一个共同的特征,即人物与功名富贵之间的联系;在这些人物形象中,其中小说的核心主角是那些在行动上或精神上参加泰伯礼,或是获取科举功名的人物形象,并且这些主角并不是属于同一社会阶层,而是来自社会的各个层次,比如杜少卿、虞育德、匡超人、甘露寺和尚、马纯上等。[②] 陆大伟首先分析了王冕这一人物形象,指出吴敬梓将历史人物王冕作为原型进行了重新加工,并且成功重塑了王冕这一小说人物,使之孝顺、独立、学识渊博但不卖弄,能够坚持自己的原则,完全脱离对俗世中功名富贵的欲望。在吴敬梓的笔下,王冕的形象焕然一新,成功成为小说的道德典范。其次,陆大伟以虞育德为例对小说的正面角色进行了分析,指出虞育德包含了吴敬梓的理想,吴敬梓认为虞育德的无私以及光明磊落向世人展现了德行,有着强大的影响力。陆大伟认为,小说家对小

---

① Timothy Wong, *Wu Ching-tzu*. Boston: Twayne Publishers, 1978, pp.106 – 108.

② David Rolston, *Theory and Practice: Fiction, Fiction Criticism, and the Writing of the "Ju-lin wai-shi"*. Ph. D. dissertation, The University of Chicago, 1988, pp.729 – 736.

说人物形象的评价对于中国传统风俗小说至关重要，体现了小说的道德顺序以及作者的社会观点和思想观念。最后，陆大伟通过对匡超人和杜少卿的行为表现的对比点明了对比的人物描写技巧，并透过对庄绍光、虞育德的分析指出了吴敬梓在刻画人物时所使用的直接与间接相结合的手法。①

除了陆大伟以外，这一时期在博士论文中对《儒林外史》的人物形象展开研究的还有丹尼尔·鲍尔。鲍尔主要考察了王冕、匡超人、杜少卿三位人物形象。

鲍尔将三人形象以对比的方式进行分析。首先，他探讨了王冕这一人物形象的形成，指出王冕是一位既具求知欲又极具魅力的隐士，是美德的化身。② 杜少卿被普遍认为是作者吴敬梓自己的模型，相较于对其他人物的纯粹讽刺，吴敬梓对他的描述更多采用了纯粹的幽默，将他刻画为《儒林外史》世界中的天真无邪的温顺羔羊，为他的挥霍辩护，并将他与王冕相比，认为他和王冕同样拥有仁慈、慷慨等美德。③ 而对于匡超人这一人物形象，鲍尔指出他的遭遇是一部完整的流浪汉小说，作者通过六章内容来持续刻画这一道德堕落的模型，与王冕这一道德典范形成强烈的反差。④

总而言之，这一时期虽然是《儒林外史》研究和传播的快速发展期，研究人数和研究成果较之肇始期都有很大的进步，但是英语世界在对《儒林外史》的人物形象研究方面人数却与肇始期相同，没能像对小说结构、修辞技巧等方面的研究那样引发关注的热潮。尽管在人数上没有出现明显的增长，但这一时期的《儒林外史》人物形象研究仍然有很大发展，主要体现在以下几个方面：（1）研究的学者已经从单纯的教授队伍扩展到年轻的博士学者。（2）研究工作以英语世界本土学者为主。（3）研究成果从单纯的文学角度开始转向文学与其他学科的结合，从单一的文本分析转向通过与西方文学作品中的人物形象的比较来分析阐释《儒林外史》的人物形象。

---

① David Rolston, *Theory and Practice: Fiction, Fiction Criticism, and the Writing of the "Ju-lin wai-shi"*. Ph. D. dissertation, The University of Chicago, 1988, pp.756-782.

② Daniel Bauer, *Creative Ambiguity: Satirical Portraiture in the "Ju-lin wai-shih" and "Tom Jones"*. Ph. D. dissertation, The University of Wisconsin-Madison, 1988, pp.10-11.

③ Daniel Bauer, *Creative Ambiguity: Satirical Portraiture in the "Ju-lin wai-shih" and "Tom Jones"*. Ph. D. dissertation, The University of Wisconsin-Madison, 1988, pp.50-51

④ Daniel Bauer, *Creative Ambiguity: Satirical Portraiture in the "Ju-lin wai-shih" and "Tom Jones"*. Ph. D. dissertation, The University of Wisconsin-Madison, 1988, pp.66-67.

三、深入期的人物形象研究

《儒林外史》自 20 世纪 90 年代开始进入了英语世界学者研究与传播的深入期,这一时期随着研究队伍的迅速扩大,对小说中人物形象的研究成果也增加了许多。这一时期研究《儒林外史》科举人物形象的学者主要有史蒂文·罗迪、黄卫总、周祖炎、吴晓洲、商伟、柯伟妮和葛良彦。

史蒂文·罗迪对《儒林外史》的人物形象研究主要集中在对科举文人形象的分析,并通过对其的分析阐明了文人道德观念的衰退以及礼制的滥用。首先,他将《儒林外史》中的文人群体具体分为学者、诗人、艺术家和八股作家四种人物形象。罗迪认为《儒林外史》的人物形象中算得上学者的只有杜少卿、迟衡山、庄绍光等少数积极活跃地从事学术工作的人,他们是以自身的学术地位和渊博的学识而闻名、聚集在南京的一群真正的士人。罗迪指出,这三个人物形象的出场顺序是吴敬梓的有意安排,这种出场次序暗含了他们经学学识的成就水平。三人之中最先登场的杜少卿学识相对最少,尽管他曾经经常虚度岁月,但仍然会抽出一些时间研读经典文学;最晚出场的庄绍光,被吴敬梓刻画为当时社会最有学识的人物形象。罗迪认为,杜少卿、迟衡山、庄绍光三人在小说情节中经常一起出现,暗示了他们共同的社会精英的身份,是吴敬梓作品的精华。① 其次,罗迪以蓬公孙、景兰江为例分析了小说中诗人的人物形象,指出以诗人为职业是许多在科举考试中失利的文人获取名声和声望的另一途径。同时,他还分析了小说首回王冕和第五十五回奇人季遐年的艺术家人物形象,指出两人虽然分别在作画、书法方面有着很高的造诣和声望,但却不愿通过作画或书法谋生,对声名无动于衷,体现了隐士美德,是小说中的道德模范,吴敬梓将二人形象分别放在小说开始和结尾,呼应了道德问题。② 最后,罗迪通过范进、周进、马纯上三个小说人物对清朝的八股作家形象进行了探讨。罗迪首先指出《儒林外史》描写了很多不同的文人职业,但是通过科举获得功名却是当时社会唯一被认可、被维护的正当职

---

① Stephen Roddy, *Literati Identity and Its Fictional Representations in Late Imperial China*. Stanford, California: Stanford University Press, 1998, p.89.

② Stephen Roddy, *Literati Identity and Its Fictional Representations in Late Imperial China*. Stanford, California: Stanford University Press, 1998, p.103.

业①。在罗迪看来,范进、周进、马纯上三人都是八股文的拥护者,尤其马纯上是专门研究科举考试文章的主笔,他深谙八股文的写作,却从未取得任何功名,沦为众人的笑柄。罗迪指出,吴敬梓借三位人物形象谴责了当时文人以八股学习为中心的错误行为。综上所述,罗迪通过对学者、诗人、画师和八股作家四类人物形象的分析,探讨了小说中的文人形象,指出了这一时期文人道德的堕落导致了文人身份的解构。

　　与史蒂文·罗迪一样,黄卫总对《儒林外史》的人物形象分析也集中在文人群体上。黄卫总指出,《儒林外史》是由众多不同的人物形象构成的小说,读者在不同角色的传记故事之间进行转换,一个角色的登场伴随着另一个角色的迅速离场。在这种独特的离心叙述结构中,没有哪个单一的人物形象能够长时间地在故事中担任主角,即使是被视为作者化身的杜少卿在小说中也没有足够多的分量。② 不过,黄卫总认为,虽然有着形形色色的“他者”人物形象,但是小说描述的“他者”故事大都与作者本身相关,大多数的“他者”都是作者熟悉的人或根据自己的经历创造出来的人物形象。黄卫总根据小说中出现的人物形象将《儒林外史》分为四个部分:第一部分是第二回至第七回,描述的人物形象为痴迷于科举成功的文人;第二部分是第七回至第三十回,描述了通过成为“名士”来获取功名的文人形象,比如娄氏兄弟、牛布衣和杜慎卿;第三部分为第三十一回至第四十六回,刻画的人物形象为杜少卿、庄绍光、虞育德这些正直的文人;第四部分为第四十七回至第五十五回,主要关注了弥漫着彻底绝望感的一代文人。③ 其中,黄卫总重点分析了杜少卿这一人物形象,指出尽管他缺乏传统意义上的小说主角地位,但是他仍是小说中最重要的自传性角色。黄卫总认为杜少卿以及他与其他人物形象的关系揭露了作者吴敬梓如何在小说中通过自我再呈现的自传冒险活动来救赎或批评他过去的自我。④

---

　　① Stephen Roddy, *Literati Identity and Its Fictional Representations in Late Imperial China*. Stanford, California: Stanford University Press, 1998, pp.96 – 97.

　　② Martin Huang, *Literati and Self-Re/Presentation: Autobiographical Sensibility in the Eighteenth Century Chinese Novel*. Stanford: Stanford University Press, 1995, pp.49 – 50.

　　③ Martin Huang, *Literati and Self-Re/Presentation: Autobiographical Sensibility in the Eighteenth Century Chinese Novel*. Stanford: Stanford University Press, 1995, p.51.

　　④ Martin Huang, *Literati and Self-Re/Presentation: Autobiographical Sensibility in the Eighteenth Century Chinese Novel*. Stanford: Stanford University Press, 1995, pp.56 – 57.

　　由上可见,虽然史蒂文·罗迪和黄卫总一样关注的是《儒林外史》中的文人形象,然而两者在研究上却有着本质的区别:史蒂文·罗迪企图通过对小说中具体文人形象的分析与探讨来阐明清初时期文人道德的堕落而导致的文人身份的解构;而黄卫总则是关注于小说文人形象的自我再呈现,对小说中的文人形象进行了分类,来挖掘文中人物形象所体现的作者的自传性特点。

　　与史蒂文·罗迪和黄卫总只关注属于男性的文人形象不同,华裔学者周祖炎则关注到了《儒林外史》中常被忽略的女性人物形象,希望通过探讨小说世界中的女性角色及其与男性的关系来阐明作者吴敬梓的性别观念。周祖炎指出,在《儒林外史》的世界里,男性角色主要有学者、官员及由知名奇人和优秀学者组成的名士,而女性人物形象则主要由妾侍、妓女、媒婆和学者们的家庭成员组成。由此可见,在作者吴敬梓的笔下,无论是在家庭还是在社会中,男性都占据了中心位置,而女性则始终处于边缘地位。在他看来,在致力于道德的超越或者追求财富和好运时,男性和女性、中心和边缘以及"阴"和"阳"的功能应被视为互惠的能量,而不是对立的力量,由此可见"阴—阳"两极性其实是作者呈现广阔人类世界的补充。①

　　周祖炎首先分析了王冕的母亲这一人物形象,认为她是王冕超越世俗成为道德典范的主要推手,是一位女性典范,指出吴敬梓通过对王冕母亲和王冕的塑造建立了他的世界阴阳两极性的道德范式。同时,周祖炎也指出杜少卿和妻子、庄绍光和妻子之间的互相尊重也体现了这一道德范式。周祖炎通过对以上女性人物形象的分析指出,《儒林外史》中极其有限的这些正面女性形象通常被看作具有崇高精神的优秀学者的镜中像,可以凸显和加强男性人物形象的美德。其次,周祖炎通过对范进的母亲、王太太和鲁小姐三位女性的分析,指出她们这类形象投射出了男性形象的影子;同时,他还以严致和的妾侍赵氏的虚情假意为例,分析并指出了小说中女性的伪装艺术不亚于匡超人、张铁人等男性骗子。②此外,周祖炎还通过分析鲁小姐、王太太等女性形象指出了女性在家庭中的强大映衬了她们丈夫的软弱。在周祖炎看来,《儒林外史》这部小说中的所有女性形

----

　　① Zuyan Zhou, "Yin-Yang Bipolar Complementary: A Key to Wu Jingzi's Gender Conception in *the Scholars*". *Journal of the Chinese Language Teachers Association*, 29.1 (1994).

　　② Zuyan Zhou, "Yin-Yang Bipolar Complementary: A Key to Wu Jingzi's Gender Conception in *the Scholars*". *Journal of the Chinese Language Teachers Association*, 29.1 (1994).

象,不管她们是以上述哪种方式展现自己,都是为了更为完整地呈现学者们的生活,同时增强了小说的讽刺意味。①

　　与其他学者所分析的人物形象目的不同,吴晓洲则是通过整体的人物形象分析指出《儒林外史》是一部社会风俗小说。吴晓洲首先提出,从小说题目就明显可以看出这是一部关于文人形象的小说,其中"儒林"指的是广义的儒家学者圈,不仅包括所有的学者、学究和伪学者,还包括鲍文卿、沈琼枝、凤鸣岐、四大奇人等,尤其是王冕这种具有文行出处或者拥有真学问和端正品行的人。吴晓洲认为,吴敬梓对这些文人形象的刻画是为了展现他所生活时代的社会风俗和文人道德观念。② 在此基础上,吴晓洲进一步提出,除了这些丰富的文人形象之外,吴敬梓还描述了社会上其他形形色色的人物形象,如地方县令、衙门差役、店铺老板、盐商、戏子、妓女、老鸨、媒婆、仆人、丫鬟、骗子等,这些形态迥异的人物形象和文人一起为《儒林外史》建起了一座令人赞叹的图画长廊,呈现出了作者生活时代的真实的社会场景。由此可以看出,吴晓洲对小说人物形象做出的整体分析展现了作者生活时代的社会风俗的全景场面,阐明了《儒林外史》同亨利·菲尔丁的《汤姆·琼斯》一样,都属于社会风俗小说。

　　这一时期《儒林外史》研究的集大成者商伟教授对小说人物形象的分析围绕苦行礼和二元礼展开讨论。商伟首先集中分析了郭孝子这一人物形象,他认为郭孝子是苦行礼的践行者。他指出,郭孝子虽然没有参加泰伯祠祭礼,但他却以实际行动"二十年遍走天下,寻访父亲",路上遭遇重重挑战和磨难,都用强大而卓越的道德品格一一承受克服,尽管寻父之旅最后以失败告终,但是郭孝子的旅程却诠释了苦行礼,是苦行礼的实施者。同时,作者吴敬梓巧妙设计泰伯祭礼的组织者和出席者杜少卿、虞育德、庄绍光给予郭孝子必要的支持,标志着儒家实践进入了一个新的阶段。③ 同时,商伟认为余有达、余有重、王玉辉三个人物形象宣告了苦行礼的危机。商伟认为郭孝子的父亲、王惠、荀玫、王氏兄弟、张静斋是二元礼的代言人,阐述了二元礼的言述性,为二元礼提供了一个负面镜像。此

---

① Zuyan Zhou, "Yin-Yang Bipolar Complementary: A Key to Wu Jingzi's Gender Conception in *the Scholars*". *Journal of the Chinese Language Teachers Association*, 29.1 (1994).

② Xiaozhou Wu, *Western and Chinese Literary Genre Theory and Criticism: A Comparative Study*, Ph. D. dissertation, Emory University, 1990, pp.162 - 163.

③ Wei Shang, *Rulin Waishi and Cultural Transformation in Late Imperial China*. Cambridge, Massachusetts: Harvard University Press, 2003, pp.53 - 56.

外,商伟还以娄氏兄弟、庄绍光、王冕、龙三、权勿用、张铁臂等人进一步阐述了这一时期礼仪制度实践即苦行礼所面临的困境,体现了 18 世纪中国的文化转折。由此可见,商伟对人物形象的分析不是对人物创作手法或者纯粹人物形象的分析,而是通过对小说中人物形象的言行进行探讨,挖掘人物形象背后隐藏的深刻含义。

柯伟妮认为《儒林外史》的创作风格与亨利·菲尔丁的作品相似,是一部描述流浪汉形象的小说。柯伟妮首先提出,吴敬梓在《儒林外史》中描述了代表社会各阶层的独立人物形象,并将他所属士绅阶级生活的习惯和特性赋予这些人物形象。吴敬梓通过小说角色的刻画写出了自己所处世界的滑稽,阐明了儒学、科举制度、精英阶层社会风俗习惯,尤其是学者官场实践的愚昧和无节制。在柯伟妮看来,小说中的匡超人就是典型的流浪汉形象,吴敬梓通过呈现这一单一人物的故事揭露出道德堕落的蔓延已经成为当时清代中国的普遍现象。柯伟妮对小说人物形象的分析主要集中在创作技巧方面。她提出,《儒林外史》中的角色交替出现,并会在彼此的生活中交叉往复,吴敬梓使用的这种宏大而复杂的人物创作技巧,成功展现了 18 世纪从城市到乡村、从一个人的故事转到另一个人的生活全景。柯伟妮进一步指出,小说的某些角色仅在文中短暂出现,比如张铁臂在欺骗了富裕家庭五百两银子之后,就迅速消失在下一回中;还有一些角色,比如马纯上在畅游全国的过程中结识了新的人物形象,将故事情节联系起来,这些人物共同将小说凝结成一个统一整体。

其次,柯伟妮对具体的人物形象进行了分析,展现了吴敬梓笔下的不均衡的人物性格。比如,小说第五十五回中的季遐年这一人物形象,吴敬梓将他描写为一个伟大的诗歌创作天才,但又不协调地赋予他极坏的脾气。再如,作为学者的马纯上,尽管心地慈悲善良但却由于极其肤浅弱智,因此总是容易上当受骗;吴敬梓的描写有些时候让这一人物形象看起来很可笑。柯伟妮指出,虽然相对于传统的道德故事,吴敬梓的人物描写看上去有些令人困惑,但这些多维度的人物形象恰恰呈现了吴敬梓作为作家的丰富的幻想天赋。在人物形象刻画上,吴敬梓拒绝普遍存在的道德家形象,而是敢于表达人类习性的丰富复杂性。柯伟妮进一步分析认为,吴敬梓刻画的人物形象透露了他自己的生活经历以及周围人和他们的日常选择。柯伟妮觉得吴敬梓在人物描写方面尽管有着众多优点,但还是留有一点遗憾:他虽然呈现了农民、商人、学者、妾侍、艺术家和茶社老板等丰富的人物形象,却没有处理这些人物形象之间的不协调①。

　　葛良彦对《儒林外史》的人物形象研究主要集中在文人角色,是这一时期最新的研究成果。他将吴敬梓的这部小说看作晚期中华帝国的政治话语,通过对小说中文人形象的分析来发掘文人与国家之间的关系。葛良彦将小说中的文人形象分为三类:道德典范、被功名侵蚀了道德的文人、来自帝国权力的道德支持。首先,葛良彦对作为道德典范的王冕这一人物形象进行分析。葛良彦认为,吴敬梓刻画的王冕是小说中的完美隐士,他对功名的漠不关心奠定了整部小说的道德基调。在他看来,王冕拒绝官场的坚定信念足以将其视为整部作品所有名士的祖先。葛良彦进一步分析指出,吴敬梓通过王冕拒绝时知县和危素老先生的邀请以及逃避圣旨诏书,概括并阐述了文人和政权之间的动态关系②。

　　其次,葛良彦提出,《儒林外史》中的许多文人形象,如范进、周进和匡超人等,都印证了王冕关于"一代文人有厄"③的预言,这些文人不管是科举落榜者还是取得功名者都由于对功名的狂热迷恋导致了道德上的堕落。葛良彦进一步指出,周进和范进两人痴迷于科举,在经历多次失败后,终于取得功名,这一过程中呈现出了功名为其带来的道德创伤;而作为年轻文人的匡超人,在疯狂追求功名的路上迅速迷失自我,由一个有孝心的年轻人逐渐沦落为一个道德败类,体现了更为明显的道德堕落。④

　　最后,葛良彦以马纯上这一人物形象为例,分析阐述了小说中某些表面上对官场漠不关心、但实际上却迷恋政权的名士学者。葛良彦进一步指出,马纯上表面上云游四海,对科举功名毫无兴趣,而实际上从他作为科举八股文选家这个职业身份来看,他极有可能迷恋政权的权威,因为政权是衡量判断所有科举写作质量的最终裁决者。同时,葛良彦认为,吴敬梓在小说中将马纯上描述为一个有点中等道德和社会地位的人物形象,在一定程度上可以被视为一位普通的并具有

---

　　①　Whitney Dilley, *The "Ju-lin wai-shih": An Inquiry into the Picaresque in Chinese Fiction*. Ph. D. dissertation, University of Washington, 1998, pp.1－2.

　　②　Liangyan Ge, *The Scholar and the State: Fiction as Political Discourse in Late Imperial China*. Seattle: University of Washington Press, 2015, pp.103－105.

　　③　[清]吴敬梓:《儒林外史》,陈美林批评校注,北京:商务印书馆,2014 年,第 11 页。

　　④　Liangyan Ge, *The Scholar and the State: Fiction as Political Discourse in Late Imperial China*. Seattle: University of Washington Press, 2015, pp.107－108.

代表性的学者。①

　　综上所述,这一时期的《儒林外史》的人物形象研究较之肇始期和发展期有很大进步。首先,研究人员数目有所增多。这一时期主要研究人员七位,当然还有一些在研究成果中稍微提及人物形象的,如安敏成、李惠仪、霍洛克等学者,由于涉及人物形象的研究极其有限,所以在此未做讨论。另外,由于这一时期为最新的历史时期,有可能一些最近、最新的研究成果未能搜集到,在此也无法体现。其次,研究深度进一步加强。除了具体的人物形象分析、吴敬梓的人物形象创作技巧研究以外,这一时期的人物形象研究更侧重于挖掘小说人物形象背后隐藏的社会、文化意义。最后,研究更具有针对性。这一时期的绝大多数研究不再关注于所有的人物形象,而是更具有针对性地、更集中地考察分析文人形象,并试图通过对文人形象的分析来探索出当时包括作者在内的文人阶层与所属时代、所处国家的关系。

第二节　英语世界对《儒林外史》情节结构的研究

　　同人物形象一样,故事情节是小说的另一重要因素。《儒林外史》的故事情节结构一直是英语世界学者研究的焦点,也是引起最多争议的部分。在不同的传播阶段,英语世界学者的观点都不尽相同。比如,在英语世界传播《儒林外史》的肇始期,无论是华裔学者还是本土学者普遍认为这部小说缺乏结构的统一性,甚至不能称之为一部真正的小说。直到 20 世纪 70 年代这种情况才得到改变,《儒林外史》的情节结构开始受到英语世界的重视,在一部分学者追随前期学者观点的同时,有越来越多的学者纷纷开始对前人提出的情节结构松散之说提出疑问,并进行重新思考和深入研究,挖掘出吴敬梓这部小说独特的情节结构,有些学者甚至提出这部小说的结构不能以西方文学的结构理论观点进行分析,而应该立足于中国文学传统来发现它与众不同的结构特质和其构成的统一结构。下面,笔者以小说研究成果的传播阶段为序列逐一进行讨论和分析。

---

　　① Liangyan Ge, *The Scholar and the State: Fiction as Political Discourse in Late Imperial China*. Seattle: University of Washington Press, 2015, p.111.

一、肇始期的情节结构研究

在《儒林外史》传入英语世界的肇始期，它的结构就逐渐引起了英语世界的注意。许多学者认为它结构松散，缺乏有机的统一结构，其中最早对小说结构发表意见的是美国著名汉学家、哈佛大学教授海陶玮。1953 年，海陶玮在《中国文学论题：概览与书目》一书中率先对《儒林外史》的结构进行了评论，指出《儒林外史》缺乏统一的有机结构，整部作品是由诸多勉强联系在一起、并由不断更替的人物形象带动的情节故事所构成的。[①] 华裔汉学家赖明同意海陶玮的观点，并进一步提出，《儒林外史》在严格意义上来讲并不能算得上是一部小说，而是一部有着松散联系的短篇故事集。[②] 与此同时，著名汉学家克拉尔也关注到了这部小说的结构问题。他指出，《儒林外史》的结构问题体现在个别章回，故事内容与严谨情节的联系弱化了小说的背景。克拉尔进一步分析提出，《儒林外史》个别章回中的独立事件是借鉴了《水浒传》等早期叙述小说，它们被视为一种艺术辅助手段，作者通过这种手段来创造小说英雄并呈献给读者，因此构成小说结构主要问题的是人物形象塑造问题。[③] 由克拉尔的分析可以看出，他不仅指出了吴敬梓小说结构的问题，而且发掘出了问题的症结所在。

这一时期对小说的结构问题进行研究并发表观点的还有柳无忌和夏志清两位华裔学者。在柳无忌看来，《儒林外史》尽管是中国著名的讽刺章回小说，但是在组织结构上有着明显的不足，缺少有机的结构。他指出，作者吴敬梓将彼此之间联系极其薄弱无力的情节凑在一起，根本无法说明小说的主旨。《儒林外史》对人物和故事的描写是写一个丢一个，没有贯穿全文的人物故事，整部作品可以分为若干个互相独立的短篇故事。[④] 与柳无忌和这一时期其他学者的观点不同，夏志清先生认为尽管吴敬梓这部小说是由一系列的彼此联系脆弱的故事构成，但是仍然可以在小说中发现一个可识别的结构。他指出，《儒林外史》除去楔子

---

① James Hightower, *Topics in Chinese Literature: Outline and Bibliographies*. Cambridge: Harvard University Press, 1953, p.104.

② Ming Lai, *A History of Chinese Literature*. London: The Shenval Press Ltd., 1964, p.327.

③ Oldrich Kral, "Several Artistic Methods in the Classic Chinese Novel *Ju-lin wai-shih*". *Archiv Orientalni: Quarterly Journal of African, Asian, and Latin-American Studies*, 32 (1964).

④ Wu-chi Liu, *An Introduction to Chinese Literature*. Bloomington: Indiana University Press, 1967, pp.228 - 246.

和结尾外,全书可以分为第二回至第三十回、第三十一回至第三十七回上半回、第三十七回下半回至第五十四回三个部分①:第一部分主要描绘的是各种不同类型的人追求名利的故事;第二部分是整部小说的道德支柱,讲述了小说中的主要角色杜少卿及其朋友的故事;第三部分是由一组各式各样的故事混杂而成,没有明确的构思,造成了整体上的结构不均匀。② 由此可见,尽管夏志清与这一时期的其他学者一样仍然受"西方学术观点"的局囿,认为《儒林外史》的情节联系薄弱、没有明确构思,但他并不赞同这一时期"无整体结构"的主流观点,率先发现并提出《儒林外史》有清晰可辨的结构,这一创新观点对英语世界《儒林外史》结构研究的推进具有里程碑式的意义。

二、发展期的情节结构研究

在肇始期研究成果尤其是在夏志清的观点影响下,越来越多的学者在研究的发展期开始重视并重新思考和考察《儒林外史》的结构。这一时期英语世界对《儒林外史》结构的看法开始出现了争论,有些学者仍然跟随肇始期研究者的步伐,认为小说的结构松散,缺乏有机的统一结构;但更大一部分学者则对这一说法提出疑问,认可吴敬梓在《儒林外史》结构组织上的用心,指出小说有着独特的结构特质。

首先,我们讨论这一时期有关《儒林外史》结构松散的观点。根据笔者掌握的资料,这一时期跟随前辈学者的步伐,继续提出小说结构松散问题的学者只有黄宗泰。黄宗泰对吴敬梓的这部作品结构进行了考察与分析,指出吴敬梓的这部小说结构发展不均衡,小说情节没有得到很好的整合。在他看来,造成结构不均衡的原因既有外在因素,也有内在原因。从外部因素来讲,原著存在篡改和修正的可能性,尽管很难发现和证实,但是不能忽略这种可能性;而内部原因主要是吴敬梓在将流行的简介、笑话和故事插入小说时处理得有些随意,没能流畅地与小说的讽刺意图相融合。黄宗泰进一步总结认为,小说结构体现出来的问

---

① 夏志清认为第三十七回是整部小说承上启下的一回,前半回"祭先圣南京修礼"是小说的高潮,与前几回杜少卿、庄绍光等贤良文人的故事同为一体,应当将其归到第二部分;后半回"送孝子西蜀寻亲"与前面内容关联甚少,却与后面几回中的贞妇、侠士、武官等故事类型相近,具有共同的"浪漫传奇"色彩,所以将其作为小说第三部分的开端。

② Chih-tsing Hsia, *The Classic Chinese Novel: A Critical Introduction*. New York: Columbia University Press, 1968, pp.224 - 225.

题,有可能受到作者以外的因素影响,只要存在篡改和修正的可能性,就不能让作者吴敬梓为这种失误负责。[①] 由此可见,尽管黄宗泰承认《儒林外史》的结构松散,但他并没有像前辈学者们那样将此问题归结为作者和小说原著结构本身,而是经过分析推测出该书的结构松散有可能是后人篡改和修正而导致的。

其次,这一时期越来越多的学者对《儒林外史》结构松散的观点提出疑问,认为吴敬梓的这部小说有着独特的结构特质。首先对《儒林外史》结构松散的观点提出疑问的是美国汉学家卫鲁斯教授。在卫鲁斯看来,作者吴敬梓对《儒林外史》的结构处理十分用心。他认为,小说中人物的出场与退场、空间背景和情节安排上都表现出了明显的结构逻辑性,主要体现为:第一,许多次要人物在作者的结构设计下发展为主要人物,然后又退居二线;第二,整部小说的空间背景基本上都是从农村到城市;第三,首尾两回有着明显的呼应。[②] 随后,张心沧也关注到这一问题,并发现了《儒林外史》独特的统一性。他认为吴敬梓的这部小说犹如一幅长画卷,自身有着独特的统一性;事件此落彼起,各有不同,充满了赏心悦目的意外,一切都似乎没完没了,全书既无高潮又无反高潮。正是吴敬梓这种"主观时间"的设计与安排巧妙地统一了全书。[③] 卫鲁斯和张心沧的全新观点刷新了学界既有的松散结构的普遍看法,引起了后来研究者的关注,并得到了很多赞同。

美国华裔汉学家林顺夫教授首当其冲作出了响应,他在《礼与〈儒林外史〉的叙述结构》一文中对张心沧的观点给予了高度评价。林顺夫将小说的内容与形式紧密联系起来进行考察,认为《儒林外史》的事件和人物出场次序都是作者精心安排的。他指出,很多学者误以为《儒林外史》缺乏有机的统一结构,由很多短篇故事勉强集合而成。这是由于他们受西方文学理论的影响,将西方小说常见的统一结构强加给中国古典小说,无视中西方文化传统之间存在的差异,从而忽略了《儒林外史》独有的内部统一结构。事实上,《儒林外史》体现出了富有条理性和完整性的艺术结构,与任何西方小说相比都毫不逊色。林顺夫进一步分析指出,传统中国小说很少集中写一个人物或一个事件的发展过程,而多是集中于

---

① Timothy Wong, *Wu Ching-tzu*. Boston: Twayne Publishers, 1978, pp.93 – 95.

② Henry Wells, "An Essay on the *Ju-lin wai-shih*". *Tamkang Review*, 2.1 (1971).

③ Hsin-Chang Chang, *Chinese Literature: Popular Fiction and Drama*. Edinburgh: Edinburgh University Press, 1973, p.346.

描写众多人物相互之间的复杂关系,与其说是固定的中心,不如说是可移动中心。《儒林外史》的每一回集中描写一两个主要人物和几个次要人物,这些人物在下一回的情节事件中退居二线或者从情节中消失,读者只有在读完小说之后,才能获得对人物形象的完整轮廓认识。

在林顺夫看来,《儒林外史》的结构模式是典型的中国传统小说叙述模式,不能说它没有统一的结构。在此基础上,林顺夫发现并提出了"礼"对呈现《儒林外史》叙述结构的关键作用:一方面,它将一群插曲式的个体事件串联在一起,构成一个较大的组织单位;另一方面,它将这些较大的单位继续整合为一个更大的有机的整体。在林顺夫看来,"礼"是统筹全书结构的关键因素,以第三十七回中的泰伯祭礼为高潮,全书呈现出一种由上升而高潮、由高潮而衰退的循环节奏,体现了《儒林外史》的结构整体性,可以说这部小说的结构是充满礼仪的叙述结构。林顺夫是英语世界首位提出"礼"为该小说结构骨架的学者,他的论述可以称得上是第一篇全面分析《儒林外史》结构的力作,同时为该作品乃至整个中国古典小说的特殊结构形式进行了有力的辩护。①

与此同时,普林斯顿大学高友工教授在探讨中国抒情诗传统对叙述文学的影响时也注意到了《儒林外史》的特殊结构,并从抒情性的全新角度进行了分析与阐述。高友工指出,抒情传统在中国文化中有着极其重要的地位,不仅影响了中国古典抒情诗,还影响了抒情诗以外的其他文学形式。尽管抒情中的"美典"(Aesthetics)是外部世界在诗人心中的"内化产物",与叙述文学尤其是白话小说这种后起的文学体裁所表现出的"外化世界"有些格格不入,但是高友工却发现了《儒林外史》中抒情手法的使用。在他看来,中国白话小说发展到《儒林外史》这一时期,它的活力渐渐为越来越多的文人所正视;而作为传统抒情诗在这一时期失去了前进的动力,已经停滞不前。吴敬梓虽然作为传统文人,但在经历人生的生活危机后,认识到这一时期无法再像纯粹的诗人那样有感发于诗,而是选择继承文学传统中的"抒情性",并将其运用于《儒林外史》这部白话小说。高友工进一步分析指出,《儒林外史》虽然为史,但作者吴敬梓并没有按照史的写作习惯关注时间线条,而是将诗眼驻留于众多的人物形象和没完没了的事件之中。因

---

① Shuen-fu Lin, "Ritual and Narrative Structure in *Ju-lin wai-shih*". In Andrew Plaks ed. *Chinese Narrative: Critical and Theoretical Essays*, Princeton:Princeton University Press,1977,pp.256 -265.

此,人物和事件在小说中的作用是传递信息、透露寓言背后的象征意义。由此可推,《儒林外史》中的高潮应该是第三十七回中的泰伯祭礼。在本书中,泰伯祭礼并不是传统意义上的情节线索高潮,而是象征意义自然呈现出来的高潮。《儒林外史》这种象征意义的整体结构设计非常深奥,是中国章回小说发展过程中的重要里程碑。①

　　除了以上几位学者以外,这一时期研究《儒林外史》结构的还有美国学者陆大伟以及欧洲汉学家史罗甫。陆大伟认为《儒林外史》的结构是一个有机统一体,并从小说的开端、微观结构、宏观结构、高潮和结局等方面阐明了《儒林外史》的结构本身有一种既定感观的整合,指出这部作品根本不需要运用西方结构理论中常有的主要角色或主导事件来连接。陆大伟提出,《儒林外史》中的开头诗和结尾诗隐含了作者观点的抒情基调,为之后的行为事件作了介绍性的铺垫;同时,小说的开场白代表了隐含作者和角色世界之间的过渡,呈现出的代表性人物角色可以与小说后文繁杂的人物世界有机联系起来,进而展示出开场白与小说其他部分直接或间接的关系。其次,陆大伟提出小说中的铺垫、人物和物件连接以及章回的安排都透露了小说的整体微观结构;同时,在他看来,为了达到展现作者熟知的中国社会全景的目的,《儒林外史》情节频繁出现的延缓其实是作者为了达到"现实"的效果,而全书关于功名富贵多样性的事件也呈现出了全书掌控空间安排的整体宏观结构。最后,全书的高潮泰伯祭礼是作者笔下众多文人形象实施的巨大工程,与全书的结局第五十六回的贤人榜形成呼应,也体现了小说结构的统一性。②由此可见,陆大伟不仅从小说的开端、高潮、结尾进行了阐述和证明,而且通过微观和宏观结构上的探讨验证了《儒林外史》的统一结构,提出了包括《儒林外史》在内的中国古典章回小说独特的结构特性。

　　与陆大伟相同,史罗甫也认为《儒林外史》有着精心设计的组织结构。他将整部小说分为可以互相叠合的三个层次:第一个层次是显而易见的轶事层次。小说由一个个轶事组成,这些故事描写是不断变换的一组又一组人物,是作者吴

---

① Yu-kung Kao,"Lyric Vision in Chinese Narrative Tradition: A Reading of *Hung-lou meng* and *Ju-lin wai-shih*". In Andrew Plaks ed. *Chinese Narrative: Critical and Theoretical Essays*, Princeton: Princeton University Press, 1977, pp.232 - 243.

② David Rolston, *Theory and Practice: Fiction, Fiction Criticism, and the Writing of the "Ju-lin wai-shi"*. Ph. D. dissertation, The University of Chicago, 1988, pp.873 - 936.

敬梓为了故事的娱乐性及吸引读者的注意力而有意做出的安排。第二个层次是传记层次。这一层次与轶事层次是交叉展开的,一个人物的传记有可能散见于多件轶事中,而一件轶事也有可能反映出一个甚至多个人物的传记事迹。同时,作者吴敬梓还通过人物之间的对比使这一人物传记层次呈现出某种有意义的排列组合关系,体现出整部小说的结构形式。第三个层次是自我传记层次。史罗甫指出这一层次是带有抒情性的自传层次,他根据小说主题及幽默严肃类型的不同将《儒林外史》全书分为四个部分,并指出虽然很难否认四部分之间存在的实质性差别,但是它们之间的界线在一定程度上是模糊的。这四个部分在嘲讽功名富贵追求者和实写正面人物的主观情感态度之间来回转换,体现了叙述者对叙述对象的不同态度,也显示出了作者自传的抒情性。① 在史罗甫看来,这三个层次相互交叉、互相作用,是合而为一的,隐藏了作者精心构造的内部统一结构。史罗甫的看法成为继林顺夫、高友工之后又一个研究《儒林外史》结构的里程碑。

三、深入期的情节结构研究

进入研究和传播的深入期后,《儒林外史》的结构问题尽管已经不再是英语世界学者关注的焦点,但仍然有一些学者给予了关注和讨论。与肇始期和发展期的普遍"一边倒"的看法不同,深入期对《儒林外史》结构的观点尽管为数不多,却呈现出百花齐放的局面,既有批评的意见,也有肯定的看法。首先,罗溥洛在这一时期开始注意到了《儒林外史》的松散结构。他指出,松散而杂乱无章的故事情节让读者无法将小说最后三分之一的情节视为重点。② 罗溥洛只是注意到了小说的结构问题,并未进一步进行探讨与研究。随后,史蒂文·罗迪在研究《儒林外史》中的文人身份时,发现小说的情节结构是高度插曲式的,不够连贯。他指出,小说中很少有角色、情节线索或者其他清晰可辨的特征将叙述情节凝聚成一个独立的统一整体。罗迪进一步分析指出,《儒林外史》中没有任何一个人

---

① Zbigniew Slupski, "Three Levels of Composition of the *Rulin Waishi*". *Harvard Journal of Asiatic Studies* 49.1 (1989).

② Paul Ropp, "The Distinctive Art of Chinese Fiction". In Paul Ropp ed. *Heritage of China: Contemporary Perspectives on Chinese Civilization*. California: University of California Press, 1990, p.328.

物或者群体能够长时间地占据小说的主角地位。尽管有些评论家认为这种珍珠项链式的结构有着精妙的串联能够加强小说主题的连贯，但是罗迪仍然觉得这部小说作为一部短篇小说集来阅读会更加容易。此外，他还指出尽管南京是小说的空间中心，但是它的空间中心性却被不同的故事单元所固化，没能用作小说整体结构策略的补充。①

此外，美国华人学者史耀华也认为《儒林外史》的结构松散，是叙述情节的平行串联。史耀华指出，《儒林外史》的结构与前期的大多数白话文学相比更为复杂，虽继承了白话文学惯常以说教的架构开始，但后面的结构并没有像《金瓶梅》等文学作品一样呈线性叙述发展，而是沿着转喻的轴线展开，新的人物由当前叙述的核心角色引出。另外，对于开场白的安排，吴敬梓脱离了小说其他内容的时空，将其置入元代末年的背景之中，构成了一个自包含的叙述单元。而在西方评论家看来，作为开场白的第一回，对小说其他内容来说是一个解释性的指南，并不能算作小说结构的一部分，真正的情节应该始于第二回。②通过对第一回标题进行超越叙述的设计，叙述者直接向读者指明了王冕是整部小说的道德典范。史耀华认为，作为开场白的王冕故事是整部小说的主题，在其之后的所有叙述章节，也就是西方评论者心目中真正的小说故事情节，都是对这一主题的说明。在这种特殊的转喻叙述结构中，除去第一回的开头和第五十五回、第五十六回的结尾，《儒林外史》的主体部分都是对平行角色和主题的重复，呈现出了纯粹的叙述空间。但是正是由于这种特殊的结构，沿着转喻轴线展开的重复没能将叙述章节与重要的隐喻紧密联系在一起，而是将叙述章节拼接串联在一起，造成了结构的松散。③

与罗溥洛、史蒂文·罗迪和史耀华的观点相反，柯伟妮则肯定了《儒林外史》的结构。柯伟妮认为吴敬梓的这部作品最突出的特征就是其独特的叙述韵律和结构。她指出，《儒林外史》属于流浪汉小说，有着复杂的、异于寻常的结构，不能用一般的结构标准来衡量。这种结构上的异常充分体现在小说的速度和节奏、

---

① Stephen Roddy, *Literati Identity and Its Fictional Representations in Late Imperial China*. Stanford, California: Stanford University Press, 1998, p.87.

② Yaohua Shi, *Opening Words: Narrative Introductions in Chinese Vernacular Fiction* Ph. D. dissertation, Indiana University, 1998, p.181.

③ Yaohua Shi, *Opening Words: Narrative Introductions in Chinese Vernacular Fiction* Ph. D. dissertation, Indiana University, 1998, p.190.

数量庞大的小说人物形象、个人叙述的移位以及伴随着人物命运急速转变的情节的快速发展。在柯伟妮看来,作为流浪汉小说,全书更像是一场旅行,途中会有许多意想不到的偶发事件,这些偶然事件的情节通常不会贯穿全书,而是以插曲式呈现,串联起来构成全书的结构。而构成此书结构的因素主要有插曲式情节、节奏、结构与格式的策略和叙述的内部不稳定性,柯伟妮认为这些结构因素是中国文学作品所独有的,是考察《儒林外史》结构时绝对不能忽略的重要部分,它们的存在构成了这部小说结构的完整性。① 总而言之,柯伟妮对《儒林外史》结构统一性的考察和分析是建立在将它与同时期的西方流浪汉小说进行比较的基础上的,通过发现和分析这部中国文学作品中的"流浪汉元素",从而阐明了它与众不同的统一结构。

与柯伟妮观点相同,这一时期的华裔学者吴德安也认为《儒林外史》有着统一的结构。但是吴德安并没有通过中西文学作品的比较来进行验证,而是通过《儒林外史》对中国传统叙述的继承来探讨和分析了它的结构。吴德安在回顾了肇始期和发展期英语世界学者对《儒林外史》的结构研究观点之后,提出要综合理解这部中国小说独特的融合结构,首先需要理解作者所处时代的美学品位。吴德安以卧闲草堂版本对小说结构的美学观点为例,指出该版本认为《儒林外史》有着对称的结构,因而小说的高潮在故事的中间而不是结尾。这种对称原则早在《诗经》《易经》就已经出现,对小说结构有着极其重要的影响作用。此外,吴德安还提出,由于作者吴敬梓深受中国叙述体裁的传统影响,因此整部作品的叙述结构如《史记》和《水浒传》一样按照纪传集合体的方式架构。他进一步分析提出,《儒林外史》中的传记是小说的基本结构模式,小说中众多的人物形象刻画分别由小的传记单位组成,彼此之间互相交织组成了一个独有的社会关系架构,比如小说的开场部分首先是描写文人模范王冕的传记故事,这种策略安排对小说结构来说是十分重要的。在吴德安看来,《儒林外史》的内部形式是集体纪传体,在这一内部形式中,所有的人物事件以互相交织、相互联系的方式朝着相同的方向移动发展,构成了小说完整的统一结构。②

---

① Whitney Dilley, The "Ju-lin Wai-shih": An Inquiry into the Picaresque in Chinese Fiction. Ph. D. dissertation, University of Washington, 1998, p.16.

② Swihart Wu, The Evolution of Chinese Novel Form. Ph. D. dissertation, Princeton University, 1990, pp.99 – 117.

由此可见，英语世界学者对《儒林外史》结构的研究经历了一个从"无结构或结构松散说"到"统一结构说"再到两种说法共存的过程。在这一问题研究的发展过程中，英语世界学者逐渐摆脱西方学术观点的强压束缚，转而从中国古典文学传统或中西文学比较的视角出发重新思考《儒林外史》的情节结构，即使后期有些读者仍然认为这部中国文学名著结构松散，但也同坚持小说结构统一的学者一样，认识到了《儒林外史》在情节结构方面的独特价值。

第三节　英语世界对《儒林外史》典型环境的研究

小说中的环境描写，是小说故事情节发展和烘托塑造人物形象的推动力，是小说不可缺少的要素之一。但是从英语世界的相关研究成果来看，《儒林外史》中的环境受关注度明显低于人物和情节。究其原因，主要在于许多研究成果并不将《儒林外史》视为小说，而是视为历史、政治等材料加以分析，这就导致了研究者更关注小说中的人和事，对于小说中的环境观照较少。即使有的成果涉及《儒林外史》中的环境描写，也大都只是人物、情节研究的佐证材料。从为数不多的研究成果中，我们不难发现，英语世界中关注到《儒林外史》环境的学者基本上是华人学者。

在《儒林外史》传入英语世界之后的很长一段时间，小说的环境要素是被英语世界学者长期忽略的。早期只有夏志清一位学者关注到了《儒林外史》中的环境描写。虽然《儒林外史》中自然景物描写很多，但夏志清似乎只注意到了第一回中王冕放牛时看到的湖光山色。在他看来，吴敬梓描写自然环境的水平很高，不仅文风质朴，而且简洁精练。在此基础上，夏志清指出吴敬梓之所以着力描绘这段景色，其实是为了激发王冕立志成为一名画家。换而言之，书中自然环境的描写是为了衬托王冕这一理想型人物而设计的。夏志清的这种观点是正确的，但不够全面。李昭明、王卓玉也曾关注过这段景色描写。同夏志清一样，他们肯定了自然景物尤其是荷花对王冕高洁品格和脱俗气质的映衬作用，但并没有止步于此，而是更进一步将"活化了景物"延展至王冕的内心世界，实现了"情景交融""物我同一"美学观照。①

与小说自然环境相比,夏志清更关注于《儒林外史》中的社会环境描写。在他看来,吴敬梓尽管开拓了内心意识世界的描写,但是更满足于描绘外部的大千世界。②在吴敬梓塑造的世界里,聚集了真假文人、富商巨贾、店铺老板、江湖人士、衙役、骗子、妓女、老鸨、媒婆等形形色色的人物,这些人物的生活共同勾勒出一幅18世纪的中国社会风俗画,展现了当时的社会生活环境。比如,夏志清以小说中王玉辉的女儿自杀殉夫为例,分析了作者所展示的封建礼教吃人的社会环境;通对分析杜少卿散尽家财移居南京、携妻出游等生活事件,表现了杜少卿的真儒性格。除了对社会生活事件的分析,夏志清还探讨了许多居住或活动空间,比如薛家集村口的观音庵。夏志清指出,在《儒林外史》中,观音庵作为薛家集村民议事聚会的重要活动空间,不仅展现了薛家集村民的邻里关系,而且体现了村民的生存环境,构建起了乡村的权力秩序。

除了夏志清之外,还有一位学者葛良彦对《儒林外史》中的环境给予了关注。与夏志清关注自然环境和社会风俗环境不同,葛良彦更多的是关注小说中的城市与政治社会背景。葛良彦在研究《儒林外史》时,关注到了小说中的文人们居住的城市环境——北京和南京。在葛良彦看来,北京和南京这两座城市,不单单只是作为文人居住的城市环境而存在,更重要的是两座城市所蕴含的政治环境。葛良彦在研究中发现,在《儒林外史》中,南京是一座有人文精神的城市,是杜少卿、迟衡山、虞育德等诸多真儒士们生活或生活过的地方,当时在南京的文人可以肆无忌惮地表达政治意见,是文人们普遍向往的城市。对文人而言,南京这座城市更像是一种精神寄托。而这一时期的文人对北京这座城市是极为冷漠的,葛良彦通过小说中杜少卿装病委婉推辞去北京做官的机会证实了这一点。对杜少卿来说,北京只是朝廷的政治中心,而南京才是属于文人的都城。葛良彦认为,小说通过真文人对待南京与北京两座城市的态度,指出了北京只是功名富贵痴迷者的追逐地,而南京才是有着更高人生理想与目标的真文人的聚集地。

葛良彦在此基础上进一步提出,南京和北京这两座城市在某种程度上也代

---

① 李昭明、王卓玉:《明清小说景物描写与小说空间拓展的嬗变历程》,《明清小说研究》2018年第2期。

② [美]夏志清:《中国古典小说史论》,胡益民、石晓林、单坤琴译,南昌:江西人民出版社,2001年,第249页。

表了文人和皇权之间的政治关系。小说中对泰伯仪式与皇宫举行的仪式的描写被放置在两个相近的回目中,葛良彦认为将北京皇宫与南京泰伯祠这两个仪式并置,具有深远的意义。[①] 前者代表了皇权侵占道统的地位,皇权控制支配文人;后者则展示了知识分子独立于国家权力之外的姿态,即文人脱离政治权力。泰伯祠举行的仪式虽然不是明目张胆的反抗,但却可以作为一种政治姿态呈现出来,对皇宫仪式起到了一定的制衡作用。

　　除了夏志清、葛良彦之外,还有一些学者如史蒂文·罗迪、黄卫总、商伟等在研究时涉及了小说的环境。比如,罗迪借用《儒林外史》中学者、诗人等群体的周边环境描写,深化了小说"功名富贵"的主旨,强化了小说的讽刺功能。黄卫总通过王冕、杜少卿的个人经历、社会关系等社会环境元素,分析了《儒林外史》的自传性特征及文人身份的自我呈现或再现。商伟利用泰伯祠及泰伯神话,展现了礼与儒家世界的危机。总体来看,作为小说的要素之一,环境尚未进入英语世界《儒林外史》研究者的主体研究视野中,即使是给予较多关注的夏志清与葛良彦,也只是将环境作为一种手段或路径,来深化自己的研究主旨,佐证自己的研究观点。

---

① Liangyan Ge, *The Scholar and the State: Fiction as Political Discourse in Late Imperial China*. Seattle: University of Washington Press, 2015, p.117.

第五章 英语世界对《儒林外史》 文本艺术特色的研究

　　自 20 世纪 30 年代末传入英语世界以来，经过大半个世纪的传播发展，《儒林外史》在英语世界已然引起了较为广泛的关注，学者们首先从文本出发，对小说中的科举人物形象、景物描写、讽刺技巧和抒情艺术等艺术特色进行了广泛而深入的研究。美国华裔汉学家夏志清早在《儒林外史》刚传入英语世界时就对它的艺术特色大加赞赏，认为它在艺术风格和艺术技巧的革新方面有着非常重大的革命性意义，对中国小说的发展产生了重要的影响，是同时期其他作品无法与之相提并论的。[①]

第一节 英语世界对《儒林外史》 革新性创作技巧的研究

一、肇始期的创作技巧研究

(一)夏志清:简朴、自然的小说语言描写

　　夏志清不仅在《中国古典小说史论》中探讨了吴敬梓的个人阅历之于小说情节的关系和意义，而且探讨了吴敬梓的创作艺术手法。首先，夏志清认为从《儒林外史》的创作描写中可以看出吴敬梓是一位文风简朴的小说家。[②]夏志清指

---

① Chih-tsing Hsia, *The Classic Chinese Novel: A Critical Introduction*. New York：Columbia University Press，1968，p.204.

② Chih-tsing Hsia, *The Classic Chinese Novel: A Critical Introduction*. New York：Columbia University Press，1968，p.215.

出,吴敬梓在第一回楔子部分就展示了这一简朴的创作风格,用简洁干净的文字对自己所观察到的各种现象进行了描写,比如促使王冕立志当一名画师的美丽景色,在吴敬梓笔下充满了田园诗般的清新情怀:

> 那日,正是黄梅时候,天气烦躁。王冕放牛倦了,在绿草地上坐着。须臾,浓云密布,一阵大雨过了。那黑云边上镶着白云,渐渐散去,透出一派日光来,照耀得满湖通红。湖边上山,青一块,紫一块,绿一块。树枝上都象水洗过一番的,尤其绿得可爱。湖里有十来枝荷花,苞子上清水滴滴,荷叶上水珠滚来滚去。①

夏志清认为,这种简洁、精确而明快的景色描写是中国五四时期作家喜欢的景物描写方式,虽然这种描写风格可能在中国现代小说中显得有些平常和陈旧,但是对于生活在 18 世纪采用传统方式进行写作的吴敬梓来说,他能够摆脱对诗词骈赋的依赖,用如此精准而生动的白话语言进行景色描写,这是极其不容易的,可以称得上是一个奇迹。夏志清指出,在文体风格上,吴敬梓对上文中景色的描绘体现了古典的景物描写方式与白话散文的结合。②

其次,夏志清提出,吴敬梓更让人感到惊叹的是他在人物性格描写上的革新。夏志清认为,中国早期的小说往往像一部木偶剧,小说作者在引出小说人物的创作上就像安排手中的木偶依次上场一样,生硬地指示给读者;而吴敬梓则不如此。他在小说人物的创作上则更加自然生动,将人物形象呈现在戏剧性的场面中,通过设计、推进小说人物在戏剧性场面中的言语和活动,渐渐地展现出小说人物的面目。③夏志清以吴敬梓在第二回"王孝廉村学识同科,周蒙师暮年登上第"的开场部分为例,对吴敬梓具有创新性的人物性格描写进行了阐述:

> 话说山东兖州府汶上县有个乡村,叫做薛家集。这集上有百十来人家,

---

① ［清］吴敬梓:《儒林外史》,陈美林批评校注,北京:商务印书馆,2014 年,第 2 页。
② Chih-tsing Hsia, *The Classic Chinese Novel: A Critical Introduction*. New York: Columbia University Press, 1968, p.215.
③ Chih-tsing Hsia, *The Classic Chinese Novel: A Critical Introduction*. New York: Columbia University Press, 1968, p.215.

都是务农为业。村口一个观音庵,殿宇三间之外,另还有十几间空房子,后门临着水次。这庵是十方的香火,只得一个和尚住。集上人家,凡有公事,就在这庵里来同议。①

夏志清认为在上文的开场白部分,吴敬梓利用简洁干净的语言以很小的篇幅交代了第二回故事情节发生的时间和地点。在这里,观音庵作为薛家集最为重要的建筑及村民们遇事商议的聚集地,成为吴敬梓接下来引导人物出场的最佳地方。在夏志清看来,吴敬梓上述对观音庵的简洁交代为接下来人物的出场做了很好的铺垫,使整个故事情节更加生动自然。在简洁自然的铺垫之后,吴敬梓的这场戏剧正式开幕,戏剧里的人物也开始逐个登上舞台:

> 那时成化末年,正是天下繁富的时候。新年正月初八日,集上人约齐了,都到庵里来议闹龙灯之事。到了早饭时候,为头的申祥甫带了七八个人走了进来,在殿上拜了佛。和尚走来与诸位见节,都还过了礼。申祥甫发作和尚道:"和尚,你新年新岁,也该把菩萨面前香烛点勤些! 阿弥陀佛! 受了十方的钱钞,也要消受。"又叫:"诸位都来看看:这琉璃灯内,只得半琉璃油!"指着内中一个穿齐整些的老翁,说道:"不论别人,只这一位荀老爹,三十晚里还送了五十斤油与你,白白给你炒菜吃,全不敬佛!"和尚陪着小心,等他发作过了,拿一把铅壶,撮了一把苦丁茶叶,倒满了水,在火上燎的滚热,送与众位吃。②

夏志清指出,吴敬梓在交代了村民聚集地观音庵之后,很自然地通过"新年来庵商议闹龙灯之事",将故事人物聚集起来,随着故事镜头的推动首先引出了申祥甫、和尚和荀老爹。申祥甫的威望作者并没有通过村民的讨论或直接的文字说明体现,而是通过对另一人物颐指气使的训斥、对周围人命令式的话语以及"和尚陪着小心"自然而然地显示出来,没有任何僵硬的感觉。申祥甫对和尚的斥责中不仅自然地引出了荀老爹这一人物形象,而且巧妙地揭露了申祥甫为人

---

① 〔清〕吴敬梓:《儒林外史》,陈美林批评校注,北京:商务印书馆,2014年,第20页。
② 〔清〕吴敬梓:《儒林外史》,陈美林批评校注,北京:商务印书馆,2014年,第20页。

势利的另一面。①申祥甫对和尚的怪罪斥责里充满了对荀老爹的奉承和巴结，读者可以从中推出荀老爹比申祥甫年长，可能比较富裕且更有涵养，虽然已不再过问村里的事务，但仍有着很高的地位。但是，荀老爹还不是村里地位最高的人，在他与申祥甫的交谈中，引出了薛家集最有权力和地位的夏总甲：

　　荀老爹先开口道："今年龙灯上庙，我们户下各家须出多少银子？"申祥甫道："且住，等我亲家来一同商议。"正说着，外边走进一个人来，两只红眼边，一副锅铁脸，几根黄胡子，歪戴着瓦楞帽，身上青布衣服就如油篓一般；手里拿着一根赶驴的鞭子，走进门来，和众人拱一拱手，一屁股就坐在上席。……（夏总甲）说道："俺如今到不如你们务农的快活了。想这新年大节，老爷衙门里，三班六房，那一位不送帖子来。我怎好不去贺节？……"申祥甫道："新年初三，我备了个豆腐饭邀请亲家，想是有事不得来了。"夏总甲道："你还说哩。从新年这七八日，何曾得一个闲？恨不得长出两张嘴来，还吃不退。就象今日请我的黄老爹，他就是老爷面前站得起来的班头；他抬举我，我若不到，不惹他怪？"申祥甫道："西班黄老爹，我听见说，他从年里头就是老爷差出去了。他家又无兄弟、儿子，却是谁做主人？"夏总甲道："你又不知道了。今日的酒，是快班李老爹请，李老爹家房子褊窄，所以把席摆在黄老爹家大厅上。"②

　　通过上述情节材料，夏志清进一步阐述吴敬梓具有革命性的人物性格描写手法：在荀老爹与申祥甫的对话中，巧妙地通过申祥甫的一句"等我亲家来一同商议"，既自然引入他的亲家夏总甲登场，又道出了夏总甲才是薛家集真正掌握权力的人物，也同时点出申祥甫的威风是借助了亲家的权势。夏志清认为吴敬梓运用的这种间接的戏剧性的表现手法优点极其明显，并断定吴敬梓是中国历史上第一个自觉地运用这种表现手法的作家。
　　夏志清提出，吴敬梓对夏总甲的描绘具有强烈的戏剧性效果：他的高傲自大

　　① Chih-tsing Hsia, *The Classic Chinese Novel: A Critical Introduction*, New York: Columbia University Press, 1968, p.217.
　　② ［清］吴敬梓：《儒林外史》，陈美林批评校注，北京：商务印书馆，2014年，第20—21页。

与其丑陋的外貌、肮脏油腻的穿着及粗鲁的行为构成了鲜明而强烈的对比;同时,他作为新任总甲在众人面前吹嘘自己忙碌应酬和新的交际反衬出了他心底深处的自卑,这种自大与自卑的对比也构成了强烈的戏剧效果。此外,夏志清指出吴敬梓对人物性格描写的更为精妙之处在于利用申祥甫的语言来巧妙揭露夏总甲的谎言,引导读者沉浸其中对夏总甲说话的话产生疑问。而夏总甲在谎言被拆穿后不仅没有一点惊慌失措,反而狡猾地编造了一个借口来弥补这个谎言的露馅。通过这一系列的人物性格描写,吴敬梓以自己的直觉意识,真正而清醒地认识到在这部社会风俗喜剧中,几乎所有人都是踩高就低、欺软怕硬的势利小人。①

总之,通过对第二回开篇情节的阐述,夏志清称赞了吴敬梓这种具有创新意义的人物性格描写手法。夏志清认为吴敬梓突破了早期中国小说木偶剧式的生硬的人物描写方式,在创作上更为生动自然,能够将人物形象巧妙地安排进戏剧性的情景之中,并通过设计、安排其在戏剧性场面中的言语、活动及行为,渐渐地呈现出人物形象的面目。吴敬梓的这种人物性格描写对于当时的时代来说具有革新性的意义。

(二) 克拉尔:描述与叙述相结合的人物刻画技巧

克拉尔是这一时期唯一一位对《儒林外史》的人物刻画技巧展开研究的西方学者。克拉尔认为吴敬梓创作的《儒林外史》旨在通过若干清晰、鲜明、生动的人物形象来展现整个社会阶层的宏大画面。他对吴敬梓笔下的严贡生人物形象的呈现过程进行了分析,指出了吴敬梓刻画人物的方法在于描述和叙述的结合。在人物形象刻画的整体过程中,描述是开始部分的重点,随着人物的不断呈现,对动作的叙述则逐渐取代描述,成为人物形象刻画的唯一方式。

克拉尔通过对范进、夏总甲等人物形象的分析,将吴敬梓的人物形象描写分为两种外貌特征的描写,第一种是永久或相对永久的特征,主要包括身高、身材、眼睛、肤色以及他的着装、鞋子、走姿、谈吐等;第二种是变化的瞬时特征,主要包括取决于心情、环境的行为、打扮等。克拉尔认为永久的特征是吴敬梓进行人物

---

① Chih-tsing Hsia, *The Classic Chinese Novel: A Critical Introduction*. New York: Columbia University Press,1968,p.218.

形象刻画的基础,而瞬时特征对吴敬梓展示文学形象的心理特征更具有重大意义。克拉尔认为《儒林外史》中的人物形象是吴敬梓努力创作的全部,小说中其他要素都从属于人物形象,并受小说人物的统一支配。

综上,克拉尔对吴敬梓的人物形象刻画艺术给予了高度评价,认为吴敬梓在最大程度上挖掘了他所处时代的文学技术手段,并对它们调整、发展和展开新的功能性的应用,并指出吴敬梓运用所有的艺术形式元素和艺术手段来服务于小说人物形象真实完整的呈现,他的艺术成功已经远远超过小说内容的和谐统一。①

二、发展期的创作技巧研究

(一) 黄宗泰:记史与说书相结合的小说叙述技巧

美国华裔汉学家黄宗泰认为,成功的讽刺是道德与智慧的自然统一,即给定真理的传达需求决定并呈现出相应的形式,如情节和技巧等。因为讽刺中的智慧与道德的相互交织需要劝服和说教,所以讽刺叙述的目的应该是通过现实共同认知的桥梁来接触读者,引导他们接受道德准则。鉴于此,《儒林外史》中的情节和技巧应该被视为作品道德关怀的功能,而不应该像马克思主义批评者和18世纪的欧洲观念仅仅把它看作现实主义作品②。在对《儒林外史》的情节设计上,吴敬梓将典范与愚人、美德与邪恶并提,并透过它们清晰地表达了他作为讽刺家的创作意图。黄宗泰指出,吴敬梓在小说一开始全景展现王冕的典范形象,让读者很清楚地了解作者为什么要讽刺愚笨之人的行为;而在小说最后又以四大奇人的描写作为结束,可以提醒读者再次思索文中之前的故事、了解故事里可能错过的细枝末节。作者在文中对世俗地位和真实价值、科举成功和真才实学、获得财富和拥有美德之间差距的设计让讽刺成为情节的结构特征,并使情节成为一个统一有机体。吴敬梓的讽刺结构技巧作为一种修辞,能够让读者站在一个更高的知识层面观察道德混乱的结果。③黄宗泰提出,中国文学传统的最鲜明

---

① Oldrich Kral, "Several Artistic Methods in the Classic Chinese Novel *Ju-lin wai-shih*". *Archiv Orientalni: Quarterly Journal of African, Asian, and Latin-American Studies*, 32 (1964).

② Timothy Wong, *Wu Ching-tzu*. Boston: Twayne Publishers, 1978, pp.89－90.

③ Timothy Wong, *Wu Ching-tzu*. Boston: Twayne Publishers, 1978, p.93.

特征毋庸置疑应该是实用主义,即读者的作用是最重要的关注点,所以在讨论《儒林外史》时,将它的实用目标分为说教和娱乐两个方面对理解吴敬梓的讽刺结构技巧是很有帮助的。《儒林外史》是横跨正统文学和大众文学两种类型的作品,正统文学在儒家主义的持续影响下,承担了指导读者和让社会更加美好的重要任务;而像小说等大众文学,尽管口头上要继续关注高尚美德,但娱乐却成为其最高的价值。① 鉴于此,吴敬梓在创作《儒林外史》时如何同时跨越两种文学类型,使古典历史学家和大众故事说书人的影响相结合的技巧则十分值得探究。

1. 记史的技巧

吴敬梓是一位意志坚定的道德家,他的作品中充满着儒家关怀。他将自己的小说称作"外史":之所以称为"外"是因为他有意识地对作品进行小说化处理,并以白话的方式进行表达以便读者更容易理解和感受乐趣;而之所以称为"史",其原因在于它以传统历史学家的方式呈现了严肃的道德真理。黄宗泰建议评论者在思考《儒林外史》中的讽刺技巧时,应该重视这种独特而有趣的"外""史"结合,因为它为小说讽刺艺术同时带来了优点和缺点。在黄宗泰看来,有关中国历史写作对《儒林外史》影响的观点,最值得称赞和信任的是中国马克思主义评论家吴组缃的评论,他将《儒林外史》的叙述方法归纳为"史笔"。这种原本属于古典文学领域的叙述方法却被吴敬梓借用,成为《儒林外史》中最突出的表现手法。黄宗泰指出,在吴敬梓的笔下,《儒林外史》同正史一样,读者都是透过客观的具体形象来发现重要事实隐藏的深层意义。例如,《儒林外史》第四回中张静斋和范进拜访高要县令的情节就展示了这个技巧:叙述者并没有告诉读者张静斋和范进是糊涂的学究,而是读者通过观察表面细节得出的结论。② 黄宗泰以第二回周进在薛家集为他准备的欢迎宴的表现为例进一步对"史笔"技巧进行了深入探讨:

> 到了十六日,众人将分子送到申祥甫家备酒饭,请了集上新进学的梅三相做陪客。那梅玖戴着新方巾,老早到了。直到巳牌时候,周先生才来。听得门外狗叫,申祥甫走出去迎了进来。众人看周进时,头戴一顶旧毡帽,身

---

① Timothy Wong, *Wu Ching-tzu*. Boston: Twayne Publishers, 1978, pp.95 - 96.
② Timothy Wong, *Wu Ching-tzu*. Boston: Twayne Publishers, 1978, pp.96 - 97.

穿元色绸旧直裰，那右边袖子同后边坐处都破了，脚下一双旧大红绸鞋，黑瘦面皮，花白胡子。申祥甫拱进堂屋，梅玖方才慢慢的立起来和他相见，周进就问："此位相公是谁？"众人道："这是我们集上在庠的梅相公。"周进听了，谦让不肯僭梅玖作揖，梅玖道："今日之事不同。"周进再三不肯。众人道："论年纪也是周先生长，先生请老实些罢。"梅玖回过头来向众人道："你众位是不知道我们学校规矩，老友是从来不同小友序齿的。只是今日不同，还是周长兄请上。"①

黄宗泰认为，一般读者很容易被上文中冷静平缓的叙述蒙骗而忽略掉平静表面下隐藏的讽刺意义。他认为，吴敬梓在上文的设计中，最值得注意的是，梅玖一早出现在为周进准备的欢迎宴上，这一情节表面上看平淡无奇，但是却暗含了波涛汹涌的、无休止的地位竞争，从两人的衣着、对话到周围众人的反应每一个细节无不隐含了梅玖对周进的冒犯，暗示了周进的不幸与可怜。用黄宗泰的话说，"讽刺的是，就连不识字的旁观者都知道应该要维护周进的权利"②。在黄宗泰看来，吴敬梓的"史笔"创作技巧让上文中的每一个细枝末节都体现了强烈的讽刺意义，令人赞赏。

黄宗泰提出，吴敬梓的"史笔"技巧依赖于读者的道德感，透过他们对文中人物或事情的不满来引导他们体会到自己的讽刺观点，而不是作者自己直接摆明观点。通过这种修辞技巧，吴敬梓使自己的小说成为讽刺题材的作品，体现了讽刺文学典型的特色。吴敬梓的这种技巧虽然优点不胜枚举，但是严重依赖读者的道德感，只有通过读者对道德感的认知与评判才能彰显。通过论述和分析，黄宗泰认为，吴敬梓的《儒林外史》体现了道德观念的重要性，他的创作技巧从叙述者先入为主的观点转变为客观的结构，从彻底详尽的指示转变为隐性的联想，从公开的主张转变为细微迂回的思维。黄宗泰借用韩南的观点，指出这些转变的特性属于经典的模式，与大多数早期小说中的夸大叙述和哗众取宠的言论相比，这个模式强调敏锐、世故，并不像早期的小说那样更多地迎合读者的娱乐与乐趣。③

---

① ［清］吴敬梓：《儒林外史》，陈美林批评校注，北京：商务印书馆，2014 年，第 259 页。
② Timothy Wong，*Wu Ching-tzu*. Boston：Twayne Publishers，1978，pp.97 - 98.
③ Timothy Wong，*Wu Ching-tzu*. Boston：Twayne Publishers，1978，p.98.

2. 说书的技巧

黄宗泰指出,《儒林外史》与大众文学有着不可否认的密切联系,它其中的很多重要特征都受益于中国传统故事的说书人,尤其是吴敬梓的创作使用当时的非文学语言——白话,将整部小说置入无法完全摆脱说书人的中国白话小说的传统之中。因此,读者很容易发现吴敬梓的《儒林外史》是按照"章回"来分,冠以对联为题,并在每一回以"话说……"的固定句式开始,简要回顾上回内容,用以承上;而结尾则以说书人的常用语"欲知……如何,且听下回分解"结束,为后面内容做出提示,有启下之作用。在黄宗泰看来,说书人传统对《儒林外史》的影响要远远超过作品表面的公式化语言。为了进一步探讨这种影响如何协调《儒林外史》的古典特征,黄宗泰借鉴了韩南在研究 16 世纪中国白话小说时提出的三种模式"描述"(Description)、"呈现"(Presentation)和"评论"(Commentary),用以区别白话叙述和经典文学,同时探求吴敬梓的叙述技巧和大众说书人的关联程度。

黄宗泰提出,初看上去《儒林外史》的描写模式与以前的白话小说没什么关系,因为我们无法在小说中找到骈文中的传统刻板诗句或韩南所指的"过分夸大的意向"(Rather Overblown Imagery)。比如,吴敬梓在描写周进出席薛家集为其准备的欢迎宴这一故事情节时,将其完全融入其他的叙述,彻底摒弃了传统语句。"黑瘦面皮,花白胡子"和"头戴一顶旧毡帽,身穿元色绸旧直裰",吴敬梓对周进的每一点描写不仅具有个人特色,而且不断暗示了周进"穷困、失意的"文人形象。由此可以看出,说书人传统中遗留下来的用于分散注意力的外部描述语言在《儒林外史》中却成为小说叙述语言不可分割的一部分。黄宗泰认为,吴敬梓的这种描述模式是文学技巧上的一大进步,而这一进步在很大程度上得益于中国古典文学对吴敬梓的影响。与此同时,黄宗泰提出,读者如果继续深挖《儒林外史》的叙述模式,就会发现吴敬梓对人物形象的描写除了具有暗示性技巧以外,其细节描写的独特性和人物刻画的锐度又能让人感受到白话文学传统的延续,呈现出白话小说那种直言不讳的特点。整体来看,《儒林外史》中的"说书"模式并不是对白话文学的简单复制,而是暗示性技巧与明示性技巧的巧妙结合,是古典叙述模式和白话叙述模式的有机融合①。《儒林外史》中的"说书"模式不仅

---

① Timothy Wong, *Wu Ching-tzu*. Boston: Twayne Publishers, 1978, pp.98 - 99.

表现在人物形象的刻画上,还体现在自然景色的描写上。比如,《儒林外史》首回中对雨后湖边和周围景色的"说书"式描写推动了中国白话小说自然景色描写技巧的全面发展。另外,吴敬梓对南京的城市热闹生活场景的描写也体现了这种流畅的"说书"叙述技巧,是中国 18 世纪白话小说在叙述技巧上的全新尝试。

韩南提出的呈现与评论模式由对话和叙述行为构成,是一部作品的主要组成部分。说书人在早期以直率的方式向听众表达自己的观点,促进了早期白话小说的产生。黄宗泰指出,吴敬梓通过运用"对话——叙述行为"这一公式化的呈现与评论模式,占据了小说叙述者的位置,有时甚至居高临下地向读者讲述。《儒林外史》中的叙述者大多数是隐含的叙述者,使得故事表面仅仅是客观构成,没有明朗的态度,但是背后却充斥了冷嘲热讽,需要读者自己去理解其中所蕴含的深意。这种隐含叙述者的呈现技巧使整部小说看上去更加平和、完整和简洁。此外,隐含叙述者对小说故事的叙述可以理解为一种似是而非的诠释与评论,这种评论模式强化了吴敬梓对人物形象的塑造,使小说中的人物形象更加清晰、立体,故事情节更加生动、逼真。① 黄宗泰以文中胡屠夫对范进找他筹钱参加科举的反应为例,说明了吴敬梓的呈现与评论模式技巧:

> 范进因没有盘费,走去同丈人商议,被胡屠户一口啐在脸上,骂了一个狗血喷头道:"不要失了你的时了! 你自己只觉得中了一个相公,就'癞虾蟆想吃起天鹅肉'来! 我听见人说,就是中相公时,也不是你的文章,还是宗师看见你老,不过意,舍与你的。如今痴心就想中起老爷来! 这些中老爷的都是天上的'文曲星'! 你不看见城里张府上那些老爷,都有万贯家私,一个个方面大耳。像你这尖嘴猴腮,也该撒泡尿自己照照! 不三不四,就想天鹅屁吃! 趁早收了这心,明年在我们行事里替你寻一个馆,每年寻几两银子,养活你那老不死的老娘和你老婆是正经! 你问我借盘缠,我一天杀一个猪还赚不得钱把银子,都把与你去丢在水里,叫我一家老小嗑西北风!"一顿夹七夹八,骂的范进摸门不着。②

―――――――――

①　Timothy Wong, *Wu Ching-tzu*. Boston: Twayne Publishers, 1978, p.100 - 101.
②　[清]吴敬梓:《儒林外史》,陈美林批评校注,北京:商务印书馆,2014 年,第 39—40 页。

　　黄宗泰指出,一方面,上文中极具个性化的生动语言通过"对话"这一呈现模式,在胡屠夫与范进的对话中凸显了胡屠夫个人的叙述行为,客观地、详尽地描绘了胡屠夫这一人物形象。另一方面,上文还通过隐含叙述者的评论模式隐晦地传达出许多需要读者自行领会的深意。由此可见,"对话——叙述行为"的呈现与评论模式对《儒林外史》故事情节的发展起到了重要的推动作用。

　　黄宗泰认为吴敬梓的《儒林外史》同时跨越了古典文学和通俗文学两种文学类型,所以在探讨《儒林外史》的讽刺技巧时,应当结合两种文学类型对吴敬梓的影响。黄宗泰借用吴组缃的"史笔"和韩南的"描述、呈现和评论三种白话模式"分别总结了吴敬梓的讽刺艺术对历史学家"记史"策略和说书人"说书"技巧的运用,指出了这种"记史"与"说书"相结合的讽刺技巧对《儒林外史》有一定的积极作用。

　　首先,它增加了小说的可信度。小说的人物形象没有一个是面目过于可憎的大坏蛋,作者也没有在一个充满隐喻的世界里展现他们的无趣。小说人物都来自长江平原的城市和乡镇,逛茶楼、下馆子、结婚、迁徙,吃五谷杂粮,看戏、吟诗作赋,也有家庭争吵。总之,他们都过着所在时代的中国人的日常生活,没有任何出奇之处,更不需要进入一个隐喻或者乌托邦的世界,因为 18 世纪的中国读者能够很快在《儒林外史》中找到他们生活的社会。其次,这种平实展现生活的叙述技巧抵消了读者对公然说教的本能的反感,也没有机械地强加给读者一个评判标准,而是留出了足够的思考空间。《儒林外史》对读者的指导大都是通过艺术性的劝说来实现的。再次,读者在小说中了解到了这一百零八个角色各自的故事以后,会无意识地转换到作者的立场,会愤怒于他们的残忍,或者嘲笑他们的愚蠢,并且很自然地接受作者的道德判断方式。最后,即时性和可信度、发现的幻觉与道德说服三者作用的结合可以产生第四点:自我的反省、困惑和警惕。因为读者在文中遇到了很多令人信服的人和事,反复发现相同的道德信息,沉浸在卓越的知识和美德带来的喜悦中,能够很快地通过对小说中角色的思考来反省、警惕自己①。同时,吴敬梓还运用了夸张、对比、白描、议论等多种手法,让读者感到夸张下面的生活高度真实。他通过人物角色间的强烈对比,让清者愈见其清,而浊者愈显其浊。

---

　　① Timothy Wong, *Wu Ching-tzu*. Boston: Twayne Publishers, 1978, pp.106 - 108.

（二）陆大伟：比较与道德评价介入的人物设计策略

陆大伟在自己的博士学位论文中专门对《儒林外史》的人物形象进行了分析,指出吴敬梓在小说人物形象安排上具有以下特征:(1)比较的人物设计技巧。陆大伟提出,吴敬梓在人物的塑造上运用了比较的设计策略,将小说中的人物形象分为正面人物和伪善角色两类,通过两类角色相对立的行为表现来构建整部小说。整部小说体现了吴敬梓对刻画伪善角色的浓厚兴趣。(2)道德评价的介入。小说对人物形象的道德判断通常是中国传统风俗小说的核心,作者吴敬梓就在《儒林外史》的人物形象上注入了道德评价,并且这种评价在小说中占有重要的地位,陆大伟结合具体的人物形象对吴敬梓的这一技巧进行了归纳和剖析。经过他的观察,小说中的所有人物形象都有着一个共同的特征,即人物与功名富贵之间的联系;在这些人物形象中,小说的核心主角是那些在行动上或精神上参加泰伯礼,或是获取科举功名的人物形象,并且这些主角并不是属于同一社会阶层,而是来自社会的各个层次,比如杜少卿、虞育德、匡超人、甘露寺和尚、马纯上等①。

陆大伟首先分析了王冕这一人物形象:他指出吴敬梓将历史人物王冕作为原型进行了重新加工,并且成功重塑了王冕这一小说人物,使之孝顺、独立、学识渊博但不卖弄,能够坚持自己的原则,完全脱离对俗世中功名富贵的欲望。在吴敬梓的笔下,王冕的形象焕然一新,成功成为小说的道德典范。其次,陆大伟以虞育德为例对小说的正面角色进行了分析,指出虞育德包含了吴敬梓的理想,吴敬梓认为虞育德的无私以及光明磊落向世人展现了德行,有着强大的影响力。陆大伟认为,小说家对小说人物形象的评价对于中国传统风俗小说至关重要,体现了小说的道德顺序以及作者的社会观点和思想观念。最后,陆大伟通过对匡超人和杜少卿的行为表现的对比点明了对比的人物描写技巧,并透过对庄绍光、虞育德的分析指出了吴敬梓在刻画人物时所使用的直接与间接相结合的手法②。

---

①　David Rolston, *Theory and Practice: Fiction, Fiction Criticism, and the Writing of the "Ju-lin wai-shi"*. Ph. D. dissertation, The University of Chicago, 1988, pp.729 – 736.

②　David Rolston, *Theory and Practice: Fiction, Fiction Criticism, and the Writing of the "Ju-lin wai-shi"*. Ph. D. dissertation, The University of Chicago, 1988, pp.756 – 782.

(三) 丹尼尔·鲍尔:创造性模糊的创作手法

除了陆大伟以外,这一时期在博士论文中对《儒林外史》的人物形象展开研究的还有丹尼尔·鲍尔。丹尼尔·鲍尔认为由于共同的讽刺性质,吴敬梓的《儒林外史》与同时期的亨利·菲尔丁的《汤姆·琼斯》可以通过各自的人物形象互相衔接进行比较,从而发现不同文化背景下的两位作家在讽刺人物形象的刻画方面却惊人地呈现了相同的创造性模糊。

鲍尔指出,多重模糊性手法的运用主要集中在王冕、虞育德和四大奇人上。鲍尔强调吴敬梓有意将王冕放在楔子,将四大奇人放在小说结尾,是为了前后呼应,让读者意识到品德这一重要问题。鲍尔在此基础上进一步分析提出,吴敬梓笔下的模范人物具有明显不同的道德观:王冕的道德观体现在他的孝心和隐士理想上,虞育德的道德观则体现在具体的自发性的个人慷慨行为之中。两人不同的道德观共同勾勒出了吴敬梓的道德观①。鲍尔对四大奇人的考察也集中在美德问题上。总体来看,鲍尔对《儒林外史》中的人物形象分析主要集中于美德与道德观问题上,具体来讲,就是通过探讨具体人物形象的道德观来分析作者吴敬梓的道德观及其多重模糊性的人物刻画技巧。

三、深入期的创作技巧研究

(一) 黄卫总:独特的离心叙述策略

黄卫总指出,《儒林外史》是由众多不同的人物形象构成的小说,读者在不同角色的传记故事之间进行转换,一个角色的登场伴随着另一个角色的迅速离场。在这种独特的离心叙述结构中,没有哪个人物形象能够长时间地停留在故事中担任主角,即便是被视为作者化身的杜少卿在《儒林外史》中也没有占据足够的分量②。尽管《儒林外史》中拥有众多形形色色的"他者"形象,但是绝大多数的"他者"故事都与作者吴敬梓本人相关,有的是他生活中的亲朋挚友,有的是他根

---

① Daniel Bauer, *Creative Ambiguity: Satirical Portraiture in the "Ju-lin wai-shih" and "Tom Jones"*. Ph. D. dissertation, The University of Wisconsin-Madison, 1988, p.87.

② Martin Huang, *Literati and Self-Re/Presentation: Autobiographical Sensibility in the Eighteenth Century Chinese Novel*. Stanford: Stanford University Press, 1995, pp.49-50.

据自身经历创造出来的人物形象。黄卫总根据小说中出现的人物形象将《儒林外史》分为四个部分:第一部分是第二回至第七回,塑造了一群痴迷于科举成功的文人,比如周进、范进等人。第二部分是第八回至第三十回,描绘了一批通过成为"名士"来获取功名的文人形象,比如娄氏兄弟、牛布衣、杜慎卿。第三部分为第三十一回至第四十六回,刻画的人物形象为杜少卿、庄绍光、虞育德这些善良、机智、正直的文人。第四部分为第四十七回至第五十五回,主要关注了一批对社会彻底绝望的文人①。其中,黄卫总重点分析了杜少卿这一人物形象,指出尽管他缺乏传统意义上的小说主角地位,但他仍是小说中最重要的自传性角色。黄卫总认为杜少卿以及他与其他人物形象的关系揭露了作者吴敬梓如何在小说中通过自我再呈现的自传冒险活动来救赎或批评过去的自己②。由此可见,黄卫总关注的是小说中文人形象自我再呈现的叙述技巧。他将人物形象自我再呈现方式的不同作为划分标准,对小说中的文人形象进行分类,挖掘出小说中的人物形象具有自传性的特点。

(二) 周祖炎:"阴—阳"两极的人物设计策略

与其他学者不同,华裔学者周祖炎关注到了《儒林外史》中常被忽略的女性人物形象,希望通过探讨小说世界中的女性角色及其与男性的关系来阐明作者吴敬梓的性别观念。周祖炎指出,在《儒林外史》的世界里,男性角色主要有学者、官员及由知名奇人和优秀学者组成的名士,而女性人物形象则主要由妾侍、妓女、媒婆和学者们的家庭成员组成。由此可见,在作者吴敬梓的笔下,无论是在家庭还是在社会中,男性都占据了中心位置,而女性则始终处于边缘地位。

周祖炎认为这种明显的性别分层关系无法保证《儒林外史》的女权主义阐释,他通过"阴""阳"两个概念将吴敬梓小说世界的人物形象分为三种情况:相对于男性的"阳",女性被视为"阴";相对于守护者的"阳",名士则被看作"阴";有时候好强且富有的女人被视作"阳",而消极潦倒的男性被看作"阴"。周祖炎指出,明显的性别对立掩饰了人们性别身份中的复杂的流动性。在他看来,在致力于

---

① Martin Huang, *Literati and Self-Re/Presentation: Autobiographical Sensibility in the Eighteenth Century Chinese Novel*. Stanford: Stanford University Press, 1995, p.51.

② Martin Huang, *Literati and Self-Re/Presentation: Autobiographical Sensibility in the Eighteenth Century Chinese Novel*. Stanford: Stanford University Press, 1995, pp.56 - 57.

道德的超越或者追求财富和好运时,男性和女性、中心和边缘以及"阴"和"阳"的功能应被视为互惠的能量,而不是对立的力量,由此可见"阴—阳"两极性其实是作者呈现广阔人类世界的补充①。

第二节　英语世界对《儒林外史》讽刺艺术的研究

《儒林外史》是中国古代讽刺文学的典范之作,凭借讽刺技巧在中国文学史上有着很高的地位。鲁迅先生就曾对此给予盛赞,认为"迨吴敬梓《儒林外史》出,秉持公心,指摘时弊,机锋所向,尤在士林;其文又戚而能谐,婉而多讽:于是说部中乃始有足称讽刺之书"②,"在中国历来作讽刺小说者,再没有比他更好的了"③。作为《儒林外史》的主要艺术手段,讽刺一直以来都是中国《儒林外史》研究者关注的重点,相关研究成果也是相当丰富,不胜枚举。虽然《儒林外史》进入英语世界学者的视线相对较晚,但是其精湛的讽刺艺术在英语世界也吸引了许多目光,成为争相研究的对象,产生了丰硕的学术成果。总体上来看,早期的研究者基本以华裔学者为主,所以这一时期的讽刺研究基本与国内观点相同,没有任何新意。

英语世界对讽刺的研究与中国学界相比,主要呈现出以下几点不同:(1) 相对于国内一致肯定的讽刺艺术,英语世界在给予称赞的同时也提出了吴敬梓在讽刺手法运用上的缺憾,指出由于情节安排上的不恰当以及部分泼辣戏剧情节的不严肃性,导致《儒林外史》脱离了讽刺的主旨。(2) 英语世界学者的讽刺研究更为细致和富有学理性。华裔学者黄宗泰不仅从西方和中国批评家两重角度考察了"讽刺"(Satire)和"风刺"(Feng-tz'u),指出两个名称在本质上的一致性,确认并肯定了《儒林外史》的讽刺性,而且通过对纯幽默、讽刺和鞭挞三者之间区别与关联的探讨分析了吴敬梓的讽刺艺术。(3) 国内学界普遍认为《儒林外史》

---

① Zuyan Zhou, "Yin-Yang Bipolar Complementary: A Key to Wu Jingzi's Gender Conception in *the Scholars*". *Journal of the Chinese Language Teachers Association*, 29.1 (1994).
② 鲁迅:《中国小说史略》,上海:上海古籍出版社,1998年,第155页。
③ 鲁迅:《中国小说的历史变迁(第六讲)》,《鲁迅全集》(第九卷),北京:人民文学出版社,2005年,第345页。

的讽刺目的是挽救嘲讽对象、为世人提供道德训诫，但英语学界的学者却提出了不同的看法，认为讽刺的目的旨在揭露道德意义与理想实践之间的鸿沟。（4）英语世界学者对《儒林外史》的讽刺研究提供了新的视角，认为它不属于文学类型，而是一种文学行为或叙述技巧，构成了小说叙述的推动力。因英语世界关于《儒林外史》讽刺技巧的研究成果较为丰富，笔者在本节将按照《儒林外史》在英语世界的传播阶段逐一进行讨论和分析。

一、肇始期的讽刺艺术研究

尽管这一时期《儒林外史》刚刚进入英语世界，研究者人数较少，但是依然有赖明、柳无忌和夏志清三位华裔学者注意到了小说的讽刺艺术，并产生了一些研究成果，在这一时期的学术成绩中占有较大比重。最先对《儒林外史》的讽刺艺术进行关注和研究的是华裔学者赖明。赖明在专著《中国文学史》①中对吴敬梓的《儒林外史》进行了专门介绍，将其定义为社会讽刺小说。在赖明看来，吴敬梓的这部小说之所以受到读者的欢迎主要归功于作者自己温暖而幽默的创作技巧。虽然这部作品充满了对社会的讽刺，但吴敬梓使用的技巧和文字却没有让人感到尖刻和痛苦。赖明认为《儒林外史》主要的讽刺对象是长期在社会中占统治地位、受人尊重并享有特权的儒家学者阶层，并进一步举例进行了证明。比如，赖明对第四回中"汤知县宴请范进"这一故事情节进行了分析，指出了吴敬梓对服丧学者伪善面目的讽刺。此外，赖明又以第四十八回中"王玉辉支持女儿殉夫"为例，证明吴敬梓创作这一情节的目的不仅是为了揭露新儒学背景下的深植于中国文人和女性内心的荒唐想法与行为，而且是为了表达他对这一"吃人的宗教礼节"的讽刺和抨击。② 由此可见，赖明不仅指出了《儒林外史》的社会讽刺性质，并且对这一讽刺性质进行了肯定，对《儒林外史》的传播及讽刺主题的研究起到了一定的先锋推动作用。

除了赖明以外，这一时期还有另一位重要的华裔学者夏志清对《儒林外史》的讽刺艺术进行了关注与研究。夏志清在《中国古典小说导论》中专章对《儒林外史》进行了研究。他对《儒林外史》的讽刺艺术进行了高度评价，认为这部小说

---

① Ming Lai, *A History of Chinese Literature*. London: The Shenval Press Ltd., 1964.

② Ming Lai, "The Novel of Social Satire: *The Scholars*". *A History of Chinese Literature*. London: The Shenval Press Ltd., 1964, pp.327 - 332.

是第一部有意识地从儒家思想观点出发进行写作的讽刺小说。在他看来,这部小说的讽刺是出于作者吴敬梓对统治者和社会改革的失望,它使儒家思想蒙上了忧郁的色彩。

对于《儒林外史》的讽刺艺术,夏志清指出,吴敬梓的高明之处在于他在创作小说时并未采用直接、露骨、辛辣的讽刺技巧,而是通过对周进、范进两位文人形象的塑造为小说奠定了一种活泼且辛辣的喜剧基调,而后利用这种喜剧基调促成小说对科举制度的讽刺性揭露。由于作者对阅读材料和传说轶闻的改编,小说内容有时会呈现出一种滑稽的口吻,使得这种促成讽刺的喜剧基调未能在整部小说中一直保持其严肃性,甚至有时会让读者觉得偏离了讽刺的主题。比如,小说第五回、第六回中严致和之死这一故事情节在脱离上下文语境的情况下可以称得上是一幅守财奴的绝妙漫画。而对于整部小说来讲,吴敬梓这一情节安排得并不恰当,造成了人物性格前后的矛盾,脱离了讽刺的主旨。尽管吴敬梓呈现在《儒林外史》中的讽刺技巧时断时续,但这并不能影响他成为一位伟大的讽刺作家。

在夏志清看来,吴敬梓堪称中国第一个展示内省性格的小说家,因为他所刻画的那些隐世文人都是与社会疏远的艺术家,与现代心理小说中与世不合的主角在本质上是一样的。吴敬梓创作的《儒林外史》是一部反映文人学士的重要小说,但假如从吴敬梓对他所处时代的社会风俗描写来看,它似乎更应该被看作一部讽刺 18 世纪中国社会风俗的黑色喜剧。之所以这样说,是因为在夏志清看来,吴敬梓在小说中讽刺的不仅是科举制度。除了醉心于科举的文人和假文人以外,吴敬梓还批评了很多其他的类型,比如道德堕落、男尊女卑的社会陋习等。[①] 由此可见,相较于赖明的研究,夏志清对《儒林外史》讽刺艺术的剖析更为深入、透彻,不仅肯定了作者吴敬梓的讽刺技巧,也提出了小说在讽刺技巧方面存在的一些问题。此外,他在既有的讽刺对象的基础上,提出了新的见解,认为《儒林外史》不仅仅是讽刺科举制度,这对《儒林外史》的研究来说是一种创新,对中国和英语世界的《儒林外史》研究来说具有一定的借鉴意义。

总之,由于肇始期自身的特殊原因,这一时期研究《儒林外史》讽刺艺术的学

---

① Chih-tsing Hsia, *The Classic Chinese Novel: A Critical Introduction*. New York：Columbia University Press，1968，pp.203 - 244.

者只有两位且都是华裔教授。尽管如此,两位华裔教授对《儒林外史》特别是其讽刺艺术的研究却不可小觑。两位的研究成果对英语世界的《儒林外史》研究来说具有重要的开创意义,引领了英语世界的研究潮流,为下一阶段学界对这部小说的讽刺研究奠定了重要的基础。

二、发展期的讽刺艺术研究

在肇始期学者的带领下,《儒林外史》的讽刺艺术研究在发展期迎来了百花齐放的精彩局面。首先,美国哥伦比亚大学教授卫鲁斯于 1971 年率先在《论〈儒林外史〉》一文中对其展开论述。他认为,《儒林外史》这部小说在故事发展的舞台上由众多的人物形象构成,一个人物伴随着上一个人物的离开而开始活跃在舞台上,吴敬梓在这种新旧人物的轮番交替的设计安排中,讽刺了道教中的迷信教条在社会中的盛行以及儒学系统的腐败。他指出,吴敬梓的讽刺中带有强烈的批判意味,对当时的社会来说足以挑起反抗这些旧思想的神经。① 随后,罗溥洛在其博士论文《清代早期社会及其批判者:吴敬梓的生平与时代(1701—1754)》②和后来以此为底本的专著《早期现代中国的异议分子——〈儒林外史〉与清代社会批评》③中肯定了吴敬梓的讽刺文学,并指出吴敬梓对小说的叙述,在儒家理想和都市大众文化的双层作用下,他开创了一片新的文学领域——以社会和政治为主题的讽刺文学,体现了对当时社会的批判。尽管卫鲁斯和罗溥洛并没有对《儒林外史》的讽刺艺术展开专门深入的研究,但是却在有限的研究里挖掘出了这部小说的讽刺价值和意义;同时,作为英语世界最早研究《儒林外史》讽刺技巧的本土学者,也为《儒林外史》讽刺技巧在英语世界的研究揭开了序幕,具有重要的积极意义。

在卫鲁斯和罗溥洛之后,英语世界迎来了这一时期研究《儒林外史》讽刺技巧的集大成者——黄宗泰。黄宗泰在自己的博士学位论文《中国小说批评的讽

① Henry Wells, "An Essay on the *Ju-lin wai-shih*". *Tamkang Review*, 2.1 (1971), pp.143 - 152.
② Paul Ropp, *Early Ch'ing Society and its Critics: the Life and Time of Wu Ching-tzu*[1701 - 1754]. Ph. D. dissertation, The University of Michigan in Ann Arbor, 1974.
③ Paul Ropp, *Dissent in Early Modern China: "Ju-lin wai-shih" and Ch'ing Social Criticism*. Ann Arbor: University of Michigan Press, 1981.

刺和论证:〈儒林外史〉研究》①及专著《吴敬梓》②中都对吴敬梓这部小说的讽刺技巧进行了集中而深入的研究。鉴于黄宗泰的这部专著是在博士学位论文的基础上润色后出版的,所以笔者将针对黄宗泰专著中对小说讽刺技巧的研究成果加以阐述。黄宗泰在专著中专列"讽刺(Satire)和风刺(Feng-tz'u)"一章,重点探讨了讽刺艺术。黄宗泰认为讽刺是源于批评的本能,同时也是艺术的批评。在此观点基础上,他首先梳理了文学批评中的讽刺的定义和历史,并分别从西方和中国批评家的角度阐述了讽刺的含义,认为二者具有本质上的一致性,由此得出:吴敬梓创作《儒林外史》时,他所继承的传统使他将他的理想主义与幽默和智慧结合起来,形成了一部真正的讽刺作品。

　　黄宗泰认同鲁迅对《儒林外史》的批评观点,指出吴敬梓是中国第一位不带任何个人情绪去批评社会的讽刺大师,他的小说风格轻缓而诙谐,同时又充满冷嘲热讽,可以称得上中国第一部社会讽刺小说。为了充分说明《儒林外史》的讽刺特点,黄宗泰首先区分了两组批评概念:纯幽默和讽刺(Pure Humor and Satire)及纯鞭挞和讽刺(Pure Invective and Satire)。他指出讽刺和纯幽默、纯鞭挞这两个概念之间通常产生重叠而难以划分。纯幽默和讽刺的不同之处在于幽默可以不带有任何攻击性,而讽刺亦可以不具备任何幽默色彩。而吴敬梓的这部小说尽管以讽刺为主题,但是我们依然可以感受到作者设计的情节有时并没有任何讽刺之意,仅仅是为了获得幽默的效果。③比如,第十回中对蘧公孙与鲁小姐婚宴的描写就看不出任何讽刺,仅仅是体现了纯幽默。

　　　　须臾,酒过数巡,食供两套,厨下捧上汤来。那厨役雇的是个乡下小使,他靸了一双钉鞋,捧着六碗粉汤,站在丹墀里尖着眼睛看戏。管家才掇了四碗上去,还有两碗不曾端,他捧着看戏。看到戏场上小旦装出一个妓者,扭扭捏捏的唱,他就看昏了,忘其所以然,只道粉汤碗已是端完了,把盘子向地下一掀,要倒那盘子里的汤脚,却叮一声响,把两个碗和粉汤都打碎在地下。他一时慌了,弯下腰去抓那粉汤,又被两个狗争着,咂嘴弄舌的,来抢那地下

　　① Timothy Wong, *Satire and Polemics of the Criticism of Chinese Fiction: A Study of the "Ju-Lin wai-shih"*. Ph. D. dissertation, Stanford University, 1975.
　　② Timothy Wong, *Wu Ching-tzu*. Boston: Twayne Publishers, 1978.
　　③ Timothy Wong, *Wu Ching-tzu*. Boston: Twayne Publishers, 1978, pp.41-42.

的粉汤吃,他怒从心上起,使尽平生气力,跷起一只脚来踢去,不想那狗倒不曾踢着,力太用猛了,把一只钉鞋踢脱了,踢起有丈把高。陈和甫坐在左边的第一席,席上上了两盘点心——一盘猪肉心的烧卖,一盘鹅油白糖蒸的饺儿,热烘烘摆在面前,又是一大深碗索粉八宝攒汤,正待举起箸来到嘴,忽然席口一个乌黑的东西的溜溜的滚了来,乒乓一声,把两盘点心打的稀烂,陈和甫吓了一惊,慌立起来,衣袖又把粉汤碗招翻,泼了一桌,满坐上都觉得诧异。①

在黄宗泰看来,上述婚宴场景描写带来的乐趣仅仅显示出了作者吴敬梓的幽默,与讽刺没有关系。

同时,黄宗泰也区分了纯鞭挞和讽刺的概念,指出鞭挞从理论上来讲不是讽刺,因为它集中针对的是道德漏洞,攻击十分直接,表达的情感是单纯的愤怒,而不是讽刺艺术所采用的机智而非直接的、与讽刺对象保持理性距离的方式。他进一步提出,尽管《儒林外史》以讽刺为主题,绝大多数情节体现的都是讽刺性,与直接的鞭挞攻击无关,但仍然在第四十四回至第四十八回这一段情节内容中体现了作者纯粹的鞭挞意图。② 其中,第四十四回情节开始部分就以直接骂人的方式转为纯粹的鞭挞:

五河县发了一个姓彭的人家,中了几个进士,选了两个翰林,五河县人眼界小,便阖县人同去奉承他。又有一家,是徽州人,姓方,在五河开典当行盐,就冒了籍,要同本地人作姻亲。初时这余家巷的余家还和一个老乡绅的虞家是世世为婚姻的,这两家不肯同方家做亲。后来这两家出了几个没廉耻不才的人,贪图方家赔赠,娶了他家女儿,彼此做起亲来。后来做的多了,方家不但没有分外的赔赠,反说这两家子仰慕他有钱,求着他做亲。所以这两家不顾祖宗脸面的有两种人:一种是呆子,那呆子有八个字的行为:"非方不亲,非彭不友。"一种是乖子,那乖子也有八个字的行为:"非方不心,非彭不口。"这话是说那些呆而无耻的人,假使五河县没有一个冒籍姓方的,他就

---

① ［清］吴敬梓:《儒林外史》,陈美林批评校注,北京:商务印书馆,2014 年,第 140—141 页。
② Timothy Wong，*Wu Ching-tzu*. Boston：Twayne Publishers，1978，p.44.

可以不必有亲;没有个中进士姓彭的,他就可以不必有友。这样的人,自己觉得势利透了心,其实呆串了皮。①

由以上情节可见,作者吴敬梓在这一部分愤怒到极点,抛弃了一直以来保持的理性的、委婉的讽刺,而直接以鞭挞的方式表达了对世事的不满。

黄宗泰认为,纯幽默和纯鞭挞是讽刺的两个极端,构成了讽刺另外两种不同程度的体现。讽刺位于二者之中,讽刺中非直接的机智表达部分靠近幽默,而其中的道德评价部分则贴近鞭挞。讽刺根据作者的倾向在二者的区间呈动态移动。三者之间的关系可以由下图来表示:

机智　　←——→讽刺←——→　　道德
(纯幽默)　　　　　　　　　　(纯鞭挞)

在讨论了讽刺的范畴后,黄宗泰以第三回中范进中举一事为例进一步分析了吴敬梓的讽刺艺术。他认为,吴敬梓通过细致入微的情节描写,充分表达了对故事人物如胡屠夫、张静斋、汤知县和范进愚蠢行为的讽刺,淋漓尽致地呈现出一幅儒林文人群体的丑态图。由此,黄宗泰归纳出《儒林外史》讽刺艺术的特点:通俗白话语言利于传播;道德视野广,批判委婉,具有理性;技巧高明,验证了机智所能达到的间接性艺术效果②。黄宗泰不仅仅是这一时期研究《儒林外史》讽刺艺术的集大成者,更是英语世界中研究最为细致和深入的学者,为英语世界的《儒林外史》研究尤其是讽刺研究做出了巨大的努力和贡献。

进入这一时期的后期,安敏成、丹尼尔·鲍尔和白保罗三位学者分别在1988年和1989年发表了对《儒林外史》讽刺技巧的看法。安敏成在1988年3月举行的哥伦比亚大学传统中国研讨会上发表了《学者帽子中的蝎子:〈儒林外史〉中的礼仪、记忆与欲望》一文,后被收录在胡志德等主编的《中国历史上的文化与社会》一书中。安敏成在文中强调了吴敬梓的讽刺技巧在整部小说中的重要性。他以陈和甫给王惠占卜这一情节为例,提出吴敬梓在小说中设计了大量的讽喻,指出梦境和占卜等镜头全部被作者的讽刺兴趣吞噬,并由此推断出吴敬梓创作《儒林外史》的主要目的不是为世人提供道德训诫,而是通过讽刺技巧揭

---

① 〔清〕吴敬梓:《儒林外史》,陈美林批评校注,北京:商务印书馆,2014年,第530—531页。
② Timothy Wong, *Wu Ching-tzu*. Boston: Twayne Publishers, 1978, pp.55 - 57.

露了道德意义与理想实践之间的鸿沟①。

　　同一年，丹尼尔·鲍尔在自己的博士学位论文中也对《儒林外史》的讽刺技巧进行了探讨。鲍尔指出，《汤姆·琼斯》和《儒林外史》在人物形象的叙述中都使用了讽刺策略来抨击特定的社会弊端，两部小说的作者也因此被视为讽刺大师。在鲍尔看来，吴敬梓的讽刺策略具有足够的韧性，小说人物形象重要意义在于对生活的讽刺声明。他进一步分析提出，讽刺是改良的、非直接的，《儒林外史》的讽刺手法沿袭了悠久的文学传统，古代的诗歌、戏剧和散文都蕴含了大量的讽刺元素，如笑话、趣闻、逸事等，特别是到了明代，更是包含了诸多荒唐可笑的讽刺策略。②

　　1989 年，白保罗专门对《儒林外史》的讽刺艺术进行了研究，并将这一研究成果发表在《淡江评论》上。白保罗认为《儒林外史》是一部讽刺巨著，而现实主义和讽刺技巧正是吴敬梓这部小说最为突出的表现手法。他分析指出，《儒林外史》充满了大量的讽刺，总体来讲讽刺抨击的对象主要是科举制度和礼教陋习。尽管小说中有真文人的形象，但作者吴敬梓仍然运用了大量的文人故事对科举制度进行讽刺，其中最典型的讽刺案例就是范进中举这一故事，吴敬梓通过范进不知晓苏东坡这一历史文化名人对科举制度进行了猛烈的抨击。同时，吴敬梓还通过王玉辉为女儿为夫殉节感到高兴一事对礼教陋习进行了批判。白保罗认为，吴敬梓的讽刺温暖而幽默、委婉而精妙，不带有任何强烈而公开的批评；他所创作的《儒林外史》是中国第一部作者抛弃个人怨恨来批判社会陋习的小说。③

　　由上可见，英语世界对《儒林外史》讽刺技巧的研究在这一时期取得了巨大的进步，产生了丰硕的成果。这一时期的《儒林外史》讽刺技巧研究具有以下两个特征：一方面，这一时期结束了华裔学者独霸英语世界的局面，发展为本土学者与华裔学者研究成果交相辉映的繁荣局面。另一方面，这一时期的研究从数

　　① Marston Anderson, "The Scorpion in the Scholar's Cap: Ritual, Memory, and Desire in *Rulin Waishi*". In Theodore Huters, Bin Wong and Pauline Yu ed. *Culture and State in Chinese History: Conventions, Accommodations, and Critiques.* (q.v.), Stanford, California: Stanford University Press, 1997, pp.262-273.

　　② Daniel Bauer, *Creative Ambiguity: Satirical Portraiture in the "Ju-lin wai-shih" and "Tom Jones".* Ph. D. dissertation, The University of Wisconsin-Madison, 1988, pp.297-308.

　　③ Frederick Brandauer, "Realism, Satire, and the *Ju-lin wai-shih*". *Tamkang Review*, 20.1 (1989).

量上来讲本土学者占有绝对优势,但从质量上来讲华裔学者则是更胜一等。这一时期共有六位学者对《儒林外史》的讽刺技巧进行了研究,其中五位均为英语世界本土学者,只有一位是华裔学者。虽然华裔学者从数量上来讲只有一位黄宗泰教授,但是研究却是这一时期最为深入的,也是迄今为止最为全面和深刻的,在学界具有很高的权威性。

三、深入期的讽刺艺术研究

进入《儒林外史》传播的高潮期以后,英语世界对《儒林外史》讽刺研究的热度逐渐趋于平静,没有学者对此技巧展开专门研究,只有极少部分学者如吴晓洲、罗迪、商伟和吴燕娜在研究的过程中涉及讨论。吴晓洲认为《儒林外史》是一部展示作者同时代文人生活的社会风俗小说,小说前半部分集中描写了一批鲜活的、充满了强烈讽刺意味的伪文人形象。作者通过展现他们对功名富贵无休止追求的无耻行为,批判了他们的性格弱点及其犯下的罪恶,而在这一过程中吴敬梓选择的批判武器是讽刺。在吴晓洲看来,讽刺不属于文学类型,而是"持有幽默和机智的批判态度"的一种文学行为,可以分为谩骂、挖苦、讽刺悲叹三种不同的程度等级。在这三种不同的讽刺程度中,吴敬梓在《儒林外史》中最擅长使用的是讽刺悲叹这一等级,偶尔也会使用谩骂和挖苦。吴晓洲指出,吴敬梓是擅长讽刺技巧的一流作家,在他的小说中讽刺并没有那么尖刻辛辣,而是充满了丰富的幽默和机智。他不仅是一位让读者捧腹大笑的喜剧作家,而且是一位通过笑声来教导读者的道德作家。①

史蒂文·罗迪与吴晓洲几乎同时间完成了关于《儒林外史》研究的博士学位论文,后经加工润色于 1998 年正式出版。罗迪在研究这部小说内容涉及的科举制度时提到,八股文是作者吴敬梓讽刺的主要矛头。在他看来,《儒林外史》通过讽刺技巧全面深刻地描绘了以八股取士的科举制度,从而挖掘出文人的弱点,并对其弱点及由此而导致的道德堕落进行了批判。②罗迪虽然没有直接对讽刺技巧进行评价,但通过他的分析可以看出他对吴敬梓讽刺技巧的肯定,认为讽刺技

---

① Xiaozhou Wu, *Western and Chinese Literary Genre Theory and Criticism: A Comparative Study*. Ph. D. dissertation, Emory University, 1990, pp.164 – 171.

② Stephen Roddy, *Literati Identity and Its Fictional Representations in Late Imperial China*. Stanford, California: Stanford University Press, 1998, pp.96 – 102.

巧对《儒林外史》所反映出的道德解构有着至关重要的作用,能够引起读者的共鸣与反思。

同时,商伟也在这一时期的研究中提到,《儒林外史》是针对文人生活的反讽性描写,在全面展现文人道德的沦丧、官僚机构的困境以及儒家精英重新确立道德和文化权威的徒劳等方面达到前所未有的高度。[①] 商伟认为吴敬梓是反讽高手,通过自己的道德视角呈现小说的讽刺。在此基础上,商伟进一步分析指出,《儒林外史》中的反讽,不只是一个叙述技巧,而是涉及了作者的道德价值观念和处理世界的方式,从而构成了小说叙述的推动力。[②]

华裔学者吴燕娜在对中国明清时期讽刺小说类型的探讨与分析中也注意到了《儒林外史》的讽刺问题。她认为,《儒林外史》不是中国首部或者唯一的传统讽刺小说,而只是众多作品的其中之一,最早的讽刺小说应该诞生在明代。[③] 在此基础上,她进一步提出,吴敬梓继承了悠久的讽刺文学传统,在《儒林外史》中以文人为主要角色,讽刺了痴迷科举而不得志的考生、以欺瞒贿赂等手段谋取官职的假学者、道德衰败的文人以及普通民众对文人的势利态度等。吴燕娜指出,《儒林外史》采用了缜密而非典型的讽刺手法,长时间以间接、委婉的形式建立了嘲讽的氛围。[④] 由此可见,吴燕娜虽然否认了《儒林外史》是传统讽刺小说第一和唯一之说,但并没有否定吴敬梓的讽刺技巧,在强调吴敬梓对讽刺文学传统进行传承的同时,肯定了这一讽刺技巧对《儒林外史》叙述的推动力。

从整个发展阶段来看,英语世界对《儒林外史》的讽刺研究经历了一个起步——高涨——回落的过程。在《儒林外史》研究和传播的高潮期,讽刺研究呈现出的回落过程主要体现在:(1) 这一时期相对于发展期讽刺研究的高涨,研究热度趋于平静,无论从研究人数还是研究成果数量上都呈现出减少的趋势。(2) 相较于发展期的以本土学者研究为主,这一时期的研究人员构成呈现出向

[①] Wei Shang, *"Rulin Waishi" and Cultural Transformation in Late Imperial China*. Cambridge, Massachusetts: Harvard University Press, 2003, p.1.

[②] Wei Shang, *"Rulin Waishi" and Cultural Transformation in Late Imperial China*. Cambridge, Massachusetts: Harvard University Press, 2003, pp.279-280.

[③] Yenna Wu, "Re-examing the Genre of the Satiric Novel in Ming-Qing China". *Tamkang Review*, 30.1(1999).

[④] Yenna Wu, "Re-examing the Genre of the Satiric Novel in Ming-Qing China". *Tamkang Review*, 30.1(1999).

起步期回落的趋势。这一时期的讽刺研究主体主要是由华裔学者构成,本土学者只有一位。(3)这一时期除了吴燕娜在重新审视讽刺小说类型的过程中对《儒林外史》的讽刺展开研究外,英语世界并无其他学者对此问题专门展开研究。总之,无论经历了怎样的发展变化,华裔学者在英语世界对《儒林外史》的讽刺研究中占据了举足轻重的作用,从起步过程中的夏志清,到高涨过程中的黄宗泰,再到回落期的吴燕娜,无不推动了英语世界对《儒林外史》讽刺问题的研究,对《儒林外史》在英语世界的受关注度和影响力起到了积极促进的作用。

第三节　英语世界对《儒林外史》抒情手法的研究

在《儒林外史》的艺术特色方面,中国学界关注的焦点往往都是艺术总论、讽刺艺术、人物形象塑造等方面,却忽略了这部小说中的抒情手法。而事实上,吴敬梓继承了中国古典诗歌的传统抒情方式,并将其运用到了《儒林外史》的创作中。尽管中国学界没有注意到这一艺术特色,但值得庆幸的是,英语世界的学者却察觉到了《儒林外史》中的抒情,并对此进行了研究。第一位注意到《儒林外史》抒情手法的学者是英语世界本土学者卫鲁斯。1971年,卫鲁斯在《论〈儒林外史〉》一文中谈到,《儒林外史》虽然是一部讽刺迂腐与卖弄的写实主义文学作品,但在本质上却是一部最不引经据典、最富有抒情诗意的散文叙述体写作。[①]然而,比较可惜的是,卫鲁斯对这一艺术特色仅仅是止步于发现,并未展开专门研究。

在卫鲁斯之后,专攻中国抒情传统的华裔学者高友工开始尝试从抒情境界解读《儒林外史》等白话小说,并对其中的抒情传统进行了探讨与分析。高友工研究的"抒情传统"(Lyrical Tradition)最早由美国华裔学者陈世骧先生(Shih-hiang Chen)提出和论述。通过对中西文学的综合比较与思考,陈世骧提出"中国文学传统从整体而言就是一个抒情传统"[②],指出了抒情在中国文化中的重要性。他认为相对于西洋文学,中国抒情传统在某种意义上代表了东方文学的特

---

① Henry Wells, "An Essay on the *Ju-lin wai-shih*". *Tamkang Review*, 2.1 (1971).
② 陈世骧:《中国文学的抒情传统》,北京:生活・读书・新知三联书店,2015 年,第 6 页。

色,就连抒情精神隐没不显的小说也点缀穿插了大量的抒情诗,可以说抒情精神渗透、润色了中国小说艺术。① 虽然陈世骧看到了中国小说中的抒情精神,但是他并没有将小说纳入他的抒情传统研究之中。在陈世骧的研究基础之上,高友工进一步拓展,不仅将研究对象从诗歌、辞赋扩展到小说、戏曲,并且将抒情传统提升到理论的高度,形成了"中国抒情美典"(Chinese Lyrical Aesthetics)的理论框架,即将抒情传统放入"中国美典"(Chinese Aesthetics)的架构中进行研究。

　　在中国小说的抒情传统研究方面,高友工主要探讨了《红楼梦》和《儒林外史》两部清朝文学代表作品。因为在他看来,曹雪芹和吴敬梓是能够"以自身的想象力与洞察力,直入中国文化心灵最深处的两位作家"②。1977 年,他撰写的《中国叙述传统中的抒情境界:读〈红楼梦〉与〈儒林外史〉》一文由浦安迪收录在《中国叙述文:批评与理论文汇》论文集中。在这篇论文中,高友工以《儒林外史》和《红楼梦》两篇巨作为例,探讨了中国诗歌传统中抒情境界对叙述文体尤其是白话小说的影响,并重点讨论了将中国诗歌传统中的抒情想象力移植到叙述文体之后的延续性(Continuity),以及由于习俗与文化的时代演变而导致的"抒情"内容与技巧的修正。

　　高友工提出,尽管抒情境界通常会被理解成是抒情诗歌文化现象下的"诗歌意识"(Poetic Consciousness)的一部分,但事实上并非如此,而是抒情对潜在的诗歌意识产生的影响。中国文学中的律诗和词是诗歌长期向"抒情内化"(Lyric Interiorization)演进的结果,起源于六朝时期折中的个人主义思想。③ 这种内化体现在抒情诗以它的形式语言抓住了即刻的时间和读者,使它成为推论性语言以外的一种选择。这种行为使经验活动、创作活动或再创作活动相互交融、无法辨认,这时抒情经验也就成为诗的最终形式。所以抒情经验与诗歌有着根深蒂固的关联,而这种诗歌的抒情传统也确实长期以来在中国的文化中占据着极高

　　① Shih-hsiang Chen, "On Chinese Lyrical Tradition: Opening Address to Panel on Comparative Literature, AAS Meeting, 1971." *Tamkang Review*, 2.2 & 3.1(1971.10 - 1972.4).

　　② Yu-kung Kao, "Lyric Vision in Chinese Narrative Tradition: A Reading of *Hung-lou meng* and *Ju-lin wai-shih*". In Andrew Plaks ed. *Chinese Narrative: Critical and Theoretical Essays*, Princeton: Princeton University Press, 1977, p.228.

　　③ Yu-kung Kao, "Lyric Vision in Chinese Narrative Tradition: A Reading of *Hung-lou meng* and *Ju-lin wai-shih*". In Andrew Plaks ed. *Chinese Narrative: Critical and Theoretical Essays*, Princeton: Princeton University Press, 1977, p.228.

的地位。

但是,抒情传统并不仅仅体现在拥有极高地位的传统诗歌当中,也体现在文言和白话小说等叙述文学之中。相对于抒情诗的绝对暧昧,叙述文学则需要更为明确地面对整体经验的问题。与抒情诗基于"内化"(Interiorization)不同,包括白话小说在内的叙述文学则是见于"外化"(Externalization)。高友工认为,这种外化呈现出了不同的层次:首先,鉴于叙述必须保存超出自己时间的人类经验,充当外在世界和个人经验参考框架的时空坐标必须被转化为某些外在实体,而这些外在实体在本质上与自省没有任何关联。也就是说,当作者将自我的声音融入叙述结构,他的小说作品就进入了"抒情小说"的领域。其次,叙述行为满足他者的需要是为了愉悦和启发读者。因此,只有当作者将这些外部因素铭记于心时,他对读者反应体现出的关心及其叙述作品的诸多具体特征才可以解释得通。最后,叙述文学中所描写的大都是易受外化影响、可经由感官感知的现象。同抒情诗歌一样,叙述文学也认为推论性语言无法展现内我。针对这种情况,叙述文学的作者往往通过少量的描述与情节设计就可以让读者充分发挥想象力,而不需要通过干扰评论或叙述者的自省陈述来帮助挖掘。①

中国传统叙述文学可以分为文言和白话两种文类。与具有多样性的白话相比,文言一直被列为士大夫阶层教育的内容,所以在中国传统文学中拥有更高的地位。当然,在高友工看来,它充分展示了抒情境界,二者之间有着极为密切的认同关联。但是,这并不代表白话与抒情无关。尽管在与大众说唱文学有关的早期小说中,与文人传统有关的抒情境界层面会因某些以情节或人物为导向的因素而受到压制,但是很多作品尤其是相对以动作为主的作品如《三国演义》和《水浒传》还是朝着抒情方向发展,将读者引领到类似抒情境界的层面上去。而到了 18 世纪前半叶,白话不仅在普通大众间站稳了脚跟,而且广泛流传于文人之间,小说的受欢迎度大幅增长。

高友工提出,这个时期出现的《儒林外史》和《红楼梦》体现出了两个特点:首先,尽管二者继承了白话小说的传统规则,但却与以前的白话产生了明显的裂痕分裂,这一裂痕体现在作者在建立统一的抒情境界时所表露的批判性自觉中。

---

① Yu-kung Kao, "Lyric Vision in Chinese Narrative Tradition: A Reading of *Hung-lou meng* and *Ju-lin wai-shih*". In Andrew Plaks ed. *Chinese Narrative: Critical and Theoretical Essays*, Princeton: Princeton University Press, 1977, pp.230 – 231.

因为抒情传统在这一时期已经失去了本有的活力,白话小说中的模仿成分已经大大超过了创作成分,其中的经验内容也缺乏富有意境的文类本该具有的真正理解力。其次,对境界的追求仍然是传统艺术杰作的基调,但中国文明在这一时期却迎来了关键的转折点:西方的影响与多种累积的内部问题接踵而来。在各自人生危机的压力之下,吴敬梓和曹雪芹一方面想忠实于自己的经典传承,但另一方面又理性地判断出自己已经无法与大众世界脱离去做一位纯粹的抒情诗人。在这种强烈的矛盾与冲突下,二人选择了用叙述来代替抒情,因为他们想重新考虑传统的抒情人生观念,希望通过这种新的文体形式涵盖出更丰富多样的经验视野来证明抒情境界。尽管两部作品并未彻底回到早期传统的抒情境界,但至少展示出了抒情境界所蕴含的一些内在限制。① 高友工认为这种通过白话小说来验证抒情传统的自我实现的境界是吴敬梓和曹雪芹所共有的,但是他们对抒情境界的适用问题却是不同的,这一点充分体现在两人的小说特征中。因笔者仅以《儒林外史》为研究对象,故关于高友工对《红楼梦》的抒情境界观点在此将不做讨论。

　　吴敬梓在创作《儒林外史》的过程中,不仅保留了小说文类的公共性,而且通过书名中的"史"明确表明了自己对传统讲史方式的坚持。关于吴敬梓在《儒林外史》中所呈现的抒情境界,高友工提出,尽管吴敬梓在小说中所呈现的学者人物并非历史英雄形象,但是这些人物形象或是生活在高贵却可能已经僵化的传统之中,或是对传统盲目接受,抑或是挣扎着要了解传统。在作为小说主要结构的时间框架之下,人物无疑是众多表面上无关事件的唯一串联线索。而当这些人物形象快速地消逝凋零,留下的只有"名"和记忆。为了抗争永久的遗忘,仪式成为小说境界的焦点。由此可以看出,吴敬梓观照的是公众中的个体,及以礼为导向的客观关系所建构的历史框架。在高友工看来,比较可惜的是,很多人对《儒林外史》的观察与思考仅仅停留在它是一部集中关注科举制度的讽刺小说的层面,始终无法超越这一浅显指涉,进而认识到科举是不可能证明文人个体"名

---

　　① Yu-kung Kao, "Lyric Vision in Chinese Narrative Tradition: A Reading of *Hung-lou meng* and *Ju-lin wai-shih*". In Andrew Plaks ed. *Chinese Narrative: Critical and Theoretical Essays*, Princeton: Princeton University Press, 1977, pp.233 – 234.

声"的主要制度。①

高友工进一步分析指出,在叙述文学尤其是在中国叙述文学中,作者不会关注于人物内在经验的启示和事件因果关联的解释,所以小说形式的基本构建单元一般由关注于行为的插曲组成。如果将《儒林外史》中的单个插曲视为行为和意义之间的真正介构,我们就会发现关注它的象征作用比关注描写、叙述功能更具价值意义。尤其当我们认识到小说中的诸多插曲无法推动叙述情节或人物描写,这种价值感受就会更加明显,但反过来,这恰好也展示了小说中的某种抒情经验。在《儒林外史》中,从简单的文字游戏到饮酒、戏曲等感官娱乐,再到朋友之间的聊天聚会和即兴创作诗、画、音乐,都属于此类抒情经验的范围。基本上所有这些游戏活动都具有某种相似特征,特别是在实用判断的中止和对"嬉游"(Playfulness)、"自容"(Self-containment)、"自足"(Self-contentment)等价值的强调方面尤为如此。②

在进入 18 世纪之前,抒情传统已经经历了几次发展转向,从最初的重视自然、控制感情发展到禁欲主义,再转而走向强化感官享受、将其视为美感经验基础的方向。到明末清初时,这种对感情的重视与强化已经发展到极致,给抒情境界的有效性带来了严重的问题,《儒林外史》就是在这一抒情危机四伏的背景下出现的。从某种程度上讲,它的一些抒情经验在本质上与《金瓶梅》此类作品所展示的极端声色相差无几,尤其是小说现实环境所显示的动机更是具有毁灭性。比如,作者在介绍小说第十二回娄氏兄弟在莺脰湖畔大摆宴席这一情节时所使用的尖酸语气并不单是由于大多数宾客的伪善面目被揭穿,更主要的是因为主人自身的虚伪,以不屑科举和与假名士结盟来博取社会声誉。在这种插曲中,象征功能就从单个经验行为的象征功能转化为更为复杂的能够统括全书的象征框架。高友工指出这种理解源自中国叙述的传统倾向,即通过更大的结构单元,而不是特定的人物或情节因素,来探寻作品的整体意义。但是,面对这种抒情困

---

① Yu-kung Kao, "Lyric Vision in Chinese Narrative Tradition: A Reading of *Hung-lou meng* and *Ju-lin wai-shih*". In Andrew Plaks ed. *Chinese Narrative: Critical and Theoretical Essays*, Princeton: Princeton University Press, 1977, pp.234 – 235.

② Yu-kung Kao, "Lyric Vision in Chinese Narrative Tradition: A Reading of *Hung-lou meng* and *Ju-lin wai-shih*". In Andrew Plaks ed. *Chinese Narrative: Critical and Theoretical Essays*, Princeton: Princeton University Press, 1977, p.236.

境,中国传统小说并非束手无策,而是通过借用"架构故事"(Frame-tale)或"引跋结构"(Prologue-epilogue Structure)来象征整部小说意义的技巧,对单个插曲进行加工、调整,将其修改为神话寓言或理想人物传记的"典范故事"来暗喻整部小说。①

高友工指出,《儒林外史》就是通过这种技巧对处于困扰之中的抒情境界进行了修正。在《儒林外史》的楔子中,吴敬梓刻画的王冕是一个与小说中其他人物相隔上百年、生活在中国隐士传统之中的理想人物。王冕的生活无关功利,因为他没有受过正规教育、从未参加过科举考试,也没有过任何官职,更为重要的是,从不追求名声,这也正是他的特别之处。在吴敬梓的设计下,王冕这一人物在小说后面的历史发展中充分发挥了自身的肖像功能,成为传说中已经遗失的"黄金时代"的幸存者。所以,尽管王冕在小说后面的内容中未被再提及,但是他却俨然成为读者心目中衡量其他人物形象的标杆式的模范。

除了王冕之外,吴敬梓在《儒林外史》中只对一个人物形象进行了详细的传记性描写,那就是有如圣人般的虞育德。然而在高友工看来,即使虞育德再德才兼备,也无法达到王冕的高度,与之比肩。因为他缺少王冕的艺术气质和不染尘世的境界。最后,在小说时间继续演进的几十年之后,我们终于在小说尾声中的四大奇人身上发现了王冕的影子。吴敬梓通过这尾声最后的混合图像,勾勒出自己心中理想人物的形象。只是,这些奇人艺术家与王冕唯一的不同之处在于:即使他们拼命想挣脱现实世界,他们身上已经刻下了深深的现实烙印。吴敬梓通过楔子和尾声的两组典范人物投射出《儒林外史》自我实现的主题,以及此主题在历史时间中可能性的变化。《儒林外史》正是通过这种理想化的插曲来重复体现其所包含的象征意义,其中小说中最具象征意义的插曲——泰伯祠祭典大礼,也就构成了整部小说的高潮,为其他插曲提供了参照点。②

高友工进一步分析提出,在这些理想化的抒情插曲中,理想世界与现实并存所产生的冲突是必不可免的存在,小说人物对二者冲突的感知与其结合一生进

---

① Yu-kung Kao,"Lyric Vision in Chinese Narrative Tradition:A Reading of *Hung-lou meng* and *Ju-lin wai-shih*". In Andrew Plaks ed. *Chinese Narrative: Critical and Theoretical Essays*,Princeton:Princeton University Press,1977,p.237.

② Yu-kung Kao,"Lyric Vision in Chinese Narrative Tradition:A Reading of *Hung-lou meng* and *Ju-lin wai-shih*". In Andrew Plaks ed. *Chinese Narrative: Critical and Theoretical Essays*,Princeton:Princeton University Press,1977,pp.237-238.

行的更具思辨性的反省不同。但是这些不同的领悟最终也有可能被统一成整体的境界,《儒林外史》正是如此。尽管抒情传统和叙述文学有着各自不同的特征,但吴敬梓通过对抒情传统的修正将抒情置于叙述事件的真实中,实现了抒情与叙述的巧妙结合。①然而,百密必有一疏,《儒林外史》也面临着一些对叙述文学抒情困境反思的不足。比如,整部小说过于执念于时间,尤其是将它与"史"联系起来考虑;小说中快速发展的情节、不断变换的人物与背景都体现了时间的流动感。总而言之,《儒林外史》在很多层次上都充满了矛盾,其中最具威胁性的是对抒情境界有效性的基本怀疑——无论这个抒情境界是来自单一经验还是整个一生。虽然吴敬梓在创作时就已经料到时间的必然侵蚀和对真实的怀疑将严重动摇生命的整个境界,他仍愿意在极为有限的环境中坚持这一虽已破碎、但在危难时期仍能慰以抒情幻想的生命境界。尽管吴敬梓展示出来的是支离破碎的境界或幻想,但是他也真诚地吐露了自己破碎的希望。②

美籍华裔学者林顺夫也注意到了《儒林外史》中的抒情特色,并结合高友工提出的"抒情境界"对这一艺术特色进行了考察。林顺夫在研究《老残游记》时发现,该小说的设计与想象力源自《儒林外史》和《红楼梦》这两篇巨著中体现出来的抒情境界。经过观察与分析,林顺夫认为这两部小说是中国小说中最具有抒情想象力的作品。在他看来,抒情境界的向心性是由中国传统文学特有的知识取向产生的结果,在中国文学中占有绝对主导地位,即使叙述传统所描述的是与经验自我无关的外部世界,也深深地被其影响。很多西方学者认为,在中国的传统叙述文学中,作者们很少关注和揭示事件之间的因果联系,而是过度关注单个的孤立事件,尤其是事件中的一些具体行为。作者在具体行为的设计上花费了很多精力,但是这些细节描写无益于人物形象的刻画和故事情节的发展,更无法准确传达出作品的意义。如此,叙述的结构单元越大,单个孤立的事件描写就越多,就越容易阻碍作品象征意义的表达。这种观点显然是不对的,林顺夫指出,中国的传统叙述文学与西方叙述文学有着本质上的不同,不能强硬地将西方的

---

① Yu-kung Kao,"Lyric Vision in Chinese Narrative Tradition:A Reading of *Hung-lou meng* and *Ju-lin wai-shih*". In Andrew Plaks ed. *Chinese Narrative:Critical and Theoretical Essays*,Princeton:Princeton University Press,1977,p.240.

② Yu-kung Kao,"Lyric Vision in Chinese Narrative Tradition:A Reading of *Hung-lou meng* and *Ju-lin wai-shih*". In Andrew Plaks ed. *Chinese Narrative:Critical and Theoretical Essays*,Princeton:Princeton University Press,1977,pp.242-243.

叙述结构观点套在中国叙述文学上。对于中国叙述文学而言,其庞大结构单元并没有阻碍作品意义的传达,而是赋予了作品象征的意义,这一点与中国的抒情传统相关,类似于中国抒情诗中意象的功能。

从早期中国叙述性文类开始,叙述就沿着抒情传统的方向发展,比如《庄子》和《史记》两部文学巨著就代表了早期抒情境界的典范。随着由大众说书传统促成的中国古典小说的不断发展与成熟,统一抒情境界在小说中的地位逐渐突破以往的情节导向和角色导向,呈现出与日俱增的主导地位。抒情境界的主导地位在 18 世纪随着《儒林外史》和《红楼梦》的出现发展到顶峰①。自此之后,由于西方影响的不断深入,抒情境界在小说中的功能开始逐渐衰落。尽管在清朝晚期出现的《老残游记》受到《儒林外史》的影响,对复苏小说中的抒情境界做出了一番尝试;但无论如何努力,都注定达不到《儒林外史》中抒情境界的高度。

除了高友工与林顺夫之外,黄卫总在自己的博士学位论文《中国抒情的困境和清代文人小说》中也对《儒林外史》的抒情特色进行了考察与分析。从整体上来说,黄卫总的研究是在高友工的研究基础上展开的,但与高友工不同的是,黄卫总没有采纳高友工提出的"抒情境界"这一概念,而是选择使用"抒情性"(Lyricism)一词来表达中国的抒情传统,并尝试从不同的角度来考察《儒林外史》中的中国抒情的困境。黄卫总将中国抒情看作文人思想的结晶,认为抒情的困境是由文人思想上对和谐理想的执着与其在美学上包含的人类存在不和谐的真实意识形态功能之间的张力所造成的。②由此可以看出,作为 18 世纪中国社会的重要组成部分,文人及其变化的社会地位注定与这种抒情困境的表现形式有着千丝万缕的联系。

黄卫总用中华帝国的概念来指代封建中国,认为 18 世纪的清朝属于中华帝国的晚期。他提出,这一时期的中国社会充满了各种冲突与不和谐,现实变得越来越令人费解,许多传统思想在这一时期失去了阐释能力。面临这种窘境,吴敬梓在《儒林外史》中对抒情的多样化配置是用来缓解文人对这种不安现实的焦虑,以维持一种社会的秩序感与和谐感。另外,在《儒林外史》中,对话语境所关

---

① Shuen-fu Lin, "The Last Classic Chinese Novel: Vision and Design in *the Travels of Laocan*". *Journal of the American Oriental Society*, 121.4 (2001).

② Martin Huang, *The Dilemma of Chinese Lyricism and the Qing Literati Novel*. Ph. D. dissertation, Washington University, 1991, p.4.

注的重心——沉重的文化负担感,也体现了抒情困境的另一方面。尽管 18 世纪上半叶是中华帝国晚期的全盛时期,但事实上,这一时期的中国传统文明已经走向衰落,这种衰落只为极少数有着敏锐观察力的文人所察觉,吴敬梓在小说中所展现的这种文化负担感就是其独一无二的征兆。黄卫总认为,《儒林外史》中的抒情是一种控制人类存在意义的遏制策略。作者吴敬梓通过开场白、并行的叙事结构和园林的创造与呈现等多种抒情策略来控制小说的意义,以期能够超越混乱嘈杂的现实,进而恢复传统抒情诗自带的那种和谐整体感。① 虽然知道这种尝试有可能会是一场徒劳,但是像吴敬梓这样有着敏锐觉察力和社会责任感的文人,依然会怀有美好的抒情希望,渴望通过自己的身体力行来重新获得中国的抒情传统。

由上可见,无论是高友工、林顺夫的"抒情境界",还是黄卫总的"抒情策略",他们都觉察到了抒情传统在中国文学传统中的重要地位,同时也发现了中国抒情传统在发展的过程中——尤其在中华帝国晚期——所遇到的困境。在他们看来,吴敬梓是一位有着敏锐洞察力和抒情传统情怀的文人作家,身处康乾盛世依然能够洞悉到中国传统文化的衰落,尤其是抒情传统在这一时期所遇到的困境。怀着恢复抒情传统的美好憧憬,吴敬梓在创作《儒林外史》的过程中,尝试将抒情策略植入白话文学之中,使《儒林外史》在一定程度上具有了抒情的艺术特色。尽管吴敬梓的抒情具有一定的局限性,并没有回归到中国抒情传统,但是这一尝试却使《儒林外史》呈现出了自传的倾向,让读者发现了吴敬梓在小说中的自我呈现。

---

① Martin Huang, *The Dilemma of Chinese Lyricism and the Qing Literati Novel*. Ph. D. dissertation,Washington University,1991,p.6.

第六章 英语世界对《儒林外史》的
理论阐释视角研究

　　《儒林外史》传入英语世界之时,正值西方多元文学理论蓬勃发展的时代。对整个西方文学界来说,20 世纪足以称得上是一个"批评理论的世纪"(Age of Theory)①,因为形式主义、结构主义、叙述学、西方马克思主义、女性主义、后殖民主义等各种文学理论在这一时期不断涌现,创造了文学理论多元发展的神话。当《儒林外史》在这一时期进入英语世界时,就自然会无法避免地碰到各种西方文论话语,从总体来看,英语世界的《儒林外史》研究大都是从西方的研究视野下展开的。如曹顺庆教授所讲,"不同文明之间在文化机制、知识体系、学术规则和话语方式等层面都存在着根本质态上彼此相异的特性"②。作为一部中国古典文学名著,《儒林外史》身上有着太多东方大国的本土特色,而在遇到异质文明下的西方文学理论时,必然会发生各种碰撞,从而激起许多新的阐释火花。事实证明确实如此,自《儒林外史》在 20 世纪四五十年代进入英语世界以后,研究者们一直尝试运用不同的文学理论来展开研究,有一些理论,如叙述学、女性主义、跨文明比较,已逐渐成为英语世界《儒林外史》研究的主要理论和方法。

第一节 叙述学理论的运用

　　叙述是文学艺术研究的基本表现方法之一,是文学作品的重要支撑。中西方的文学家很早就对叙述手法给予了关注,但作为一门学科独立存在则诞生于 20 世纪 60 年代的法国,随后快速传播至英美等英语世界国家,获得了全面而蓬

---

① 朱刚:《当代西方文论与思考》,北京:北京大学出版社,2006 年,第 1 页。
② 曹顺庆:《比较文学教程》,北京:高等教育出版社,2012 年,第 230 页。

勃的发展。20 世纪 80 年代,随着中国改革开放政策的实施,西方叙述理论开始传播到中国,在中国学术界也兴起了一股研究的热潮。由此可见,西方叙述理论影响极为深远,已经成为西方乃至全世界一种十分重要的文学理论。

相较于国内学者尝试探索西方叙述观念在中国古典文学中的运用,英语世界学者起步明显要早得多。美国著名汉学家韩南先生的《中国白话小说》(*The Chinese Vernacular Story*)是最早运用叙述学理论研究中国古代小说的专著。而美国学者、普林斯顿大学教授浦安迪的《中国叙述学》(*Chinese Narrative: Critical and Theoretical Essays*,)则是从叙述学的角度剖析中国长篇章回小说的集大成者。鉴于此,考察并分析英语世界对《儒林外史》的叙述研究则显得尤为必要,有利于帮助国内学界较为全面地了解、掌握英语世界研究运用的新方法和新理念,为国内的《儒林外史》研究提供一定的参考和借鉴。在近些年的叙述学研究中,时间和空间理论成为英语世界学者们争相关注的对象。

时间和空间是一切物质形态的基本存在方式,构成了人类所有社会活动的经纬。苏联学者查希里扬曾说过"时间仿佛是以一种潜在的形态存在于一切空间展开的结构之中"[①]。可见,时间与空间互为基准、相互依存,是不可分割的统一体。同样,小说也是由时间和空间两个维度构成,二者是小说构成的主要组成部分,缺一不可,正如法国著名文学批评家让-伊夫·塔迪埃(Jean-Yves Tadie)所讲"小说既是空间结构也是时间结构"[②]。因此,时空框架对于小说的叙述价值十分重要。作为在英语世界已经有了一定知名度和影响力的中国古典名著,《儒林外史》的时间和空间问题自然也引起了英语世界学者的关注,产生了一些研究成果。

一、英语世界对《儒林外史》叙述时间的研究

英国爱尔兰著名作家伊丽莎白·鲍温(Elizabeth Bowen)曾说过:"时间是小说的主要组成部分。我认为时间同故事和人物具有同等重要的价值。凡是我所能想到的真正懂得,或者本能地懂得小说技巧的作家,很少有人不对时间因素

---

① [苏]格·巴·查希里扬:《银幕的造型世界》,伍菡卿、俞虹译,北京:中国电影出版社,1982 年,第 27 页。

② [法]让-伊夫·塔迪埃:《普鲁斯特和小说》,桂玉芳、王森译,上海:上海译文出版社,1992 年,第 224 页。

加以戏剧性地利用的。"①恰巧,《儒林外史》的作者吴敬梓就是这样一位深谙创作技巧的小说家,他对小说时间的巧妙安排与运用使得《儒林外史》成为中国小说历史上的不朽巨著。美国哥伦比亚大学著名华裔汉学家商伟教授就关注到了吴敬梓小说中的时间因素,并在其代表性专著《〈儒林外史〉与晚期中华帝国的文化转型》中进行了阐述。

(一) 世俗世界与叙述时间

商伟指出,吴敬梓笔下的世俗世界充分展示了他对小说时间因素的把握和处理,主要体现在两个方面:一方面,小说中的人物传记故事呈现出了时间上的推进;另一方面,小说所描写的世俗历史在整体上呈现了吴敬梓对时间的处理。

首先,在《儒林外史》呈现的世俗世界中,人物传记尤其是匡超人的故事体现了吴敬梓对时间的处理。在吴敬梓的安排下,匡超人这个聪敏变通的年轻文人完全暴露在不可预测的时间之流的腐蚀之下,而任由新的环境和交际圈重新塑造他的性格与命运,展示了世俗世界中文人的道德堕落。商伟认为吴敬梓这种处理时间的方法打破了以永恒的人物类型来反映不变的道德真理的传记传统。他提出,《儒林外史》中的大量人物形象是以作者同时代的一些人物为原型,这些人物原型的现实生活经历以各种方式影响甚至支配着小说中对应角色的生活轨迹。从这个意义上讲,作者吴敬梓的写作具有开放性,展示了一个正在进行的过程,与他的经验素材和叙述对象在时间上保持了某种同步性。这种叙述所呈现的时间视野和时间观念突破了史传叙述传统。

随后,商伟从匡超人的具体故事情节着手,进一步剖析了小说的叙述时间。商伟指出,吴敬梓从史传中将匡超人以孝子的形象召唤出来,只是为了展示他面目全非的转变。匡超人的故事情节确认了他的孝子状态是脱离时间变换的叙述建构的产物,而他的孝子形象则是一个预设的人物类型在抽象、空洞的时间中自我复制和自我再生产的结果。同时,吴敬梓将匡超人从史传中放逐出来,让他四处漂泊,与世俗世界充分接触,并允许以他当下的追求来定义他的心态、引导他的命运,从而使这一人物变成了各种世俗力量在实践过程中不断交互作用的产

---

① ［英］伊丽莎白·鲍温:《小说家的技巧》,载吕同六编《20 世纪世界小说理论经典(下卷)》,北京:华夏出版社,1995 年,第 602 页。

物。商伟进一步分析指出,在强调时间维度在人生经历中的重要性方面,吴敬梓并没有将匡超人的过去视为他当下行为的原因,而是将他描述成一位只活在当下、忘记自己过去和出身的人物形象。①

此外,吴敬梓不仅将小说中的世俗世界视为时间性的,而且小说所描写的世俗的历史也是时间性的。在商伟看来,吴敬梓在《儒林外史》中提供了一部没有"历史意义"(Historical Significance)的琐碎事件的编年史。尽管《儒林外史》中的人物不断变换,从一个角色迅速转移到另一角色,但是全书在叙述中并没有真正意义上的中断;书中的文人形象尽管彼此不同,但在一定程度上都被吸入了同一世俗事务漩涡之中。在此基础上,吴敬梓对小说人物旅行的描述,很好地呈现了世俗活动的时间动态。小说的第二回至第三十回充满了远离家园、焦虑急切的文人形象。与《水浒传》中那些游荡在社会在外的传奇英雄不同,《儒林外史》中这些文人的旅行都是通往赶考、赴任、建立或维护官场联系等世俗的目的地,他们都清楚自己的目标,但是由于为世俗所束缚而失去了真实的方向感。由此,小说展现的旅行的节奏以及人物之间的过渡更替说明了时间并不外在于人物,而是融入了他们的生活。时间的流动带来了新的人物,又把他们带走,替代他们的人物也是如此。在这些人物身上,时间转换为驱动力,驱使他们不停地旅行,刺激他们与日俱增的欲望,从而构成了这部小说的中心主题。同时,在小说中人物形象之间的快速转换中,已经替换掉的人物并没有真正地退出社会舞台,在后来人物的对话中依然能够感受到他们当下的生活。这种通过后来者对话透露出的正在发生的故事,虽然已经隐入背景,但是却与小说叙述的当下事件构成了同时性的关系②。

(二) 苦行礼与叙述时间

商伟指出,对《儒林外史》中第三十回至第三十六回出现的文人来说,泰伯祠是一个他们能够联系彼此的中心、共同体和平静的家园。它为文人们提供了一个抵御世俗事务时间变迁的坚实的庇护所;文人在祠里斋宿,净化自己;同时,在

---

① Wei Shang, "*Rulin Waishi*" *and Cultural Transformation in Late Imperial China*. Cambridge, Massachusetts: Harvard University Press, 2003, pp.145 - 146.

② Wei Shang, "*Rulin Waishi*" *and Cultural Transformation in Late Imperial China*. Cambridge, Massachusetts: Harvard University Press, 2003, pp.146 - 148.

这里举行的仪式作为对苦行礼的实践,也将所有的行礼者与外部世界的嘈杂躁动隔离开来。从此可以看出,吴敬梓对苦行礼实践的描写是静态的、心理中和的,是一种几乎自我抹除的叙述。尽管在这场仪式中,所有的时间感被暂停,实践者进入了一个非时间性的乌托邦式的和谐秩序,但是,叙述本身就是时间的艺术,这种看似暂停的时间感实际上也呈现了时间性。在《儒林外史》的前一部分,时间性已经非常深刻地融入小说的叙述,假如在这一阶段,叙述彻底脱离了时间,小说很可能就会面临叙述终止的危险。所以,泰伯祭礼时间的中止并不是指对时间的抛弃,而是仪式言语和行动的统一产生了一个特定的时间场域,实践者在其中摆脱了令人不安的、被时间束缚的情感,可以把自己全部交给仪式的现在时态[①]。

综上所述,商伟从时间与世俗世界和苦行礼实践之间的关联探讨了《儒林外史》中的叙述时间,指出作者吴敬梓的时间视野和时间观念突破了史传叙述传统。他的研究不仅有效说明了小说的叙述时间对人物经历和人物形象转换的重要性,也展示了小说在和谐统一的仪礼过程中创造的特定时间场域。在笔者看来,商伟的这一研究扩大了既有的《儒林外史》研究领域,研究视角上也具有一定的创新性。

二、英语世界对《儒林外史》叙述空间的研究

同时间一样,空间是《儒林外史》这部小说不可分割的一部分,因为全书通过乡村和城市之间的空间地域转换全面呈现了 18 世纪中国传统社会文人的生活面貌全景,空间可谓是吴敬梓创作这部小说的关键维度。英语世界对这部小说的空间研究在深入期开始受到关注,并产生了一定的研究成果,其中对《儒林外史》的空间作出专门研究的是美国斯坦福大学的方燮。2012 年,他在亚洲文化研究会议上发表了《吴敬梓〈儒林外史〉中的城市空间概念化》一文,对这部小说的空间维度进行了深入研究。在方燮看来,《儒林外史》不仅为读者呈现了中国传统社会民间文人的生活面貌全景,而且也向读者展示了对城市以及城市与小说未展现的乡村之间关系的认知。方燮认为,《儒林外史》的作者吴敬梓清楚地

---

　① Wei Shang, *"Rulin Waishi" and Cultural Transformation in Late Imperial China*, Cambridge, Massachusatts: Harvard University Press, 2003, pp.156 - 157.

认识到了当时社会中城市与社会态度的变化。尽管他的小说以南京这座城市为中心,但对他来说,南京不仅仅是一个地理位置,而是一个人们能够在日常生活实践中表达集体回忆、想象和愿望的地方。基于此观点,方蘩进而将城市空间分解成文学团体形成的地点、异质空间和怀旧中的城市空间三个方面进行概念化分析。

(一) 城市作为文学团体形成的地点

方蘩首先将城市空间理解为文学团体形成的地点。他指出,《儒林外史》的历史时间框架是中国出现资本主义萌芽的明代,而作为开国之都的南京,凭借着地处长江下游地区的地理位置优势以及政治影响,在这一时期已经发展成为成熟的大都市。在小说的第二十四章,吴敬梓用热情洋溢的语调对南京进行了详细的介绍,通过对空间的压缩来让读者直观地感受这座城市。方蘩进一步描述指出,南京这座城市的发展在充满繁华景象的同时也有其黑暗的一面。商业化的发展和印刷业的兴起让科举制度竞争激烈、文人绅士的仕途变得更加黯然。因为这一时期的文人队伍进一步壮大,但是政府机构却无法提供足够多的职位,从而导致了合格赶考者的过剩。在这种情况下,很多通过院试的文人为了营生被迫选择其他行业,如师爷、教员或到有钱人家做馆等。他们被严格禁止评论社会的弊端,也不能在公共空间参加任何政治活动。在这种高压政治下,这些底层的文人要么开始转向对儒家理想的哲学追求,要么依附在民间文人社会来谋取经济利益和大众的尊重。他们由于共同的价值观和话语权或者相同的声名欲望逐渐形成了非官方的文学团体。城市空间往往是这种团体形成的地理集合点,而以悠久的历史、文化成就和自然美景而闻名的南京,因此也成为民间文人完成梦想的理想之地。

《儒林外史》描述了在城市尤其是在南京建立团体、获取权力的底层文人形象。比如,在小说第三十二回和第三十三回,吴敬梓借娄太爷给杜少卿提供迁居的建议道出了南京是文人梦想实现的理想之地:"南京是个大邦,你的才情到那里去,或者还遇着个知己,做出些事业来。"①杜少卿移居到南京不久,便遇到了志同道合的朋友迟衡山、庄绍光、虞育德等人,围绕泰伯祭礼形成了有着儒家理

---

① [清]吴敬梓:《儒林外史》,陈美林批评校注,北京:商务印书馆,2014年,第402页。

想与实践的文学团体。此外，在小说第十七回和第十八回，吴敬梓还描述了杭州的一个诗社团体，主要由赵雪斋、景兰江、浦墨卿、支剑峰和胡三公子等人组成；他们来自浙江不同的地方，有着各异的职业，因为作诗而汇集在一起。除了社会和知识之间的情谊，未能踏入仕途的他们写诗、组织诗会更主要的原因是可以通过此种途径获得与官场相差无几的名声。①

此外，方蠡还分析提出，吴敬梓在书中描写了文人在城市空间旅行和聚会的多种场面，从而展现了明清时期文学团体的特征以及城市在这些团体形成过程中所扮演的角色。首先，这些旅行和聚会通常伴有歌舞、饮酒、戏剧表演和其他的艺术文化活动。其次，对那些处于社会中心但无法享有很高社会地位的人来讲，城市可以作为他们无法靠近官场和政权的失意中寻求安慰和满足的地方。最后，根据传统观点，官员们都沉迷于对成功的追求之中而失去了对自然的兴趣，但那些没能获取官衔的人可以沉浸在文学追求，并开始以高水平的景观鉴赏而闻名。换句话说，在接受共同命运的基础上，景观鉴赏和它所关联的社会聚会带来了群体的认同感。然而，它也提供了获取名声的另一条道路，尤其是江南地区蓬勃发展的出版业可以在实际上促进组织松散的文学团体和网络的发展。②

（二）城市作为异质空间

方蠡认为《儒林外史》中的城市可以视作异质空间。他首先提出，在《儒林外史》中，吴敬梓在描写了各种社会集会以外，还叙述了很多人物的旅行经历。而事实上，吴敬梓在现实生活中也热衷于旅行，尽管他自己不是一个旅行者。据金和在小说附言中所讲，吴敬梓在移居南京以后喜欢招待并资助从四面八方赶来南京的文人。但是，吴敬梓也看到了在城市空间中旅行和集会有可能带来的危险，因此他对小说中的绝大多数角色进行了嘲讽而非赞美。比如，在小说第十四回马纯上游西湖这一故事情节中，吴敬梓通过对西湖的抒情描写反衬出了马纯上视野的局限性。吴敬梓对大多数旅行和参加聚会的文人的嘲笑，一方面体现了他对名声的短暂性和不可靠性的敏锐觉察，另一方面也显示出了他对城市空

---

① Xie Fang，"Conceptualization of Urban Space in Wu Jingzi's *The Scholars*". The Asian Conference on Culture Studies 2012，Osaka，Japan，pp.184 - 185.

② Xie Fang，"Conceptualization of Urban Space in Wu Jingzi's *The Scholars*". The Asian Conference on Culture Studies 2012，Osaka，Japan，p.186.

间松散性的恐惧。在《儒林外史》中,吴敬梓重复描写的宴会景象体现了城市空间的异质性和混杂性特征。[①]

方燮进一步分析指出,在清明时期,异质性和混杂性存在于社会及地理流动性的背景之下。伴随着科举考试和商业贸易的繁荣,上流社会的有钱士绅成倍增长,社会地位相对较低的家庭进入士绅阶层也相对更加容易,越来越多的人移居到城市生活。这些趋势壮大了城市部门,但反过来也加剧了对旅居者和移居者之间、新的平民新贵和文人之间的矛盾。吴敬梓在《儒林外史》中通过对扬州的盐商巨贾、来自徽州的暴发户万雪斋这一人物形象的描述明确表达了他对外来者以及平民新贵的涌入对南京、杭州和扬州等大都市社会风俗形成的负面影响的担心。对吴敬梓来说,大批商人、富贾以及其他移民者涌入城市不仅引起了社会身份的混乱,而且也提出了文人自我概念及其适应新环境的相关问题。方燮认为,在一个日益商业化而非政治化的城市,文人自我定位的困境主要表现在:一方面,文人必须依赖商人的实践和经济支持,并为资助人提供娱乐以提高他们的声誉;另一方面,儒家学说要求文人要坚持哲学美德而非物质享受,孟子的"穷则独善其身"的观念被视为塑造自我的基本。根据吴敬梓的观察,江南地区的文人对参与政治在一定程度上已经气馁,科举机制已经在成功却死板的儒家学者与寻求其他自我实现途径的文人之间出现了鸿沟。对于那些宣称对仕途不感兴趣的文人来说,城市的开放性为其提供了用漫不经心的态度过世俗生活的机会。[②]

(三) 怀旧中的城市空间

方燮提出,尽管吴敬梓对城市空间的态度是模棱两可的,但对他来说,城市尤其是南京可以起到怀旧的作用。吴敬梓自称"秦淮寓客",在很大程度上他将自己视为一位永久的旅居者,有着回归家园的空洞意图,然而却永远没有落于实处。当然,这也可以理解为吴敬梓将南京视为可以带他回到黄金过去的精神家园。方燮分析指出,南京是六朝时代的首都,它正是在这一时期迅速发展为中国

---

① Xie Fang，"Conceptualization of Urban Space in Wu Jingzi's *The Scholars*". The Asian Conference on Culture Studies 2012，Osaka，Japan，pp.186 - 187.

② Xie Fang，"Conceptualization of Urban Space in Wu Jingzi's *The Scholars*". The Asian Conference on Culture Studies 2012，Osaka，Japan，pp.187 - 189.

主要的文化和宗教中心。而《儒林外史》的作者吴敬梓对六朝时期的士族文化尤为感兴趣,因为这一时期见证了知识分子由参与政治的士族精英到超然的艺术家、鉴赏家和哲学思想家的深刻转变。清明时期与历史上的这一时代有着相同的氛围,但不同的是,相较于嵇康、阮籍等六朝时代文人真实而健全的精神状态,明清时期丧失权利的文人呈现出的是堕落。程晋芳在《寄怀严东有》中通过"敏轩生近世,而抱六代情;风雅慕建安,斋栗怀昭明"①寥寥数句就呈现了吴敬梓对嵇康、阮籍以及六朝时代整个士族文化的由衷钦佩。而作为吴敬梓代表作的《儒林外史》更是直接抒发了这种六朝情怀。在《儒林外史》中,吴敬梓将南京描述为一座有着六朝气息的城市,生活在这里的人即使是处于社会底层的厨子和门丁都是有修养的②。

　　方燮进一步分析指出,在吴敬梓的眼中,南京这座城市不仅可以认识到他的灵魂语言,而且能够重建失去的家园、修补他记忆中的缝隙。在小说第三十七回,吴敬梓详细描述了泰伯祭礼,并通过对祭礼的大手笔描写暗指这个时期的文人已经意识到了自己所处时代的社会问题,对同时代人对社会名声和地位的追求感到失望和悲痛,所以才决定通过这场儒礼实践来进行社会改革以重塑社会和谐。方燮认为,吴敬梓笔下的这场儒礼实践看似影响很大,然而在曲终人散之后黯然褪色成为纯粹的象征符号。南京这座城市依然保留着挥霍的生活方式,挥霍无度、道德精神衰落,这场儒礼实践最终还是沦为一场失败。实际上,小说中的祭礼情节是吴敬梓儒礼实践的缩影,同小说一样,这场真实生活中的雄心勃勃的议程也同样迎来了失败。在本质上,文人对怀旧的恢复是徒劳的;相反,它只是造成了处于渴望和损失里的反射性怀旧,因而将南京这座城市渲染成具有不完美记忆过程的场所③。

　　综上所述,方燮对《儒林外史》空间维度的研究集中在中国江南地区的城市上,以南京为叙述空间的焦点,对小说的城市空间进行概念化剖析,指出了以南京为主的江南城市群作为文学团体形成地、异质空间和怀旧的三个功能。在笔

---

① ［清］程晋芳:《勉行堂诗文集》,魏世民校点,合肥:黄山书社,2012 年,第 154 页。

② Xie Fang, "Conceptualization of Urban Space in Wu Jingzi's *The Scholars* ". The Asian Conference on Culture Studies 2012,Osaka,Japan,pp.189 - 191.

③ Xie Fang, "Conceptualization of Urban Space in Wu Jingzi's *The Scholars* ". The Asian Conference on Culture Studies 2012,Osaka,Japan,pp.191 - 192.

者所掌握的资料中,方燮的研究是目前英语世界唯一对《儒林外史》空间进行专门研究的学术成果,以文学团体形成地和异质空间为出发点的研究视角与中国国内研究相比更为新颖,具有一定的创新性,能够为国内的《儒林外史》空间研究提供很好的借鉴。

第二节　女性主义文学批评的运用

女性主义可以称得上是当代文学研究最具活力的批评方法之一。虽然《儒林外史》主要关注的是以男性为主体的文人群体,对女性形象着墨较少,但是英语世界和中国学界仍然尝试以女性主义批评的视角对其展开研究,并产生了一些研究成果,发现了吴敬梓潜在的女性主义意识。从整体上来看,中国学界以此为视角展开的《儒林外史》研究主要是基于对女性形象的分析,而英语世界学者的研究相对更为全面,他们不仅着眼于女性形象的解读,而且将目光投向了小说中的男性形象,通过对男、女两性形象的观照来研究和阐释《儒林外史》。总体来说,英语世界学者对《儒林外史》的女性主义解读体现在两个方面:一是对小说女性形象的研究;二是基于小说中男、女两性关系的考察。

一、罗溥洛:小说女性形象投射出的女性主义意识

美国汉学家罗溥洛是英语世界首位运用女性主义文学批评研究《儒林外史》的学者。1974 年,罗溥洛凭借《儒林外史》研究获得密歇根大学安娜堡分校的博士学位,他在博士学位论文中首次对《儒林外史》进行了女性主义解读。随后,1976 年,罗溥洛在《改变的种子:对清代初期和中期女性状况的反思》一文中,对《儒林外史》所反映的女性状况进行了分析与审思。不仅如此,他还以博士学位论文为蓝本,在 1981 年出版了《早期现代中国的异议分子——〈儒林外史〉与清代社会批评》一书,直接指出了小说内容所投射出的女性主义思潮。在笔者看来,罗溥洛的三种材料对女性形象的研究是一种递进的发展过程,在这一过程中,他对小说女性形象的思考与研究日趋成熟,最后通过专著完整地表达了出来。鉴于此,笔者将以罗溥洛的专著为主要依据,对《儒林外史》中女性形象折射出的女性主义思潮进行阐述和分析。

　　罗溥洛之所以能够发现《儒林外史》中的女性主义意识,是因为中国封建社会的女性一直处于从属地位,但是吴敬梓笔下的女性并非如此,而是有意将之与男性平等对待。在《儒林外史》中,无论是王冕的母亲、沈琼枝、蘧公孙的夫人等女性形象,还是杜少卿对待妻子的态度,都与女性的现实从属地位不符,作者明确表达了将女性地位提高至与男性齐肩的态度。除此之外,王玉辉女儿的殉夫情节虽然符合封建社会的女性地位,但是吴敬梓的笔调没有给予任何的肯定,而是充满了无限的讽刺、悲凉与同情,表露出吴敬梓对女性从属于男性这种社会不平等现象的不满,体现了他的女性主义意识。

　　罗溥洛在此基础上指出,在吴敬梓所生活的清代,程朱理学占据思想统治地位,男尊女卑的思想进一步得到强化。相较于其他朝代,清代女性从属于男性的现象最为严重,主要体现在:寡妇殉夫、纳妾制度、缠足习俗、隐于闺阁和料理家务的义务等,其中缠足是女性下等地位最明显的身体特征。尤其是在清代早期,中国女性的社会身份被极其牢固而紧密地融入等级森严的社会阶级秩序之中,被视为社会的从属群体。对男性来说,女性不仅仅是奴隶,更是他们的玩物和延续家族香火的生育工具。总之,对这一时期的社会来说,女性存在的意义来源于男性。因此,失去丈夫的寡妇需要坚守贞洁,甚至应该殉身陪葬;同时作为男性的玩具和家庭的生育工具,女性不仅需要承受缠足带来的疼痛,还需要为了男性的快乐和家族香火的延续,忍受或接受妾的名分。基于这种女性从属地位的严酷现实,清代早中期社会出现了很多反对的声音和评论,其中吴敬梓的《儒林外史》就表达了自己对男尊女卑社会现象的不满,呈现出了女性主义思潮的趋势①。

　　罗溥洛认为,在《儒林外史》的创作中,作者吴敬梓将大量的女性主义的内容注入到小说传统之中。对于注入的方式,吴敬梓最为偏爱的是通过国家的捍卫者来攻击某种体制或思想,让他们在无意中揭示冲突或自身信仰的人文启示。在《儒林外史》中,能够最为完美地呈现这一方式的是王玉辉这一人物形象。王玉辉是一个虔诚的新儒学追随者,为人真诚、善良,但是在面对女儿失去丈夫之后的生活问题上,他却鼓励自己的女儿殉节,并以此为荣。这种信仰所带来的冲突在吴敬梓的笔下完全暴露出来,显示出了吴敬梓的女性主义观点。然而,吴敬

---

　　① Paul Ropp, *Dissent in Early Modern China:"Ju-lin wai-shih" and Ch'ing Social Criticism*. Ann Arbor: University of Michigan Press,1981,pp.120-121.

梓所持有的女性主义观点远远不只是对寡妇殉节的反对。他以明清通俗文学传统所提倡的女性积极观点为基础,在《儒林外史》中刻画了一些受过教育的女性形象。尽管她们人数不多,但在吴敬梓的笔下,这些为数不多的知识女性不再是社会旧式道德规定下的刻板印象,而是被赋予了与男性同等的地位,开始变得高贵和更加有尊严①。

罗溥洛指出,小说中最能代表这些知识女性形象的角色就是敢于向世俗陋习挑战的女英雄沈琼枝。在识破宋姓盐商行骗纳妾的阴谋诡计之后,她勇敢地从扬州逃婚至南京,并不顾世俗异样的眼光,在南京依靠刺绣、写诗和书法维持生计。尽管很多人都将沈琼枝看成假装有文化的妓女,但是吴敬梓在小说中的自画像——杜少卿却力排众议,不仅理解和尊重她的工作,将她介绍给自己的妻子,而且钦佩她冲破世俗陋习牢笼的勇气,将她视为一代女豪杰。在罗溥洛看来,沈琼枝与宋氏盐商之间所产生的强烈对比并非巧合,而是吴敬梓有意为之。在沈琼枝对盐商骗她做妾的卑劣行径勇敢提出抗议后,盐商都不敢正视自己的欺瞒行为,而是选择了逃避,这种胆小懦弱的性格更是映衬了沈琼枝的英雄形象。此外,在被官府追捕后,沈琼枝也是勇敢面对,通过自己的努力获得了清白②。由此可见,吴敬梓笔下的沈琼枝是一位既有个性、胆识,又有思想、文化和才干的英雄女子,吴敬梓正是通过对她的刻画呈现出了自己的女性主义意识。

除了沈琼枝以外,《儒林外史》还呈现了其他一些意志坚强的女性形象,与小说中一些软弱、无能和卑鄙的男性形成了鲜明的对比。但是,吴敬梓呈现女性主义观点的方式并不仅仅止于这种方式的对比。在罗溥洛看来,杜少卿和其夫人的相处方式也是一种有效的表达方式。在吴敬梓的笔下,杜少卿并不像普通大众那样将妻子视作生育的机器,而是尊重和爱护妻子,不仅凡事都与妻子有商有量,而且与妻子手牵手出现在公园等公共场合。除了杜少卿以外,他的朋友庄绍光也欣赏妻子的智慧,不仅将妻子视为家庭生活的伴侣,而且将其视作社会生活的陪伴者。当然,在吴敬梓看来,不只是他们,他们的妻子也是积极进步的角色。罗溥洛由此得出,吴敬梓通过对这种相敬如宾、平等和谐的夫妻关系的描述,表

---

① Paul Ropp, *Dissent in Early Modern China: "Ju-lin wai-shih" and Ch'ing Social Criticism*. Ann Arbor: University of Michigan Press, 1981, p.132.

② Paul Ropp, *Dissent in Early Modern China: "Ju-lin wai-shih" and Ch'ing Social Criticism*. Ann Arbor: University of Michigan Press, 1981, pp.133 – 134.

达了男女平等的思想,进一步体现了他的女性主义意识①。

　　罗溥洛通过考察指出,吴敬梓在中国社会女性主义批评发展的过程中起到了先锋作用。在当时整个社会针对女性的高压环境下,清代陆续出现了一些敢于质疑女性从属地位的人,尽管人数不多但一直在不断增长。而在这批敢于质疑的队伍中,吴敬梓无疑是站在最前列的那位。相较于前人提出的女性观点,吴敬梓对女性正面形象的评论有了革新性的发展。在罗溥洛看来,吴敬梓是第一位立场最为坚定地对寡妇殉夫和男性纳妾等陋习展开批评的评论家。在他所处的时代,只有袁枚能够与其相提并论,一起被称作女性主义者。然而,袁枚的女性主义观点远不如吴敬梓深刻,袁枚只是支持女性读书识字,他的理想女性也仅仅限于一个美丽的女诗人,根本无法达到吴敬梓的思想深度。在吴敬梓的眼中,他的理想女性应该是有着男人般的勇气、智慧和坚毅性格并能够独立自主的知识女性。在 17 世纪至 19 世纪早期的女性问题写作中,仅有蒲松龄、俞正燮和李汝珍三位作家与吴敬梓的创作一样细腻,其中李汝珍可能是最有效的女性主义作家,但是他在提倡男女平等方面却远远不及吴敬梓。相对于李汝珍的《镜花缘》呈现出的虚幻世界,吴敬梓在《儒林外史》中创造了符合日常生活的、更为逼真现实的女性新形象②。

　　由上可见,尽管吴敬梓的《儒林外史》是一部以男性形象为中心的文人小说,作者对女性形象的刻画无论是从数量上还是从描述细节上都着墨较少,但是正是这种少而精的人物安排恰恰体现了吴敬梓的创作目的。罗溥洛通过对文中这些女性形象的审察和剖析,发现了吴敬梓对当时女性从属地位的不满与批判,挖掘到了吴敬梓的女性主义意识,并对此给予了高度评价,认为他是中国历史上女性主义批评的领军人物。

二、周祖炎:小说人物阴阳两极互补呈现出的女性主义意识

　　学者们在运用女性主义文学批评研究《儒林外史》的时候,往往将考察的对象仅仅集中于女性形象上,却忽略了具有一定参照价值的男性形象。而事实上,

---

① 　Paul Ropp, "The Seeds of Change: Reflections on the Condition of Women in the Early and Mid Ch'ing", *Signs*, 2.1 (1976).

② 　Paul Ropp, *Dissent in Early Modern China: "Ju-lin wai-shih" and Ch'ing Social Criticism.* Ann Arbor: University of Michigan Press, 1981, p.151.

对小说中男、女两性关系的综合考察,更有利于深入挖掘吴敬梓的女性主义意识。1994 年,华人学者周祖炎就在美国的《中文教师学会学报》(*Journal of the Chinese Language Teachers Association*)上,以《阴阳两极互补:〈儒林外史〉中吴敬梓性别观念的关键》为题对此进行了有力论证。同罗溥洛一样,周祖炎也关注到了《儒林外史》中经常被忽略了的女性角色领域,但他并没有将目光只停留在女性角色上,而是从社会性别的角度对小说中的男女两性之间的关系进行了综合考察。

周祖炎提出,《儒林外史》中的男性无论是在家庭还是在社会中都始终处于中心位置,而女性则一直都被置于边缘。在这种性别分层关系过于明显的情况下,如果仅仅关注小说中的女性角色,就只能凸显出吴敬梓对女性的同情,而不能充分、有力地论证吴敬梓在其中注入的女性主义观念。周祖炎认为要想解决此问题,必须对《儒林外史》中的男、女两性关系进行通盘考察。他从价值标准、生活策略和道德状况三个方面对小说中的男、女两性形象进行考察与比较,发现了两性之间的相似性。他认为这种相似性可以阐明:吴敬梓的虚构世界里的男性和女性在本质上是互补的,甚至可以说他们具有相似的身份。尽管从表面上看二者是对立的两极,但实际上他们是相互补充、互相促进的关系,有利于为人类心理和人类社会提供全面而深入的分析[①]。

在中国的传统思维中,男女两性之间的关系通常用"阴""阳"两个概念来定义,男性被归为"阳",而女性则属于"阴"。之所以这样定义,是因为自汉代以来,中国统治者为了维持国家权力结构和社会秩序的稳定,需要建立相应的等级关系,而《易经》中的阴阳二元论恰好为男性统治女性提供了合理、充分且无法抗拒的理由。周祖炎指出,到了吴敬梓撰写《儒林外史》的清朝初期,这种等级关系得到了前所未有的巩固和加强,阴阳等级之说也因此非常流行,女性的从属地位在这一时期尤为严重。吴敬梓敏锐地察觉到了这种不平等,并通过规范自身行为对此表达了不满,这一点可以从他的传记中得到证明。吴敬梓一生从未纳过妾,他在第一位妻子去世后才选择再婚。他的两段婚姻都充满了夫妻之间的尊重与

---

① Zuyan Zhou, "Yin-Yang Bipolar Complementary: A Key to Wu Jingzi's Gender Conception in *the Scholars*". *Journal of the Chinese Language Teachers Association*, 29.1 (1994).

和谐,反映了一种平等互惠的夫妻关系①。不仅如此,吴敬梓作为一个在科举中反复受挫的文人,敏锐地意识到了自己在父权制社会中的边缘地位,这种边缘地位与女性在社会中的从属地位相似。因此,我们可以将之理解为:吴敬梓作为男人的阳性身份具有阴性意识的成分。周祖炎认为,这一点生动地反映在吴敬梓将自我与女人进行反复对照的作品之中②。比如,吴敬梓在《古意》一诗中,将自己比作"妾",通过"妾年十四五,自矜颜如花,……岂知盛年去,空闺自长嗟。五陵轻薄儿,纷纷斗骄奢,遂言邻女美,弃妾不复夸"③这种透明化的隐喻,暗指了他在身无分文之后被体面社会所遗弃的边缘感。通过此诗可以明显看出,吴敬梓在生活中的被边缘化显然强化了他的女性主义意识。此外,吴敬梓在《贫女行》和《美女篇》④两首诗中也将自己比作女性,借助"贫女"和"美女"对男权结构的不认同,暗示了他的儒家隐士主义的倾向。

由此可见,吴敬梓不仅在日常生活中体现出了男女平等的观念,而且在所作诗歌中对自己生理性别身份中的阴性成分给予了认同。在周祖炎看来,吴敬梓的这两种行为表现都说明了一个事实,即他强烈意识到了阴阳的互补性,并对此默默给予了支持。同样地,这一事实在吴敬梓创造的《儒林外史》人类世界中也获得了全面而有效的展示。在《儒林外史》的世界里,周祖炎借用"阴""阳"两个概念将小说中的人物形象分为三种情况:(1) 相对于男性的"阳",女性被视为"阴";(2) 相对于守护者的"阳",名士被看作"阴";(3) 好强且富有的女人被视为"阳",而消极潦倒的男性则相应地被看作"阴"。周祖炎指出,鲜明的性别对立掩饰了人们社会性别身份中的复杂流动性。在致力于道德超越或追求财富的过程中,男性和女性、中心和边缘以及"阴"和"阳"应该被视为互惠的能量,而不是对立的力量。从这个角度来看,"阴—阳"两极性是作者展示广阔人类世界的补充,也是我们理解吴敬梓女性主义观点的关键⑤。

---

① Zuyan Zhou, "Yin-Yang Bipolar Complementary: A Key to Wu Jingzi's Gender Conception in *The Scholars*". *Journal of the Chinese Language Teachers Association*, 29.1 (1994).

② Zuyan Zhou, "Yin-Yang Bipolar Complementary: A Key to Wu Jingzi's Gender Conception in *The Scholars*". *Journal of the Chinese Language Teachers Association*, 29.1 (1994).

③ 详见孟醒仁编《吴敬梓年谱》,合肥:安徽人民出版社,1981年,第22页。

④ 详见孟醒仁编《吴敬梓年谱》,合肥:安徽人民出版社,1981年,第62页。

⑤ Zuyan Zhou, "Yin-Yang Bipolar Complementary: A Key to Wu Jingzi's Gender Conception in *The Scholars*". *Journal of the Chinese Language Teachers Association*, 29.1 (1994).

（一）超越世俗的阴阳两极道德典范

周祖炎认为，古今中外的文学评论家们在探讨《儒林外史》中的道德典范时，总是将目光投向王冕，并通过与世俗文人的对比和他本身所具有的优秀品质来进行论证。但是，他们却忽略了王冕的母亲这一人物形象的重要性。王冕的母亲是在《儒林外史》中出现的第一位女性角色，吴敬梓通过诸多细节的描述将她塑造为一个具有男子气概的道德模范，以使之与儿子王冕相配。比如，当王冕面对知县的传见而不愿理睬时，她鼓励王冕"出去躲避些时"，体现了她对隐士生活方式的认同。此外，她在临终之前对王冕提出不要做官的嘱托，体现了她本身对功名等世俗认知的抗拒，相对于效忠皇权、热衷官场，她更看重孝心和隐士生活。而这些超越世俗的特质正是她的儿子王冕也具有的典范品质，由此可以看出，王冕母亲对王冕能够超越世俗成为一名道德高尚的隐士有着不可估量的影响。如果说王冕是作者心目中的理想男性的话，那么王冕的母亲可以当之无愧地被称作小说中的模范女性。也就是说，如果儿子是男性文人的道德典范，那么母亲一定是用来衡量所有女性的标尺式人物。因此，吴敬梓在一开始构思《儒林外史》时，就为他小说世界中的阴阳两极建立了道德范式：超越世俗的个人精神。尽管儿子和母亲的世界被性别隔开，让二人有着天壤之别，一位是朝廷急需的男性天才，另一位则是经济根本无从独立的文盲家庭主妇，但是他们的道德观念中又有彼此重合的地方，这种重合作为作者儒家隐士主义所呈现的理想道德组合而存在，促成了作为男性的阳和作为女性的阴彼此之间的互补[①]。

周祖炎指出，这种作为男性的阳与作为女性的阴彼此之间的互补构成了《儒林外史》的主体。除了王冕和他母亲之外，我们还可以在小说中找到很多男、女角色之间道德认同的例子，比如杜少卿和他的妻子、庄绍光和他的妻子等。无论杜少卿还是庄绍光，他们与妻子之间的相处都是平等互爱、相互尊重的，尤其是杜少卿能够与妻子手牵手，并一起出入公共场合，敢冒天下之大不韪。这种性别身份之间的相互作用超脱了世俗，夫妻两性之间呈现出阴阳两极互补。由此可见，尽管《儒林外史》中的女性角色尤其是正面女性角色人数极为有限，但是这些

---

① Zuyan Zhou, "Yin-Yang Bipolar Complementary: A Key to Wu Jingzi's Gender Conception in *The Scholars*." *Journal of the Chinese Language Teachers Association*, 29.1 (1994).

极少数的正面女性可以被视为那些具有超凡精神的优秀文人的镜中像。① 作为男性镜中像的她们，通过道德认同和互为补充的方式，可以更加凸显和加强男性角色的高尚美德。

（二）痴迷于功名富贵的阴阳两极互补

周祖炎提出，在《儒林外史》中，不仅有着互补互惠、道德高尚的阴阳两极关系，也存在一些痴迷于功名富贵的阴阳两极形象，他们对功名富贵的狂热追求几乎已经到了病态迷恋的程度。小说中这类醉心于功名的文人很多，其中表现最为病态的当数周进和范进两位老文人。周祖炎认为，二人的名字均为"进"，包含了"进入官场"的寓意，是作者特意为之，想让读者从名字就可以一眼看出他们对功名富贵的痴迷。二人不仅名字与追求功名富贵相关，他们的"失心疯"行为更是将这种病态迷恋表现得淋漓尽致：周进在经历了多次科考失败后，刚进入省城贡院的考场"就撞死在地上"，醒后"看着号板，又一头撞将去"，然后就放声大哭，"满地打滚，哭了又哭，……直哭到口里吐出鲜血来"。相比于周进的荒唐可笑，范进的表现更为鬼迷心窍。他在得知自己在乡试中中榜的好消息后，"往后一交跌倒，牙关咬紧，不省人事"，醒来之后"不由分说，就往门外飞跑，……头发都跌散了，两手黄泥，淋淋漓漓一身的水，众人拉他不住，拍着笑着"，这种喜疯的状态一直到他的丈人胡屠夫把他一巴掌打昏在地，众邻居"替他抹胸后，捶背心，舞了半日，渐渐喘息过来"才得以结束。然而，吴敬梓笔下的功名狂热者并不是仅止于失去意识，更有像鲁编修这样因升官而丧命的人。在《儒林外史》第十二回中，蘧公孙的老丈人鲁大老爷从编修荣升至侍读一职，本是高兴之事，但他却在接到朝命后过度激动，当即"痰病大发，登时中了脏"，失去了性命。透过这些戏剧性的插曲，吴敬梓呈现了清朝文人普遍醉心于功名富贵的社会现象，并对此进行了辛辣的嘲讽。由此可见看出，在吴敬梓生活的时代，大多数文人都将功名富贵作为毕生的追求，并为之痴迷狂热，他们的精神状态也因此极不稳定，很容易因为一点微乎其微的小事就彻底崩溃②。

———————

　　① 　Zuyan Zhou，"Yin-Yang Bipolar Complementary：A Key to Wu Jingzi's Gender Conception in *The Scholars*". *Journal of the Chinese Language Teachers Association*，29.1（1994）.

　　② 　Zuyan Zhou，"Yin-Yang Bipolar Complementary：A Key to Wu Jingzi's Gender Conception in *The Scholars*". *Journal of the Chinese Language Teachers Association*，29.1（1994）.

在很多人看来,《儒林外史》中呈现的对世俗成功的痴迷狂热只属于那些身处社会中心位置的男性,与处于边缘位置的女性没有任何关系,也不会产生任何交集。但实际上并非如此,周祖炎指出,尽管女性身处社会边缘地位,周围又有很多阻碍她们接触世俗成功的严格限制,但这些都没有办法阻挡她们追求功名富贵的病态举动。在吴敬梓创造的滑稽世界里,一些女性角色对世俗成功的反应竟然与男性有着惊人的相似,周祖炎将这种相似看作男性投射到女性身上的影子。也就是说,在《儒林外史》所呈现的世界里,女性角色经常被视作男性主人公的影子,她们的作用就是通过自己与男性的相似来反映并突出男性的精神状态。比如,范进中举的消息传来后,先是范进本人失去理智,随后他的母亲也因儿子中举带来的巨额财富过于高兴而突然去世。他母亲在去世之前说的最后一句话"这都是我的了",从潜意识层面来说,表达出一种对财富强烈向往和占有的感觉。而这种渴望和占有欲正是多年以来一直激励范进坚持不懈考取功名的动力①。正是由于范进和母亲对物质财富有着同样的狂热,他们两个才会在成功面前如此脆弱,一个疯掉,一个猝死。在这种情况下,范进母亲可以被视作一位间接追求世俗名利的女性,她的心理和外在行为表现勾勒出了自己儿子的影子。事实上,在吴敬梓建构的世界里,像范进母亲这样的女性影子还有很多,应该说,小说中每一个名利痴迷者都有着属于自己的女性影子,以不同的形象和行为方式来映衬、凸显出男性的精神世界。

周祖炎进一步指出,同超越世俗的道德典范一样,吴敬梓笔下痴迷于功名富贵的人物形象也体现了阴阳两极的互补。这种两极互补具体表现在两个方面:(1)范进和周进这种在垂暮之年才考取功名的文人自身身份的变化呈现出的一种阴阳两极互补。(2)作为男性影子存在的女性与男性一起构成的两性之间的阴阳两极互补。首先,阴阳两极互补在文人考取功名前后的身份属性变化之中得到了呈现。在考取功名之前,范进和周进二人在社会上都长期处于边缘或"女性"地位;但在成功之后,他们就获取了中心或"男性"地位,成为主考官。这种社会身份属性的流动变化并未影响二人的心智结构。在处于边缘地位时,他们在努力向中心权力结构靠拢的过程中不断遭受来自"男性"地位的主考官的刁难和

① Zuyan Zhou, "Yin-Yang Bipolar Complementary: A Key to Wu Jingzi's Gender Conception in *The Scholars*". *Journal of the Chinese Language Teachers Association*, 29.1 (1994).

阻挠；而在他们抵达男性权力的中心位置之后，他们的行为也与之前的主考官一样，利用手中的权力来打压迫害处于"女性"或边缘地位的文人。其次，女性作为男性的影子也体现了阴阳两极互补。处于边缘地位的女性，通过相似的心理和外在行为，作为影子照应和凸显了处于中心地位的男性，实现了阴阳两极的互补。总之，在吴敬梓的小说世界里，男人与女人、男性化与女性化、中心与边缘、阳与阴之间都是既分开又联系的：不健全的一面反映另一面，就如代表"阴"的月亮反射代表"阳"的太阳的光一样，展示了对人类社会的全面认知。①

（三）阴阳两极的伪装和自我塑造

在吴敬梓的小说世界里，并不是所有追求世俗成功的人物形象都像范进、周进及范进母亲等角色那样，如此疯狂地、不加任何掩饰地直接表达出他们对功名富贵的极大渴望和占有欲。其实，还有一群人，他们或擅于伪装，或长于自我塑造，尽管他们也有着对世俗成功的狂热，但是他们更了解自己，懂得曲线救国，通过隐藏自己真实的想法来试图达到真正的世俗目的。周祖炎指出，绝大多数读者在讨论《儒林外史》这些善于伪装和自我塑造的角色时，总是把注意力集中在男性人物上，而忽略了小说中的女性角色。当然，《儒林外史》是一部以男性为主的小说，作者对其着墨最多，因此小说中的男性伪君子能够很容易地就被读者挖掘出来。比如，匡超人替人代考、张铁臂假扮英勇剑客是为了求财，而杜少卿肆意慷慨施舍、杜慎卿假装厌恶女色、牛浦郎借用牛布衣身份则是为了名声。但是，既然小说呈现的是一个充满伪装的世界，那么所有的一切都会以某种方式与"表演"有关，所以伪装和自我塑造不只是男性才独有的，也是女性为了追求世俗名利所惯用的技巧。

周祖炎提出，在吴敬梓导演的这场人生戏剧中，严监生家的赵氏无疑是最有才华的女演员。赵氏本是严家一个地位低贱的妾侍，但好在她为严家生育了唯一的子嗣，在一定程度上改善了她的处境。当严监生的正室夫人王氏患重病时，她看到了扭转自己地位的绝好机会。为了能够顺理成章地当上正室，她竭尽所能地在王氏面前表演，表现得极为殷勤，想方设法诱导王氏在去世之前能够主动

---

① Zuyan Zhou, "Yin-Yang Bipolar Complementary: A Key to Wu Jingzi's Gender Conception in *The Scholars*", *Journal of the Chinese Language Teachers Association*, 29.1（1994）.

放弃正室的身份。在吴敬梓的笔下,赵氏的首次登场就暴露了她伪装的面目:

> 生儿子的妾在旁侍奉汤药,极其殷勤;看他病势不好,夜晚时,抱了孩子在床脚头坐着哭泣,哭了几回。那一夜道:"我而今只求菩萨把我带了去,保佑大娘好了罢。"王氏道:"你又痴了,各人的寿数,那个是替得的?"赵氏道:"不是这样说。我死了值得甚,大娘若有些长短,他爷少不得又娶个大娘。他爷四十多岁,只得这点骨血,再娶个大娘来,各养的各疼。自古说:'晚娘的拳头,云里的日头。'这孩子料想不能长大,我也是个死数,不如早些替了大娘去,还保得这孩子一命。"王氏听了,也不答应。

在上述情节中,周祖炎认为赵氏的表演巧妙地将真情与假意融合在一起。尽管赵氏愿意替王氏去死这一表态明显是假的,但是她担心严监生再娶自己因此不能改变命运也确实是真的。赵氏故事里的这些现实主义元素,不仅隐瞒了她不可告人的目的,也增强了故事的可信度。

当然这一切都才只是开始,后面她的伪装不断得到强化,先是虚情假意煨粥熬药寸步不离,随后又哭天求地假装为王氏祈福,终于感动了王氏,主动向严监生提出将她扶正。但赵氏并没有满足于眼前的成功,而是以更大的热情投入到伪装之中,在王氏的葬礼上好好表演了一把,"扶着床沿,一头撞去,已经哭死了。……披头散发,满地打滚,哭的天昏地暗"。在周祖炎看来,她的这种过度悲伤其实源自她内心的极度喜悦,因为她知道公众都在用怀疑的眼睛盯着她,所以才会将虚情假意表演到如此极致。周祖炎指出,尽管《儒林外史》中的伪装者和骗子有很多,但是赵氏的这种伪装表演是无人能及的。她的伪装艺术既不缺乏匡超人的沉着镇定,也不缺乏张铁臂的智慧和勇气,由此可见,对于吴敬梓来说,女性的伪装艺术绝不低于那些男性骗子们①。

除了男、女性本身的伪装策略以外,周祖炎从社会性别的角度对男性塑造的女性装扮所呈现出的阴性进行了探讨。周祖炎指出,中国戏剧偏爱男性演员来扮演旦角,促进了男性的女性身份或阴性身份的形成。吴敬梓创作的《儒林外

---

① Zuyan Zhou, "Yin-Yang Bipolar Complementary: A Key to Wu Jingzi's Gender Conception in *The Scholars*", *Journal of the Chinese Language Teachers Association*, 29.1 (1994).

史》就极为巧妙地操纵了这种跨性别的角色，比如，小说第五十三回就顺着情节的发展很自然地引出了一位饰演旦角的男性演员形象：

> （聘娘的公公）在临春班做正旦，小时也是极有名头的，后来长了胡子，做不得生意，却娶了一个老婆，只望替他接接气，那晓的又胖又黑，自从娶了他，鬼也不上门来。

　　根据美国汉学家费侠莉（Charlotte Furth）的调查研究，太监和同性恋在中国明清时期的上层社会中已经很常见①。鉴于此，周祖炎进一步提出：在上文叙述中，聘娘的公公所讲的不能维持的"生意"以及他希望自己老婆所能替他维持的"生意"，其实指的是他年轻时候的卖淫行为。事实上，到了清朝时期，大多数扮演女性的男演员都有着另外一个社会性别身份或者副职业，即充当上层社会男性的男妓。因此，男性戏剧实践中的社会性别转换同时也被带入现实生活中。在这种情况下，这些自我塑造成女性身份的男性是以相反方向的性别转化为目标的：作为边缘人物的男性演员，通过与来自上层社会的恩客建立性关系的方式，努力将自己与中心权力结构联系在一起。同时，这种在戏剧实践和性交易中的男性到女性身份的转换，其实是一种有目的的从女性边缘社会地位到男性中心地位的转变②。

　　总之，在《儒林外史》的世界里，每一个角色，无论是男人还是女人、是中心还是边缘都试图超越他人，所以他们觉得有必要对外隐藏自己的真实身份或真实想法。在这种情形下，假装和自我塑造自然也就成为阴阳两极追求世俗成功的一个策略。当大多数学者都将伪装和自我塑造视为通向功名的途径时，绝大多数的女性或女性装扮的男人等社会边缘人物通常会采用直接和物质的目标，比如获取财富和遗产，或者依傍到一个理想的老公和恩客。不过，在一般情况下，人们在努力追求功名富贵的过程中，阴阳两极的伪装或自我塑造功能，在本质上都是一样的，没有差别。

---

① Charlotte Furth, "Androgynous Males and Deficient Females: Biology and Gender Boundaries in Sixteenth-and Seventeenth-Century China". *Late Imperial China*, 9.2 (1988).

② Zuyan Zhou, "Yin-Yang Bipolar Complementary: A Key to Wu Jingzi's Gender Conception in *The Scholars*". *Journal of the Chinese Language Teachers Association*, 29.1 (1994).

(四)滑稽的阴阳两极颠倒

周祖炎指出,在吴敬梓的小说世界里,还有一部分男、女性别角色与他们呈现出来的性格及行为方式是颠倒的,也就是说,有一些很强势的女性呈现出来的是阳性特征,而一些相对懦弱的男性表现出的则是阴性状态。这种具有讽刺性的阴阳颠倒的两性性格,在小说中的最佳呈现方式莫过于温顺的丈夫与任性的妻子之间的婚姻关系,尤其是鲁小姐和蘧𫍯夫、王太太和鲍廷玺之间的夫妻关系。在这种颠覆性的婚姻模式中,传统的居高临下的男性角色变成了妻管严或无用之人,而传统的顺从听话的妻子则由固执而坚强的妻子所取代①。事实上,这种婚姻关系中的两性阴阳颠倒在《儒林外史》之前就已经在一些文学作品中得到了呈现。在吴燕娜看来,17 世纪的中国文学已经存在这种婚姻关系等级的反向变化,《儒林外史》是在此基础上的进一步延伸②。在周祖炎看来,吴敬梓对明清时期的婚姻关系反向等级变化认识得更为深刻,不仅注意到了文人阶层,而且察觉了普通平民阶层。周祖炎指出,《儒林外史》中婚姻关系的阴阳次序倒置主要表现在两个方面:(1)在以鲁小姐和蘧𫍯夫婚姻关系为代表的文人阶层,出现了基于知识爱好的社会性别身份倒置。(2)在以王太太和鲍廷玺夫妻为代表的平民阶层婚姻关系中,妻子超越丈夫获得了操控家庭的权力,导致了社会性别身份的反转。

首先,对于清朝的文人阶层来讲,正常的性别两极顺序应该是:男性教育主要集中于八股学习,女性教育则强调的是诗歌和艺术。但是在《儒林外史》的世界里,文人阶层的夫妻代表鲁小姐和蘧𫍯夫却正好相反。鲁小姐因是家中唯一的孩子,所以自小就被父亲鲁编修当作儿子来接受教育,经过多年训练,鲁小姐嫁给蘧𫍯夫时不仅精通,而且热衷于八股文的创作。而蘧𫍯夫与妻子完全不同,相对于男人做举业的八股文,他更热衷于能够给他带来"名士"声誉的诗歌,因为在他看来,通过作诗获得名声要比作八股文来得容易。周祖炎提出,鲁小姐的兴趣在本质上是阳性,能够将其直接带入男性的权力中心;而蘧𫍯夫的爱好则呈现

---

① Zuyan Zhou,"Yin-Yang Bipolar Complementary:A Key to Wu Jingzi's Gender Conception in *The Scholars*". *Journal of the Chinese Language Teachers Association*,29.1 (1994).

② Yenna Wu,"The Inversion of Marital Hierarchy:Shrewish Wives and Henpecked Husbands in Seventeenth-Century Chinese Literature". *HJAS*,48.2 (1988).

为阴性,是获得名声的一条蹊径。因此,在他们二人的婚姻关系中,鲁小姐是阳极,蘧玼夫则是阴极,两人完全呈现出于本人生理性别对立的阴阳两极互补关系①。

其次,在吴敬梓生活的时代,普通家庭的婚姻关系一般是妻子从属于丈夫,丈夫在家庭中有绝对的权力和权威。然而,在他构建的虚构世界中,一切却面目全非,平民夫妻之间的关系与当时的现实社会次序颠倒,妻子开始掌握男性的家庭权力,丈夫则处于女性的从属地位。比如,王太太和鲍廷玺之间即是如此。在《儒林外史》中,王太太是一个傲慢、固执、虚伪、痴迷官场的寡妇。她在嫁给鲍廷玺之前曾经历过两次婚姻,是一位十分精于算计并且有着很强控制欲的强势女性。相较于妻子王太太,鲍廷玺就柔弱很多。他是鲍文卿的养子,跟着养父的戏班干活,原本是一个聪明、勤奋和诚实的人。但在养父去世后,他失去了来自男性的保护,养母开始主导家庭。这一切变化导致了他社会道德的败落,他听从于养母的指令与另一个强势、固执的女性——王太太结婚。在强势妻子的影响和操纵下,鲍廷玺逐渐变成了一个精于算计的人,不再纯真和诚实。周祖炎认为,在王太太这样一个操纵者的手中,鲍廷玺只是一个玩偶而已,时刻都要顺从于她。在他们的婚姻关系中,具有男性气概的王太太具有阳极的属性,而鲍廷玺则体现了阴性的属性,两者的婚姻关系是一种阴阳两极颠倒的互补②。

总而言之,在吴敬梓创造的小说世界里,"阴""阳"两极概念突破了传统上所指代的性别概念,而是在两性之间来回游走,没有固定的指代。根据周祖炎的观察,《儒林外史》中的人物形象存在三种阴阳两极的组合,分别是代表男性的"阳"与代表女性的"阴",代表同性恩客或守护者的"阳"与代表男妓或名士的"阴",代表女性的"阳"与代表男性的"阴"。无论是哪一种组合,也不管他们的目标是超脱世俗还是追求名利,他们都在《儒林外史》中呈现出一种互补、互惠的关系。由此可以看出,尽管吴敬梓对《儒林外史》中的女性形象着墨很少,但并不代表他不够重视女性形象。相反地,为了呈现出小说中的女性角色,他花费了大量心思,企图通过对男性角色的塑造描写来凸显笔下女性角色的与众不同和不可替代,

---

① Zuyan Zhou, "Yin-Yang Bipolar Complementary: A Key to Wu Jingzi's Gender Conception in *The Scholars*". *Journal of the Chinese Language Teachers Association*, 29.1 (1994).

② Zuyan Zhou, "Yin-Yang Bipolar Complementary: A Key to Wu Jingzi's Gender Conception in *The Scholars*". *Journal of the Chinese Language Teachers Association*, 29.1 (1994).

以表达出他的女性主义观点。因此,周祖炎从阴阳两极互补的角度审察和分析
《儒林外史》,突破了原有的研究方法,具有一定的新意。他的研究使我们意识
到:阴阳两极不仅是作者用来对呈现广阔人类世界的补充,也是我们理解吴敬梓
女性主义观点的关键所在。

第三节　跨文明比较的运用——与《汤姆·琼斯》 的比较研究

跨文明比较是当代学者进行文学研究采用的主要方法之一,以此方法为研
究手段的学术成果在国内外数不胜数。作为中国古代讽刺文学的典范之作,《儒
林外史》自然也受到了一些比较文学学者们的青睐,运用跨文明比较的方法对
《儒林外史》和国外的小说展开对比研究。笔者所搜集的资料显示,中国国内学
界从跨文明比较的视角对《儒林外史》展开研究的成果寥寥无几,迄今为止仅有
两篇期刊论文,均是将《儒林外史》与同时期的英国作家亨利·菲尔丁(Henry
Fielding)的作品进行对比和分析。一篇是《〈儒林外史〉与〈汤姆·琼斯〉的比较
研究》①,从思想内涵、情节设置、人物刻画和艺术手法四个方面进行了概述性的
比较;另一篇是《略谈吴敬梓与菲尔丁讽刺艺术的共同之处》②,对两位大师的讽
刺艺术的特色进行了简略探讨。从总体上来看,国内学界很少关注从跨文明比
较的角度来研究《儒林外史》,现有的研究成果比较单薄、欠缺深度,有待进一步
展开。与中国学界选择比较的对象相似,英语世界的学者也大都选择了亨利·
菲尔丁的作品与吴敬梓的《儒林外史》进行比较,认为二者尽管身处不同的异质
文明背景下,却在文学体裁、创作技巧等诸多方面都有着惊人的相似之处。当
然,相较于中国国内学者的浅尝辄止,英语世界学者的研究则显得更为娴熟和深
刻,分别从文学类型、人物形象等方面对《儒林外史》和《汤姆·琼斯》呈现出的相
似性进行了较为全面而深入的分析与探讨。

---

① 梁鸣:《〈儒林外史〉与〈汤姆·琼斯〉的比较研究》,《当代小说》(下)2009 年第 6 期。
② 王洪艳:《略谈吴敬梓与菲尔丁讽刺艺术的共同之处》,《安徽文学》2009 年第 11 期。

一、吴晓洲：两部小说同属一种文学类型——社会风俗小说

1990 年，美国华人学者吴晓洲以《西方和中国文学类型的理论和批评：一个比较研究》为博士学位论文题目，毕业于美国埃默里大学人文科学研究院。该论文集中对中西方异质文明背景下的文学类型理论与批评进行对比和研究，并从中西方文学关系的视角出发，以具体的中西方文学作品之间的对比和考察为基础，重点探讨了一种特殊的文学类型——社会风俗小说。在对中西方文学作品进行综合考察和选择的过程中，吴晓洲发现，同在 18 世纪，中西方两种异质文明在不同的社会、政治、经济背景下，在彼此之间没有任何交流的情况下，竟然开出了两朵近乎一样的同一品种的花朵——吴敬梓的《儒林外史》和亨利·菲尔丁的《汤姆·琼斯》。在吴晓洲看来，吴敬梓和亨利·菲尔丁这两位作家虽处于同一时代，但由于遥远的距离和迥然不同的文化背景，两人之间不可能发生任何交集，更不会存在任何直接或间接的文学类型影响，他们各自的作品也是继承了各自的文化传统。然而，就是在这种情况下，两人的文学作品——《儒林外史》和《汤姆·琼斯》却令人意外地拥有很多共同的体裁特征，而这些共同的特征足够将它们归为同一种文学类型——社会风俗小说。

（一）社会风俗小说的定义与特征

在考察两部文学作品体现的共同体裁特征之前，吴晓洲首先从整体考察了社会风俗小说这一文学类型。吴晓洲提出，鉴于"小说"（Novel）是一个十分令人困惑的术语，学界对它有着各种不同的认知和理解，他在研究中采用了文学界广泛接受的"小说"概念来考察"社会风俗小说"。所以，这里的小说指的是"长篇的虚构叙事散文"，不仅包括现实主义小说，还包括非现实主义或者半现实主义的叙事散文，比如浪漫主义小说、流浪汉小说、哥特小说、侦探小说和历史小说等①。除了上述类型之外，小说还有意识流小说、问题小说、政治小说、抒情小说、言情小说、乡土小说和社会风俗小说等多种类型的存在②。在他看来，小说

---

① Xiaozhou Wu, *Western and Chinese Literary Genre Theory and Criticism: A Comparative Study*. Ph. D. dissertation, Emory University, 1990, p.120.

② Xiaozhou Wu, *Western and Chinese Literary Genre Theory and Criticism: A Comparative Study*. Ph. D. dissertation, Emory University, 1990, p.121.

类型应该是不受限制的,而不是单纯依赖于主题元素的修饰;同时,文学作品能够超越对它们进行描写和定义的类型,所有的文学类型都是事后的想法与验证。吴晓洲指出,所有的文学类型很大程度上都与"现实主义"和"浪漫主义"这样的类型术语相似,都是用来指称一些在这些术语产生之前就已经存在的、拥有共同特征的文学作品的集合。鉴于此,社会风俗小说,从一般上来讲,是一种将一定社会群体在特定时间和地点的社会风俗作为全部内容的长篇虚构叙事散文,这些社会风俗不仅能够对作品中的实际集合负责,而且可以支配、管理、决定其他可选的和次要的类型成分①。

吴晓洲进一步分析指出,在这种类型的小说里,对鲜活具体的人物形象和社会文明的描述往往需要小说采用写实的方式;特定群体或阶层的社会道德通常能够非常详细而精确地体现出来,故事发生在特定的时间和地点能够给读者带来很强的真实感。社会习俗的主题有时能够决定文学作品具有说教的道德目的。另外,这个文类不仅伴有爱情主题、讽刺语气、低调或混合的风格等特点,而且还有其他一些特征,比如:固定的人物类型或丰富的人物形象、两种或多种习俗和价值体系的对立或并列、连续或半连续的动作,与道德模式、多愁善感、对话的广泛运用、机智和幽默、叙事诗的深入理解、情境叙述方式等有关。吴晓洲认为,除了主要特征以外,其他的这些特征全部居于次要地位,是可供作者选择的,不需要全部都运用于一部社会风俗小说②。

(二)《儒林外史》和《汤姆·琼斯》的文类共性——社会风俗小说

《儒林外史》和《汤姆·琼斯》两部小说产生于同一时代,都是各自所属民族文学的典范之作。关于二者之间的关联,文学界早已达成一个广为人知的共识,即二者在文学类型上没有任何直接或间接、相互或单方面的影响。尽管如此,学界仍然能够很容易地就察觉到二者在一些方面有着非常明显的相似性:两部作品都创作于19世纪40年代前后,标题中都有"史",都被视作小说——长篇虚构叙事散文;两位作者都生活在18世纪,出身于农村地区富有的上层社会家庭,有

---

① Xiaozhou Wu. *Western and Chinese Literary Genre Theory and Criticism: A Comparative Study*. Ph. D. dissertation, Emory University, 1990, p.132.

② Xiaozhou Wu, *Western and Chinese Literary Genre Theory and Criticism: A Comparative Study*. Ph. D. dissertation, Emory University, 1990, pp.135-136.

着良好的教育背景,并在同一年(1754 年)去世。吴晓洲分析后提出,除了这些表面的相似特征以外,两部小说的类型特征都包含在社会风俗小说的组成成分之中,而且相似或重合的特征非常多。鉴于这两部文学作品在文学类型上有着极为显著的相似之处,吴晓洲认为可以将二者都归入社会风俗小说这一文学类型①。

吴晓洲指出,《儒林外史》的主题不是以讽刺学者和伪学者为主,而是以描写学者、伪学者等人物形象为主。通过分析《儒林外史》可以发现,讽刺在小说中的运用只是作者吴敬梓采用的一种文学创作方式,而不是文学类型。相较于讽刺而言,风俗才是小说的主要构成。除此之外,《儒林外史》中体现的一些类型特征与社会风俗小说中的许多元素相似,这些相似的元素也同样体现在《汤姆·琼斯》中。鉴于此,吴晓洲对《儒林外史》与《汤姆·琼斯》的文体类型进行了比较。(1)由于《儒林外史》中的喜剧风格和轻松氛围,很多学者简单地将其归为喜剧类型,但事实上它与《汤姆·琼斯》一样,也承载了明确而严肃的道德目标。所以,《儒林外史》的风格不是一元化的,而是一种糅合了轻松与严肃的混合形式。(2)众所周知,《汤姆·琼斯》是一部优秀的现实主义小说。虽然《儒林外史》是一部中国古典小说,但是其高超的现实主义创作手法已经获得了文学界和文学批评界的广泛认可。从现实主义的创作手法来说,二者也体现了相近的特征。(3)《汤姆·琼斯》继承了西方文学中的流浪汉小说模式,《儒林外史》则是吸收了中国传统说书形式。尽管两部小说继承了截然不同的文化遗产,但是它们不仅有着相似的插曲式情节,而且都缺乏明确的设计和完整的结构。吴晓洲认为,这种插曲性使吴敬梓和菲尔丁在各自的小说中为读者提供了他们所处时代的社会生活全景,并在此基础上将两部小说归入了同一个文体类型——社会风俗小说②。

除了具备与《汤姆·琼斯》一样的社会习俗小说特质元素以外,吴晓洲认为吴敬梓与菲尔丁的创作相似之处还在于他们都在写作过程中借鉴了大量的历史材料。《儒林外史》这个标题清晰地显示了它与《史记》《汉书》悠久史书传统之间的密切关系。不过,标题中的"外史"两字也揭示了它不是真正的历史,而是对学

---

①　Xiaozhou Wu, *Western and Chinese Literary Genre Theory and Criticism: A Comparative Study*. Ph. D. dissertation, Emory University, 1990, p.137.

②　Xiaozhou Wu, *Western and Chinese Literary Genre Theory and Criticism: A Comparative Study*. Ph. D. dissertation, Emory University, 1990, pp.169 - 170.

者和伪学者这一文人阶层进行综合诠释的虚构历史故事。和同时代的英国作家菲尔丁一样，吴敬梓在小说中运用了大量技巧，这些技巧都得益于他早年作为剧作家的文学生涯。在《儒林外史》中，这一特质通过巧妙的对话设计得到了充分的体现。所以，吴敬梓同菲尔丁一样是擅长讽刺的一流作家，他的小说里充满了丰富的幽默和智慧。吴敬梓并不只是一个会让读者发笑的喜剧作家，他更是一位能够通过笑声给人以教诲的有道德的作家。除此之外，吴敬梓在人物描写上也与菲尔丁非常相似，他会将两个以上的习俗同时加诸他所描写的某一群体或阶层的人物形象上，以展现这一阶层或群体人物的真实生活画面。除了大量学者形象以外，吴敬梓还在小说中安排了各行各业的人物形象，比如小店店主、衙役、地方官吏、盐商、军官、演员、歌女、皮条客、妓女、媒人、习武之人、家丁、丫鬟和骗子等，构成了一道为人称赞的人物形象画廊①。

　　尽管有很多的相似或相同之处，《儒林外史》与《汤姆·琼斯》有一点重要不同，那就是它缺少了西方社会风俗小说中经常出现的浪漫或爱情主题。在《汤姆·琼斯》中，除了两个英雄——汤姆与苏菲相爱之外，还有其他复杂的情感纠葛，比如汤姆和莫莉、沃特斯太太、贝拉斯顿夫人四人之间，奈廷格尔与南希、菲茨帕特里克夫妇之间等。在吴晓洲看来，爱情主题能够展现出小说中人物的多愁善感。尽管吴敬梓在《儒林外史》中描写了婚姻、婚礼仪式、做媒、拉皮条、嫖妓等行为，但是始终没有提及任何与情感有关的话题，所以也更不会有上述复杂的爱情纠葛和情色描写。其实，这种才子佳人式的浪漫爱情小说或故事在中国文学中有着丰富的传统，比如《金瓶梅》《肉蒲团》和《红楼梦》，但吴敬梓却对此类主题无动于衷，完全没有任何借鉴和吸收。吴晓洲认为，吴敬梓这样做的原因有三：一是中国小说的传统本身就比较少关注爱情这一主题，只在个人价值的互相欣赏这一循环主题中略有涉及；二是吴敬梓的儒家道德标准使他避免了中国浪漫传统的影响；三是吴敬梓深受史学传统和讽刺书写的影响②。由此可见，尽管《儒林外史》与《汤姆·琼斯》存在一些不同，但这两部作品呈现出相似性文类特征足以将它们归为同一种文学类型——社会风俗小说。

---

　　① Xiaozhou Wu, *Western and Chinese Literary Genre Theory and Criticism: A Comparative Study*. Ph. D. dissertation, Emory University, 1990, p.171.

　　② Xiaozhou Wu, *Western and Chinese Literary Genre Theory and Criticism: A Comparative Study*. Ph. D. dissertation, Emory University, 1990, pp.172-173.

(三)《儒林外史》和《汤姆·琼斯》构成同一文类现象的原因

如前所提,《儒林外史》和《汤姆·琼斯》产生于相隔万里的不同国度,继承了不同民族的文化遗产,是中西两种异质文明下的文学产物。我们可以肯定地说,这两部文学作品之间没有任何直接或间接的影响。那么,为什么不同文化背景下毫无关联的两部小说能够共有如此多的相同或相近特征,以至于可以将它们归属于同一种文学类型? 吴晓洲认为,这种耐人寻味的现象之所以能够产生,当中既有文学的因素,也有非文学的因素。

吴晓洲指出,非文学因素主要体现在两个方面:一是两部文学作品创作时期的欧洲和中国社会经济情形相似,都处在早期现代社会,为两部小说的创作提供了相近的社会背景。二是两位作者的个人背景非常相似,为两部小说共有诸多相似的特征提供了可能。一方面,在早期现代欧洲的社会经济环境中,现代西方小说类型应运而生,受到了大众的欢迎并确保了自身的地位;在同样处于早期现代社会的中国,现代中国小说类型也在这一时期开始出现和崛起。美国评论家伊恩·瓦特(Ian Watt)在《小说的兴起——笛福、理查逊、菲尔丁研究》(*The Rise of the Novel: Studies in Defoe, Richardson and Fielding*)一书中,对16到18世纪的英国及欧洲的社会经济元素进行了敏锐的观察,发现都市化、商业化、工业革命、教育发展以及印刷术等元素的结合,不仅形成了资本主义文化,也构成了小说兴起的原因[①]。与之相似,中国在16至18世纪已经出现资本主义的萌芽,进入了早期现代社会。这一时期的社会经济环境,正如浦安迪所描写的,"快速的城市化、以银圆为基础的货币经济、海上探险带来的贸易发展,印刷工坊的迅速崛起"也与西方相差不大[②]。吴晓洲认为这些观察对了解《儒林外史》和《汤姆·琼斯》的文类共性有着很重要的作用。

另一方面,吴晓洲将吴敬梓和菲尔丁放在一起观察,看到了二人身上有着很多的相似之处。首先,两位小说家都出生于家道中落的富贵士绅家庭,都接受了

---

① Ian Watt, *The Rise of the Novel: Studies in Defoe, Richardson and Fielding*. Berkeley: University of California Press, 1957, pp.30-44.

② Andrew Plarks, "Full-length Hsiao-shuo and the Western Novel: A Generic Reappraisal". In William Tay, et al. ed. *China and West: Comparative Literature Studies*. Hong Kong: The Chinese University Press, 1980, p.166.

良好的教育,熟知他们所在的阶层及其礼仪和习俗,并将此作为各自小说的主题。其次,两人都游历过很多地方并在途中结识了各行各业的人,这种经历能够使他们观察到自己所处阶层与其他社会阶层人群的不同,体会到地位高低、家庭贫富之间的差异。再次,吴敬梓和菲尔丁都有过创作戏剧的经验。菲尔丁以剧作家的身份开启了他的文学生涯,吴敬梓在早期文学生涯中也创作过大量的剧本。这段经历为他们提供了实践和欣赏戏剧的良机,尽管这一时期戏剧仍被视作低等或通俗文学,但它的日常生活主题和贴近民众的通俗风格为吴敬梓和菲尔丁后来创作小说奠定了基础。最后,吴敬梓和菲尔丁都有着严格的道德标准,在对人性的弱点持一种批判态度的同时,也会对不幸的人给予同情。这些相似的道德标准使他们的小说都承载了强烈的道德信息,既带有讽刺的语气,又持有同情的态度①。

关于文学因素,吴晓洲认为,吴敬梓和菲尔丁两人继承的丰富文学传统,在很大程度上决定了《儒林外史》和《汤姆·琼斯》以社会风俗小说的类型问世。如前所提,两位小说家在创作中将诸多古往今来的文学相关传统进行了有效整合,促成了新的小说形式。对《汤姆·琼斯》的作者菲尔丁来说,他不仅熟练掌握了各种文学或非文学的类型,比如叙事诗、流浪汉小说、浪漫、史学、讽刺、风俗喜剧等,并巧妙地将这些类型的传统和技巧运用到他的创新写作之中。与此同时,吴敬梓也精通各种文学和非文学的类型,比如说书、史学、历史浪漫、讽刺,白话小说、戏剧等。他将这些所熟知的类型技巧进行精妙整合,创作出了《儒林外史》这部全新形式的散文体叙事小说。吴晓洲指出,如果菲尔丁和吴敬梓没有对这些文学传统的选择性借鉴和巧妙运用,即使他们拥有相似的个人背景和小说创作环境,也无法创造出全新的散文小说②。由此可见,文学和非文学因素相辅相成,缺一不可;二者一起促成了《儒林外史》和《汤姆·琼斯》的同时出现,体现了两部作品诸多的文类特性,构成了它们同属社会风俗小说这一文类现象的原因。

---

① Xiaozhou Wu, *Western and Chinese Literary Genre Theory and Criticism: A Comparative Study*. Ph. D. dissertation, Emory University, 1990, pp.175 – 176.

② Xiaozhou Wu, *Western and Chinese Literary Genre Theory and Criticism: A Comparative Study*. Ph. D. dissertation, Emory University, 1990, pp.176 – 177.

二、柯伟妮：两部小说共同呈现出的"流浪汉元素"

1998 年，美国学者柯伟妮以《〈儒林外史〉——中国小说中的流浪汉研究》（*The Ju-lin wai-shih: An Inquiry into the Picaresque in Chinese Fiction*）为博士学位论文题目，获得了美国华盛顿大学的哲学博士学位。该论文以跨文明比较为研究视野，将代表 18 世纪中、英两国各自文学成就的《儒林外史》和《汤姆·琼斯》等作品进行比较与考察，发现并探讨了不同异质文明下的作品所共同体现出的"流浪汉元素"。柯伟妮指出，亨利·菲尔丁的《汤姆·琼斯》在英国文学的划分上，被认定为描写流浪的小说。这种小说描写了一种流浪汉模式，讲述的是一个幼稚单纯的人经过一段漫长而具有情景性的旅途变成一个诡计多端的流氓。巧合的是，同样在 18 世纪的中国，也有一部小说充满了与《汤姆·琼斯》相似的流浪汉元素，这就是吴敬梓的《儒林外史》。

中国的吴敬梓（1701—1754）和英国的亨利·菲尔丁（1707—1754）属于同一时代的作家，都生活在 18 世纪上半叶。在这一时期，吴敬梓创作了《儒林外史》，广泛地描写了当时的中国社会全貌；菲尔丁则写出了《约瑟夫·安德鲁斯》和《汤姆·琼斯》等作品，他创作的流浪汉模式在这一时期的英国文学中扮演了非常重要的角色。在柯伟妮看来，吴敬梓的创作风格能够与菲尔丁相比，主要是因为以下三个方面：首先，吴敬梓在创作中抛弃了自己所属的士绅阶层的习惯和特点，他笔下的那些作为个体的角色是世界各地所共有的人物形象代表，而不是某一地区所特有的。其次，吴敬梓在《儒林外史》中通过一系列长篇寓言道出了他的道德观。虽然吴敬梓以喜剧的方式来描写他所观察到的周围的世界，但他通过对小说人物的刻画，指出了社会精英对儒学、科举制度和社会习俗的过度尊崇，揭露了学者痴迷官场实践的无知和荒唐。最后，与《汤姆·琼斯》具有的流浪汉表征一样，《儒林外史》中的流浪汉元素体现在匡超人这个人物角色身上，吴敬梓把他一个人的故事当作寓言来描述当时清朝道德腐败的普遍现象①。

柯伟妮指出，现代小说的流浪汉形式最早出现在文艺复兴时期的西班牙。这一小说形式在当时被视为文学异类，不为主流文学所接纳。相对于当时盛行

---

① Whitney Dilley, *The "Ju-lin wai-shih": An Inquiry into the Picaresque in Chinese Fiction*, Ph. D. dissertation, University of Washington, 1998, p.12.

的传统浪漫主义文学,西班牙的流浪汉文学形式专注于琐碎而平凡的世俗世界;作者在具体描述过程中,既关注于作为个体的人类特性,又提供了一个广泛的社会全貌。随后,这一形式进入英国,被用来考察英国文学传统。丹尼尔·笛福(Daniel Defoe)、沃尔特·司各特(Walter Scott)等作家的文学作品都体现出了一些流浪汉的元素,尤其是亨利·菲尔丁创作的《汤姆·琼斯》,流浪汉元素更是无处不在,被视为"流浪汉小说"。总体来说,流浪汉小说的基本情节结构由一段充满复杂感情纠葛的长途旅行构成。主人公在这一长途旅行过程中需要面对各种厄运的侵袭和骗子的欺骗,因此他的旅行总是在中断和恢复之间不断地来回更替。美国评论家罗伯特·斯科尔斯(Robert Scholes)将这种文学类型称为"流浪汉模式",是一种围绕流浪汉旅行的集合范式,讲述了流浪汉在旅行中从一名幼稚天真的青年变成诡计多端的无赖的过程。柯伟妮认为,这种类型中的流浪汉形象同时具备三种基本特征:一是胆怯的性格,二是被困在混乱的世界,三是始终处在无休止的旅程之中。也就是说,西班牙的流浪汉故事通常都包含一个有道德问题的英雄形象,是一种通过长途旅行的形式来呈现底层社会生活的情景性故事①。

　　柯伟妮进一步提出,流浪汉小说的基本情节结构是插曲的形式,其情节仅仅是对一系列碎片化的插曲故事的记录——各种意想不到的相遇和事件组成的插曲随意地结合在一起构成一场流浪汉的长途旅行。在这种类型的小说中,作为主人公的英雄会一直遭受一系列混乱事件的攻击,有节奏地快速行动,反反复复,没有终止。除此之外,人物角色的出现和消失没有任何逻辑,事件和人物的联系也没有任何秩序和规律可循,更不可能将情节组合成一个和谐的整体。在柯伟妮看来,尽管流浪汉小说是西方的文学类型,但在相隔万里之外的中国,有一部名为《儒林外史》的作品,它的最显著特征恰恰正是这种西方流浪汉故事的插曲性质②。除了插曲性质以外,流浪汉小说还有另一个要素,即经济不稳定感。柯伟妮认为,这一要素有助于增强流浪汉小说的真实感,使小说更加贴近现实生活,能够让读者认识到自己未来和财富的不确定性、不稳定性。《儒林外史》

---

① Whitney Dilley, The *"Ju-lin wai-shih": An Inquiry into the Picaresque in Chinese Fiction*. Ph. D. dissertation, University of Washington, 1998, pp.20-21.

② Whitney Dilley, The *"Ju-lin wai-shih": An Inquiry into the Picaresque in Chinese Fiction*. Ph. D. dissertation, University of Washington, 1998, p.22.

对英雄人物命运快速转变的描述就充分体现了这一点。比如,小说第五回"王秀才议立偏房,严监生寿终正寝"中的赵氏这一角色就体现了经济财力的不稳定。赵氏起初只是严监生的妾,后来在一系列事件和幸运环境的促成下,她转而变成正室,开始执掌持家的权力。然而好景不长,严监生一死,她就被严家兄弟阴谋设计,瞬间失去了财产和持家的权力,陷入了贫困之中。另外能够体现这一点的还有小说第三回中的主要人物——范进。范进在中举之前生活一直穷困潦倒,经常被人瞧不起,但在中举之后命运发生了翻天覆地的变化,不仅在村庄中心有了新住宅,而且交到了很多官场朋友,获得了每个人的尊重①。

同《汤姆·琼斯》等流浪汉小说一样,《儒林外史》也充分展示了快速的排序节奏。比如,无论是人物的结婚或去世,还是他们迅速失去刚刚获取的财富,《儒林外史》中的插曲式情节总是如此快速地发展,这种短时间内不同甚至是对立事件的快速累积近似于现实生活中的混乱节奏,充分体现了流浪汉小说的快速排序的节奏特点。这种特点也体现在《儒林外史》的语言上,比如小说经常会以"话说""自此"作为段落的开头。由此可见,流浪汉小说的节奏与插曲式的情节密切相关。《儒林外史》中还充满了一些流浪汉的冒险元素,呈现出不稳定和短暂性的节奏特征。比如,匡超人家的房子突然失火,为他本就困苦的人生又增添了一份苦难元素。此外,在长途旅行途中,流浪汉与小说中的其他很多角色不断地相遇又重逢,但这种相逢只是偶然发生,没有任何明显的规则可循②。《儒林外史》中的匡超人即是如此,比如,他与马纯上的相遇,无论是在西湖的离别,还是在湖州的重逢,都是在旅行途中的随意相逢,没有任何因果或先后顺序的征兆,一切都是那么顺其自然地偶然发生,与现实生活一点都不违和。

由此可见,尽管流浪汉小说是一种西方文学类型,且吴敬梓的个人生活背景与文学创作习惯同西方没有任何关联,但是他写作的《儒林外史》无论是整体的插曲式情节结构,还是小说的人物形象及其行为所呈现出来的韵律和节奏,都与流浪汉小说的代表之作《汤姆·琼斯》有着诸多相通或相近之处,整部作品都充满了"流浪汉元素",是一部具有世界性的文学作品。

---

① Whitney Dilley, *The "Ju-lin wai-shih": An Inquiry into the Picaresque in Chinese Fiction*. Ph. D. dissertation, University of Washington, 1998, pp.23–24.

② Whitney Dilley, *The "Ju-lin wai-shih": An Inquiry into the Picaresque in Chinese Fiction*. Ph. D. dissertation, University of Washington, 1998, p.25.

第七章　对英语世界《儒林外史》研究的审视

在全球化的语境下，随着科学技术的不断发展，世界各国在文化方面的交流愈发紧密。英语世界的《儒林外史》研究，与中国本土的研究有多种相似之处。比如，中西方都将《儒林外史》视作中国讽刺小说的典范之作，认为该小说对后世文学的发展产生了深远的影响。然而，由于中西方之间在文化机制、思维模式、知识质态等多方面的差异，使得英语世界学者在研究《儒林外史》的过程中形成了独特的研究视角，呈现出了鲜明的异质性特点。曹顺庆将这种现象称之为文学的"他国化"。所谓文学"他国化"，是指"一国文学在传播到他国后，经过文化过滤、译介、接受之后产生的一种更为深层次的变异，这种变异主要体现在传播国文学本身的文化规则和文学话语已经在根本上被他国所化，从而成为他国文学和文化的一部分"①。《儒林外史》在传入英语世界国家的过程中亦是如此，经过西方文化的过滤、译介与研究之后，无论在流传层面还是阐释层面都发生了变异，呈现出了与中国研究完全不同的面貌特质。因此，我们有必要对这种变异现象进行分析、审视，了解英语学界的研究角度和取向，有助于国内学者挖掘新的视角和方法。

第一节　变异学视域下的英语世界《儒林外史》研究

比较文学变异学理论认为，一国的文学作品在他国传播和接受的过程中，必然会受到接受国文化的过滤、改造和创新，从而发生一系列的变异现象。《儒林外史》在为英语世界读者所接受的过程中，也产生了诸如语言、文本、文化等方面的变异现象，从学理上可以将以上现象归纳为"流传变异"和"阐释变异"两个

---

① 曹顺庆主编：《比较文学概论》，北京：中国人民大学出版社，2011年，第156页。

层面。①

一、流传层面的变异

作为一部"旅行"到英语世界的文学作品,流传变异是《儒林外史》在抵达英语世界之后所产生的第一层变异,其中语言和文学文本的变异是流传变异的具体体现。众所周知,好的译本是文学作品海外传播的基础和关键。那么如何评价一个译本的好与坏? 如果我们仅从海外传播的角度来考虑,那么好的译本一定是为接受国所欢迎与接受的。而中西文化之间的诸多差异就决定了好的中国文学译本不可能全盘照搬原文内容,要在传播过程中经过西方文化的过滤、筛选、改造和创新译本,而这个流传过程中就产生了语言和文学文本的变异。《儒林外史》作为一部蕴含了大量中国传统文化因素的古典文人小说,其语言和文学文本在英语世界流传的过程中也发生了明显的变异。因杨宪益、戴乃迭翻译的《儒林外史》是唯一的全译本,美国汉学家柯伟妮是目前唯一节译《儒林外史》的美国学者,故本部分的探讨将主要围绕两个译本展开。

1. 小说语言的变异

我们不妨先以小说中的时间表述概念为例了解一下语言的变异。《儒林外史》中有很多比如次日五更、万历二十三年的时间表述概念,时间概念的翻译在两部译本中也有不同程度的变异。以万历二十三年为例,柯本直接译为公元纪年法 By the year 1519;而杨戴本则采用的是直译,按照小说中的年号纪年法直接译为 By the twenty-third year of Wan Li Period。从语言变异的角度来讲,尽管两个译本都添加注释对两种纪年法进行了解释,但是柯伟妮对小说语言的改造更适合西方读者的阅读和纪年习惯。

其次,我们再来考察一下小说中科举称谓在英译本中的变异。比如小说第二回的标题"王孝廉村学识同科,周蒙师暮年登上第"中的"孝廉"一词,杨戴本中采用的是 Provincial Graduate Wang,柯本使用的是 Provincial-level Scholar Wang。"孝廉"在明清时期是对举人的雅称。英语世界国家的文官制度虽受中国科举文化影响,但却没有与科举相关的称谓。为此,无论是杨戴还是柯氏都选

---

① 毛明:《比较文学中国话语建构的创新实践与路径启示——变异学、他国化与中国化问题研究》,《海南师范大学学报》(社会科学版)2021 年第 2 期。

择了西方国家中与之等同的称谓表述方式,这类词语的变异适应了英语世界读者的文化机制和表述方式,更容易理解和产生共鸣。

另外,我们还以第二回标题为例来,看一看"周蒙师"这一词语在英译本中的变异。按照字面意思理解,"周蒙师"应该被译为"Lecturer Zhou""Teacher Zhou"等等。但是在实际的翻译操作时,无论是杨戴本还是柯本,无一例外都放弃了这种翻译方法,而是按照西方人的称呼习惯直呼其名"Zhou Jin"。《儒林外史》中的尊称、谦称也是如此。以小说第三十三回中"先生贵姓""贱姓迟,名均,字衡山"为例,杨戴本和柯本都按照西方读者的称呼习惯省去了"贵""贱"之词。这种语言上的变异同"孝廉"一词的变异一样,都是为了适应西方文化所进行的一种"他国化"的变异。

《儒林外史》英译本中类似的语言变异情况还有很多,不胜枚举。通过以上几例,我们可以看出,无论是杨戴本还是柯本,《儒林外史》英译本中的语言变异都是基于西方文化的一种过滤和改造。虽然《儒林外史》传播过程中所造成的语言变异无法使原语文本与译语文本的语言一一对应,但是它既保持了原文的基本内涵不变,又符合了西方读者的阅读兴趣与习惯,使小说文本在英语世界获得了较为广泛的传播,为越来越多的西方读者所喜爱与接受。

2. 文学文本的变异

《儒林外史》在流传至英语世界的过程中,最显著的文本变异体现在两个方面:一是为英文版译作设计插图、增设附录。为了提高英语世界读者对《儒林外史》的阅读兴趣,便于他们理解和传播小说,外文出版社聘请程十发先生专门配合《儒林外史》英文版设计了多幅插图,并将《〈儒林外史〉中提到的科举活动和官职名称》和《小说主要人物表》梳理出来放在文后。除此之外,在杨戴本被美国的出版公司引入美国后,出版公司为了宣传推广小说,还特地邀请了夏志清撰写导言,希望能够增加它的受欢迎度。二是小说段落的变异。无论是杨戴本还是柯本,两部译著为了更好地帮助英语世界读者理解、欣赏小说,将大的段落尤其是设有对话的段落分成若干个小段落,不仅可以改善长段落带来的阅读疲劳,而且易于英语世界读者的理解和接受。

二、阐释层面的变异

《儒林外史》在传播到英语世界之后,随着关注度的持续攀升,研究《儒林外史》的学者越来越多。尤其是 20 世纪 70 年代以来,英语世界研究成果不断涌现,出现了研究《儒林外史》的热潮。在这股研究热潮中,学者们从各个角度争相分析,由此产生了诸多阐释层面的变异。

1. 价值观的阐释变异

作为最早研究《儒林外史》的华人学者,夏志清尽管对《儒林外史》在英语世界的传播与研究起到了至关重要的推动作用,但是他在分析吴敬梓及《儒林外史》时并没有完全立足于中国文化传统的本身,而是囿于西方文化价值观体系,将《儒林外史》视为一部倡导个人主义的小说。比如,他在分析《儒林外史》的历史背景时,便利用西方个人主义价值观进行阐释,提出假托明代纯粹是因为吴敬梓个人的兴趣爱好,忽略了广阔的社会文化背景。柯伟妮对《儒林外史》的阐释也是置于西方文化价值观体系,将小说的重点人物从王冕、杜少卿等人身上转移到了匡超人身上,探讨了匡超人身上所具有的西方 19 世纪的流浪汉气质。

2. 文本性质的阐释变异

罗溥洛并不将《儒林外史》视作一部小说,而是看作一部社会历史研究材料,将其放入社会历史学研究的框架下以分析清朝的社会批评格局、民间信仰、科举制度和早期的女权思想。在罗溥洛的阐释下,《儒林外史》变异成了一份历史文献,而非古典小说。史蒂文·罗迪从政治话语的角度来分析《儒林外史》中的知识分子身份问题,指出了清代的知识论危机和伦理道德观的衰退。无独有偶,葛良彦在研究《儒林外史》时,将其视为一份历史政治材料,从政治学的角度讨论了雍正王朝统治下知识分子的困顿与危机。

3. 文学形式的阐释变异

除了价值观的阐释变异、文本性质的阐释变异,黄卫总对《儒林外史》的研究可以看作文学形式的变异。黄卫总将《儒林外史》作为 18 世纪知识分子的自传体书,对吴敬梓的自传性策略进行了分析,并阐释了《儒林外史》如何成为自传体的过程。商伟则更进一步,将《儒林外史》纳入了思想史的范畴进行阐释,提出了由"二元礼"和"苦行礼"构成的总体框架。

整体来看,英语世界《儒林外史》研究所出现的阐释层面的变异,有的变异丰富了《儒林外史》的研究视野,带来了新鲜的阐释理念和阐释方法;但有的则变成了强制阐释,缺少对《儒林外史》深入而全面的理解。因此,我们在对待英语世界的研究成果时,应该秉持"一分为二"的观点,全面客观地看待,不能全盘接受,更不能一味否定,要保持理性、客观的头脑进行分析。

第二节 英语世界《儒林外史》研究的特色及启示

通过前面几个章节的论述,我们基本上勾勒出了英语世界关于《儒林外史》研究的整体面貌。尽管《儒林外史》传入英语世界的时间较晚,但并没有对它的传播和有关它的研究造成什么明显的影响,英语世界的研究者们给予它很多的关注和重视,很多新的研究观点、方法和材料层现错出,为中国本土学者提供了一面不可多得的"他者镜像"。本章将尝试对英语世界关于《儒林外史》研究的整体状况进行审视和思考,在挖掘其研究特色、为国内学界提供借鉴意义的同时,反思它存在的一些问题,以期为《儒林外史》未来在英语世界的进一步传播提供一些粗浅的建议。

胡适曾经说过:"西人之治汉学者,名 Sinologists or Sinoloques,其用功甚苦,而成效殊微。然其人多不为吾国古代成见陋说所拘束,故其所著述多有启发吾人思想之处,不可一笔抹煞也。"[①]诚如胡适所言,随着美国在 20 世纪成为新汉学研究的主要阵地,中国文学作品的研究在英语世界呈现出一片欣欣向荣的发展态势,可能胡适所讲的"用功甚苦,而成效殊微"并不适用于当今的新汉学研究,但"启发吾人思想之处"却准确印证了汉学研究的价值。作为在 20 世纪早中期传入英语世界的中国古典名著,《儒林外史》见证了新汉学的发展,成为新汉学时期英语世界研究的主要文学作品之一。综观英语世界对这部小说的研究,我们可以发现,英语世界的研究者主要偏重于对文学作品的剖析,对该书的成书背景、主题思想、叙述结构、艺术特色等方面均有较为深入的研究。由于他们所处的研究环境、所持的学术语言、方法理论和文化观念有别于,甚至有悖于中国古典文学的内在特质和架构体系,因此,在研究《儒林外史》这部中国古典小说时,他们不存在文化上的思想包袱,能够打破中国的传统思维模式,体现出了与众不同的学术特点,对国内学界的研究具有一定的借鉴意义。

---

① 胡适:《胡适留学日记》,合肥:安徽教育出版社,2006 年,第 860—861 页。

一、多面向研究角度中的创新

尽管《儒林外史》传入英语世界的时间只有短短几十年,但是英语世界的研究呈现出了多面向的研究特点。从整体上来看,英语世界关于《儒林外史》的研究大都是基于小说文本而展开的多面向分析,研究角度从主题思想、人物形象、叙述结构、创作技巧、艺术特色到作者的创作意图、讽刺作家身份及生活背景等,可谓一应俱全。虽然这些研究角度与中国学界有诸多重合之处,但是由于英语世界研究者置身于西方文化背景,在研究过程中通常不受传统束缚,不拘泥于已有观点,不仅发现了全新的研究角度,而且在已有角度中挖掘出了新的观点,体现了大胆怀疑、勇于创新的特点。

首先,我们分析英语世界关于《儒林外史》研究角度的观点创新。由于具有不同的文化背景、理论素养、审美立场和价值理念,英语世界的研究者,尤其是欧美本土学者,在对《儒林外史》的跨文化审视过程中另辟蹊径,呈现出了与国内学界迥然不同的观点。比如,国内学界一直以来都对吴敬梓的著作所属权没有任何质疑,但是英语世界的华裔学者遇笑容采用西方现代语言学理论,以小说语言呈现出的相悖方言特征,证明了《儒林外史》的著作权只有前三十二回属于吴敬梓,后一部分内容为他人所作。另外,当国内学者普遍认为《儒林外史》假托明代是为了间接表达对清朝统治者的不满和批评时,美国华人汉学家夏志清却提出吴敬梓的这种假托不仅是为了创作的便利,更是源于他本人对明史的兴趣,想要对明史严肃地表达自己的看法。再如,在对《儒林外史》的文类探讨上,英语世界学者除了将它视为中国学界普遍认为的讽刺小说以外,还将它归入社会风俗小说和流浪汉小说。在对叙述结构的探讨上,同中国学界一样,英语世界的观点也经过了一个历时的更新,在这个更新过程中,礼被视为统摄全书结构的核心这一观点也是英语世界研究的独到之处。在整个英语世界的研究成果中,像这样的新观点还有很多。我们暂且先不考虑这些新观点的正确性或合理性,单就观点本身来讲,英语世界的研究能够给国内学界相对传统的研究环境带来新奇感,挑动起国内学者的神经,在产生甄别、借鉴或反思的动力的同时,也提供了新的思考空间和研究方向。

其次,英语世界学者在研究《儒林外史》的过程中还发现了新的角度。比如,在中国学界还将注意力集中在《儒林外史》的讽刺主题时,英语世界学者卫鲁斯率先发现了小说中的抒情诗意,提出该小说"在本质上是一部最不引经据典、最富有抒情诗意的散文叙述体写作"①。他的这一观点直接将《儒林外史》带上了世界文学舞台,并提升了其在世界文学中的知名度。其后,高友工、林顺夫、黄卫总三位华裔学者,尤其是高友工,又进一步对抒情境界进行了专门探讨。依据笔者所搜集的资料来看,截至目前,国内学界还未关注到这一角度。再如,美国华人学者商伟从思想学术史着手,从礼与文化转型的角度对该小说进行了剖析,构成了全新的研究角度,引起了国内学者的关注。美国本土学者柯伟妮的流浪汉形象、华人学者周祖炎的阴阳两极互补等研究也提供了新的研究角度。这些新颖独到的研究角度,对国内学者来讲,有着积极的借鉴意义,能够进一步拓宽《儒林外史》的研究角度,促进《儒林外史》研究的可持续发展。

对于中国学者来说,对传统文化和学术观点的深入了解与牢固掌握其实是一把双刃剑,它一方面为研究《儒林外史》提供了学术基础和背景知识,但另一方面,研究者往往会囿于成见,不敢创新。在这种情况下,英语世界研究者"对传统观念与固有结论学而能疑,疑而能寻求新的理论和方法,用探幽析微的方式解决问题"②的做法无疑是值得我们借鉴的。

二、多维度研究方法的尝试

在 20 世纪这个被公认的"西方批评理论的世纪"③,《儒林外史》在英语世界的传播不可避免地会遇到各种西方文学理论;同时,在西方文化背景和学术规则下成长起来的英语世界学者也会自觉地或不自觉地将西方文论和研究方法运用到对《儒林外史》的研究之中。黄鸣奋教授在研究过程中也注意到了这种研究特点,并将其概括为:"其一,常以西方的人文和社会科学理论为参照系。……其二,广泛运用比较文学的方法……"④所以,自《儒林外史》进入英语世界学者的视线开始,多维度的研究方法无疑成为他们研究的重要标签之一。罗溥洛运用社会历史学的方法来探讨吴敬梓的"社会批判"主题,将形形色色的小说人物形

---

① Henry Wells, "An Essay on *The Ju-lin wai-shih*". *Tamkang Review*, 2.1 (1971).

② 程亚林:《入而能出、疑而求新——简析宇文所安研究中国古诗的四篇论文》,《国际汉学》2004 年第 2 期。

③ 朱刚:《当代西方文论与思考》,北京:北京大学出版社,2006 年,第 1 页。

④ 黄鸣奋:《英语世界中国古典文学之传播》,上海:学林出版社,1997 年,第 9 页。

象与清代社会的封建腐朽状况联系起来进行分析。史蒂文·罗迪运用文本细读法阐述了《儒林外史》中文人道德观念的衰退和堕落。商伟从思想学术史的角度出发，运用新批评细读法和叙述学理论深入分析了《儒林外史》，考察了它在叙述模式上的创新，并指出它既是中华帝国晚期文化转折的产物，又是对这种文化转变的回应。葛良彦运用政治学的研究方法分析《儒林外史》所体现的政治话语。罗溥洛、史蒂文·罗迪、周祖炎等人还运用性别社会学的方法来解读吴敬梓的女性主义观点。另外，比较文学的研究方法也是英语世界学者偏爱的一种理论方法。丹尼尔·鲍尔、柯伟妮和华人学者吴晓洲都采用了这一方法，将《儒林外史》置入比较文学的视野，将其与西方文学作品进行平行研究。种种方法不一而足，可以看出多维度的研究方法是英语世界《儒林外史》研究的鲜明特色。

对于英语世界的《儒林外史》研究者来说，他们所处的西方文化背景和价值观念在某种程度上构成了研究上的障碍。而西方文论的蓬勃发展为他们提供了跨越障碍的路径，化不利因素为有利条件，将《儒林外史》的研究置于英语世界读者能够感受的背景之中，从他们能够理解和接受的角度进行文本分析，从而形成了多维度的研究方法。这一研究特色赋予了了《儒林外史》研究不同的研究思路，具有一定的创新性，给国内学界提供了一些借鉴和参考。英语世界的研究实践向国内学界展示了运用西方文论进行中国传统文学研究的有效路径，在开启了中国古典文学研究新思路的同时，也扩大了国内学者的学术视野。此外，因置身于英语世界读者的文化背景、审美取向和价值观念之中，这种研究策略还能够更加靠近西方读者的"口味"，增加他们对《儒林外史》的阅读兴趣，从而促进它以及其他中国文学作品在英语世界的传播。

由上不难发现，英语世界的《儒林外史》研究具有鲜明的现代汉学属性，即英语世界学者偏重于从政治学、历史学、社会学、地理学等社会科学领域展开研究，从而使研究呈现出了鲜明的跨学科研究特征。

第三节　对英语世界《儒林外史》研究的反思

不可否认，英语世界学者独辟蹊径的研究思路和见地独到的研究成果，对国内学者来说，确实有着很大的借鉴意义。但是，我们在借鉴时应该小心谨慎，不能将其奉为"唯一标准"和"绝对真理",直接采取"拿来主义"的方式全盘照搬他们的研究范式和学术成果。因为英语世界学者在运用西方的理论和方法研究中国古典文学作品时,往往会忽略中国传统文化本身的特质,容易造成对文学作品的误读。这种误读现象通常是由文化过滤所带来的"流传变异和阐释变异现象"。比如,著名华人汉学家夏志清在考察《儒林外史》假托明代的原因时,将其仅仅归结于作者本人的研究兴趣和严谨的历史态度。这种误读明显是因自己本身的西方文化背景而对小说信息进行的一种改造和过滤,个人主义的价值观导致他在分析小说文本时仅仅是从吴敬梓的个人角度出发,而没有站在更为宏观的社会背景下来考虑其创作目的。

另外,很多英语世界学者在研究中国文学,特别是中国古典文学时,往往会由于搜集资料和缺乏汉语言知识等困难,去直接借助于中国现当代学者的既有研究成果,虽然这样可以给他们的研究带来一定的便利,但是也有可能会因为二手资料中的失误造成一些研究上的缺陷。比如,美国著名汉学家罗溥洛的研究就存在这样的一个失误。他在考察吴敬梓的文学作品时,指出《移家赋》的创作时间是 1733 年。而事实上,根据中国吴敬梓研究专家陈美林在新时期的考证,《移家赋》应该是写于吴敬梓"三十四岁""移家南京一年"①之时,即 1735 年。当然,罗溥洛的这个失误并不源于本人的考证错误,而是归于:他直接借用了胡适在《吴敬梓年谱》中的观点,并未对吴敬梓本人及作品进行一手资料的搜集和考证,从而延续了胡适的失误。②正是由于缺乏一手资料的考证,原本看似很小的一个疏忽,很有可能会对吴敬梓思想发展轨迹的研究与分析造成很大的影响。

因此,对于英语世界的研究成果,我们不能采用"一刀切"的做法,应该客观而公正地加以看待。我们既不能一味地维护本土研究而排斥他者成果,也不能将其奉为我们研究的唯一标准和绝对真理而否定自我。我们要在坚持本土文化传统的基础上,辩证地看待他者研究成果,有选择性地加以借鉴。只有这样,我们才能真正达到与"他者"文明的平等对话,才能把英语世界的《儒林外史》研究

---

① 陈美林:《吴敬梓评传》,南京:南京大学出版社,2011 年,第 185 页。

② 罗溥洛本人在《早期现代中国的异议分子——〈儒林外史〉与清代社会批评》序言部分提到,他对吴敬梓生平及作品的介绍源自胡适的观点。另据笔者所查,胡适确实在《吴敬梓年谱》中将《移家赋》的创作归于 1733 年(雍正十一年),不管是研究上的失误还是创作上的笔误,这一观点确实与实际不符。详见《胡适全集 2》第 626—627 页。

当作反观自身学术研究和学术体系建构的"他者之镜"。通过对它的考察、研究、分析、反思和借鉴来听取异质文化语境下的"他者"的学术声音,我们可以在汲取英语世界《儒林外史》研究的精华的同时,开阔国内《儒林外史》研究的思路和视野,以最终达到借"他者之镜"实现"正冠衣、明得失"的目的。同时,面对英语世界学者对《儒林外史》进行的错误解读和研究缺陷,我们应该加以纠正,在弥补"他者"研究不足的同时,也在一定程度上向世界展示中国"软实力",以促进中国文学在全世界范围内的传播,积极融入世界文学并参与世界文学理念的建构与重构。

附　录

英语世界人物中英文名字对照表
（按姓氏音序排列）

Anderson，Marston 安敏成

Barr，Allan 艾伦
Bauer，Daniel 丹尼尔·鲍尔
Brandauer，Frederick 白保罗
Bowen，Elizabeth 伊丽莎白·鲍温

Carlitz，Katherine 柯丽德
Chang，Chun-shu 张春树
Chang，Chung-li 张仲礼
Chang，Hsin-Chang 张心沧
Chang Sun，Kang-i 孙康宜
Chen，Shih-hsiang 陈世骧
Ch'eng，I-Fan 程亦凡
Cohen，Paul 柯文
Coleman，John 科尔曼

Defoe，Daniel 丹尼尔·笛福
Des Forges，Alexander 戴沙迪
Dikötter，Frank 冯客
Dilley，Whitney 柯伟妮

Elman，Benjamin 本杰明·艾尔曼
Eoyang，Eugene 欧阳桢
Epstein，Maram 艾梅兰

Fang，Xie 方燮
Feng，Liping 冯丽萍
Fisher，Tom 汤姆·费舍尔
Furth，Charlotte 费侠莉

Ge，Liangyan 葛良彦
Gimpel，Denise 丹尼斯·吉姆佩尔
Golas，Peter 葛平德
Gu，Ming Dong 顾明栋
Guy，Kent 盖博坚

Hanan，Patrick 韩南
Hegel，Robert 何谷理
Herbart，Friderich 赫尔巴特
Hightower，James 海陶玮
Ho，Ping-ti 何炳棣
Ho，Yen Sen 何焱森

Holoch，Donald 霍洛克

Hsia，Chih-tsing 夏志清

Hsu，Chen-ping 徐诚斌

Huang，Martin 黄卫总

Huters，Theodore 胡志德

Idema，Wilt 伊维德

Kao，George 高克毅;高乔治

Kao，Yu-kung 高友工

Katz，Paul 康豹

Kang-I Chang 孙康宜

Ke，Hertz 葛传规

Kim，Ik-Sam 金日参

Kracke，Edward 柯瑞格

Kral，Oldrich 克拉尔

Kubin，Wolfgang 顾彬

Kunst，Arthur 亚瑟·孔斯特

Lee，Leo 李欧梵

Li，Guoqing 李国庆

Li，Wai-yee 李惠仪

Lian，Xinda 连心达

Lin，Shuen-fu 林顺夫

Link，Perry 林培瑞

Liu，Tsun-yan 柳存仁

Liu，Wu-chi 柳无忌

Lo，Andrew 安德鲁·罗

Lo，Yuet-keung 劳悦强

Locke，John 洛克

Mair，Victor 梅维恒

Malmqvist，Goran 马悦然

McNeill，William 麦克尼尔

Miller，Lucin 米乐山

Miyazaki，lchisada 宫崎市定

Owen，Stephen 宇文所安

Plaks，Andrew 浦安迪

Prusek，Jaroslav 普实克

Rawski，Evelyn 罗友枝

Roddy，Steven 史蒂文·罗迪

Rolston，David 陆大伟

Ropp，Paul 罗溥洛

Schirokauer，Conrad 谢康伦

Schneider，Laurence 劳伦斯·施耐德

Scholes，Robert 罗伯特·斯科尔斯

Schramm，Wilbur 威尔伯·施拉姆

Scott，Walter 沃尔特·司各特

Shang，Wei 商伟

Shi，Yaohua 史耀华

Slupski，Zbigniew 史罗甫

Smith，Curtis 史国兴

Tadie，Jean-Yves 让-伊夫·塔迪埃

Tang，Hing-chiu 邓庆超

Wang，Chi-chen 王际真

Wells，Henry 卫鲁斯

Widmer，Ellen 魏爱莲

Wong，Kam-ming 黄金铭

Wong，Bin 王国斌

Wong，Timothy 黄宗泰

Wu，Swihart De-an 吴德安

Wu，Xiaozhou 吴晓洲

Wu，Yenna 吴燕娜

Yang，C. K. 杨庆堃

Yang，Gladys 戴乃迭

Yu，Hsiao-jung 遇笑容

Yu，Pauline 余宝琳

Zeitlin，Judith 蔡九迪

Zhou，Zuyan 周祖炎

参考文献

［1］曹顺庆.比较文学概论［M］.北京：中国人民大学出版社，2011.

［2］曹顺庆.比较文学教程［M］.北京：高等教育出版社，2012.

［3］陈美林.《儒林外史》研究与《儒林外史》研究的研究——论《儒林外史》研究史的撰作［J］.江苏社会科学，2006（2）.

［4］陈美林.我与《儒林外史》研究［J］.文史知识，2010（9）.

［5］陈美林.吴敬梓评传［M］.南京：南京大学出版社，2011.

［6］陈美林.独断与考索——《儒林外史》研究［M］.北京：商务印书馆，2013.

［7］陈文新.《儒林外史》的四种笔法［J］.南京师范大学文学院学报，2013（3）.

［8］［美］陈世骧.陈世骧文存［M］.沈阳：辽宁教育出版社，1998.

［9］［美］陈世骧.中国文学的抒情传统——陈世骧古典文学论集［M］.北京：生活·读书·新知三联书店，2015.

［10］［清］程晋芳.勉行堂诗文集［M］.魏世民，校点.合肥：黄山书社，2012.

［11］程亚林.入而能出、疑而求新——简析宇文所安研究中国古诗的四篇论文［J］.国际汉学，2004（2）.

［12］傅璇琮，蒋寅.中国古代文学通论·清代卷［M］.沈阳：辽宁人民出版社，2005.

［13］［苏］格·巴·查希里扬.银幕的造型世界［M］.伍菡卿，俞虹，译.北京：中国电影出版社，1982.

［14］［美］哈罗德·拉斯韦尔.社会传播的结构与功能［M］.何道宽，译.北京：中国传媒大学出版社，2012.

［15］何满子.《儒林外史》与中国士文化［J］.出版广角，1988（2）.

［16］何敏.英语世界的清代小说研究［D］.成都：四川大学，2010.

［17］何敏.古典文学西传研究：英语世界清代小说译介及特点［J］.西安外国语大学学报，2011（4）.

［18］何敏.西方文论观照下的清小说研究——以美国汉学为中心［J］.求索，2011（10）.

［19］何敏.海外汉学视野中的清小说研究——以英语世界为中心［J］.电子科技大学学报（社科版），2013（6）.

［20］洪治纲.梁启超经典文存［M］.上海：上海大学出版社，2003.

［21］胡海义.科举文化与明清小说研究[D].广州：暨南大学，2009.

［22］胡金望.1990 年以来《儒林外史》研究综述[J].明清小说研究，1997(1).

［23］胡适.胡适留学日记[M].合肥：安徽教育出版社，2006.

［24］华东作家协会资料室.《儒林外史》资料汇编——纪念吴敬梓逝世二百周年[M].1954.

［25］黄鸣奋.中国清代小说在英语世界之传播[J].广东社会科学，1997(1).

［26］黄鸣奋.英语世界中国古典文学之传播[M].上海：学林出版社，1997.

［27］[美]黄卫总.明清小说研究在美国[J].明清小说研究，1995(2).

［28］季羡林.胡适文集：第1卷[M].合肥：安徽教育出版社，2003.

［29］蒋柳，何敏.论清小说在英语世界的传播及其经典化建构过程[J].广西师范大学学报(哲学社会科学版)，2014(4).

［30］[美]李国庆.美国明清小说的研究和翻译近况[J].明清小说研究，2011(2).

［31］李汉秋.《儒林外史》研究资料[M].上海：上海古籍出版社，1984.

［32］李汉秋.《儒林外史》研究纵览[M].天津：天津教育出版社，1992.

［33］李汉秋.《儒林外史》研究[M].上海：华东师范大学出版社，2001.

［34］李韵，潘华云.新时期《儒林外史》研究综述[J].文史知识，2001(11).

［35］李昭明，王卓玉.明清小说景物描写与小说空间拓展的嬗变历程[J].明清小说研究，2018(2).

［36］[美]连心达.欧美《儒林外史》结构研究评介[J].明清小说研究，1997(1).

［37］梁鸣.《儒林外史》与《汤姆·琼斯》的比较研究[J].当代小说(下)，2009(6).

［38］廖可斌.文本逻辑的阐释力度——读商伟教授新著《礼与十八世纪的文化转折——〈儒林外史〉研究》[J].江淮论坛，2015(1).

［39］刘文英.中国古代的梦书[M].北京：中华书局，1990.

［40］鲁迅.中国小说史略[M].上海：上海古籍出版社，1998.

［41］鲁迅.鲁迅全集[M].北京：人民文学出版社，2005.

［42］陆宝千.清代思想史[M].上海：华东师范大学出版社，2009.

［43］吕同六.20 世纪世界小说理论经典(下卷)[M].北京：华夏出版社，1995.

［44］罗志田.权势转移——近代中国的思想、社会与学术[M].武汉：湖北人民出版社，1999.

［45］毛明.比较文学中国话语建构的创新实践与路径启示——变异学、他国化与中国化问题研究[J].海南师范大学学报(社会科学版)，2021(2).

［46］孟醒仁.吴敬梓年谱[M].合肥：安徽人民出版社，1981.

［47］孟子[M].万丽华，蓝旭，译注.北京：中华书局，2007.

［48］[法]让-伊夫.塔迪埃.普鲁斯特和小说[M].桂玉芳，王森，译.上海：上海译文出版社，1992.

[49] [美] 商伟.《儒林外史》与十八世纪文化转折[J].读书,2012(8).

[50] [美] 商伟.礼与十八世纪的文化转折——《儒林外史》研究[M].严蓓雯,译.北京:生活・读书・新知三联书店,2012.

[51] 宋柏年.中国古典文学在国外[M].北京:北京语言学院出版社,1994.

[52] 陶家康.吴敬梓《移家赋》并序注释[J].滁州师专学报,1999(4).

[53] 陶家康.吴敬梓《移家赋》并序注释(续上)[J].滁州师专学报,2000(2).

[54] [魏] 王弼注.楼宇烈校释.老子道德经注校释[M].北京:中华书局,2008.

[55] 王超龙.近五年《儒林外史》研究综述[J].襄樊学院学报,2010(12).

[56] 王洪艳.略谈吴敬梓与菲尔丁讽刺艺术的共同之处[J].安徽文学,2009(11).

[57] 王丽娜.中国古典小说戏曲名著在国外[M].上海:学林出版社,1988.

[58] 王燕.《儒林外史》何以在英语世界姗姗来迟[N].中国社会科学报,2013.7.19(B01).

[59] [清] 吴敬梓.儒林外史[M].北京:人民文学出版社,1958.

[60] [清] 吴敬梓.儒林外史[M].陈美林,批评校注.北京:商务印书馆,2014.

[61] [清] 吴敬梓.吴敬梓集系年校注[M].李汉秋,项东升,校注.北京:中华书局,2011.

[62] [美] 夏志清.论《儒林外史》[J].郭兆康,单坤琴,译.阜阳师院学报(社科版),1986(3).

[63] [美] 夏志清.中国古典小说史论[M].胡益民,石晓林,单坤琴,译.南昌:江西人民出版社,2001.

[64] 杨宪益.漏船载酒忆当年[M].薛鸿时,译.北京:北京十月文艺出版社,2001.

[65] 姚伟钧.神秘的占梦——梦文化散论[M].南宁:广西人民出版社,1991.

[66] 袁鸣霞.论美籍华裔学者商伟的《儒林外史》研究[D].上海:华东师范大学,2016.

[67] 张惠.书评:商伟《礼与十八世纪的文化转折:〈儒林外史〉研究》[J].人文中国学报,2013(19).

[68] 朱刚.当代西方文论与思考[M].北京:北京大学出版社,2006.

[69] [宋] 朱熹.四书章句集注[M].北京:中华书局,1983.

[70] Anderson, Marston. "The Scorpion in the Scholar's Cap: Ritual, Memory, and Desire in Rulin Waishi." In Theodore Huters, Bin Wong and Pauline Yu ed. *Culture and State in Chinese History: Conventions, Accommodations, and Critiques.* (q. v.), Stanford, California: Stanford University Press, 1997, pp.259 – 276.

[71] Barr, Allan. "Review on *Rulin Waishi and Cultural Transformation in Late Imperial China*, by Wei Shang." *Harvard Journal of Asiatic Studies*, 64.1 (2004), pp.145 –152.

[72] Barry, Theodore De. *The Classical Chinese Novel.* New York and London: Columbia University Press, 1968.

[73] Bauer, Daniel. *Creative Ambiguity: Satirical Portraiture in the "Ju-lin wai-shih" and*

"*Tom Jones*". Ph. D. dissertation, The University of Wisconsin-Madison, 1988.

[74] Birch, Cyril. *Anthology of Chinese Literature*. New York: Grove Press, 1972.

[75] Brandauer, Frederick. "Realism, Satire, and the *Ju-lin wai-shih*." *Tamkang Review*, 20.1 (1989), pp.1–21.

[76] Cao, Shunqing. *The Variation Theory of Comparative Literature*. New York, Dordrecht, London: Springer-Verlag Berlin Heidelberg, 2013.

[77] Carlitz, Katherine. "Review on *Literati and Self-Re/Presentation: Autobiographical Sensibility in the Eighteenth-Century Chinese Novel*, by Martin Huang." *Chinese Literature: Essays, Articles, Reviews* (*CLEAR*), vol. 18 (1996), pp.193–200.

[78] Chang, Chung-li. *The Chinese Gentry: Studies on Their Role in Nineteenth-Century Chinese Society*. Seattle: University of Washington University Press, 1974.

[79] Chang, Hsin-Chang. *Chinese Literature: Popular Fiction and Drama*. Edinburgh: Edinburgh University Press, 1973.

[80] Chang Sun, Kang-i and Stephen Owen (ed.). *The Cambridge History of Chinese Literature*. Cambridge: Cambridge University Press, 2010.

[81] Chen, Jack. *Narrative Claims, Local Knowledges: Writing the End of History in the Rulin Waishi*. Unpublished paper, 1997.

[82] Chen, Shih-hsiang. "On Chinese Lyrical Tradition: Opening Address to Panel on Comparative Literature, AAS Meeting, 1971." *Tamkang Review*, 2.2 & 3.1 (1971–1972), pp.17–24.

[83] Ch'eng I-Fan. "A Response to Paul Ropp." *The Journal of Asian Studies*, 43.3 (1984), p. 503.

[84] Ch'eng I-Fan. "Review on *Dissent in Early Modern China: Ju-lin wasi-shi and Ch'ing Social Criticism*, by Paul Ropp." *Journal of Asian Studies*, 42.3 (1983), pp.634–635.

[85] Coleman, John. "With and Without a Compass: *The Scholars, The Travels of Lao Ts'an* and the Waning of Confucian Tradition During the Ch'ing Dynasty." *Tamkang Review*, 7.2 (1976), pp.61–80.

[86] Dikötter, Frank. "Review on *Literati and Self-Re/Presentation: Autobiographical Sensibility in the Eighteenth Century Chinese Novel*, by Martin Huang." *Bulletin of the School of Oriental and African Studies*, 59.3 (1996), pp.601.

[87] Dilley, Crothers. *The "Ju-lin Wai-shih": An Inquiry into the Picaresque in Chinese Fiction*. Ph. D dissertation, University of Washington, 1998.

[88] Elman, Benjamin "Political, Social, and Cultural Reproduction via Civil Service Examinations in Late Imperial China." *The Journal of Asian Studies*, 50.1 (1991), pp.7 –28.

[89] Elvin, Mark. *The Pattern of the Chinese Past: A Social and Economic Interpretation*. Stanford: Stanford University Press, 1973.

[90] Epstein Maram. "Review on *Literati Identity and Its Fictional Representations in Late Imperial China*, by Roddy, Stephen." *The Journal of Asian Studies*, 58.3 (1999), pp.818 –819.

[91] Epstein Maram. "Review on *Rulin Waishi and Cultural Transformation in Late Imperial China*, by Wei Shang." *The Journal of Asian Studies*, 64.1 (2005), pp.177 –179.

[92] Fang, Xie. "Conceptualization of Urban Space in Wu Jingzi's *The Scholars*." *The Asian Conference on Culture Studies 2012*, Osaka, Japan.

[93] Ge, Liangyan. *The Scholar and the State: Fiction as Political Discourse in Late Imperial China*. Seattle: University of Washington Press, 2015.

[94] Fisher, Tom. "Review on *Dissent in Early Modern China: Ju-lin wai-shih and Ch'ing Social Criticism*, by Paul Ropp." *Pacific Affairs*, 55.4 (1982 – 1983), pp.676 – 678.

[95] Furth, Charlotte. "Androgynous Males and Deficient Females: Biology and Gender Boundaries in Sixteenth-and Seventeenth-Century China." *Late Imperial China*, 9.2 (1988), pp.1 –31.

[96] Ge, Liangyan. "*Rulin waishi*: From the Beginning to the End." *Midwest Conference on Asian Affairs (Ohio State University)*, October, 2010. Unpublished paper.

[97] Gimpel, Denise. "Review on *Literati Identity and Its Fictional Representation in Late Imperial China*, by Stephen Roddy." *Journal of the Royal Asiatic Society*, 9.2 (1999), pp.345 –347.

[98] Golas, Peter. "Early Ch'ing Guilds." In William Skinner ed. *The City in Late Imperial China*. Stanford: Stanford University Press, 1977.

[99] Guy, Kent. *The Emperor's Four Treasuries: Scholars and the State in the Late Ch'ien-lung Era*. Cambridge: Harvard University Press, 1987.

[100] Guy, Kent. "Reviewed Work: *Dissent in Early Modern China: Ju-lin wai-shih and Ch'ing Social Criticism* by Paul Ropp." *Harvard Journal of Asiatic Studies*, 43.1 (1983), pp.353 –356.

［101］Hanan，Patrick. *The Chinese Vernacular Story*. Cambridge：Harvard University Press，1981.

［102］Hegel，Robert. "Traditional Chinese Fiction-The State of the Field." *The Journal of Asian Studies*，53.2 (1994)，pp.394 – 426.

［103］Hightower，Robert. *Topics in Chinese Literature：Outline and Bibliograhpies*. Cambridge：Harvard University Press，1953.

［104］Ho，Ping-ti. *The Ladder of Success in Imperial China：Aspects of Social Mobility，1368 –1911*. Cambridge，Massachusetts：Da Capo Press，1976.

［105］Ho，Yen Sun. *Chinese Education from the Western Viewpoint*. New York：Rand McNally & Company，1913.

［106］Holoch，Donald. "Melancholy Phoenix：Self Ascending from the Ashes of History (From Shiji to *Rulin Waishi*)." In Wolfgang Kubin ed. *Symbols of Anguish：In Search of Melancholy in China*. Switzerland：Peter Lang，2001.

［107］Hsia，Chih-tsing. *The Classic Chinese Novel：A Critical Introduction*. New York：Columbia University Press，1968.

［108］Hsia，Chih-tsing. "Foreword." In *The Scholars*. Trans. Yang Hsien-yi and Gladys Yang. New York：Grosset and Dunlap，1972.

［109］Hsu Chen-ping. "Four Eccentrics：The Epilogue to *Ju Lin Wai Shih*." *T'ien-hsia Monthly*，2.2 (1940)，pp.178 – 192.

［110］Huang，Martin. *The dilemma of Chinese lyricism and the Qing literati Novel*. Ph. D. dissertation，Washington University，1991.

［111］Huang，Martin. *Literati and Self-Re/Presentation：Autobiographical Sensibility in the Eighteenth Century Chinese Novel*. Stanford：Stanford University Press，1995.

［112］Huters，Theodore，et al. (ed.). *Culture and State in Chinese History：Conventions，Accommodations，and Critiques*. Stanford，California：Stanford University Press，1997.

［113］Idema，Wilt. "Review on *How to Read the Chinese Nove*，by David Rolston." *T'oung Pao*，*Second Series*，vol. 78(1992)，pp.209 – 210.

［114］Idema，Wilt. "Review on *Literati Identity and its Fictional Representations in Late Imperial China*，by Stephen Roddy." *The Journal of the American Oriental Society*，119. 2 (1999)，pp.369 – 371.

［115］Idema，Wilt. *Chinese Vernacular Fiction*. Leiden：E. J. Brill，1974.

［116］Kao Yu-kung. "Lyric Vision in Chinese Narrative Tradition：A Reading of *Hung-lou meng* and *Ju-lin wai-shih*." In Andrew Plaks ed. *Chinese Narrative*: *Critical and Theoretical Essays*. Princeton: Princeton University Press, 1977.

[117] Katz, Paul. *Demon Hordes and Burning Boats*: *The Cult of Marshall Wen in Late Imperial Chekiang*. Albany: State University of New York Press, 1995.

[118] Kim, Ik-Sam. "A Social Analysis of *The Scholars* (*Ju-lin wai-shih*) by Wu Ching-tzu." *Chinese Studies*, vol. 6 (1988), pp.137 – 146.

[119] Kral, Oldrich. "Several Artistic Methods in the Classic Chinese Novel *Ju-lin wai-shih*." *Archiv Orientalni*: *Quarterly Journal of African*, *Asian*, *and Latin-American Studies*, vol. 32 (1964), pp.16 – 43.

[120] Kubin, Wolfgang. (ed.). *Symbols of Anguish*: *In Search of Melancholy in China*. Switzerland: Peter Lang, 2001.

[121] Lai, Ming. "The Novel of Social Satire: *The Scholars*." In Lai Ming ed. *A History of Chinese Literature*. New York: Capricon Books, 1966, pp.327 – 332.

[122] Li, Tian-yi. *Chinese Fiction*: *A Bibliography of Books and Articles in Chinese and English*. New Haven: Yale University, 1968.

[123] Li, Wai Yee. "Full-length Vernacular Fiction." In Victor Mair ed. *The Columbia History of Chinese Literature*. New York: Columbia University Press, 2001, pp.620 – 658.

[124] Lin, Shuen-fu. "Ritual and Narrative Structure in *Ju-lin wai-shih*." In Andrew Plaks ed. *Chinese Narrative*: *Critical and Theoretical Essays*. Princeton: Princeton University Press, 1977, pp.244 – 265.

[125] Lin, Shuen-fu. "The Last Classic Chinese Novel: Vision and Design in the *Travels of Laocan*." *Journal of the American Oriental Society*, 121.4 (2001), pp.549 – 564.

[126] Link, Perry. "China's 'core' problem." *Daedalus*, 122.2 (1993), pp.189 – 205.

[127] Liu, Tsun-yan. *Chinese Popular Fiction in Two London Libraries*. Hong Kong: Lung Men Bookstore, 1967.

[128] Liu, Wu-chi. *An Introduction to Chinese Literature*. Bloomington: Indiana University Press, 1967.

[129] Lo, Andrew. "Review on *Dissent in Early Modern China*: *Ju-lin wai-shih and Ch'ing Social Criticism*, by Paul Ropp". *Bulletin of the School of Oriental and African Studies*, *University of London*, 45.2 (1982), pp.392 – 393.

[130] Lo, Yuet Keung. "Review on *Rulin Waishi and Cultural Transformation in Late Imperial China*, by Wei Shang." *Chinese Review*, 4.1 (2004), pp.234 – 237.

［131］ Mair, Victor (ed.). *The Columbia History of Chinese Literature*. New York: Columbia University Press, 2001.

［132］ Malmqvist, Goran (ed.). *Modern Chinese Literature and its Social Context*. Stockholm: Editor, 1975.

［133］ Maram Epstein. "Review on *Literati Identity and Its Fictional Representations in Late Imperial China*, by Stephen Roddy." *The Journal of Asian Studies*, vol. 58 (1999), pp.818 -819.

［134］ Mcgreal, Ian. *Great Literature of the Eastern World*. New York: Harpercollions, 1996.

［135］ Miller, Lucien. "Review on *Wu Ching-tzu*, by Timothy Wong." *The Journal of Asian Studies*, 39.1 (1979), pp.157 - 159.

［136］ Miyazaki, Ichisada. *China's Examination Hell*, trans. Conrad Schirokauer. New Haven: Yale University Press, 1981.

［137］ Park, Nancy. "Corruption in Eighteenth-Century China." *The Journal of Asian Studies*, 56.4 (1997), pp.967 - 1005.

［138］ Plaks, Andrew (ed.). *Chinese Narrative: Critical and Theoretical Essays*, Princeton: Princeton University Press, 1977.

［139］ Plarks, Andrew. "Full-length Hsiao-shuo and the Western Novel: A Generic Reappraisal." In William Tay, et al. Ed. *China and the West: Comparative Literature Studies*. Hong Kong: The Chinese University Press, 1980, pp.163 - 176.

［140］ Pokora, Timoteus. "Review on *Ju-lin wai-shih*, by Zbigniew Slupski." *Chinese Literature: Essays, Articles, Reviews (CLEAR)*, 3.1 (1981), p. 199.

［141］ Rawski, Evelyn. *Education and Popular Literary in Ch'ing China*. Ann Arbor: Univeristy of Michigan Press, 1979.

［142］ Roddy, Stephen. *Literati Identity and Its Fictional Representations in Late Imperial China*. Stanford, California: Stanford University Press, 1998.

［143］ Roddy, Stephen. *"Rulin Waishi" and the Representation of Literati in Qing Fiction*. Ph. D. dissertation, Princeton University, 1990.

［144］ Roddy, Stephen. "Groves of Ambition, Gardens of Desire: *Rulin Waishi* and the Fate of The Portrait of Jiuqing." *Nan Nü: Men, Women, and Gender in China*, 16.2 (2014), pp.239 - 273.

［145］ Rolston, David. *How to Read Chinese Novel*. Princeton: Princeton University

Press，1990.

[146] Rolston，David. *Theory and Practice：Fiction，Fiction Criticism，and the Writing of the Ju-lin wai-shi*. Ph. D. dissertation，The University of Chicago，1988.

[147] Rolston，David. "Latent Commentary：The *Rulin Waishi*." In David Rolston ed. *Traditional Chinese Fiction and Fiction Commentary：Reading and Writing between the Lines*. California：Standford University Press，1997，pp.312－328.

[148] Rolston，David. "'Point of View' in the Writings of Traditional Chinese Fiction Critics." *Chinese Literature：Essays，Articles，Reviews（CLEAR）*，vol. 15（1993），pp.113－142.

[149] Ropp，Paul（ed.）. *Heritage of China：Contemporary Perspectives on Chinese Civilization*. California：University of California Press，1990.

[150] Ropp，Paul. *Dissent in Early Modern China："Ju-lin wai-shih" and Ch'ing Social Criticism*. Ann Arbor：University of Michigan Press，1981.

[151] Ropp，Paul. *Early Ch'ing Society and its Critics：the Life and Time of Wu Ching-tzu ［1701－1754］*. Ph. D. dissertation，The University of Michigan in Ann Arbor，1974.

[152] Ropp，Paul. "On Review of *Dissent in Early Modern China*." *The Journal of Asian Studies*，43.3（1984），pp.502－503.

[153] Ropp，Paul. "The Seeds of Change：Reflections on the Condition of Women in the Early and Mid Ch'ing." *Signs*，2.1（1976），pp.5－23.

[154] Sanders，Graham. "Review on *Humour in Chinese Life and Letters：Classical and Traditional Approaches*." *The Journal of the American Oriental Society*，132.2（2012），pp.342－344.

[155] Schirokauer，Conrad. "Review on *Literati and Self-Re/Presentation：Autobiographical Sensibility in the Eighteenth Century Chinese Novel* by Martin Huang." *Chinese Literature：Essays，Articles，Reviews（CLEAR）*，vol. 18（1996），pp.221－223.

[156] Schneider，Laurence A. "Review on *Dissent in Early Modern China：Ju-lin wai-shih and Ch'ing Social Criticism* by Paul Ropp." *The American Historical Review*，87. 1（1982），pp.236－237.

[157] Scholes，Robert. *Structuralism in Literature*. New Haven：Yale University Press，1974.

[158] Schramm Wilber，Donald Roberts（eds）. *The Process and Effects of Mass Communication*. Urbana：University of Illinois Press，1971.

［159］Shang，Wei. *"Rulin Waishi" and Cultural Transformation in Late Imperial China*. Cambridge，Massachusetts：Harvard University Press，2003.

［160］Shang，Wei. *The Collapse of the Tai-bo Temple：A Study of "The Official History of the Scholars."* Ph. D. dissertation. Harvard University，1995.

［161］Shang，Wei. "Review on *Literati Identity and Its Fictional Representations in Late Imperial China*，by Steven Roddy." *Chinese Literature：Essays，Articles，Reviews (CLEAR)*，Vol. 21 (1999)，pp.182 - 185.

［162］Shang，Wei. "Ritual，Ritual Manuals，and the Crisis of the Confucian World：An Interpretation of *Rulin Waishi*." *Harvard Journal of Asiatic Studies* 58. 2 (1998)：373 - 424.

［163］Shang，Wei. "The Literati Era and Its Demise (1723 - 1840)." In Kang-i Sun Chang & Stephen Owen ed. *The Cambridge History of Chinese Literature*. Cambridge：Cambridge University Press，2010，pp.245 - 342.

［164］Shi，Yaohua. *Opening Words：Narrative Introductions in Chinese Vernacular Fiction*. Ph. D. dissertation，Indiana University，1998.

［165］Skinner，William (ed.). *The City in Late Imperial China*. Stanford：Stanford University Press，1977.

［166］Slupski，Zbigniew. "Literary and Ideological Responses to the *Rulin Waishi* in Modern Chinese Literature." In Goran Malmqvist ed. *Modern Chinese Literature and its Social Context*. Stockholm：Editor，1975，pp.123 - 139.

［167］Slupski，Zbigniew. "On the Authenticity of Some Fragments of the *Rulin Waishi*." *Archiv Orientalni：Quarterly Journal of African，Asian，and Latin-American Studies*，59.2 (1991)，pp.194 - 207.

［168］Slupski，Zbigniew. "Some Points of Contact between *Rulin Waishi* and Modern Chinese Fiction." In Goran Malmqvist ed. *Modern Chinese Literature and Its Social Context*. Stockholm：Editor，1977，pp.123 - 139.

［169］Slupski，Zbigniew. "Three Levels of Composition of the *Rulin Waishi*." *Harvard Journal of Asiatic Studies*，49.1 (1989)，pp.5 - 53.

［170］Smith，Curtis. "Review on *The scholar and the state：fiction as political discourse in late imperial China* by Liangyan Ge." *CHOICE：Current Reviews for Academic Libraries*，52.11 (2015)，p.1836.

［171］Tay，William et al. (ed.). *China and the West：Comparative Literature Studies*. Hong

Kong: The Chinese University Press, 1980.

[172] Wang, Ying. "Review on *Chinese Fiction of the Nineteenth and Early Twentieth Centuries* by Patrick Hanan." *China Review International*. 12.2 (2005), pp.441 – 445.

[173] Watt, Ian. *The Rise of the Novel: Studies in Defoe, Richardson and Fielding*. Berkeley: University of California Press, 1957.

[174] Wells, Henry. "An Essay on the *Ju-lin Wai-shih*." *Tamkang Review*, 2.1 (1971), pp.143 – 152.

[175] Widmer, Ellen. "Review on *Literati Identity and Its Fictional Representations in Late Imperial China* by Stephen Roddy." *Harvard Journal of Asiatic Studies*, 59.1 (1999), pp.290 – 300.

[176] Wong, Kam-ming. "Review on *Wu Ching-tzu* by Timothy C. Wong." *Chinese Literature: Essays, Articles, Reviews (CLEAR)*, 4.1 (1982), pp.141 – 143.

[177] Wong, Timothy. *Satire and Polemics of the Criticism of Chinese Fiction: A Study of the "Ju-Lin wai-shih."* Ph. D. dissertation, Stanford University, 1975.

[178] Wong, Timothy. *Wu Ching-tzu*. Boston: Twayne Publishers, 1978.

[179] Wong, Timothy. "Review on *Rulin Waishi and Cultural Transformation in Late Imperial China* by Wei Shang." *Journal of the American Oriental Society*, 124.1 (2004), pp.160 – 165.

[180] Wu, Ching-Tzu. *The Scholars*. Trans. Yang Hsien-yi and Gladys Yang. Beijing: Foreign Languages Press, 1973.

[181] Wu, Ching-Tzu. *The Scholars*. Trans. Yang Hsien-yi and Gladys Yang. New York: Grosset and Dunlap, 1972.

[182] Wu, Swihart. *The Evolution of Chinese Novel Form*, Ph. D. dissertation, Princeton University, 1990.

[183] Wu, Xiaozhou. *Western and Chinese Literary Genre Theory and Criticism: A Comparative Study*, Ph. D. dissertation. Emory University, 1990.

[184] Wu, Yenna. "Re-examing the Genre of the Satiric Novel in Ming-Qing China." *Tamkang Review* 30.1 (1999), pp.1 – 27.

[185] Wu, Yenna. "The Inversion of Marital Hierarchy: Shrewish Wives and Henpecked Husbands in Seventeenth-Century Chinese Literature." *HJAS*, 48.2 (1988), pp.363 – 382.

[186] Yang, C. K. *Religion in Chinese Society: A Study of Contemporary Solial Functions of Religion and Some of Their Historical Factors*. Berkeley: University of California

Press，1967.

[187] Yu，Hsiao-jung. "Consistent Inconsistencies among the Interrogatives in *Rulin Waishi*." *Journal of Chinese Linguistics*，24.2 (1996)，pp.249 - 280.

[188] Zeitlin，Judith. *Historian of the Strange：Pu Songling and the Chinese Classical Tale*. Stanford：Stanford University Press，1993.

[189] Zhou，Zuyan. "Yin-Yang Bipolar Complementary：A Key to Wu Jingzi's Gender Conception in *the Scholars*." *Journal of the Chinese Language Teachers Association*，29.1 (1994)，pp.1 - 25.